爱在叶落风起时

滴小迪 著

天津出版传媒集团

百花文艺出版社

图书在版编目（CIP）数据

爱在叶落风起时 / 滴小迪著 . -- 天津 : 百花文艺出版社，2023.1
ISBN 978-7-5306-8395-8

Ⅰ. ①爱… Ⅱ. ①滴… Ⅲ. ①长篇小说－中国－当代
Ⅳ. ① I247. 5

中国版本图书馆 CIP 数据核字（2022）第 182081 号

爱在叶落风起时
AI ZAI YELUO FENGQI SHI
滴小迪　著

选题策划： 王　欣
责任编辑： 由高峰
装帧设计： 武　艺
出版发行： 百花文艺出版社
地址： 天津市和平区西康路 35 号　**邮编：** 300051
电话传真： +86-22-23332651（发行部）
+86-22-23332656（总编室）
+86-22-23332478（邮购部）
网址： http://www.baihuawenyi.com
印刷： 三河市龙大印装有限公司
开本： 710 毫米 ×1000 毫米　1/16
字数： 290 千字
印张： 21.5
版次： 2023 年 1 月第 1 版
印次： 2023 年 1 月第 1 次印刷
定价： 68.00 元

如有印装质量问题，请与三河市龙大印装有限公司联系调换
地址：河北省三河市泃阳镇兰各庄村
电话：（0316）3655788
邮编：065299

/目录/

CONTENTS

第 一 章　喜讯　/　001

第 二 章　同窗情谊　/　003

第 三 章　偶遇　/　007

第 四 章　“女神”　/　009

第 五 章　邂逅　/　012

第 六 章　相识　/　015

第 七 章　江边夜话　/　019

第 八 章　聚会　/　023

第 九 章　感谢　/　028

第 十 章　情愫　/　033

第十一章　人生若只如初见　/　036

第十二章　突然的幸福　/　040

第十三章　两情相悦　/　043

第十四章　冬夜初雪　/　047

第十五章　演出　/　049

第 十 六 章　跨年夜的吻　/　054
第 十 七 章　狩猎者　/　057
第 十 八 章　入戏　/　062
第 十 九 章　搏斗　/　065
第 二 十 章　噩梦　/　070
第二十一章　求助　/　074
第二十二章　深谈　/　078
第二十三章　下饵　/　082
第二十四章　交锋　/　085
第二十五章　宿命　/　088
第二十六章　告状　/　091
第二十七章　黎明前的黑暗　/　095
第二十八章　坦露心迹　/　099
第二十九章　激将　/　102
第 三 十 章　拯救　/　106
第三十一章　过客　/　111
第三十二章　落叶　/　115
第三十三章　定情　/　118
第三十四章　祈福　/　121
第三十五章　毕业　/　126
第三十六章　上海　/　131
第三十七章　求职　/　134
第三十八章　失业　/　138
第三十九章　命运列车　/　140
第 四 十 章　陷阱　/　144

第四十一章　报案　/　148
第四十二章　人生之苦　/　151
第四十三章　取舍　/　155
第四十四章　闭塞空间　/　161
第四十五章　演戏　/　165
第四十六章　逃出生天　/　169
第四十七章　等待　/　172
第四十八章　老友重逢　/　176
第四十九章　酒酿相思　/　180
第 五 十 章　爱的洗礼　/　185
第五十一章　大婚将至　/　188
第五十二章　看病　/　191
第五十三章　飞来横祸　/　194
第五十四章　悲喜交集　/　197
第五十五章　当你老了　/　202
第五十六章　噩耗　/　206
第五十七章　机会　/　209
第五十八章　两难　/　214
第五十九章　春风沉醉的夜晚　/　219
第 六 十 章　困兽　/　224
第六十一章　牺牲　/　229
第六十二章　若即若离　/　233
第六十三章　诱惑　/　237
第六十四章　情欲　/　241
第六十五章　不速之客　/　243

第六十六章　最后的欢愉　/　247

第六十七章　别了，我的爱　/　250

第六十八章　兄弟决裂　/　253

第六十九章　请假　/　257

第 七 十 章　爱的潮汐　/　262

第七十一章　不辞而别　/　267

第七十二章　探病　/　269

第七十三章　唐·吉诃德　/　272

第七十四章　世事无常　/　276

第七十五章　烟火　/　281

第七十六章　梦幻泡影　/　284

第七十七章　雪中送炭　/　286

第七十八章　希望火苗　/　289

第七十九章　念念不忘　/　291

第 八 十 章　十年　/　295

第八十一章　约定　/　300

第八十二章　意外　/　303

第八十三章　心愿莲花　/　308

第八十四章　挚友　/　312

第八十五章　初心　/　315

第八十六章　风生水起　/　319

第八十七章　铤而走险　/　324

第八十八章　惩罚　/　328

第八十九章　爱在叶落风起时　/　332

第一章　喜讯

1986 年秋，韩湘云和尹怀生生平第一次坐上了火车。他们随着熙熙攘攘的人群挤上火车，在被塞满了人和各色行李的车厢过道中艰难穿行，等他们好不容易找到自己的座位，将行李安置好时，身上的衣服已经被汗水浸湿。火车上充斥着绵延不绝的吆喝声，逼仄的空间里弥漫着浓得化不开的味道，细细分辨，似乎有瓜子味、汗味、臭脚丫味……这些味道混杂在一起，形成了火车上独有的气味，融入了他俩的记忆，令他们终生难忘。当时正值夏秋之交，暑气还未散去，车厢里人又多，闷热的环境与他们的兴奋产生了奇妙的化学反应，他们的眼中透着光亮，那是年轻人对未来的期盼和希望。

火车长笛鸣起，缓缓开动，载着满满一车乘客，像一头身躯庞大的巨兽，沿着铁轨在大地上爬行，向远方前进。火车开动的瞬间，韩湘云的眼眶湿润了，对于他来说，这似乎是一场无声的仪式，他要向过去告别，未来的帷幕正向他慢慢开启，而他，要独自拥抱那充满机遇的未来。

一个多月前，韩湘云从田地里出来，戴着一顶破草帽，露在外面的胳膊被三伏的太阳晒得黝黑，裤腿被卷到膝盖，但还是沾上了泥巴，泥巴在骄阳的烤晒下迅速干裂，像结的痂一样分布在裤管四周，随着他有节奏的步伐向下脱落。他低着头，仿佛在思索着什么。无休止的蛙叫和树上蝉鸣闷鼓般地敲击着他的耳膜，炎炎烈日下，这条熟悉的小路显得如此漫长，他不知道他能否走出去，真正地走出这片生他养他的土地，走到外面的世界去。他内心有一种渴望，不要像众多乡亲一样，一辈子被困在这个小小的村庄，日出而作，日落而息，讨个老婆，生个孩子，农闲时打打麻将，让光阴将自己的生命耗尽，躯体被埋在土里，最后化成泥，永远留在这里。他想要不一样的人生。

他在急盼着一个消息，像沙漠里的口渴的旅人急于找到水源。他从田间小路走出来，上了一条一米多宽的机耕路，再穿过一座横跨河沟的水泥滚筒做成的桥，就能望见自己家的矮瓦房了。刚准备上桥，他听到人喊："韩湘云！韩湘云！"他蓦地从自己的世界里惊醒，回过头，只见村里的邮递员郑维先骑着二八自行车，挥动着右手朝他喊着。郑维先丢下自行车，三步并作两步朝他跑过来，语气中难掩兴奋："我正准备送到你家里去，正好看到你！省城来的信，湘南师范大学！韩湘云，你个幺小子，要当大学生了，不得了哦！韩老倌要请俺们吃喜酒哦！"韩湘云接过信，信封上整齐的"湘南师范大学"几个字映入眼帘，在阳光的照耀下似乎闪耀着光芒。仿佛一股清泉流入了他的内心，泪水顿时模糊了双眼。他想呐喊，想奔跑，但他压抑着，只是对郑维先说："谢谢你，你回头到我家去，我爸请你喝烟（抽烟）。"看着郑维先骑自行车远去，韩湘云迈着前所未有的轻松步伐向家中走去，人生新的大门向他开启，他喃喃自语道："韩湘云，你要走出这里了。爸，妈，我考上了！"

第二天，村里家家户户都听说了韩湘云考上大学的消息。在那个大学生还是天之骄子的年代，在这个从未出现过大学生的湘北一角的闭塞村庄，这个消息让人们沸腾了。村里给韩湘云摆了一整天的酒席，村支书还把鞭炮拿出来，绕着全村放了一遍。韩老倌享受到了这辈子最大的荣耀，他的小儿子为自己争了光。在地里劳动了一辈子，穷了一辈子，他和田间的昆虫一般默默无闻，而今天，小儿子让他挺直了腰板，让他获得了村里人羡慕的目光，那张皱纹遍布的脸像老树开花一般，笑容满面。韩湘云看到父亲如此高兴，心里充满了喜悦与心酸。自己家境贫寒，师范院校不需要交学费，而且毕业后可以做个捧公家饭碗的老师，也算是农家孩子的最好归宿了。他如科举中第一般，着实享受了人生中第一次也是唯一一次被众人崇拜的感觉。他在人们的贺喜声和艳羡的目光中，仿佛看到了自己由鲜花铺就的未来。

韩湘云的高中同学尹怀生也收到了大学录取通知书。与韩湘云不同，尹怀生没有被考上大学这个消息惊起太大的波澜。他一直是重点高中的好学生，父亲也是大学生，如果没有考上，父亲的脸会挂不住。被湘南大学中文系录取是意料之中的事情，也圆了他一直以来的梦。尹怀生喜爱文学，一心想当作家，中学期间偶尔写的几篇小诗在校报发表后，他的才华让人啧啧称赞。偏巧他皮肤白净，五官清秀，气质儒雅，不少情窦初开的女孩子对他芳心暗许。他时常收到倾慕他的女孩子的信，但他一直不为所动，女孩子们求而不得，更是对他倾心不已，他那冷淡的态度让她们不由生出“可远观而不可亵玩”的无奈感。

尹怀生对实力雄厚的湘南大学中文系一直是心怀憧憬的，那里有他的文学梦，但他在县政府做主任的父亲却想让他接自己的班——从政。父亲想，如果在中文系深造几年，练就一手好笔头，对从政也是很有利的。因此，对尹怀生填报这个志愿，家里人是认可的。

尹父在欣喜之余，对尹怀生也有说不出的担心。尹怀生虽从小家境优渥，没吃过什么苦，但母亲去世早，他又内向沉默，情感细腻，心思敏感又单纯，嘴上话不多，但心里想法不少，眼下要独自出门求学，恐怕有很多事情需要他自己去适应和承担。尹怀生对于未来和自己人生的设想太过浪漫，而缺少现实的考量，如果由着他自己的心性，恐怕要吃不少亏。不过孩子大了，做父母的只能为他们做一点是一点，自己的路还得自己去走啊。

第二章　同窗情谊

湘南大学和湘南师范大学紧挨在一起，被岳麓山环抱。在一千多年前，这里就是学术氛围浓郁的风水宝地了。千年学府岳麓书院便坐落在岳麓山脚。这座建于北宋年间的书院传承了千年文脉，门口那副对联上书

“惟楚有材，于斯为盛”。庭院内古树参天，一汪绿水更添幽静，虽不再作为学堂，但闭上眼，仿佛仍能听到千年前的琅琅读书声。让人感叹如此清静幽美之处，真不愧是读书的好地方！

韩湘云和尹怀生下了火车，一眼便望见写有他们大学名称的招牌，招牌后面的人笑容满面地向他们挥手。他们被分别带上了两辆校车，校车载着一众新生向岳麓山方向驶去。韩湘云坐在车上，看着窗外的景色。他第一次看到那么宽阔的马路，车水马龙的立交桥，鳞次栉比的高楼，一种说不出是激动还是什么的情绪在胸口涌动。外面世界的精彩超过了他的想象，他感觉自己像一条从狭窄的河沟游进大江的鱼，对周围的一切都感到新鲜又陌生，有点儿无所适从。

不过，好在还有尹怀生的陪伴。想到尹怀生，高中时代的一幕幕浮现在他的眼前。班主任一次偶然的座位安排让这两个似乎处于两个世界的人成了好朋友。对于韩湘云而言，尹怀生就像一个引路人，带他进入了一个新世界，丰富了他贫瘠又自卑的内心。

尹怀生的光芒是他无法企及的。他父亲是知识分子，家里藏书颇多，他的思想、谈吐和同龄人不太一样。当其他男孩子嬉笑打闹的时候，他经常静静沉思，眉头微蹙，挺拔鼻梁下的嘴唇抿着，侧脸的轮廓分明流露出一丝的忧郁。他成绩优秀，尤其是语文功底深厚，作文常常被老师拿来诵读。虽然平时言语不多，自带一种清傲气质，但在足球场上，他又变得活力四射，漂亮的射门让女孩子们为之尖叫。他习惯于沉浸在自己的世界里，像遗世独立的秀木，兀自繁华。不了解他的人都说他清高，但也不得不佩服他的才华。

韩湘云自己，只不过是这个高手如云的重点高中里最不起眼的那个，除了成绩外，没有什么能让别人注意到他。当班主任安排尹怀生和他同桌的时候，他是忐忑的，他怕尹怀生的光芒太耀眼，显得自己更加卑微。但他慢慢发现，尹怀生并不是看上去那么不好相处，跟他说话他都会很有礼貌地回应，从来不曾有鄙夷或不耐烦的神色。

课间时，尹怀生常常拿出一本课外书阅读，非常专注，似乎书中有巨大的宝藏。有一次，韩湘云好奇地拿起尹怀生摊放在课桌上的书，书名叫作“红与黑”，翻到最后一章，看到玛蒂尔德抱着于连的头颅安葬，他感到一种无法形容的震撼，他觉得这应该是一本不凡的书。尹怀生回来看到韩湘云捧着书惊诧又若有所思的神情，说：“这是法国作家司汤达的经典之作，我最喜欢的一本书。”

韩湘云正沉浸在文字所带来的诡异美感中，突然听到尹怀生说话，吓了一跳，赶紧放下书，解释道：“我只是翻翻，不好意思啊……”他等待着来自书的主人的苛责，而尹怀生只是笑笑：“你是不是想看？我可以借给你，反正我也看了好多遍了。”

“真的？那么好！我看几天就还给你啊！”韩湘云感激地看着尹怀生。

晚上，宿舍熄灯后，韩湘云打着手电筒在被窝里如饥似渴地读那本《红与黑》，他只用了三个晚上的时间就读完了。看到结局，他饱含热泪，一晚上没睡好，于连的骄傲、卑微和懦弱撞击着他的内心，似乎他的某一部分与于连重叠在了一起。夜里，他做了一个梦，梦见一个穿着黑纱的女人捧着一颗头颅，轻轻吻上去，竟然能感受到她唇上的芬芳和温润。他变成了那个头颅！他惊醒，背上冷汗涔涔。

从此以后，韩湘云和尹怀生的交谈多了起来，聊得最多的是书。他先后从尹怀生那里借了好些外国小说，如《约翰·克利斯朵夫》《呼啸山庄》《红字》《百年孤独》《飘》等。

在韩湘云孤独的岁月里，阅读像一道光，照进了他迷茫昏暗的内心，他在小说中的人物身上找到了自己的影子，他不再孤独。韩湘云最喜欢的是《平凡的世界》，尹怀生买到新版后第一时间和他分享。书中少平和少安跟他一样，都是穷人家的孩子，他们的那股韧劲和对生活的热爱深深感染了韩湘云。

对书的热爱让两个家庭背景悬殊、本无交集的人心灵越来越贴近。韩湘云和尹怀生慢慢成了无话不谈的好朋友。其他同学都感到不解，尹怀生这么清傲的人竟然和一个穷小子走得这么近，甚至有人怀疑他俩是同性恋，否则尹怀生为什么对任何女生都无动于衷？韩湘云有次还打趣地问他是不是对女生不感兴趣，尹怀生淡淡地说："我现在只想考上大学，这是我妈生前最大的期望，其他的事，上了大学再说吧！"言语中透着超出他年龄的沧桑。

韩湘云久久未说话，尹怀生竟然没有了母亲，难怪他总带着一丝忧郁，连笑的时候，忧郁也能从眼神中透出来。从此，他不仅感念尹怀生对自己精神世界的启蒙，也多了一些相知相惜之感。

尹怀生看着窗外的景色，思绪也随着车的前进缓缓流淌。他想坐在另一辆车上的韩湘云，此刻心情一定很激动吧！

他回想着高中时代。高一下学期，他和韩湘云成为同桌。在此之前，韩湘云在他眼里是一个沉默的农村来的男孩子，长相和身材属于扎在人堆里马上会被淹没的类型，而身上那套被洗得灰白的看不出原来颜色的夹克陪伴着他一年三分之二的时光。他还记得韩湘云在高一新生开学的第一次班会课上做自我介绍的情景，那口带着浓郁湖南农村味道的方言让同学们哄堂大笑，韩湘云憋红了脸，衬得他的皮肤更加黝黑发亮。

韩湘云虽然相貌平平，在学习上却是一个狠角色。他理科突出，尤其数学成绩常常全班第一。班主任将他俩编在一起也是希望他们强强互补。韩湘云与尹怀生性格其实有点儿相似，都比较内向。不同的是，韩湘云的内向里有一点儿自卑。而尹怀生只是觉得跟有些人没那么多共同话题，也不想刻意去接近，喜欢跟人群保持一点儿疏离感。

尹怀生没有想到韩湘云也对文学书那么感兴趣。韩湘云对《红与黑》的评价竟然跟自己的想法不谋而合。借给韩湘云的书越多，他越觉得韩湘云的内心世界其实是很丰富的。韩湘云虽然出身贫寒，没见过什么世面，但是十分有头脑、有见地。尹怀生朋友不多，很愿意对韩湘云敞开心扉，他想，他不仅把韩湘云当作了朋友，更是视他为心灵的伙伴，其实他内心渴望共鸣，而韩湘云却意外地成了那个共鸣者。

韩湘云平日木讷，可身体内隐藏着一股力量。有一次，尹怀生的一首诗在学校诗词比赛中获奖，因此由学校推选参加市诗词交流活动，正好逃了一节班主任的课。他回来的时候，班主任对他怒目而视，将他挡在门外。韩湘云这时站起来，据理力争：“他是被学校安排参加活动的，不是故意逃课！”班主任完全没料到这个看起来老实巴交的学生会当面顶撞自己，气得发抖。最后的结果是罚他们俩在教室外站了一整天。

高二的时候，韩湘云爱上了运动。他每天早上五点起床，绕着操场跑十圈再做几十个引体向上，风雨无阻。一年下来，他得到了一个绰号——肌肉男，引体向上成绩无人能及，尹怀生对他敬佩不已。

第三章　偶遇

韩湘云成了湘南师范大学数学系的大一新生。他沉迷于数学，喜欢数字的简洁，喜欢数学公式带来的抽象美、严谨的逻辑思维，还有简单定理背后蕴含的无穷变化。如果说文学为他开了一扇新的窗户，让他的精神世界有了陪伴，不再孤独，那么数学则是他从小的挚爱和希望之塔。闷热的暑假，他光着膀子在家里算数学题，稿纸上是密密麻麻的推演，后背慢慢渗出汗珠，他却浑然不觉，因为他沉浸在数学的世界里，内心清凉无比。

另外，数学给他带来了成就感。他家境贫寒，外貌一般，其实他内心是自卑的，总是班级里最沉默的那个。青春期的男孩子们荷尔蒙躁动，下课嬉戏打闹成一片，但是韩湘云常常在课间奋笔疾书，把课堂上老师讲的例题重新演算一遍。他知道自己一无所有，只有对数学单纯的热爱，他暗暗憋了一股劲儿，只有不停做题提高成绩，才可以离自己的梦想近一点儿，再近一点儿。他凭着这股子狠劲儿，以第一名的成绩从偏远的农村中学考进了县城的最高学府——县一中，据说进入了县一中就相当于半条腿进入了大学。大学，韩湘云反复念叨着这个词，这是一个给他带来光明和希望的词，它可以把他带到一个新的世界。他的努力让自己的成绩迅速攀升到年级前列，班主任和同学们这才注意到他——这个沉默的略显老成的农村来的孩子。

韩湘云的祖辈都生活在农村。农村的光阴总是显得很长。农忙的时候，日头一出，乡亲们便扛着锄头下地，日头落下的时候才趿拉着两条沾满了泥的腿回家。农闲的时候，男人们摆张桌，喝点儿小酒，聊着天，谈论着收成、女人、麻将，偶尔说说时事和外面的世界，喝得高兴就大声吆喝，不高兴就骂人。女人们搬把椅子在日头下晒着，一边打毛衣一边唠家常。经常几家一吆喝，便凑一桌麻将，牌桌往天井一摆，大伙儿沉浸在麻将里，一天就过去了。打麻将输了钱，第二天再赢回来，几张皱巴巴的钞票在人们手中转来转去。邻里的界限很模糊，大伙儿就这样一起熬过寂寥的光阴。有时候也会吵架，都是些鸡毛蒜皮的事。

韩湘云总觉得农村是没有时间概念的，只有四季变化，日复一日，年复一年。但人们最终抵不过时光的流逝，他的父母在老去。父亲干瘦的脸上最近几年多了好几道皱纹，光阴将它们深深地刻在了父亲的额头上。

韩湘云不知道自己是不是一辈子也要这样生活。他有时候走在乡间小路上，看着广阔的田野，还有那大片荷花淀，这是生他养他的地方，他爱这片土地。但是他又觉得这里太沉寂、太单调了，他想奔跑，跑出这片土地，到外面看看。走在湘南师范大学的校园里，他有时候会有一种恍若隔世的感觉，自己的梦想这么容易就实现了？他心中充满了欢喜。但他也有忐忑，陌生的同学，陌生的环境，他不知道能不能很好地融入这里。

大学第一次班会，班主任让他们每人做个自我介绍。一个男生引起了所有人的注意，他大步流星地走上讲台，身姿笔挺，步伐刚劲有力，有军人气质。他用粉笔在黑板上写下了两个大字——高宁，字体刚健遒劲，如本人气质。韩湘云突然觉得有些面熟，但又记不起来是谁。他转身，浓眉下的双眼炯炯凝视下方，带有磁性的声音穿透空气，进入韩湘云的双耳：“我叫高宁，高尔基的高，列宁的宁。我毕业于沅水一中，很高兴认识大家。”“沅水一中？那不是跟我一所高中吗？”韩湘云心中一动。高宁语速适中，吐字清晰，声调顿挫，一点儿也不拖泥带水。五官棱角分明，英气十足。这个男生从外表、姿态到谈吐甚至是字迹都显得洒脱、刚毅，目光中有种威严大气，很适合做领导。韩湘云心想着，竟然那么巧，同班还遇到一位校友。

班会结束后，高宁主动找韩湘云打招呼："韩湘云，很高兴认识你！我们是校友啊！"高宁向韩湘云热情地伸出手。

韩湘云也很高兴："确实巧啊，我原来是七班的，你是哪个班的？"

"四班的。我经常在校园红榜上看到你的名字，听说你数学很好哦。今天才见到你本人，没想到我们还在一个班。"

韩湘云未曾想过自己竟然能在别人心中留下印象，还是因为分数，也只有这个能让平凡的他偶尔闪耀一下了。他连忙说："我高中都很少参加活动，所以不认识我也是很正常的，但我一见到你就觉得面熟，你肯定比我要活跃得多。"

高宁笑了笑："我比较爱折腾点儿，高中当班长，有时候会帮忙组织活动。"

他俩又寒暄了会儿，说起母校的老师同学，都觉得分外亲切。他乡遇同乡，还是同校人，确实是让人高兴的。最后，高宁提议约个时间把湘南师大的一中校友集中起来聚个会。

高宁看似刚毅不好接近，但其实挺亲切随和的。这让韩湘云想到了尹怀生，他与高宁都很优秀，但气质不一样。高宁热情爽朗，尹怀生儒雅沉稳。不知尹怀生的大学生活怎么样。

第四章 "女神"

尹怀生也在湘南大学中文系开始了他的新生活。他在文学系如鱼得水，文学理论和写作对于他来说驾轻就熟。他父亲很喜欢读书，家里藏书颇多，尹怀生很小的时候就已经在高高的书架上取下《西游记》《三国演义》《水浒传》这些书，半蒙半猜地读，一读就是一下午。书是他最好的玩具，读书的时候他脑海里总是浮现着一个瑰丽的世界，那里有比现实世界更丰富有趣的人物和情节，他与书中的人对话，看到自己喜欢的人物的时候似乎自己也变成了他们，与他们一起欢喜、一起忧愁。长大一点儿便开始自己逛书店买书，大部分零用钱都用在了买书上。他受到初中语文老师的启发，开始对西方文学感兴趣。晚自习回来后他独自在台灯下，读完了厚厚的《复活》《安娜·卡列尼娜》等名著。

他最喜欢的书是《约翰·克利斯朵夫》和《红与黑》。他在这两本书的主人公身上找到了自己与他们的共同点：热爱艺术，心中充满浪漫主义情怀。一方面，他期盼能够遇到书中女主人公葛拉齐亚这样的女子，清澈阳光，能够懂他的灵魂。另一方面，又期待能邂逅瑞纳夫人那样的女人，能够像母亲一样包容他、爱护他。失去母亲以后，他无时无刻不在思念母亲，而唯有书是他最好的陪伴。母亲在的时候，就经常取笑他们父子，说尹怀生是一个大书虫脱的壳，跟他老爹一模一样。尹父对儿子青出于蓝胜于蓝的爱好既感到欣慰，又感到担忧——怕他太沉迷于书籍，而缺少面对现实社会的历练。

尹怀生没多久就成了班级的焦点，深受老师的青睐。不管是写书评还是写文学作品，他都有超过大一新生的功力，习作常常让那些白发教授深感后生可畏。老师们把他的习作推荐到校报，使他迅速成为校园的文化名人，“尹怀生”这三个字常常出现在封面上。他向杂志投稿，篇篇被采用，慢慢有了些稿费收入，除了平日开销，还能有些结余。

除此之外，尹怀生还遇到了一些有意思的人。比如他的西方文学赏读老师是一位刚研究生毕业不久的美女，姓倪，还记得她第一次走进课堂时，着一身紫色裙子，手上一枚蝴蝶戒指，头发轻轻挽着，秀发上别着一个藕荷色的水晶发夹，与穿着浑然一体。她五官清秀，身材匀称，浑身散发着东方女性的魅力。很多男生都看呆了，尤其是尹怀生的上铺室友——来自山西的男生何修年。他一整节课都没合嘴，下课了还呆呆地坐在座位上，同学们都走完了他还在回味不已。尹怀生也是心动的，他仿佛看到了现实中的葛拉齐亚。但是，她毕竟是老师，尹怀生对她更多的是敬重。

何修年从那堂课后便开始进入无休止的花痴状态，他毫不掩饰对老师的喜欢，在寝室里聊得最多的也是倪老师。尹怀生打趣说他就差在床头挂张倪老师的画像，每天早上拜拜了。何修年竟深表赞同，叹了口气；可惜就是没机会要到她的照片啊。尹怀生竟自告奋勇地说："我可以要到她的照片，你信不信？"

第二天，尹怀生请倪老师吃饭，倪老师一直欣赏尹怀生，欣然前往。他们天南海北谈了很多，聊到西方文学时竟发现他们的品位如此相似，他们有种知遇之感，倪老师更是对这个散发着艺术气息的男生生出爱才之心。最后，尹怀生毫不避讳地对老师说："老师可否赏我一张照片留念？"没想到倪老师竟痛快地一口答应。

尹怀生轻而易举地把照片带给了何修年，何修年对尹怀生佩服得五体投地，立即把照片挂在了床头。尹怀生又开玩笑："你最好在照片上方再贴个纸条，上书'女神'二字。"

尹怀生不知道给何修年照片是好事还是坏事，不过那天晚上，他也梦到了他的女神葛拉齐亚，她向尹怀生回眸一笑，那一刹那又那么像倪老师。

何修年掩饰不住对倪老师的喜欢，一直像膏药一样黏着倪老师。下课问倪老师一大串问题，只为了多闻闻倪老师身上的芬芳。他竟然为了弄清楚倪老师用什么香水，还特地跑到商店去闻各种牌子的香水。尹怀生提醒他把握度，别太沉迷了，毕竟她是老师。何修年充耳不闻，竟开始试图给倪老师写信，就是一直觉得自己文笔不够好，改了一遍又一遍。

还没等到何修年把这封写给"女神"的信发出去，突然他有一天回到寝室，像失了魂一样，一言不发地躺在床上，第二天上课也不去。尹怀生问他，许久他才愤愤地说："女人……"尹怀生心知他一定是受了"女神"的打击，便听他道来。何修云憋红了脸，良久才说明了原委。原来他痴狂到开始跟踪倪老师，知道了她在学校的住所。于是，有一天他偷偷来到倪老师住所的门口，心像打鼓一般怦怦直跳，他怕老师突然推开门，于是像做贼一样把脸贴在门上，侧耳倾听。他脸色开始发白，没错，他听到了一个男人的声音，还有倪老师银铃般清脆的笑声。接着，笑声戛然而止，沉闷而燥热的寂静充斥在封闭的空间里，汇集成一些画面出现在何修年的脑海里。他又羞又气，有种踢门的冲动，但他还是遏制住了，最终他回过神来，开始感到羞愧。他迈着铅一样沉重的双腿回到了寝室，大脑一片空白。

尹怀生听后，除了对何修年的行为感到荒谬，心中竟也有些失落，倪老师不知何时也悄悄进入了他的内心，其实他已经把倪老师奉为心中的“女神”，突然，“女神”从神坛跌落，他也感到空落落的。

何修年虽然比较幼稚，但也挺直爽。尹怀生经常和他互相打趣，为三点一线的大学生活解解乏。尹怀生靠写作慢慢有了名气，女生们写给他的信慢慢多起来。尹怀生干脆都给了何修年，让他品读，顺便学点儿写情书的技巧。何修年羡慕的同时也分外不解，便忍不住开尹怀生的玩笑，那么多女生喜欢他也不心动，难道性取向有问题？何修年的质疑也不无道理，他确实是对女生较冷漠。其实尹怀生的心中是有一个“女神”的影像的，他对倪老师产生过朦胧的爱，但他将这份爱止于敬重。他一直笃定地等待着那个她。

第五章　邂逅

进入大学两个月以来，韩湘云越来越喜欢大学的氛围，他最喜欢的是大学图书馆。在尹怀生的影响下，他也开始喜欢读书了。他第一次走进图书馆，便被震撼到了，并且有种深深的欣喜，仿佛发现了宝藏。图书馆里有各种藏书，还有干净的书桌。他这辈子从没见过那么多书。他几乎每天课余时间都会去图书馆，去得最多的地方便是文学阅览室。他最近很迷金庸的武侠小说，小说中的刀光剑影、侠骨柔情让他沉迷不已。他最喜欢令狐冲，觉得他身上有种洒脱的“侠”气，令狐冲最后放下一切，与任盈盈执手笑傲江湖，那种境界让他心向往之。他想起了高宁，他身上似乎就有种令狐冲的气质。

有一日，韩湘云在借书台借书，前面站着一个女孩子，乌黑长发齐肩，露出小巧精致的耳朵，鬓角别着一个酒红色发卡，发卡中心是一枚红色水钻，围绕着它的是一小串珍珠样的装饰，低调中透着优雅。她身着粉色连衣裙，背影纤细秀丽。韩湘云忍不住朝她手上的书望去，原来是司汤达的名作《红与黑》。那是他与尹怀生都喜爱的书，也是开启他们友谊带着他进入文学殿堂的书。她把书轻放在借书台上，对管理员老师礼貌地说："请帮我借一下这本书。"韩湘云从未听过这么好听的声音，他感到这声音进入他的耳朵，像鱼儿一样游到了他的心里，然后像棉花糖一样融化了，给了他一种前所未有的甜蜜的舒服感。他发了一阵子愣，竟然没发现声音的主人已经借好了书。当她从他身边飘然而过时，他又听到这个声音："同学，我借好了，到你了。"他猛然回过神来，为自己的失态感到窘迫。他都不好意思正眼看这声音的主人，但他也感到了那双真诚的眼睛正看着自己，他抬头朝对方笑笑，只见对方也正用微笑来回应他，小鹿般明亮的眸子带着一丝俏皮，嘴角上翘，露出一对酒窝，清秀的面庞透着青春的鲜活，整个人像春天的阳光一样让人心生温暖。韩湘云突然有了这样的联想。他的心跳突然加速了，但他除了朝她笑，竟然一句话也说不出。管理员开始不耐烦地催促："你还在发什么愣，后面人都等着，快点儿！"他赶紧走上前去，等到借好了书，他急忙寻找那个粉衣女子的身影，发现她已经走远，像精灵一样消失不见了。他甚至怀疑自己武侠小说看多了，产生了幻觉。

从此以后，韩湘云更有动力去图书馆了，因为他又多了一个去图书馆的理由。他时常有意无意地寻找那个女孩儿的身影。他猜测女孩儿既然看《红与黑》，那她应该喜欢西方文学，因此韩湘云将主战场从中国文学阅览室转移到西方文学阅览室，奢望某一日能再听一听她的声音，看一看她的笑颜。他也不知道自己怎么会这样，竟对一个陌生的女子产生这样的向往。他觉得自己一无所有，不敢对她有任何奢望，只是想见到她，再次感受那种从心底洋溢出的温暖的感觉。他觉得她和自己脑海中的于连的爱人玛特儿相似，他想起了中学时代做的那个抱着头颅的梦，他曾被梦的意象惊出一身冷汗。但现在，他甚至希望重新梦到那个场景了，纵使自己变成头颅，若能够感受到她嘴唇的芬芳，也是件幸福的事。这个梦竟成了他的情结，而这个女子，就这样和梦联系在了一起，他没有想到，这个情结竟然延续了一生。

两个星期后，韩湘云终于有了收获。那是一个秋日的午后，阳光很充沛。韩湘云坐在宽大的书桌后，沐浴着阳光，秋日的阳光让他觉得暖洋洋的，渐渐有点儿昏昏欲睡。在蒙眬的睡意中，他似乎感到那个期盼的身影出现在他面前。他努力战胜睡意，抬头往前望去，一眼便看到了那枚酒红色的发卡，那对小巧的耳朵，还有颀长的脖颈，对，一定是她。她背对着他端坐着，手里翻动着一本厚厚的书。韩湘云睡意全无，像欣赏艺术品一样欣赏着她的背影。希望她别回过头来，要不然她会以为自己不怀好意，韩湘云想着。

韩湘云很想知道她看的什么书，但始终没有勇气走上前去和她攀谈，只是模糊地辨认出书上的文字好像是英文。难道她是英文系的？韩湘云猜测着，试图将从对她的观察中得到的碎片信息拼凑起来，得到她的完整信息，可是，他发现他的努力是徒劳的，他对她所知太少了。不过，能见到她，就是一件很舒心的事。

韩湘云从未对女孩子有过这样的感觉，虽然他已经有朦胧的两性意识，但他始终觉得自己还不配拥有爱情，因此对女孩子不够关注。另外，他之前所遇到的女孩子也从未让他有过像对这位女孩子一样的心动感觉。

韩湘云就这样看着她，秋日的暖阳慢慢倾斜，照在她酒红色的发卡上，反射出暧昧的红光，射入韩湘云的瞳孔里。整个世界都安静了，仿佛就剩下他们两个人。男生静静地看着女生的背影，心中的暖意荡漾，女生浑然不觉，专注于手中的书，安静而美好。韩湘云享受着这片刻的属于他们的时光，准确地说，是他偷来的时光。因为只有他清楚此刻心底的感觉，他觉得此刻幸福无比。

韩湘云没想到起身去跟她打招呼，他也没有勇气，只是感到很欣慰，自己的等待能换来这么美好的一瞬就很值得了，眼前的景象就当是这美好秋日的下午做的一个美梦吧，让梦的意象就这样保持着、停留着，让他再回味一会儿。

也许是出于直觉，女孩儿好像意识到有人在看她。女孩儿突然回过头来，韩湘云吓了一跳，仿佛一个偷窥者被发现了一样，赶忙把头埋下，装作很认真读书的样子。等他再抬起头的时候，前面的书桌空空如也，梦醒了，人也消失了。

第六章　相识

大学的日子像流水般过去，有数学陪伴，韩湘云也不感到孤寂。另外，他心中还多了份隐秘的温暖和期盼。每天睡前，他都在幻想第二天再见到那个女孩儿的情景。他已经把那个女孩儿称作玛特儿，每天带着对她的美好念想入睡，期望做一个跟她有关的梦。有一次，韩湘云还真梦到了她。她穿一身鹅黄色的裙子，对着自己笑，酒窝里像蕴了蜜一样，甜得韩湘云心醉。他很想跑上前去，离女孩儿近一点儿，但腿好像灌了铅一样，被浇铸在了地上，怎么也挪动不了，只能眼睁睁看着女孩儿离他越来越远，直到看不见。梦醒后，韩湘云决定鼓起勇气去接近女孩儿，起码知道她叫什么名字，做个朋友也好啊。

韩湘云怕自己嘴笨，就用眼下最时髦的方式——给她写信。他写了一封又一封，每一封都是写完又撕掉，他觉得自己太笨，文笔太拙，无法表达出心中的感受。他甚至想求助于尹怀生，不过他很快否定了这个念头。一来怕尹怀生嘲笑自己，二来他不想让别人知道自己的心事，一个十九岁男孩儿藏在心底的最美丽的梦。

韩湘云还是每天下课都去图书馆，期待又一次邂逅。他也确实喜欢读书，不知不觉，他已经把金庸的武侠小说看完了。两个星期过去了，女孩儿再一次出现。这一次，女孩儿经过他的书桌的时候，他抬起头看她。女孩儿对他笑了笑，像第一次见面的时候一样，这笑容让他温暖到心底。她清澈的双眼带着一丝狡黠，韩湘云好似秘密被人洞穿，他脸上发热，也对她微笑。她的微笑让韩湘云本能地微笑，不过这次他发现女孩儿依然清秀的脸似乎有一点儿苍白。

女孩儿还是在原来的位置坐下，打开书，坐定，安静得如一座雕像。韩湘云不由自主地再次凝视她。这时，女孩儿突然弯了一下腰，捂着肚子趴在桌上。韩湘云心中一惊，她似乎不太舒服。过了一会儿，女孩儿站了起来，身子还是微微弓着，手仍然捂着肚子，脚步有些不稳，向门口走去。韩湘云有点儿担心，也跟着她出去了。只见她把腰弯着，韩湘云急忙走上前，靠女孩儿更近，他想伸手去扶她，但发觉女孩儿拐到另一条走廊，里面是女厕所。韩湘云不安地在厕所外面等着她，手心都出了汗。

几分钟如同一个世纪，韩湘云心中如万千蚂蚁在爬。他甚至想她再不出来的话，他就直接进去了。过了一会儿，女孩儿终于出来了。她脸色更加苍白，嘴唇已无血色，她诧异地看了韩湘云一眼，刚想说什么，突然眼前一黑，瘫软了下去。韩湘云大惊，急忙上前扶住女孩儿，将女孩儿背在背上，向门口跑去。他第一次与梦中的女孩儿靠得如此之近，他能感受到女孩儿身体的柔软，但是此刻，他来不及体会这突如其来的幸福，他心中焦虑不已，只想快速把她送到校医院，让她快点儿恢复，哪怕将疼痛转移到自己身上，他也愿意。

女孩儿很快清醒过来，意识到自己被一个男生背着，感到格外不好意思，她没想到她会和他以这样的方式相识。这个男生她是有印象的，她每次去图书馆的时候都会见到他，而且他每次都会在同样的位置。他似乎对自己是有好感的，因为她不经意看他的时候，他都在看着自己，但也可能是自己的错觉，她想。他看起来不像省城人，衣着朴素，肤色偏深，像是经常在太阳下晒的。长相普通，但笑起来很温暖，给人一种朴实厚道的感觉，是很适合做朋友的那种。女孩儿想，虽然自己对他谈不上喜欢，但也是有好感的，她很后悔今天特殊情况还跑到图书馆来，也没想到会突然痛成这样，结果自己狼狈的样子全被他看到了。她这样想着，恨不得找个地缝钻进去。不过她也暗自庆幸遇到他这样的好人，要不然自己今天不知道怎么办才好。她当下只能咬着牙忍受腹部的疼痛，趴在他的背上，任由他把自己背到校医院去。

韩湘云一口气跑到校医院，又一口气爬上三楼，把女孩儿托付给医生，连忙跑去挂号。虽然女孩儿不胖，但图书馆离校医院还有段距离，韩湘云又急，背着她一口气跑那么远没停歇，也有点儿喘不过来气。他出了一身热汗，幸好每天坚持跑步，才能勉强坚持，没想到每天的锻炼在这里派上了用场。韩湘云蓦地有种小小的成就感。他不敢耽误，挂完号马上跑回诊室，他挂念的她不知道怎么样了。女孩儿躺在诊室的病床上，脸色已经缓和一些，看起来不那么痛了。她见到气喘吁吁的韩湘云，急切的神色挂在脸上，额头上布满汗珠。她又羞愧又感谢，连忙说："今天真是多亏你了，真谢谢你！"

"应该的！"韩湘云看她好点儿了，心中终于不再那么忐忑，他转头问医生到底怎么回事。医生似笑非笑地看着他："没什么事，女孩子痛经。先观察会儿，如果还是疼就吃点儿止疼药。一般休息会儿就好，多喝点儿热水！"

"痛经？"韩湘云突然明白了怎么回事，这是属于女孩子的"专利"。他心中宽慰了许多，但又有些不好意思，他原以为是阑尾炎或者急性肠炎之类的，没想到是女生特有的事。他局促起来，不好意思多问，本来因跑步发热的脸变得更红，他努力掩饰着自己的不好意思，讷讷地说："那我去弄点儿热水来。"他端了一杯开水，还找医生借了点儿红糖，小心拌在里面搅匀，因为他看到他姐姐来例假时就会喝点儿红糖水。他怕水太烫，于是用两个杯子来回倒，让它迅速降温，他像匠人对待艺术品一样精心"打磨"着手中的这杯水，直到他觉得温度适中了，才小心翼翼地端给躺在病床上的女孩儿。

女孩儿感激地看着他，一点点把水喝完，苍白的嘴唇渐渐恢复了点儿血色，她轻轻说："我好多了，今天耽误你的时间了，真是抱歉，也谢谢你把我送来。我等下就可以自己回宿舍了，你忙的话就先回去吧。”

韩湘云不放心：“没事的，我等你完全好了送你回去，你好好休息。”

女孩儿流露出感激的神色，没再多说。刚才的剧痛让她很累，她闭上了眼睛。医生让韩湘云到外面去等，让她静静休息。韩湘云点头答应，来到诊室外的凳子上坐着等她。他回想着今天发生的一切，无数次幻想与这个女孩儿初次对话的场景，但没想到竟然以这样的方式跟她走近，像做梦一样。能帮到她让韩湘云感到幸福，但他又心疼她痛苦的样子，今天的场面也让他有点儿尴尬。想想现在自己与她就在咫尺，能这样守护着她，韩湘云已经很满足了。

韩湘云低头思索着。过了一会儿，一个清脆的声音在他耳边响起：“同学，你还在这里啊！”他蓦然抬头，只见她笑盈盈地立在他面前，虽然脸色看起来还是有点儿苍白，但气色好了许多，嘴角上翘，露出俏皮的表情。韩湘云见到她精神恢复了，心底满是欣喜，连忙问：“你感觉好些了吧？”女孩儿答：“我没事了，今天耽误你了，我请你吃晚饭吧！”韩湘云这才意识到晚饭的时间到了。外面日头已经落下去，光线变弱，黄昏已经来临。

韩湘云对女孩儿的邀请感到有点儿不知所措，他从来都没和同龄女生一起吃过饭，何况是和他的梦中女孩儿？虽然他心向往之，但怕突然到来的巨大幸福把他压垮，他一定会很失态的。他赶紧说：“谢谢你的好意。今天能帮到你我很开心，但我已经跟同学约好了一起吃饭。我送你回寝室吧。”

女孩儿爽快答应。他们并肩走在夕阳下，校园的梧桐树叶黄了，落叶散布在校道两旁，与金色的夕阳一起化为了黄昏的一部分，融入了光影的韵律里。韩湘云觉得这是他走过的最美好的路。他和女孩儿聊着天，才将之前多次试图拼起的关于这个女孩儿的身世渐渐拼凑完整了——她是外院的大一新生，省城人，学英语语言文学，也读过很多书，最喜欢的作家是罗曼·罗兰。她的名字跟她的声音一样悦耳动听，叶是她的姓，名婉秋，连在一起叫作叶婉秋。他还知道她和自己的一个高中同班同学在一个班。

韩湘云那天晚上辗转了很久才睡着，他一遍又一遍地回忆着白天发生的事，想着她的声音，她的笑容，她趴在他背上的柔软的身体，还有她的名字——叶婉秋。他一遍一遍地读。他那时还没有意识到这个名字会成为他一辈子的结。

韩湘云带着幸福的笑沉沉地睡着了，明天又会是新的一天。

第七章　江边夜话

自从上次送叶婉秋到校医院后，这一个月来韩湘云在图书馆再也没见到她。韩湘云想："她难不成在躲着我？"他最近看一会儿书，就会想起她，她的那对酒窝总是在他眼前晃来晃去，让他心神不宁，他感到有点儿焦躁，图书馆封闭安静的氛围让他更加憋闷，于是他干脆把书收起来，到外面透透气。

韩湘云想到了尹怀生，以前情绪不佳的时候跟尹怀生聊聊天，心情会好很多。有些日子没跟尹怀生联系了。他们俩的学校虽然离得近，但大家各忙各的事，除了刚来的第一个周末两人一起逛了逛岳麓书院，之后几个星期都没见面。他想着心事，加快了脚步，一会儿工夫就走到了湘南大学中文系学生宿舍，跟宿管通报后，他上了楼。尹怀生的宿舍在305室，这会儿是周六下午两点半，尹怀生应该在宿舍休息。

韩湘云这次不请自来，轻轻敲了门，刚开始没回应，他又敲了敲。"谁啊？！"一个粗哑的男声传来。接着是床板的嘎吱声和哐当哐当的脚步声。门开了，韩湘云看到门口站着一个微胖的男生，比他高半个头，留着小分头，额头上有几颗青春痘，五官不是那么分明，黑框眼镜后一双不大不小的眼睛在韩湘云身上上下打量着，脸上有点儿不悦的神色，两个字从他厚厚的唇缝中吐出："找谁？"声音粗闷，带点儿沙哑，像刚睡醒一样。

"我找尹怀生，他在吗？"韩湘云问道。

“哦，尹怀生啊。”胖子神色缓和了些，“他刚出去一会儿，应该等会儿就回来，你找他干吗？”

“我是他高中同学，在湘南师大读大一，我来找他玩。”韩湘云答道。

“哦，你就是那个湘南师大的？尹怀生好像提到过他在师大有个好友。”胖子脸上有了点儿笑意，说着把门拉开了点儿。

“尹怀生在同学面前还提到过我？”韩湘云想着，走进了寝室。胖子自我介绍道：“我叫何修年。尹怀生是我下铺，不过他有点儿洁癖，他的床不能随便坐，你就坐在凳子上吧。”韩湘云打量了一下宿舍，里面一共四张床，每张床都是上下铺形式。尹怀生的床在靠窗的位置。他的床和他的人一样，干净、齐整。宿舍中间由四张写字桌拼成了一张大桌子，充分利用了空间。

韩湘云找了个凳子坐下，与何修年寒暄了几句。何修年的眼睛就没离开过韩湘云，目光中带着一种说不清的意味，被一个同性这样盯着，韩湘云感到浑身不自在。韩湘云礼貌地笑着说：“我等着他，你该做啥就做啥，别耽误你的事。”

何修年也不客套，说道：“那你等着，我再接着睡会儿。”他身手敏捷地爬上了床，不一会儿宿舍里就响起了呼噜声。韩湘云想着，这俩室友的气质真是天差地别，何修年这大大咧咧的劲儿，与文学仿佛搭不上边儿。不一会儿，宿舍外响起了钥匙转动锁孔的声音，门开了，一个熟悉的身影走了进来，尹怀生回来了。见到韩湘云，尹怀生先是一怔，接着面露欣喜之色。韩湘云指了指正在酣睡的何修年，对尹怀生做了一个噤声的动作，两人一起出了宿舍。

几个星期不见，两人有说不完的话。尹怀生给韩湘云说起何修年迷恋、跟踪老师的事，韩湘云忍俊不禁，联想起何修年的样子，对他做出这样的事倒也不觉奇怪。韩湘云对尹怀生说起同班同学高宁，尹怀生倒是很有印象，他和高宁原来都是足球队的，高宁当时也有很多女生喜欢，但是和尹怀生一样，都对她们无动于衷。

韩湘云说了很多最近发生的事，但他始终没提起他与叶婉秋的相遇，更不会提他对叶婉秋的情愫，哪怕是对最好的朋友，他也要把这秘密深埋心底——这是独属于他一个人的。

尹怀生提议去湘江边走走。韩湘云一听正中下怀，作为从小生活在湖边的孩子，他对水有着一种特殊的情结。他很早就向往去这湖南最大的江河、省城的母亲河边走走。他俩下了公交车，走上了湘江中心由泥沙冲积而成的最大的滩涂——橘子洲头。橘子洲头果真长满了橘子树，倒也不负虚名。当时正值晚秋时节，橘子洲头的橘子都熟透了，一颗颗黄澄澄的橘子挂在低矮的橘子树上，煞是可爱。有些橘子掉在地上，被飞来飞去的鸟儿叼啄。这些鸟儿品尝完汁水丰满的果实，又飞到水面上去，忽高忽低，像随风摇曳的风筝，给这片苍茫的水域增加了一些生气。

从高空望去，橘子洲头像一艘渔船一样停泊在湘江的中心，湘江在船头分开，再在船尾合在一起，把橘子洲头完美地包围起来。韩湘云和尹怀生并肩走在江边，风起时微凉，秋天的江水显得澄澈，像缎带一样，让人心生温柔。此时已到黄昏时分，落日余晖洒在江面上，一眼望去，缎带上泛起了金色，随着波浪荡漾开来。尹怀生不禁想起那句诗词——落霞与孤鹜齐飞，秋水共长天一色，十分应景。毛主席曾站立在橘子洲头，望向江水，写下了“恰同学少年，风华正茂；书生意气，挥斥方遒”，这是怎样的雄心壮志，意气风发！

江面上水汽氤氲，偶尔有轮船驶近，又渐渐远去。对岸的城市华灯初上，湘江渐渐变得模糊，融在了城市的暮色中，江水仍然不停歇地一直向前。湘江水也是流向洞庭湖吧，韩湘云想着。他的家就在洞庭湖边，他有点儿想家了。

两个青年慢慢走着，欣赏着江景，空气里混杂着水汽、植物和泥土的味道，他们感到整个身心都舒畅了。人融入自然的时候，情感是最细腻的。韩湘云想起了叶婉秋，心中泛起一层温柔的涟漪。他突然问尹怀生：“如果你喜欢上了一个女孩儿，你会告诉她吗？”

尹怀生有点儿吃惊，没想到韩湘云会问这样的问题，在他心里，韩湘云对男女情爱之事一直迟钝木讷，怎么突然问起这个问题？难道……韩湘云恋爱了？

尹怀生望向韩湘云，他低着头，等待着答案。尹怀生拍拍他的肩膀，笑道：“你小子不太对劲儿嘛，是不是有情况啦？”韩湘云赶快解释：“没有，我就是问问你，如果你喜欢上一个女生怎么办？”

尹怀生从来没有想过这个问题，便随口答道：“那要看她喜不喜欢我。”

“如果你不知道呢？”韩湘云追问，“如果你贸然表白，吓到对方呢？”

“那你就慢慢观察、等待，觉得合适的时候再表白。”尹怀生若有所思地望向韩湘云，心想：这小子今天有点儿不正常，难道真的有情况？既然他不愿意说，那我也不多问了。是什么样的女生会让他心动？尹怀生试图勾勒出那个女生的模样。他想到了倪老师，他的葛拉齐亚，那个像春天一般明媚的女子。记得当初跟韩湘云谈论《约翰·克利斯朵夫》时，他也毫不掩饰地表达他对女主人公葛拉齐亚的喜欢。他们俩喜欢同样的书，连对书中人物的评价都如此相似，所以才成了无话不谈的知己。一个念头突然跳到尹怀生的脑海里：如果，我们俩喜欢上同一个女生怎么办？尹怀生突然被这个念头吓了一跳，心里的忧虑也脱口而出。

韩湘云还沉浸在自己的情绪里，突然听到尹怀生问了这样一个问题，心上一怔。他从来没想过这样的问题，尹怀生会爱上叶婉秋吗？他脑海中出现了两个人在一起的画面，他甚至觉得他们两个人很般配。不，他痛苦地摇摇头，想把这样的画面抹去，虽然是一种设想，但是他一下子难以接受。尹怀生正若有所思地望着韩湘云，似乎对他的纠结有点儿幸灾乐祸。

韩湘云内心挣扎着，虽然很不愿意遇到这样的情况，但他也不是那种重色轻友的类型。过了半天，他抬起头，真诚地看着尹怀生，认真地说：“如果这种情况真的发生的话，那就看女生喜欢谁，如果她喜欢的是你，我就成全你们，但是，你一定要让她幸福。如果她喜欢的是我，我就带她离开。”

尹怀生本来是半开玩笑似的问他，没想到他竟然把这个问题当真了。尹怀生看到韩湘云认真的神色，相信他说的都是发自内心的，而后竟然被韩湘云感动了。落日余晖慢慢散去，夜幕悄然降临了，尹怀生看到韩湘云还在发愣，打趣地推了他一把："你真的不正常啊！肯定是有情况了！你要成了，带嫂子第一个来见我啊！"

"我说着玩的，我一个穷小子，谁看得上我！你说说你收了多少封情书了，又伤了多少人的心？"韩湘云回推了尹怀生一把。

尹怀生作势要打他："你敢取笑我？看我怎么收拾你！"韩湘云灵活躲开，捡起了一根树枝，摆起架势："你要敢喜欢我喜欢的人的话，我就跟你决斗！"两个内敛的青年在这暮色中的江岸边像孩童般嬉笑打闹起来，刚才的忧虑、纠结和哀愁顿时消失得无影无踪。多年以后他们回想起这个画面，仍然感慨万千。

第八章　聚会

自从那次和尹怀生在江边谈心后，韩湘云就一直有点儿隐隐的担忧。他控制不住地想象尹怀生和叶婉秋在一起的样子，又一遍一遍打消自己荒唐的念头。他自嘲是不是得失心疯了，他很不明白自己怎么变成了这样，患得患失。大多数时候，他让自己静静闭眼，想象叶婉秋从对面向他走来，盈盈的笑像一道春日的暖阳，渗进他的身体里，扩散到他的每一根神经，让他像被打通奇经八脉一样，备感舒服。

沉浸在自己编织的梦里，韩湘云觉得再这样下去他就要沉沦了。他最近刻意把精力都放在了学习上，让自己少一些胡思乱想，他觉得要从自己的世界走出来。正好高宁向他提议这个周末组织一个老乡聚会，他一口答应。

高宁把地点选在了师大附近的一家餐馆，并邀请了沅江一中在师大的校友，让韩湘云顺道叫上尹怀生。本来尹怀生对这种同学聚会并不太感兴趣，但看在高宁的面子上答应了。

韩湘云去得早，见到高宁忙碌地招呼着同学，跟他打了声招呼，找了个靠里的位置坐下。人三三两两地来了，韩湘云数了一下竟有十几个人，他心里暗自佩服高宁的组织能力，不愧是当过班长的！

尹怀生在人快到齐的时候来了。他今天穿了件卡其色的T恤衫和一条深蓝色的牛仔裤，随性休闲。他头发剪短了些，胡子刚刮了几天，就又长出了点儿青色的小胡子。他一进来就成了众人的焦点。

“大才子来啦！”高宁欣喜地走过去，热情地揽住尹怀生的肩膀。

尹怀生也开心地回应：“你看你忙得像结婚摆酒席，你摆这么几大桌是要给自己张罗对象啊？”

大伙儿跟着笑，一些跟高宁熟点儿的男生也附和道：“他就是想在湘师大找个沅水妹子，要不然他那么费心把我们聚在一块儿！”

高宁也跟着大家笑，一点儿也不介意大家的玩笑：“你们自己是这样想的吧！想在沅水女生们面前留个好印象，你们得招待好她们咯。今天女孩子放开了吃，男生负责结账。”

女生们一阵欢呼，刚才被开玩笑的尴尬在笑声中也消散了。她们把目光投向了尹怀生——沅水一中“男神”般的人物，只见他对大家礼貌地笑笑，走到了靠里的位置，坐在韩湘云旁边，两人交谈甚欢。女生们心里竟有点儿小小的嫉妒。尹怀生虽受到众多女生的青睐，但和女生都保持着一定的距离，却与那个长相、出身都普通的韩湘云走得很近。

这时，门口出现了一个熟悉的身影。她身材高瘦，短发，五官轮廓分明，眼窝深邃，有点儿欧洲人的感觉，一双黑亮的大眼睛透着灵气，漂亮的脸蛋和帅气的气质结合在一起，形成了一种奇特的魅力。尹怀生感叹，真是女大十八变，才开学三个月不到，徐璐就变这么漂亮。

尹怀生回想起高中时，自己是学习委员，她是副班长。老师经常让他们俩负责检查作业。她会把没有交作业的人一个一个找出来，三番五次催交作业，最后班上那些偷懒的学生不是怕老师的责骂，而是怕徐璐的唠叨。徐璐的认真劲儿让尹怀生省了不少事，他也乐得省下这些烦琐，可以在下课时多些时间看看书。徐璐也不计较尹怀生的偷懒，几乎把担子都挑在了自己一个人身上。尹怀生内心是欣赏徐璐的，他觉得这个女孩儿有一种湘女的果敢、爽朗和大气。

尹怀生向徐璐招手示意，对方也热情地挥手，冲这边爽朗地笑着，热情地招呼："尹怀生，韩湘云！"

高宁见到徐璐，急忙走上前去，朝对方伸出手："我叫高宁，湘师大数学系的大一新生，原来是沅水一中四班的，欢迎你参加聚会！"

徐璐赶忙握住高宁的手："久仰大名，我叫徐璐，跟尹怀生、韩湘云是高中同班同学，湘南师大外语系的大一新生。"

徐璐打量着高宁，见他英气十足的剑眉下一双炯炯有神的眼睛诚恳地望向她，笑的时候眼神里有道温暖的光，伸出来的双手结实有力。她微微被触动了一下。她高中就认识高宁，那时高宁是足球队的主力，她见到过高宁踢球，在球场上杀伐果断，奔跑起来像刚离弦的箭，爆发力十足。进球时，身边一片女生的欢呼声。不过，那时她只是远远地看着他，知道他很受女生欢迎，而她自己当时只顾埋头学习，况且不在一个班，只算是闻其名而不了解其人。今天才近距离与他接触，果真是名不虚传。

"很高兴认识你，你到那边先坐，菜马上就上来了。"高宁说着把她领到尹怀生和韩湘云旁边的空位坐下。高宁见她落座，马上又开始谈笑风生。男生们的目光都被徐璐吸引，她的出现一下子让空气鲜活起来了。"这个女生身上有一股英气！"高宁想着。

徐璐一见到韩湘云，立马兴奋地说："嗨，你上次是不是英雄救美啦？"只见她嘴角一抹调皮的笑，眼睛像明镜一般窥探着他，似乎要把他的内心世界都照出原形。韩湘云知道她指的是什么，脸唰的一下就红了，他看了看旁边的尹怀生。尹怀生似笑非笑地看着他，似乎对"英雄救美"的故事很有兴趣。

被他们俩盯着，韩湘云没感到自己是英雄，而是像被审问的犯人一样，心虚得发慌。他故作平静地说："没什么，就是那天在图书馆偶然遇到了一个女生，她不舒服，我就背她上医院了。这么巧，没想到她跟你同宿舍呢。"

尹怀生笑盈盈地说："就这么简单？我怎么感觉这后面还有故事呢？"

韩湘云脸憋得更红了："别拿我开玩笑了，就是这么简单，徐璐你给我做证。"

徐璐"咯咯"笑了起来："我发现你脸红了啊！是不是图谋不轨啦？她可是我们班的班花啊！"

韩湘云在这两人的夹击下更加无所适从，他今天见到徐璐，本想旁敲侧击问点儿关于叶婉秋的消息，哪知她来了个先发制人，倒先开起了他的玩笑。他恨不得找个地缝钻进去。他无奈地说："你们别拿我打趣了，就算我想图谋不轨，人家哪看得上我啊！"

徐璐看他如此尴尬，急忙打圆场："看你紧张的样子，开个玩笑而已！人家女生还很感谢你呢，特意让我转达！"

尹怀生听着笑着，联想起韩湘云在湘江边有点儿反常的表现，似乎明白了点儿什么。

韩湘云心想："既然感谢我，为何几个星期不出现？她在忙什么？"他很想问徐璐，但怕表现得太关心叶婉秋又被他们打趣，话到嘴边又咽了回去。三人竟沉默了会儿，气氛略显尴尬。

徐璐赶紧转移话题："尹怀生，我又在杂志上读到你的大作了哦，我们宿舍的人到处传阅你写的故事，我一看名字，原来是你老人家。你的低调已经挡不住你的才华了啊！"

"几篇拙作而已，赚点儿生活费，没什么大不了的。"尹怀生对这种恭维一如既往地淡定。

"可没那么简单，我们宿舍的人已经成你的粉丝了，她们早就想一睹尊容呢！我说我是你的高中同学后，她们就缠着我要带她们见见你。"

"宿舍同学？"韩湘云听到他俩的对话，心里咯噔了一下，那么叶婉秋也是崇拜者之一吗？韩湘云想起了他和尹怀生在湘江边的谈话，突然有种不祥的预感，心跳得更快了。

徐璐没注意到韩湘云的变化，自顾自说下去："大才子，正好我们在排练元旦晚会，外院的节目由我组织，我准备编排一出话剧，能否请你加盟，提提我们院的人气？”徐璐一双大眼睛紧紧地盯着尹怀生，里面包含着询问、期盼，还有女生的娇气和倔强。

尹怀生本是低调的人，不喜抛头露面，但据他对徐璐的了解，她是不达目的决不会善罢甘休的，再说高中时徐璐帮他顶了那么多活，今天第一次求他帮忙，便点头答应了下来。徐璐面露喜色：“太好了，我就知道你会给我这个面子！这杯干了！”她满上一杯啤酒，与尹怀生碰杯。

韩湘云默不作声，脸色由红转白，叶婉秋、尹怀生这两个人的形象又在他脑海里交叠了，他又陷入了莫名其妙的焦虑。

但尹怀生和徐璐已经习惯了韩湘云的沉默，并没有留意到他的不快。徐璐将韩湘云的杯子也满上，向他举起酒杯：“我代表叶婉秋感谢你！”她脸上笑容灿烂。叶婉秋？这是个好名字。尹怀生想着。

此时饭菜上来，高宁招呼大家吃饭。他高高举起酒杯，向大家祝酒，所有人将杯里的啤酒一饮而尽。高宁一个个敬酒，大家也相互敬酒，气氛慢慢热络起来。酒过三巡，高宁提议大家玩个唱歌接龙的游戏。一个人唱一句歌词，点名让下一个人接歌，歌词的首字应该跟上一个人歌词的尾字发音一致。超过十秒钟接不上来的，罚酒一杯。

音乐是高宁除了运动之外的最大爱好，这个游戏对他来说简直是驾轻就熟。但有些人已经招架不住了，已经接连被罚了几杯酒了。徐璐和韩湘云也慢慢处于下风。韩湘云虽然难得接上来，但是被主动点到的次数少。徐璐人气较旺，经常被点到，加之听歌也不多，因此总是反应不过来，接连被罚了几杯，脸上有了桃花一样的红晕，已经有点儿微醺了。这次，她又被点到，上一个人给她留下了一个“了”字，她想了半天也想不出来，看来又要被罚酒了。

高宁见此，主动把自己酒杯满上，对大家说：“我们让她喝醉了回去，下次人家都不敢来了。这次我代她把这杯酒喝了！”说着便一饮而尽。徐璐看向他，目光正好与他相遇，高宁的眼神坚定而温暖，似乎给她一种有他在不用害怕的感觉。徐璐感觉内心悸动了一下。

众人在酒精的作用下，起哄说：“高宁，你真会怜香惜玉啊！你代喝，得罚三杯了！而且，再献唱一首。”高宁倒不回避，接连喝了三杯，他清清嗓子，落落大方地说：“今天我们沅水一中的校友能聚在一起，我很开心，也希望大家玩得开心，我们相聚在同一所大学是缘分，希望我们珍惜情谊，以后多多再聚。今天我就给各位献唱一首《光阴的故事》吧。”

大伙儿开始鼓掌欢呼。磁性的男声从容地诠释着这首罗大佑的经典歌曲：

春天的花开秋天的风以及冬天的落阳，忧郁的青春年少的我曾经无知的这么想……

高宁情感饱满地唱着，让大家都进入了歌曲的意境，大家也轻轻跟着和：

流水它带走光阴的故事改变了一个人，就在那多愁善感而初次等待的青春……

徐璐也沉浸在歌声里，她觉得自己真的醉了，醉在酒里，醉在歌声里了……

韩湘云和尹怀生也轻轻地唱着，他们在想：自己的青春，会发生什么样的故事呢？

第九章　感谢

那天聚会到晚上才结束，他们说笑着走进校园，各自回到宿舍。和他们告别后，徐璐沿着校道慢慢走着，独自欣赏着夜景。夜幕降临，校道上的人群都散了。一轮明月挂在夜空中，似乎还有几点星光，路灯亮了，昏暗的灯光洒在地面上，地面泛起一层昏黄的光，在月光和灯光的照射下，树叶洒下了黑黝黝的投影。秋深了，风变得凉爽，冬天的脚步在走近，一年又到尾声了。

徐璐裹紧了衣服，脸上还泛着红晕，酒劲还没有完全散去。她今天莫名高兴，回想起高宁为她喝酒的场景，她恨不得在原地转个圈、跳支舞。她觉得天地都好美，她是世界的宠儿，她想给这个世界一个大大的拥抱。

徐璐回到宿舍后，立马兴奋地说道："今天我有一个特大的好消息要告诉你们！"

宿舍里的女孩子们已经洗漱完毕，都坐在床上看书，准备睡觉了。听见她回来，都探出头："什么好消息？看你激动的！"

"你们猜！"徐璐的脸上泛着红光。

"我猜你是碰到白马王子了吧？"叶婉秋打趣道。

"别瞎说！我帮了你们大忙了！"徐璐还在卖关子。

"哟？快说，快说，你还让不让人好好睡觉啦？"大家的好奇心被挑动了起来。

徐璐一脸神秘地笑道："今天，我见到了你们的大才子啦！"

"尹怀生！"大家异口同声地说道，"你怎么不提前告诉我们，要不然我们也跟你去聚会啦。"

"我之前也不知道他会去啊！对了，我还有更好的消息要告诉你们！"徐璐的音量提高了三分。她笑得一脸得意，一字一顿地说："尹怀生，他，答应了参演我们的话剧！"

这句话一出来，立马像一颗小炸弹，引爆了安静的宿舍，大家被这突如其来的消息点燃了，欢笑声、激动的讨论声划破了夜的宁静，徐璐享受着被人崇拜的感觉。

叶婉秋插了句嘴："徐璐，你代我向韩湘云表达感谢了吗？"

"当然了，我一去就向你的恩人敬了酒！你不打算正式向他道个谢？"徐璐大声说。

叶婉秋沉默不语：似乎是有这个必要的。等这段时间忙完再说吧。

她想。

突然，传来一阵急促的敲门声，紧接着是宿管阿姨大嗓门的呵斥声："你们在干什么，还不睡！"宿舍安静了下来，等宿管阿姨走后，女孩子们又小声絮絮叨叨了会儿，才慢慢平息，进入梦乡。

但徐璐仍未入睡，酒精让她更加清醒。那双温暖的、充满笑意的眼睛一直浮现在她的脑海里，她回味着今晚的美好，不知过了多久才睡着。

徐璐从来都是有了想法就果断实施的人。第二天，她对叶婉秋说："婉秋，你不是要感谢韩湘云吗？我们一起请他吃个饭吧！"

叶婉秋正对要不要去见韩湘云有所顾虑。不见，显得自己不懂感恩；见，又总觉得拘谨。她潜意识里觉得韩湘云对她的态度是特别的，她直觉地回避着，避免再见他的尴尬。徐璐这个提议既避免了两人单独见面的尴尬，又可以表达自己的感谢，巧妙地化解了她的顾虑。于是，她一口答应："好啊，你跟他约好，叫上我，我来请客！"

他们三人约在学校附近的一家饭馆见面。韩湘云特地去理了发，剃了胡子，走之前换上了自己最好的衣服，还对着镜子细细看了看，室友打趣："你今天是要去约会吗？"韩湘云笑而不语。

走在路上，韩湘云既紧张又兴奋，一想到马上要见到叶婉秋了，他的心里就有一种甜蜜和醉意，这让他步子都有点儿轻飘起来。但是，想到这么多天来叶婉秋都没有出现，他又有点儿沮丧，对自己没有信心。他安慰自己：不管人家怎么想，能见到她就很开心了。

韩湘云提前半小时就到了，他点好了菜，提前买了单，然后静等她们俩到来。他朝门口望着，人来来往往，突然，他的眼睛里泛出了兴奋的光，两个女孩子手挽手朝他这边走来，一个比另外一个高半个头。一个热情，一个温柔，一个似风，一个如水，一个英姿飒爽，一个温婉可人。两人像一道亮丽的风景线，吸引了众人的目光。韩湘云看得有点儿呆了。徐璐一个箭步踏进饭馆，看到韩湘云就大声叫着："你来得好早！"韩湘云赶紧起身，看向叶婉秋，她今天穿了件墨绿色的风衣，像深秋的树一样，沉静而美好。她脸上还是带着甜甜的笑意，冲他笑着示意。韩湘云望着她，竟不知道说什么。这么多天第一次见她，积累的话到嘴边，一句也说不出来。

徐璐看到他们俩愣着，连忙打岔：“婉秋，见到恩人你也不表示一下！”叶婉秋回过神，脸飞快红了一下，向韩湘云伸出手：“抱歉，最近比较忙。上次你帮了我，一直没来得及向你致谢。谢谢你，要不是你帮我，我那天还不知道怎么办。”

望向叶婉秋伸过来的手，韩湘云踌躇了一下，手伸向前去，握住了她的手。他感觉一只小而柔软的手放在了自己的手心，好似有条毛茸茸的小虫钻到了他心里，痒痒的，很舒服。他有点儿舍不得放开这只手了，但别人只是礼貌，来不及静静体会他便松开，她的手像泥鳅般灵敏地从他的手中钻出来，又缩回去。

徐璐笑着说：“婉秋说得没错，最近快期末考试了，我们课务忙，还有我们最近在忙着排练元旦晚会的节目，是一个话剧。我是导演，准备让婉秋做女主角，男主角我准备请尹怀生参演，他上次已经答应了。”

“尹怀生？叶婉秋？话剧表演？男女主角？”一连串的问号在韩湘云的头脑中闪过，这些问号解答了他的疑问——为什么叶婉秋最近没有出现在图书馆？另外，这些问号也加深了他的不安——那天尹怀生在湘江边问他的问题又浮现在他的脑海，他的心怦怦直跳。

“韩湘云，你今天有点儿拘谨嘛，是不是见到美女太紧张了？”徐璐又笑着打圆场，韩湘云回过神来，看到她们俩笑盈盈地看着自己，觉得更不好意思了。

正好这时菜上来了，韩湘云主动给两位女生盛上饭，招呼她们吃菜。“饭菜我都点好了。你们想吃啥再点。对了，你们话剧表演那天，要邀请我参加啊。”

“不是全校都要参加吗，每个院出一个节目，难道你们数学系没有吗？”徐璐说。

“哦，好像是有这回事，高宁负责的，我平时很少参加这些活动。”韩湘云突然想起。

“高宁？”这个名字的提起似乎正中徐璐下怀，她嘴角浮现出一丝狡黠的笑意，说：“他确实是大忙人嘛！”

韩湘云说：“你说得没错，高宁是我们系的风云人物啊，最近在竞选学生会主席，我就负责当他的坚实后盾啦。”

“真的啊！我也想进学生会呢。你啥时候带我去找高宁请教一下啊。对了，你现在还晨跑吗？”徐璐问道。韩湘云高中时靠天天早上锻炼身体而获得的“肌肉男”称号看来还挺深入人心。

“嗯，每天早上六点在学校操场跑。对了，高宁也跟我一起。你要想见他，早上去跟我们一起跑步吧！”韩湘云说。

两个女生瞪大了双眼。叶婉秋对这个看起来普通的男孩儿有点儿刮目相看了。“你还在坚持啊，真了不起！你是怎么做到的啊！”徐璐的艳羡之情溢于言表。

“成了习惯而已，一天不跑就不舒服。你们要是能早起的话，天天跑跑步真的感觉很好。”韩湘云真诚地邀请。

“那好，明天早上六点，学校操场，不见不散！”徐璐干脆利落地说。

“好啊，那你要克服困难早起哦。叶婉秋，你要不要一起？”韩湘云看向婉秋，眼神充满温柔又充满期待。

叶婉秋笑着摇头，柔声说道：“太早了，我怕我起不来。你们去跑吧，我就不去了。”

韩湘云有点儿失望，但这对于一个女孩子来说确实难了点儿，这也在他的意料之中。徐璐的爽快答应倒是让他有点儿吃惊，不过转念一想，徐璐这种爽快果断的人，答应下来也不奇怪，但她怎么会对晨跑突然感兴趣呢？

韩湘云看着叶婉秋，她正静静地吃着饭，似乎在思考着什么。她在想什么呢？他有种隐隐的感觉，叶婉秋像一扇紧闭的大门，任他如何徘徊在门口，如何渴望窥探里面的风景，门始终闭合着。刚才徐璐又提到了尹怀生，难道，那天在湘江边说的话要成为现实？也不是没这种可能性。韩湘云的脑子又乱了。

相反的是，徐璐非常开心，她今天的主要目的其实是打听一下高宁的情况，没想到一下就获得了这么好的与高宁近距离接触的机会。她暗下决心：“我一定要坚持早起跑步！高宁能做到，我为什么不可以？”

三个人各怀心事，有一搭没一搭地聊着天，吃完了这顿由被感谢的人请客的感谢宴。

第十章　情愫

徐璐第二天起了个大早。她悄悄起来洗漱，换上一身轻便的运动装，将头发扎成马尾。她把自己搁置已久的化妆品拿了出来，涂粉、画眉，画上细细的眼线，又涂了一层唇彩，满意地对着镜子里的自己微笑。

她走出宿舍楼的时候看了看表，五点五十分。她加快了脚步，向操场走去。秋冬交替的校园清晨清冷，天刚蒙蒙亮，光线混混沌沌，酝酿着准备随时冲破黑暗。几盏寂寞的路灯发出微弱的光，点缀着这片混沌，忠实地等待着天明。冷空气钻进她单薄的衣服里，她打了个冷噤：“这么冷的天，起这么早真是受罪啊！”

为了让自己暖和点儿，徐璐小跑起来。六点，她准时到达了师大操场，远远地看到了韩湘云和高宁，他们正在做热身运动。她一路朝他们小跑，挥手打着招呼：“你们来得好早啊！”

韩湘云和高宁见徐璐神采奕奕地走来，眼前一亮，似乎徐璐的出现给寂静的黎明带来了生机。“徐璐，你好！”高宁热情地向她招手。

“我今天不请自来，你们不会不欢迎我吧？”徐璐调皮地问。

“怎么会呢？大美女光临，我们高兴还来不及呢！”韩湘云恭维道。

“哟，没想到你这么会说话，谁教你的？不过，这话听了很舒心啊。”徐璐朝韩湘云眨眨眼。

“好了，我们开始吧。徐璐，我先教你热热身，然后你再跟着我们跑。

我们跑四十分钟，你能坚持就跟着，实在坚持不了也别逞强。记住，第一次跑强度一定不能太大。跑步得循序渐进，听清楚了吗？”高宁看着徐璐，一字一顿地说道。

不知怎么回事，高宁的话语中蕴含着一种不容置疑的力量，有一种无法抗拒的威严感，他目光炯炯，徐璐不敢与他对视，只能唯唯诺诺地答应。

于是高宁开始教徐璐做热身动作，活动腿、腰、肩。高宁耐心地教，徐璐用心地学，不一会儿，徐璐感觉自己周身都热了，从心里开始温暖到四肢。韩湘云已经跑了两圈，他跑到他们俩旁边的时候，拍了下高宁的肩：“可以了，赶快开始跑吧！”

高宁带着徐璐开始小跑起来，刚开始两人并肩，慢慢地，徐璐落到了后面，她看着高宁迈着长腿在她前面轻松地跑着，背部笔挺，身姿矫健，一看就是经常运动的。几圈下来，她开始上气不接下气了，而高宁和韩湘云都在匀速向前跑着，显得如此轻松，此时他们已经超过她大半圈了。

徐璐咬咬牙，迈开腿加速向前。高宁回头望了望她，此刻天渐渐亮了，只见一个桃红色的身影执着地向前跑着，他心头一动：这女孩儿，不一般。

高宁见她有点儿跟不上了，往回跑到她身边：“徐璐，你跑不动了就别坚持了，你可以走走，先调节一下，否则容易肌肉酸痛。”

徐璐抬头看了看高宁，他的脸上泛起了红晕，额头上渗出汗珠，目光明亮，眼神仍旧坚定而温暖。徐璐的心又悸动了下，她多么想伸手给他擦掉汗珠。她朝高宁笑道：“你们真厉害，我怎么都跟不上，要不你陪我走走吧！”

高宁一愣，答应了下来。他们俩就这样并肩在操场上走着、谈着、笑着。韩湘云跑步经过他们的时候，打趣说：“高宁，你到底是锻炼身体来的，还是陪女孩子来的？”

高宁笑着回应：“人家第一次来跑，你也走走吧！”

韩湘云道：“你们聊着，我不当电灯泡！”说着就跑远了。

徐璐听着不说话，心里却是甜得化不开了，她抬头看天，一抹鱼肚白已经从东方出现，几颗星星发着惨淡的光，还在死守着天空一隅。他陪她走着，又开始小跑了，徐璐享受着这个过程，享受着他的声音、他的笑，她不再感觉那么累了，也发现了跑步的乐趣，只是那颗心跳动得更厉害了。

他喜欢我吗？至少不讨厌我吧。她想着，暗自决定：无论如何，我每天都要早起跑步。无论如何，我要让高宁拜倒在我的石榴裙下！

从此以后的每天清晨，除了下雨，师大的操场上，都会出现他们三人的身影。徐璐已经与他们的差距越来越小了，她越发笃定，高宁就是自己喜欢的那种男生。他的开朗、阳光、正直、温暖、上进，还有他身上的男性魅力，无一不打动她的心。她每和高宁多相处一天，就觉得自己沉沦一分。她走路的时候想着他，吃饭的时候想着他，睡觉的时候也想着他，甚至做梦的时候梦到他拥抱了自己，笑出了声。

连叶婉秋也发现了徐璐的不对劲儿："你每天早上跑步跑得精神很好嘛，就像恋爱了一样。"

徐璐脸微红，心里却像蜜一样甜："对啊，我就是恋爱了。你要不要参加我们的跑步？我看韩湘云对你好像有点儿意思嘛！"

叶婉秋答："我还是别去了，一个电灯泡不够，还得两个？"

徐璐知道她说的是什么意思，不说话了，心想：这丫头，倒挺冰雪聪明嘛！

陷入爱情的女生容易胡思乱想：他对我究竟是何意，为何迟迟不表白？

高宁那边也有他的心思。这段日子相处下来，不能说他对徐璐没有感觉。她的爽朗、她的笑、她的坚持，还有她望向他的时候眼神里透出的温柔，都像泉水一样渗入他的心。他能读出这个女孩儿的心意，享受着被她爱慕的感觉。只是他还拿不太准自己的感觉，对她有好感，但还没到那个程度，他觉得得对人家负责任。

水到渠成是他所期冀的爱情。他想要他们俩的感情再发展得深一些，像酒一样随着时间变长酝酿出陈香。他感觉要和徐璐发生点儿什么，但是，不着急，他是慢热的摩羯座，时间会告诉他们答案，时间到了，他就会出击。

第十一章　人生若只如初见

徐璐最近精神头十足，做事的时候脸上都洋溢着笑意。叶婉秋也感叹道："这就是爱的力量啊！他有没有向你表白啊？"

徐璐愣了一下，随即说道："我等不到他表白，就要主动出击了，他就是我的'瓮中之鳖'！"说着手在空中虚抓了一下，仿佛高宁已经是她手中之物了。

叶婉秋心下暗自佩服：徐璐真是敢爱敢恨的人，她有想要的东西就会努力追求。

叶婉秋又想到自己：我喜欢的人是什么样子的？她想到了韩湘云，那个老实质朴的男生，他看向自己的时候，眼神里有种说不出来的味道。他应该是喜欢我的。叶婉秋的直觉告诉她。但她对他，还少了那么点儿心动，她很感谢他，觉得他是个十足的好人，但是，从爱情的角度来说，她却少了点儿心动的感觉。

对于叶婉秋来说，"爱情"这个词是神圣的，像无瑕的玉一样珍藏在她的心匣里，温润而美好。她无数次幻想着这样一个场景：一个谦谦君子翩翩向她走来，眼神像月光一样深情地望向她，她的心化成了水，融在了这浓得化不开的意境里。男子执起她的手，她浅笑嫣然，双方目光交汇，仿佛世界的纷纷扰扰都与他们无关。

叶婉秋期待着这个玉石一般温润的男子出现在她孤寂的青春里，能读懂她的内心。有一天，宿舍同学推荐给她《青年文摘》上的一部连载小说，她竟看入了迷。它描述了民国期间一个女子勇于追爱的故事。处于乱世的男主人公担负着家族使命，又怀揣报国之心，勇敢对抗着政局，想要实业救国。他承受着多方面的压力，屡次与死神擦肩而过。女主人公虽是纤弱女子，却因为爱，充满了与命运和社会抗争的力量。最终，她经过了悔婚、私逃、逃生、流亡等考验之后，和男主人公——她的爱人幸福厮守，在乱世中觅得一片安好。

她沉醉于这个故事中，仿佛自己已是故事的主人公了，而她会像故事里的女主人公一样，用自己的生命去追求爱，哪怕死了也不怕。生命，就是要用力燃烧的，不是吗?

她后来听说这部小说的作者是湘南大学的才子，名叫尹怀生，竟然是韩湘云和徐璐的高中同学，便有了想见一下作者本人的想法。那天徐璐回来，突然像吃了兴奋剂一般宣布她邀请到了尹怀生做她们编排的话剧的男主角，叶婉秋的内心也澎湃了。她本来对徐璐让她做女主角有点儿犹豫，听到这个消息，她不禁有点儿跃跃欲试了。

她们忙碌了两个礼拜，又请了尹怀生修改，终于敲定了剧本——《罗密欧与朱丽叶》的一个片段。

第一天排练，徐璐把地点选在了一个空的阶梯教室。那是一个阳光灿烂的冬日下午，教室里被照得亮堂堂的，细小的灰尘在光线中无处遁形，肆意地流动着。徐璐、叶婉秋等人早早地来了，她们在等待着某个人。

叶婉秋望着灰尘出神，突然门口出现了一个人影，高、瘦、干净、儒雅。他静静地走进来，脸上带着笑，高挺的鼻梁，一双眼睛透着清澈的光，无意中与叶婉秋的眼神对撞了一下。叶婉秋有点儿恍惚，这与她的梦境有点儿相似，她怀疑自己是不是在一个初冬的午后，做了一个美好的梦。

徐璐的笑声打断了她的臆想。只见她三两步从讲台上跳下去，激动地说："大才子，我们总算把你盼来啦！"就差给尹怀生一个大大的拥抱了。

大家围了上去，尹怀生对大家微笑示意。还没等尹怀生开口，徐璐就把叶婉秋拉过来，连珠炮似的说："现在我郑重介绍一下，"她指着尹怀生，"这，是我们的大才子尹怀生，人家可不轻易出场，不看我的面子他是不会答应的！"说着一脸骄傲地瞥着尹怀生。

尹怀生不置可否，一脸笑意，和男生们握着手。

“尹怀生，我现在要正式介绍我们的女主角了啊，我们温婉可人的才女叶婉秋！”徐璐挽着叶婉秋的胳膊，拉了拉她，特意让她与尹怀生近一点儿，“尹怀生，你要多多照应她啊！”

尹怀生看向叶婉秋，她清秀的脸上带着一缕羞涩的笑，弯弯的嘴角边有一对小巧的酒窝，仿佛酝酿着一汪蜜。一个酒红色镶珍珠的发卡别在秀发一侧，显得脸越发剔透动人。她上身着一件湖蓝色的短呢外套，下身着一条烟灰色的裙子，腰线细长而显身段婀娜轻盈。这个女孩儿有种沉静而温暖的美，甜而不腻，静又不失生动。尹怀生想着。他不禁将眼前的女孩儿与倪老师联想在了一起，她们俩都清澈、知性，如春日阳光般温暖美好。

尹怀生笑着，伸出手：“久仰大名，很高兴认识你！”

叶婉秋望着这个温润如玉的男子，看他也望着自己，竟一时失了神。徐璐碰了碰她，她才反应过来，把手伸过去握了握。她始终记得那双手，干净、修长、温暖而有力。久仰大名？他难道早就知道我了？叶婉秋心里想。

徐璐打岔说：“叶婉秋，你们还真是有缘呢！尹怀生和韩湘云是好朋友，你先认识了韩湘云，现在又认识了尹怀生，这不是缘分是什么？”

“缘分？”叶婉秋回味着这个词，她还不知道这个词对她的未来意味着什么。也许，一切都是上天的安排。

“好啦，我们开工吧！”徐璐不改她风风火火的作风，把剧本拿出来，开始给每个人分配角色。尹怀生饰演罗密欧，叶婉秋饰演朱丽叶，其他几人分别饰演帕里斯、鲍尔萨泽、劳伦斯、奶妈和凯普莱特夫人。

徐璐让每人先熟悉台词，再对稿试演一番。旁白起：“我们的故事发生在繁华的城市维罗纳，那里有声名显赫的两大家族，宿仇未解又添新怨。从两家女主人的肚子里生出了一对命运多舛的情人，他们的不幸，悲惨的结局，埋葬了两家父母之间的纠纷。他们殉情的悲惨，以及两家人长久的仇恨，除了儿女双双死亡，无法平息。”

话剧是倒叙形式，以朱丽叶的死和帕里斯与罗密欧的决斗开场。帕里斯最先登场了，饰演帕里斯的男孩儿磕磕巴巴念完了台词，徐璐马上叫停："你对稿子不熟练可以练，但是你的感情还很不到位，你如何表现失去朱丽叶的悲痛之情？再来一遍！"

可怜的男生只得再来一遍，重复了三遍才勉强过关。

罗密欧登场了。尹怀生中气十足，饱含感情的声音穿透了整个教室，标准的英式发音让人听不出一点儿生涩，他仿佛沉浸在了剧本的意境中，自己已经化身罗密欧，充满了失去爱人的悲痛和对情敌的愤慨。

众人听呆了，空气里弥漫的尘埃也仿佛静止了。尹怀生的声音一落，热烈的掌声便在教室里响起，徐璐兴奋地鼓起了掌，众人也掩盖不住眼中的敬佩之色。"太棒了，我要的就是这种感觉！尹怀生，你真不愧是才子啊，把人物情绪拿捏得那么准。话说你英文怎么那么好，超过了我的想象！"徐璐一股脑儿地说出了自己的感受。

尹怀生微微笑笑："没什么的，为了参演这个话剧，我每天晚上听一个小时的英语广播。"这下大家，包括叶婉秋都由衷地对他产生了敬佩之情："多认真的态度啊！"

当试演到罗密欧与朱丽叶的浓情蜜意时，要求他们俩拥抱在一起。叶婉秋的心怦怦直跳，她从来都没有和男生有过亲密接触，第一次与男生拥抱，就要献给这个好似梦中人的男生，她有点儿措手不及。她的脸上泛起一团娇羞的红晕，对徐璐说："今天就算了吧，下次排练的时候再说吧。"

徐璐仿佛读懂了她的心思，竟答应了她的要求。

那天晚上，叶婉秋躺在床上，久久未能入睡，她的大脑中充满了兴奋，回忆着与她共度下午时光的那个人，谦谦君子如玉，她闭上眼，又看到了梦中经常出现的那个画面，只不过，男子的脸更加清晰了。"尹怀生。"她重复着这个名字，进入了梦乡。梦里的那个男子又出现了，他向她越走越近，张开双臂拥抱住了她，他的怀抱温暖而有力，叶婉秋笑了，那一晚，她睡得分外香甜。

第十二章 突然的幸福

转眼已经到了年底，下了几场雨后，天气越发凉了。大地已经显出萧索之色，学期也将近尾声，大家都忙碌了起来。

韩湘云、高宁、徐璐的晨跑还在继续。早起越来越难了，但一想到高宁，徐璐就咬咬牙坚持起来，日复一日，反倒成了习惯。那天，他们三人一大早就在操场见面了，天上像压了一朵乌云，风呼啸着吹过空寂的操场，钻进三个人的衣领里，徐璐打了个寒战。

高宁望着徐璐："你是不是冷？今天天气不好，我们跑完五圈就回去吧！"

徐璐点点头。韩湘云说："是的，看样子要下雨，今天早点儿结束。"

说着，三人做起了准备活动。高宁看着徐璐，她在很认真地压腿——一如既往的马尾辫，运动衣里套了件高领毛衣，清秀的侧脸带着一丝倔强。高宁的目光透出怜爱，正好徐璐也偷瞥了一眼高宁。两人目光交汇，心照不宣，徐璐的心跳加速了，这阴冷的天因为高宁的陪伴而有了暖意。

他们沿着跑道慢慢跑起来。徐璐跑得越来越轻松了，开头的一两圈能与他们俩基本持平。那天高宁故意放慢脚步，与徐璐并肩跑着。徐璐看着前面的跑道，希望它能一直延伸下去，如同人生，有身边的人陪伴，她就有一直跑下去的勇气。据说跑步和爱情都能使人产生一种叫作肾上腺素的物质，它能让人快乐。徐璐跑着跑着，就有了一种轻飘飘的感觉，她越来越爱跑步了，此时此刻，她的肾上腺素应该分泌得很旺盛吧，不知是因为跑步，还是因为爱情。

韩湘云已经跑到他们前面去了，很快超出了大半圈。高宁还在慢慢地陪着徐璐跑，他想：今天天气不好，我陪着她，她会更有动力些。徐璐今天很安静，跟平时有点儿不一样，她在想什么呢？高宁的脸上浮现出微笑，他想到徐璐的时候，总会如此。两人一路无话，并肩跑着，心情映射在他们的步调上，保持着属于他们两人的默契。

天还是阴沉沉的，冷风飕飕地刮过他们的面颊。一圈、两圈、三圈、三圈半……韩湘云感觉一滴冷雨落在了他的头上，一滴、两滴，越来越多……韩湘云赶快跑回他们两人身边，而这两人不知沉浸在什么样的情绪里，竟浑然不觉。他对他们喊道："下雨了！别跑了！"

他们俩这才意识到下雨了。高宁赶紧对徐璐说："今天先别跑了，我们快去躲雨吧！"

徐璐没有抬头，言语中透着坚定："不行，你说要跑五圈的，还有一圈半，我们得跑完它！"她嘴唇抿得紧紧的，没有停止脚步。

韩湘云道："这样淋雨容易感冒的！你们快去躲雨，我回宿舍拿伞过来！"

高宁感激地望向韩湘云："好的，你戴上帽子防雨，我们在这边等你！"

韩湘云跑远了。徐璐还在向前跑着，高宁只得跟着她跑，这个女孩子很执拗，不是三言两语就能说服的。

四圈，四圈半……冷雨淅淅沥沥地落下，淋在他们的头发上，钻进他们的衣服里、鞋里。刚才跑步所散发出来的热汗经雨一浇，也混在了雨水中，黏在他们的皮肤上，冷冷的、湿湿的，凉意透过皮肤渗进他们的身体，只有胸口的两颗心是渗不透的，它们怦怦跳动着，那么鲜活，那么热烈。

五圈终于跑完了，两个湿漉漉的人找了个操场主席台下的架空处避雨。

徐璐的头发湿答答地贴在她的面颊上、脖颈上，长而密集的睫毛上也附着雨滴，随着眼睛的眨动忽闪忽闪的。高宁望着她，可爱中又透着倔强，他有点儿恍惚了。徐璐调皮地笑着："高宁，雨天跑步好爽，我从来没有这样的感觉！"她的笑声像银铃一般穿透他的心，他看着徐璐的眼睛，徐璐也看着他，两人的目光碰撞在一起，像水底两条鱼亲吻，将平静的水面激荡起一阵涟漪。

高宁望着她，一时无语，她笑着，头微微昂着，嘴唇因淋了雨微微发白，清澈如小动物的眼睛带着笑意看着他，似乎在等待着什么。高宁突然有一种想吻下去的冲动，他慢慢将头靠近她，她期待着。全世界似乎只剩下他们两人，空气静止了，他们只听见自己的心跳声。雨还在下着，为他们织了层天然雨帘，把他们和外面的世界隔离开来。

时间一秒一秒过去，徐璐闭上了双眼。她感到一双温暖的手轻抚过她的发，然后是一个怜爱的声音进入她的双耳："你看你，傻丫头，把自己淋这么湿。"

徐璐缓缓睁眼，看见高宁怜惜地看着她，修长的手抚着她的发和脸庞，她的心悸动着，恨不得马上扑进高宁的怀抱。徐璐也伸手轻轻抚过高宁的面颊、额头、头发。这是她梦了无数回的男子的脸，清瘦、棱角分明。他们就这样对视着、笑着，爱意在心中蔓延，高宁伸出手，慢慢揽过徐璐的腰，抱住了她。徐璐把头埋进高宁的胸口，深深呼吸着高宁身上温暖的青年男子的味道。高宁轻抚她的背。他还在恍惚，这一刻，似乎来得早了点儿。不过此刻如此美好，那就恣意享受这份雨幕赠予的美好吧。

韩湘云拿着两把伞，匆匆跑了过来。他看见了拥抱在一起的两个人，顿时明白了一切。他脸红了，轻轻跑近，站在一旁，默不作声，知趣地不打扰他们俩的二人世界。

终于，高宁对徐璐耳语："韩湘云怎么还没来？"徐璐双臂环抱着他，不肯松手："那就让他来晚点儿吧！"高宁向两边斜睨了下，看到一个影子打着伞站在雨中，好似韩湘云。他赶忙松开徐璐，说："韩湘云来了！"

徐璐这才从甜蜜的梦中苏醒，她也看到了韩湘云，静静地站在雨里，看着他们。她突然羞红了脸。

他们朝韩湘云挥了挥手。韩湘云走上前，把伞递给他们，脸上还泛着红晕："我不是故意的啊，正好我过来，不打扰你们，我就先走了！"说着，他举着雨伞，像做错了事一样，匆匆离开。这时，天色已亮，到了吃早餐的时候了。高宁和徐璐相视一笑，同撑着一把伞，一起向食堂走去，高宁悄悄地拉住了徐璐的手，徐璐的手蜷在高宁的手里，微微发颤，她感到自己的心快从胸膛里跳出来了，这种甜蜜到眩晕的感觉，让她觉得自己是天地间最幸福的那一个。幸福来得如此突然，她有点儿措手不及。

第十三章　两情相悦

徐璐恋爱了。她觉得自己被浸泡在爱的甜蜜里，晕晕的，甜甜的，醉醉的。她走路的时候都轻轻哼唱着，步子也轻飘飘的，仿佛地球引力都变小了，她要愉快地飞起来了。

叶婉秋说："徐璐，你今天面色红润，嘴角带笑，神情恍惚。据我观测，你是不是走桃花运啦？"

徐璐瞟了她一眼，郑重地点点头："你猜对了！"

叶婉秋惊呼一声："你动作好快，他向你表白啦？你这么快就降服他啦？"

徐璐面带红晕："还用降服吗？这叫两情相悦！"

"两情相悦？"这是爱情的最佳意境了吧，两颗心独独为彼此跳动，叶婉秋的脸上也泛起了红晕，她的眼前又出现了那个人，那个儒雅如玉的人，他们两人，因为叶婉秋的害羞，还欠一个拥抱，哪怕只是在演话剧。

所谓乐极生悲。徐璐那天晚上就觉得有点儿不对劲儿了，头像铅一样沉，身子忽冷忽热，喉咙生涩。她像一条岸上的鱼，艰难地呼吸着，心想，这难道就是爱情的副作用吗？

叶婉秋喊徐璐，她有气无力地回应。叶婉秋去摸她的额头，滚烫。"啊，你是不是生病了！"徐璐勉强睁开眼睛看看叶婉秋，眼睛干涩得像蚌壳里进入了沙石："婉秋，我好像是感冒了，你量量我的体温。"

叶婉秋找来体温计一量："呀，38.5 度！徐璐，你发烧了！"她给徐璐倒来开水，找了几颗感冒药让她吃下去，然后把她的被子掖紧，把头埋下去，轻轻说："你好好睡一觉。你说，我要不要告诉高宁？"

烧得晕晕乎乎的徐璐听到高宁的名字，突然一激灵："明天跑不了步了，也见不到他了。"她发出一声轻轻的叹息，对叶婉秋说："不用特意告诉他，免得他担心，如果他问起，就说我病了。"

第二天，徐璐没去跑步。高宁有点儿心神不宁，她不会是生病了吧？他一天也没心思上课，好不容易熬到下课，赶紧到外院女生宿舍去找她。由于男生进不了女生宿舍，他让宿管代他转告。过了一会儿，一个秀气娇小的女生跑了过来："你好，我叫叶婉秋，你是高宁吧！"

"对，我是。你就是叶婉秋啊，我经常听徐璐提起你。徐璐没事吧，是不是生病了？"

"嗯，她昨天晚上就开始不舒服。本来准备告诉你的，但她不让说。"叶婉秋说。

"她真生病了？不严重吧？"高宁的语气急促。

叶婉秋答道："没事，我给她吃了感冒药，好多了，她这会儿正躺着，你要不要上去看看她？"

"好的，那麻烦你跟宿管打声招呼。"高宁心里着急，恨不得赶紧到徐璐身边去。

高宁不愧是学生干部，说话得体、真诚，三两下就说服了宿管。宿管阿姨叮嘱："小伙子，注意时间，别超过十分钟啊！"她一贯紧绷的脸露出笑意，心想：哪个女生找到这小伙儿，还真是福气啊！

高宁跟随叶婉秋来到宿舍，推开虚掩的门，听到徐璐有气无力的声音："婉秋，是谁找我啊？"

叶婉秋故意不作声。徐璐睁眼一看，赶忙挣扎着要坐起来，被那个人的手挡回去了。她看到自己心心念念的那个人此刻就站在自己面前，温柔而爱怜地看着自己，心里一动，泪珠在眼眶里转动起来。

叶婉秋见状，说："我去水房洗衣服，你俩聊，注意时间。"她向徐璐调皮地眨了眨眼。

宿舍里只剩下高宁和徐璐两人。高宁将他宽大的手掌放在徐璐的额头上，烧还没完全退。他怜爱地说："傻丫头，要你别跑你偏要跑，这下生病了吧！”

徐璐暗自窃喜：多亏昨天早上的雨，才有现在的一刻，我宁愿生病难受，只要有你在身边，我就开心。

徐璐嘴上说：“我自己不争气，没想到淋一下就病了，不过我好多了，没事的。你没生病吧！”

高宁笑了：“我才没你那么脆弱呢，我好得很。”

徐璐欣慰地笑了，把手放在高宁手上，高宁反手将徐璐的手握住，他的手温暖而有力，徐璐的心突然漏跳了半拍，两个人静静地看着彼此。徐璐觉得，有高宁在旁，她的病也好了一大半。

过了一会儿，高宁起身给她倒了杯热水，说：“你等着我，我出去给你买药。”徐璐不舍：“你再待会儿吧。”高宁知道徐璐的心意，笑了：“宿管不让多待，你快把病养好，我带你去爬山。”他走近徐璐，徐璐的脸因为发烧而泛着红晕，高宁觉得病着的她也如此好看，他情不自禁地俯身，徐璐闭上眼睛。她感觉到自己的额头被印上了一个温热的吻。她不肯睁开眼睛，感觉自己又轻轻飘了起来，额头滚烫，可是明明烧已经退下不少了啊？

高宁托叶婉秋送来了感冒药，还有一碗不知道从哪儿弄来的滚烫的鸡汤。另外，还附有一张纸，上面用遒劲的字体写着药的详细服用方法和一行小字：璐，你是最坚强的女孩，好好吃药，快快好起来。你的，宁。

徐璐看到这张纸条，心都快融化了，尤其是那句“你的，宁”。她在心中呐喊：“高宁，这一辈子，我都是你的，璐。”

叶婉秋的心也快化了：好一对幸福的人儿，我的幸福，在哪里呢？

徐璐病了，话剧排练却到了最关键的时刻，还有一个星期就要正式演出了。尹怀生主动提出接替徐璐做导演。他有条不紊地指导着每一个参演者的语言、动作、表情、感情拿捏程度。他比徐璐的要求还严格，不满意的地方他会亲自示范指导，一遍又一遍地重复，直到满意为止。

“叶婉秋，你动作太僵硬了，与我演对手戏的时候，要看着我的眼睛，投入情绪，你要把自己假想成朱丽叶，你在面对自己心爱的人。你会是怎样的喜悦？不要扭扭捏捏，一定要放开，听清楚了吗？再来一遍！”尹怀生盯着叶婉秋，毫不留情地指出她的问题，目光中透出一种凌厉的严肃，让叶婉秋心生畏惧。

他认真的时候，还挺让人敬畏的。叶婉秋暗自想。她不得不按照他的要求，把台词念了一遍又一遍。“嗯，这遍找到感觉了，我说你还是很有天分的嘛！”尹怀生终于露出了温暖的笑容，毫不吝啬地夸奖她。叶婉秋像小学生得到老师奖赏的大红花一样开心。

叶婉秋开始试着把自己当成剧中人，而尹怀生就是那个她梦里的男子。他含情脉脉地看着她，她回望过去，那一刹那，她与他，仿佛都化身成梦中人，这是她魂牵梦绕的那一幕。

罗密欧：“我用爱情的力量翻过了院墙，因为石头做的围墙挡不住爱情的力量，所以，我的家人也挡不住我！”

朱丽叶：“如果你被我的家人看到，他们会杀了你！”

罗密欧：“只要你爱我，让他们在这儿看到我也无妨。在他们的仇恨之中结束我的生命，也比得不到你的爱而苟延残喘的好。”

朱丽叶：“你爱我吗？我知道你会说是，我相信你的话。可你要发誓，你的心不会像天气一样善变！”

罗密欧：“小姐！请让我对这树上银色圣洁的月光发誓。我的心像磐石一样坚定。”

尹怀生化身罗密欧，他就是冲破家族阻力、冒着生命危险只为见上她一面的那个男子，为了爱奋不顾身的那个男子。叶婉秋看着他的眼神，心里突然冒出一个念头：要有这样的爱，我宁死不惜。

台词念完，又到了那个令人尴尬的镜头了——那就是男女主人公要拥抱在一起。

叶婉秋已经推托了几次了，但是马上要演出了，再推托似乎已经不合适了。

尹怀生看着她，眼神柔和，仿佛在征得她的同意。叶婉秋不作声，心却跳得剧烈，这下，她是避不过去了。尹怀生当她默认了，向她走近，张开双臂抱住了她，她一个踉跄，就被他揽在了怀中，一股男子的味道进入她的鼻腔，她头晕晕的，心怦怦直跳，她都怕尹怀生听到自己剧烈的心跳声。拥抱，来得让人如此措手不及，只是，我们都是剧中人。

这也是尹怀生第一次抱女孩子，他闻到了叶婉秋头发上的芬芳，她柔软的身体仿佛在微微发抖。尹怀生的心跳也突然加速了。他有一种说不清道不明的感觉：这个女孩儿，总是有一种和别的女孩儿不一样的感觉，让人不自觉地想保护她。

他松开手臂，此时，叶婉秋白皙的脸庞上泛起了两朵桃花一样的红晕，让尹怀生在这个萧索的冬天生出一种错觉：难道，是春天来了吗?

第十四章　冬夜初雪

冷雨一场一场落下，天气一点儿一点儿凉了。

又是一个雨夜，叶婉秋听着外面的雨声，裹紧了被子。她最喜欢在雨夜睡在温暖的被窝里，这里有一方独属于她的小小世界。被窝像妈妈的怀抱，将她保护起来，纵然外面风吹雨打，凄风苦雨，她仍觉得自己是安全的、幸福的、温暖的、安然的，她可以闭着眼睛任由想象驰骋，那些温暖的画面在眼前浮动。

小时候生病了，外婆会一遍又一遍地用热毛巾敷擦她的背；生日的时候母亲会带她去城里的公园玩滑梯、荡秋千、看猴子，去照相馆拍一个生日照，额头上点一颗红心；至于父亲，在她的印象中一直是严肃的。她父亲是退伍军人，有当兵时练下的健硕的身体，还有不苟一笑的表情。父亲对她要求很高，小时候唯一一次数学没得满分，父亲便对着她脑门重重拍了好几下。她最怕的也是父亲，一次，她用父亲给她买饭的钱买了布娃娃，怕被父亲发现，把布娃娃偷藏在了床脚下，结果父亲扫地的时候发现了。那次，她被狠狠地训斥了一番，赶到大门外，在冷冷的天站了一整个下午。

对于父亲，她为数不多的温暖的回忆便是小时候被父亲扛在肩上，她将自己小小的头贴着爸爸的头，小手摸着爸爸的脸，爸爸嘴唇边刚长出的胡楂儿摸起来硬硬的、扎扎的，她“咯咯”笑着：“爸爸是个黄山赌博佬，胡子老头儿！”爸爸那时经常穿一件印有“黄山”二字的夹克衫。爸爸一点儿也不生气，还跟着她笑。童年的记忆总是阳光明媚的，即使偶尔有阴霾，也会被阳光瞬间瓦解。

第一次见尹怀生，叶婉秋仿佛见到自己幻想的那个从书中走出来的翩翩君子，遗世独立。他是她的罗密欧，她是他的朱丽叶。那个拥抱让她心醉，让她着迷，她闭上眼睛就会想起那扑鼻而来的男子味道，像爸爸身上的味道。但她也时刻提醒自己，这不是一个真正的拥抱，他们只是在演话剧，对方只是敬业。她想起尹怀生训斥她时的凌厉眼神，又打了个冷噤，让自己赶快从幻梦中清醒。

叶婉秋在雨声中沉沉睡去，她梦到了话剧中的情形：她从坟墓中苏醒，见到尹怀生扮演的罗密欧饮毒自尽于坟墓旁，她趴在尹怀生身上，哭得难以自禁。醒来的时候，枕头上竟然被浸湿了一大片，一双眼睛浮肿了起来。她自嘲：“最近真是排练得走火入魔了！”她走到窗前，见到屋顶上竟覆盖了一层白雪，她惊喜：“哇，昨夜竟然下雪了！这是今年的第一场雪啊！”

一场初雪宣告了1986年结束，学校礼堂挂起了红灯笼，工作人员忙碌着布置舞台。一条鲜红的横幅挂在礼堂大门口：“欢度元旦！”演出进入倒计时，徐璐的病也好了，他们进入了彩排阶段。

尹怀生最近几天一下课就往湘南师大跑，何修年听说他在排话剧，说：“你正式演出那天，别忘了叫上我啊！”

尹怀生嘴上答应，心下想着：这小子，干啥都喜欢凑个热闹。

尹怀生不忘打趣：“何修年，你是不是想去见见师大美女啊？”

何修年笑着，眼睛眯成一道缝："嘿嘿，你猜对了，据说师大美女如云，我得去见识一下！"

尹怀生说："你又要找个'女神'了是吧，可别再受打击了啊！"

何修年想到倪老师，脸上显出痛苦的表情。虽然"女神"形象已经在他心中崩塌，但他始终舍不得丢掉倪老师的照片，他把倪老师的照片从墙上揭下，放在枕头底下，睡不着的时候，他会拿出来细细看一番。这时他说："你就别揭我伤疤了！对了，跟你搭档的那个女生叫什么名字，好看不？"

尹怀生变了神色，略带严肃地说："你别打人家主意，她已经有人喜欢了。"

何修年眼睛圆睁："哇，那一定是个大美女啊！不会是你喜欢她吧！"

尹怀生脸色更加严肃："别瞎猜，这个话题到此为止。你要去的话，12 月 31 日晚七点师大礼堂，你自己去吧。"何修年见状，知趣地噤声，他知道尹怀生一严肃起来，是开不得玩笑的。

尹怀生心事重重，叶婉秋、韩湘云、何修年、倪老师这四个人的面孔在他脑海里来回翻转，他隐隐有些不太好的预感。说不出来为啥，他想到叶婉秋，总是觉得心里面似有根线在牵着，让他无法轻松洒脱起来。她与倪老师有那么一些神似，她的笑，她的顾盼，她柔软的手还有身体，她清脆的声音，还有她的芳香一股脑儿地涌入尹怀生的思绪里，搅得他心神不宁。我是怎么了？入戏太深了吧！早知道就不答应徐璐去排练这个话剧了。尹怀生想，这不是他想要的状态。

第十五章　演出

"亲爱的老师们、同学们，大家新年好！新的一年，新的祝福，新的期待。1986 年在成功和收获的喜悦中渐渐远去了，1987 年的钟声即将敲响。

为了辞旧迎新，我们师大学生集聚在此，共度元旦佳节！”主持人激昂的开场白宣告了元旦晚会的正式开始。

台下人头攒动，韩湘云早早地进场，找了个前排的座位坐下，他期待着这场晚会——他最好的朋友尹怀生和心心念念的女生叶婉秋将登台表演，饰演一对苦情的恋人：罗密欧和朱丽叶。

徐璐和高宁兵分两路，在演出前的一个小时，作为导演，她还在紧张地为演员们化妆，为他们打气，叮嘱他们放开演，用最饱满的情绪来打动观众。

尹怀生看了看叶婉秋，她今天化了妆，更加好看，穿上古典的欧洲贵族服装，像极了欧洲的贵族小姐，知性、优雅但不做作，他又想起了《约翰·克利斯朵夫》里的葛拉齐亚。

作为数学系节目的主创，高宁指挥着他的乐队在进行最后的排练。他今天要用动情的歌声，给台下某个人一个惊喜。

何修年也提前到了，他转了一圈发现只有靠边的位置了。他找了一个相对靠前的位置坐下，一双眼睛还不忘环顾四周，发现师大的女生可真不少，漂亮的也大有人在。可她们身边总是坐着一个男生，要是何修年多看一眼，总会被回了一个冷冷的白眼，让他凉到心里：师大美女名不虚传，可都是些冷美人。

演出开始了。高宁的节目被排在第三个。优美的旋律在礼堂里响起，鼓点和伴奏响完之后，作为乐队主唱的他，一边弹吉他，一边唱起了罗大佑的《青春舞曲》：

> 太阳下山明早依旧爬上来，
> 花儿谢了明年还是一样的开，
> 我的青春一去无影踪，
> 我的青春小鸟一去不回来……

高宁唱到高潮处，站起来用略带沙哑的男声唱着，身体随着节拍摆动，整个人投入旋律中。台下的气氛瞬间被他带动起来，大家跟着唱，有的人已经站起来，跟着节拍舞动。大家纷纷在下面讨论："这是数学系的'系草'，学生会主席，唱歌也好有范儿啊！"有女生窃窃私语："这帅哥有女朋友了吗？""没听说。"

徐璐是第一次看高宁在舞台上表演。她不禁惊叹高宁专业的音乐功底，既唱出了原唱罗大佑的韵味，也带有他自己的风格。她对他的爱慕里又增加了一些崇拜，她目不转睛地看着，身体也随韵律摆动着，她希望能深深地把高宁的样子印在自己的脑海里。

《青春舞曲》唱完，熟悉的旋律响起，紧接着是高宁深沉的诠释：

什么时候儿时玩伴都离我远去，什么时候身旁的人已不再熟悉……

台下发出一片惊呼声："《一样的月光》！"这是当下最流行的歌，掌声顿时响彻礼堂。

激昂的旋律变得舒缓，高宁放下吉他，走到舞台边缘，低着头如诉衷肠：

一样的月光，一样的照着新店溪，一样的冬天，一样的下着冰冷的雨，一样的尘埃，一样的在风中堆积……

大家随着他也进入了意境，台下众人屏住了呼吸。突然，旋律和鼓点重新变得激昂起来，高宁来到舞台中间，呐喊着：

一样的笑容，一样的泪水，一样的日子，一样的我和你……

像涓涓细流突然变成了一泻而下的瀑布，大家又被点燃了，纷纷站起来，跟着旋律唱着，彻底陶醉在这首歌中。台下已经有女生开始尖叫起来了。

这首歌唱罢，高宁擦了擦额头上的汗，回到座位上，重新拿起吉他，对着台下缓缓地说：“谢谢大家的热情。本来我只准备了两首歌，但今天我临时加了一首歌，这首歌是送给台下的一个女生的。”台下尖叫声不断，大家纷纷议论着是谁。徐璐心知肚明，不过她也很吃惊，完全没想到高宁还有这一招。她脸上一片娇羞，内心却欣喜不已，她已经感受到了周围女生的妒意，还好暗淡的灯光掩饰了她的失态。她看着高宁，高宁的眸子如水，他好似也在看着她。优美的旋律响起，还是一首罗大佑的歌——《穿过你的黑发的我的手》。

高宁深情地唱：

穿过你的黑发的我的手，穿过你的心情的我的眼，如此这般的深情若飘逝转眼成云烟……

整个礼堂仿佛只剩下他们两人。其他人都在见证高宁送给自己的新年礼物，人生中最好的礼物莫过于此吧，徐璐想。她醉在了歌声里，她想现在就走上台去，献给他一个吻，这是她能给他的最好的回馈了，她的眼睛渐渐蒙上了泪水，高宁变得模糊，那一刻，她觉得自己已经将幸福紧紧握在手里了。

韩湘云和何修年望穿了秋水，终于等来了尹怀生他们的节目。尹怀生一身中世纪欧洲贵族服装，化身罗密欧登场，明亮的灯光打在他化过妆的脸上，脸色苍白，五官清秀。他的声音穿透了整个舞台的空气，中气十足，声音浑厚，带着悲愤的情绪，像一把剑直击众人内心。大家仿佛看到莎翁笔下人物复活，很快被带入了剧情。

灯光暗下去又亮起来，一个清脆动人的声音在台上响起，灯光打在这个声音的主人身上，只见她迈着优雅的步子，缓缓走上来，一身欧洲贵族小姐的服装将她身体的曲线衬托得淋漓尽致，一张鹅蛋脸在灯光下光彩照人，精致秀丽的五官和谐地分布在这张脸上，整个人散发着俏丽可爱的美。“女主角登场了！”台下欢呼。

“真美！”何修年的嘴变成了“O”形，他目不转睛地盯着叶婉秋，仿佛见到了第二个倪老师。他啧啧惊叹道：“这个女子好像是画里走出来的，师大果然是藏龙卧虎啊！尹怀生这小子艳福不浅哪，怪不得最近跑师大跑得那么勤！”

台下的韩湘云见到叶婉秋也睁大了眼睛，没想到她化妆后是这样光彩照人，她的光芒、她的一颦一笑让韩湘云看入迷了，他分不清她究竟是叶婉秋还是朱丽叶。

“罗密欧”偷跑到“朱丽叶”的闺房，两人互诉衷肠，情到浓处拥抱在了一起。台下响起一片欢呼声，还有起哄声。男女生都各自生起了妒意，恨不得自己是被拥抱的一方。

何修年眼睛都看直了，他的嘴就没有合拢过，他嘴里不时发出啧啧的声音，将尹怀生忌妒到心窝里去了。

韩湘云见到此幕，一股酸酸的情绪在心里翻滚。他像患了强迫症一般，脑子里又回荡起尹怀生的那句话：“如果我们俩喜欢上同一个女孩儿怎么办？”纵使有千万不甘，韩湘云也不得不感叹这两人真是郎才女貌，天作之合。

最后一幕，“朱丽叶”见到“罗密欧”倒在地上，已然死去。她悲伤不已，将头枕在爱人身上痛哭，竟然不能自持。

当舞台谢幕的时候，掌声雷动，这是他们今晚看到的最精彩的节目。他们将话剧演活了，尤其是尹怀生和叶婉秋，观众甚至已经把他们当作罗密欧与朱丽叶了。

徐璐、高宁、韩湘云和何修年拼命地鼓着掌，但他们的想法并不同。

第十六章　跨年夜的吻

演出结束了，欢笑声散去，人群也渐渐散了。欢愉都是暂时的，人们很快就回归到了日常生活中。这是一个美好的跨年夜，旧的一年的喜悦和悲伤马上要随着钟声的敲响而飘逝，新的一年就要到了。

高宁和徐璐牵着手，沿着校道慢慢地走着，他们的心被甜蜜浸泡着，纵使不说话，也能感受到彼此的心意。地上的雪还没化完，在路灯的反射下散发出莹莹的白色微光。

“你今晚的表演真棒！”徐璐由衷地夸赞着自己的心上人。

“你导演的话剧也很精彩啊！”高宁说。

“你是怎么想到给我送歌的？我紧张得心都要跳出来了。”徐璐忍不住说。

“谁说我是送给你的？”高宁故弄玄虚。

“你不是送给我的是送给谁的？”徐璐佯装生气。

“不告诉你。”高宁笑着说，捏了捏她的手，温柔地把它放在了自己的口袋里。

徐璐不作声了，她知道高宁在和她开玩笑。高宁的手好暖，暖意从她的手心传递到了心里。

她有种感觉，眼前的校道仿佛化身为时间长廊，她和高宁沿着它一直走着，走到了新的一年，然后一直走完人生。

她倚靠着高宁，两人的背影重叠，在路灯下被拉得好长。身边有人经过，窃窃私语。徐璐目不斜视，她心里欢愉着，把身子靠得更近了。

不一会儿就到了徐璐的宿舍门口，徐璐还紧握着高宁的手不肯松开。

徐璐对高宁说：“你今天送了我一个最好的礼物，我也有礼物送你。”说着，从大衣口袋里取出了一个包装得很精致的礼物袋，递给高宁。

高宁惊喜道：“想不到你还有个圣诞老人的口袋呢！这里面是什么？”

徐璐粲然一笑：“不告诉你！”

高宁笑了，他轻轻刮了下徐璐的鼻子："想不到你还会报复我啊！实话告诉你，那首歌就是送给你的，除了你之外，还会有谁呢？"

徐璐笑了，发自内心的笑，这句话从高宁的嘴里说出来，幸福像千军万马一样争先恐后地敲击着她的心房，满得要冲出来了。

此刻，语言已经多余，她定定地看着他，突然，她踮起脚尖，在高宁的额头上吻了一下，问道："高宁，你爱我吗？"

高宁迟疑了一下，徐璐用手盖住高宁的嘴，说："不用说，我数三秒，你不说话就代表默认了。"

高宁突然拉起她的手，大步走到宿舍楼边一个偏僻的角落，紧紧地抱住了她，他埋下头，找到徐璐的双唇，轻轻吻了下去，徐璐呆了，继而闭上双眼，享受着这个吻。

一道亮光打在他们身上，他们睁开双眼，急忙分开。"你们在干什么！"一个声音厉声怒斥道。原来是查夜的宿舍管理员。高宁立马赔礼道歉，拉起徐璐离开。

高宁回到宿舍后，拆开徐璐给他的礼物袋，原来里面有一幅徐璐为他画的人像素描，画得栩栩如生，仿佛是那天下晨雨淋湿后的样子，头发上还有几滴水滴，画上有几个娟秀的字："雨天的宁。璐"。他不知道徐璐还有这个绝活。礼物袋里还有一封信，高宁打开来看，仍然是徐璐娟秀的字，她抄了一首英文诗，题目叫"当你老了"，爱尔兰诗人叶芝的作品。

When you are old（当你老了）

——William Butler Yeats（威廉·巴特勒·叶芝）

When you are old and grey and full of sleep.（当你老了，头发花白，睡意沉沉）

And nodding by the fire，take down this book.（倦坐在炉边，取下这本书来）

And slowly read，and dream of the soft look.（慢慢读着，追梦当年的眼神）

Your eyes had once, and of their shadows deep.（你那柔美的神采与深幽的晕影）

How many loved your moments of glad grace.（多少人爱过你昙花一现的身影）

And loved your beauty with love false or true.（爱过你的美貌，以虚伪或真情）

But one man loved the pilgrim Soul in you.（唯独一人曾爱你那朝圣者的心）

And loved the sorrows of your changing face.（爱你哀戚的脸上岁月的留痕）

And bending down beside the glowing bars.（在炉罩边低眉弯腰）

Murmur，a little sadly，how Love fled.（忧戚沉思，喃喃而语）

And paced upon the mountains overhead.（爱情是怎样逝去，又怎样步上群山）

And hid his face amid a crowd of stars.（怎样在繁星之间藏住了脸）

诗的后面有这样一句：宁，与你相识是我这辈子最大的幸福。希望能执手与你走下去，一辈子，不相负。璐。

“徐璐，你也是上天赠予我的最好礼物，我一辈子，都不会负你。”高宁暗自说。

那天演出结束后，尹怀生和何修年回到宿舍已经过了熄灯时间。他们躺在黑漆漆的宿舍里，何修年兴奋不已：“嘿，你们今天的演出真不赖啊！尤其是那个演朱丽叶的女孩子啊！她漂亮，又有气质，声音也好听，她叫什么名字啊？”

尹怀生没好气地说：“你别是又犯花痴了吧。告诉你啊，你可别打那个女孩儿的主意！”

“啧啧啧，看你紧张的，我就问一下她的名字而已。你说你和她拥抱的时候什么感觉啊！”何修年又露出他的八卦嘴脸。

尹怀生没理他。何修年讨了个没趣："我就说你心里有鬼，开个玩笑，别当真啊！"

不一会儿，宿舍里响起了呼噜声。尹怀生却还没睡着，他心潮波动，叶婉秋今天晚上的投入让他震撼，趴在他身上恸哭的时候，他有种想坐起来抱住她的冲动。他也被她的情绪感染了，演完后还久久不能平静。他听着何修年的呼噜声，心情有点儿烦躁，隐隐觉得何修年要惹一些麻烦出来，对于叶婉秋，他做不了什么，但是他也绝不允许任何人对她图谋不轨，伤害到她。

他翻了好几个身，等到时针指向了十二点，新的一年终于到来了，外面响起了爆竹声，他才慢慢地进入了梦乡。

第十七章　狩猎者

那次看完演出之后，何修年便蠢蠢欲动了。他仿若一个荒岛的猎人，在久久寻觅而没有收获后，突然发现了一只美丽的梅花鹿，悠然地行走在他眼前，浑然不觉他的存在。他的眼睛里闪烁出兴奋的光，就像当初见到倪老师一样，刺激着他身体释放出大量的荷尔蒙，让他沉醉而执迷。

何修年一提起"朱丽叶"，尹怀生就如刺猬遇到危险一般，立起身上的刺，让人不敢接近。他知道再不能与尹怀生像谈论倪老师那样去谈论"朱丽叶"了，更别提让尹怀生去给他索要一张"朱丽叶"的芳照，甚至对"朱丽叶"的真名，尹怀生也讳莫如深。

何修年知道尹怀生是一扇紧闭的大门，他是没法叩开了。于是他及时转换了方向，决定另想办法，靠自己敏锐的嗅觉来慢慢靠近猎物。

何修年跑到湘南师大外语系，以旁听生的身份蹭了一节选修课。课间，他与旁边的女生搭话："嗨，我是湘南大学中文系大一学生。你们系上次的元旦演出真棒！据说是你们外院和我们湘南大学联合出演的！"

女生答："是啊，男主角是你们湘南大学的才子啊！"

此话正中何修年下怀："他叫尹怀生，我跟他一个宿舍的，你们想认识他吗？"

女生面露喜色，何修年见此心生一计，便接着说："据说女主角也是外院才女啊！她叫什么来着？上次尹怀生跟我说了一下，我忘记了。"

女生答："她叫叶婉秋，英语系一班的。"

"叶婉秋？这个名字挺温婉。"何修年心想，他堆起笑容："很高兴认识你，你们外院真是人才济济啊。我们湘大中文系想跟你们师大外语系搞搞联谊，你感兴趣吗？"

女生回答得挺直接："可以啊，要是有尹怀生参加，我们肯定去。"

何修年的妒火烧得更旺了，嘴上却说："那我尽量说服他参加，我叫何修年，很高兴认识你！能给我一份你们的课表吗？我最近要恶补下英语。"

女生把课表给他，说："你只能上选修课啊，分班的小课你是蹭不了的，我这儿正好多一份，你就拿去吧！"

何修年嘴上连连道谢，心中暗喜："今天收获不小啊！"

有了课表的何修年如鱼得水，他对叶婉秋上课的时间和地点都了如指掌了。只要没课，他便潜入湘南师大。他在守候着他的猎物，即使不是自己的囊中物，能够远远地看着，也能安抚他那颗饥渴的心。

何修年守候在外院的教学楼前，气温接近冰点，他不停朝手中哈气。他眯着眼睛，紧盯着教学楼门口，等待着那个曼妙的身影出现。

好不容易铃声打响了，学生们从教学楼里鱼贯而出。何修年目不转睛地看着，他感觉自己的眼睛正在接受一场视觉盛宴，他内心感叹："师大外院的男生真有福气，真是生活在百花丛中，要是我外语好，我也报师大外院了。"他眼睛都不敢眨，生怕错过那道最亮丽的风景。

一分钟、两分钟、三分钟，何修年觉得有点儿尿急了，叶婉秋还没出来。他深吸一口气："坚持就是胜利！"

过了一会儿，那个娇俏的身影终于出现了。叶婉秋身着一件墨绿色大衣，脖颈上围着一条鹅黄色的围巾。乌黑的头发瀑布般披散下来，耳边两缕秀发拢在脑后，被一个精巧的水晶发卡别在一起，温柔娴雅中透出一点儿精致和俏皮。她手上拿着一本书，和身边的女生说笑着走了出来。

何修年感觉一股暖流注入身体，让他因站了半天已经僵硬的肢体重新恢复了知觉。他故意把头低下，站在她们视线的死角处，但他的目光始终停留在叶婉秋身上，未曾挪移。

叶婉秋和旁边的高个子女生说着笑着，没有注意到她们身后还跟着一个高大壮硕的男生——何修年。他像猎人小心翼翼地靠近他的猎物一般，亦步亦趋地跟着她们。

她们说笑着走进了食堂，何修年也跟着进去。他买了餐票，点了一份饭，一边吃一边看着叶婉秋。平时饭量不小的他，那一顿吃得不多。那一刻，他深深地体会到了什么叫作“秀色可餐”。

从食堂出来后，徐璐对叶婉秋说：“我就不陪你啦，我跟高宁约好晚上一起去图书馆。”最近，因为爱情的滋润，徐璐的面颊总有一抹红晕，越发显得光鲜艳丽了。

叶婉秋说：“就知道你心神不定，快去陪你的白马王子吧！话说你们俩看书的时候会不会心猿意马？”

徐璐娇笑，捏了下叶婉秋的脸蛋：“你个鬼灵精，知道拿我开涮了啊！你恋爱了就知道了！”

“去吧，去吧，不影响你的良辰美景，我又是孤家寡人了！”叶婉秋道。

徐璐和叶婉秋向相反的方向走去。何修年坐在校道另一侧的长凳上，埋着头假装在思索。徐璐经过他的时候，朝他多瞥了几眼，心想：这个人有点儿怪怪的。

何修年心虚，将头埋得更低了。等徐璐走远，他赶快抬头搜寻那个心爱的背影，却发现她已经走远了。他一路小跑，穿过错综的校道，却始终找不到她，她仿佛一个幻影一般，飘逝在虚空中了。

何修年只好垂头丧气地回去了，第一次跟竟然跟丢了，他懊恼不已。

但何修年可不是那么容易为困难折腰的人。之后的若干天里，湘南师大的校园里，总会出现一个微胖的高大男生，戴着一副黑框眼镜，穿着一身宽大的立领棉衣，双手插袋，走路时不时东张西望，有时像惊弓之鸟般把头深深埋下。他频繁出没于外院的教学楼门口、食堂、宿舍楼下、图书馆门前……

何修年在跟踪的过程中发现了叶婉秋的一些小癖好：她最喜欢湘菜窗口，她的晚餐总是一碗粥或者是一碗馄饨。她走路的时候喜欢扯一片路边灌木的树叶捏在手里玩。她喜欢吃完晚饭后到学校的假山池边发会儿呆，自言自语，仿佛在跟鱼儿说话。

叶婉秋的形象在何修年眼里生动丰满起来，他更是对她着迷。跟倪老师的风韵不一样的是，叶婉秋还带有一个小女孩儿的浪漫情怀和俏皮，让人心生怜爱。他从这种暗自跟随中获得了不小的满足。

徐璐发现了不对劲儿，她对叶婉秋说："最近几天我总是看到一个白胖的男生，我朝他看的时候，他就把头埋下来，他不会对我们图谋不轨吧？"

叶婉秋也有同样的感觉："最近是感觉怪怪的，好像背后总有人在窥视我一样，不会就是你说的那人吧！"

她们俩越想越不对劲，决定以后每天都相伴而行。徐璐想好了一个计策，她决心让这个潜藏在暗处的人浮出水面。

第二天，跟往常一样，何修年跟着叶婉秋和徐璐沿校道走着，到了一个拐角处，徐璐对叶婉秋低语了一阵，她们便沿着不同方向分道而行。

何修年看徐璐走远，便跟在叶婉秋身后，埋头走着。徐璐赶快转过身来，朝他们俩的方向走去。只见叶婉秋往哪儿走，何修年就往哪儿走，像影子一般跟着。徐璐大踏步跑上前，拉住何修年的胳膊，何修年一惊，用力抬手，徐璐一个踉跄差点儿摔倒。

徐璐指着何修年厉声说："你个变态，跟踪狂！"

叶婉秋闻声也转过身来，走到他们俩身边，嗔怒地看着何修年。

周围的人围拢而来，不知道发生了什么事，好奇地看热闹。

徐璐接着说："我前几天就看到你了，鬼鬼祟祟的。说，你打的什么主意？”

何修年做贼心虚，再加上在光天化日之下被抓个正着，他又羞又怒，脸红到了耳后根，可嘴上却逞强：“同学，你误会我了吧！什么跟踪，跟踪谁啊？”

“你别装了，这几天我总是觉得身后有人跟着，是不是你？”叶婉秋怒目而视，脸红扑扑的。

生气的时候还挺可爱。何修年心想，脸上绽开了笑容，他求情似的对叶婉秋说：“别生气，同学，你真的误会了，这几天，我正好经过这些地方，我也觉得巧了，经常看到你俩，看到美女忍不住多看几眼不是？”

说着向众人笑了笑，众人也乐了：“这小子，也够实诚的。”

徐璐气得脸都白了，上前拉住他，对众人说：“这人就是个跟踪狂，被抓到了还不承认，我都亲眼见到他跟着我们了，他还狡辩！”

何修年这会儿显得理直气壮了：“跟着你们就是跟踪吗？我就是和你们同路罢了！”

这时，有围观者叫来了保安，保安将他们三人带到了学校保卫处。

他们三人在保卫处你一言我一语地争论着，最后保卫处的老师不耐烦了：“你们说他跟踪你们，也没有一个确凿的证据。这样吧，今天这件事情到此结束，你们出示一下学生证登记一下个人信息，没有的话打电话让同学送过来。如果再有这样的事情发生，我们也好处理。”

徐璐仍然愤愤不平，叶婉秋拦住了她。何修年松了一口气，从口袋里摸索着掏出自己的学生证交给老师。保卫处老师念着：“湘南大学中文系1986级3班，何修年。”

叶婉秋睁大了眼睛：“这人不是和尹怀生一个班吗？”

走出保卫室，徐璐指着何修年厉声说：“这次我们放过你了，下次再发现你鬼鬼祟祟的话，我就对你不客气！”

何修年心想：这妞太厉害，我惹不起还能躲得起。在她们愤怒的目光中，他灰溜溜地走了。

第十八章 入戏

跟踪被发现，何修年只能暂停他的“狩猎游戏”，但他对叶婉秋的念想却丝毫没有被打断，想到她生气时涨得通红的脸，他心里更加痒痒。何修年暗暗决定：既然暗的不成，我就干脆正大光明地追求她，咱好歹也是湘南大学的高才生啊！

主意已定，何修年开始拿出女生们写给尹怀生的情书，琢磨了一个下午，给叶婉秋写了一封求爱信，然后花了自己半个月的生活费，去花店买了一束玫瑰，委托花店伙计送到叶婉秋手里。

自从上次话剧表演后，叶婉秋经常会收到一些花束或信，但她却是第一次收到这么大一捧玫瑰。女孩子见到玫瑰都是欢喜的，她甚至潜意识里认为这是尹怀生送的。她的心怦怦地跳着，捧着玫瑰来到宿舍，正好宿舍一个人也没有，她小心翼翼地在玫瑰花束里翻找着，果然，在花束中间，她找到了一封信。

叶婉秋的手微微颤抖着，像对待一件极其昂贵脆弱的艺术品一般打开了这封信。

只见她的眼神从惊喜到逐渐暗淡，脸色从微微发红到发白再转红，最后，她气愤地一把将信撕碎，把玫瑰花扔进水房的垃圾桶里，似是受到了极大的羞辱，肩头抽动着。

可怜的花正开得艳丽，却被无情地抛弃了，如同那封信，还没等进入收信人的心里便香消玉殒。只因那封信的落款处写着“何修年”这三个大字。

何修年在信里毫不掩饰自己对叶婉秋的喜欢，用了很多时下流行的肉麻字眼，每当叶婉秋不经意间想起，都会起一身鸡皮疙瘩。他在信的末尾写道：“你是我的‘女神’，我无时无刻不想着你、念着你，在梦中都呼喊你的名字。我为你痴狂，为你神魂颠倒。我不得不承认我为你沉沦了，亲爱的婉秋，我只祈求你能多看我一眼，来拯救我的灵魂。献给你一万个吻都不够。爱你的：何修年。

何修年见信没有了回应，又堂而皇之地出现在师大的各个角落。一天，徐璐约会去了，叶婉秋独自回宿舍，只见一个高大的身影站在宿舍门口。她定睛一看，何修年在朝她笑着，手上拿着一朵玫瑰花。

叶婉秋转身就走。何修年赶紧走上前，像膏药一样黏着她，嬉皮笑脸道："婉秋，你收到我的信了吗？"

叶婉秋冷冷地答："撕了。"

何修年心里凉了一下，转眼恢复了神态，又振作起他打不死的小强的赖皮精神："没关系，你喜欢玫瑰吗？我每个月都送给你。"心里想着：大不了我多饿饿肚子，顺便减点儿肥。

叶婉秋转向他，语气变得急促，脸又因为生气而泛起红晕："你能不能不要那么厚颜无耻！你再烦我，我就叫保安了啊！"

何修年倒也不生气，他忘情地看着叶婉秋的脸，讨好地笑着："好好好，我不烦你了，你也别生气！嘿嘿，保安管不了我的……"他把手放在自己的胸口，比画了一个心的形状，脸上的笑容似绽开了花，对叶婉秋做了个拜拜的手势，潇洒地走开了。

叶婉秋又气又羞："还有这种人。"她的胸口因为生气而不停起伏着。

回到宿舍，叶婉秋越想越气，又突然感到难过，眼眶红了起来。她想着的那个人，演出完就好像消失了一样，再也没有找过她。她想：他对我究竟是何意？看他的眼神，似乎对我有意，可为什么这么多天没有动静？他到底是怎么想的？他知道他的同班同学何修年对我是多么狂热吗？他为什么不来保护我？

叶婉秋越想越难过，心乱如麻。她纠结着，叩问着自己的内心。最终，她做出了这样的决定：不管尹怀生对我是什么感觉，我至少要让他知道最近发生的事，看他是什么态度。纵然他不喜欢我，出于友谊，他也会帮我给何修年一个警告，让他收敛一点儿。

主意已定，叶婉秋的愁绪仿佛也消散了许多。她舒了一口气，终于可以睡个安稳觉，期待明天的到来了。

尹怀生最近也心神不宁。演完话剧后，他的脑海里不停浮动着话剧中的场景。一个多月来的排练，他全身心投入了进去，把自己当成了罗密欧，为了爱，他化身为勇士，与世俗斗争，不惜牺牲自己的生命。当他化身罗密欧，抱着美丽的“朱丽叶”的“尸体”时，他真切地感受到了那种肝肠寸断。他与朱丽叶私会、与她相拥的时候，他觉得怀里的叶婉秋就是朱丽叶。她看着他时痴迷的眼神，伏在他身上撕心裂肺地哭泣，分明也是入戏颇深。

尹怀生已经分不清戏和现实了。若干个清晨，他都从梦境里惊醒。在梦里，他高举利剑，与众人作战，他用自己的身躯保护着一个娇弱的身躯，他们逃过追杀，躲在一个荒废的庙宇中。怀里的女人眼眸清澈，含情脉脉地看着她，他忍着伤痛，用力将她抱紧，鲜血染红了他俩的衣服。追兵追上，团团将庙宇围住，他将女人藏在神像背后，孤身拼尽全力厮杀出去，在他的胸膛被洞穿的那一刹那，女人也尖叫着冲出，撞在了刺穿他胸膛的那把剑上，他们俩倒在了一起，鲜血像小溪一般流淌，渗入庙宇高大神像的底座基石中。他在死的那一刻，又看了一眼女人的面容——与舞台上的叶婉秋如出一辙。

尹怀生喘着粗气从床上坐起来。何修年的呼噜声伴奏着夜的宁静。尹怀生看了看表：四点二十四。他擦了擦头上的汗，心有余悸。他再也没有睡着，梦中的女人，或者说，叶婉秋的脸如此清晰地出现在他的眼前，赶走了他所有的睡意，他失眠到天明。

尹怀生心乱如麻：何修年最近容光焕发，他似乎对叶婉秋很感兴趣，但是他在我面前倒显得老实。叶婉秋这个女孩儿，确实和别的女孩儿不一样，总是让我心神不宁，她是不是对我进行了催眠？这女孩儿究竟有什么魔力？

尹怀生想起他的好朋友韩湘云提起叶婉秋的时候痴迷的表情，他太了解韩湘云了，从和他在湘江边散步时的交谈中他就感觉到了韩湘云的不对劲儿，他几乎能确定，韩湘云一定是爱上叶婉秋了。

尹怀生在屡次梦到叶婉秋后，不得不承认自己也有些沦陷了。他想提笔写一首情诗，可他写了一首又一首，最后却将它们深锁在抽屉里。他努力压抑着自己的爱意，不能因为自己的自私让好友伤心，似乎他再往前进一步，就“夺人所爱”了。

于是，尹怀生把自己锁在三点一线的生活中，演出之后的两个星期，他都没有踏出过湘南大学。他在等待着，时间也许能打开他的心结。

在尹怀生纠结万分的时候，叶婉秋自己出现了。

第十九章　搏斗

那天，尹怀生下课后，去食堂吃完饭，本来准备去图书馆看会儿书，突然觉得有点儿困意，于是他折转方向，向宿舍走去。

快走到宿舍门口的时候，尹怀生的脚步僵住了，他看到了那个熟悉的身影。她背对着他，似乎在低头想着心事，那如缎带一般的秀发披在肩上，发卡在黄昏的光线中散发着朦胧的光。她穿着深蓝色的呢子大衣，腰带将纤腰盈盈一握，衬托出柔美的女性线条。整个人像黄昏平静的大海一样沉静而温柔——是她，那个在梦中出现数次的人。

像冰雪在阳光中融化，尹怀生觉得自己的心苏醒了。他停顿了一下，迈开大步向叶婉秋走去。他在同她半米左右的距离停下，轻轻叫了声：“叶婉秋。”

叶婉秋一怔，迅速转过头，她见到了尹怀生——他的脸色有点儿苍白，神情有些困倦，似乎没有休息好。但是他的眼神仍然深沉温暖，好似能洞穿她的内心。她好久没见尹怀生，有点儿激动，可是他这样看着自己，又羞涩了起来。她悄悄转移视线，不敢直视尹怀生的双眼。她笑了起来，露出甜甜的酒窝，甜蜜刹那间融进了尹怀生的心里，他也笑了。两人相视无言，尹怀生笑着，等待着她。

她意识到有点儿失态，迅速调整了自己的情绪，说：“抱歉，没跟你打声招呼，就是，有点儿事想找你聊聊。”

尹怀生心里咯噔一下：她不会是遇到什么麻烦了吧！他仍然温柔地说着：“你等了好久了吧？吃饭了吗？”

叶婉秋摇摇头，说：“我一下课就来了，不过还好，刚等没多久你就来了。”

尹怀生说：“我带你去吃饭吧，找个暖和的地方，看你怪冷的。”

叶婉秋心中欢喜，很快答应了下来。

他们沿着校道慢慢走着，一个儒雅，一个娇媚，成了一道风景线，吸引了不少人的回眸。有些人认出了尹怀生，私下低语：“旁边的是他女朋友吗？眼光还不错呢！”

叶婉秋屡次想问他为什么这两个星期音信全无，但转念又想：我是他的谁？有什么资格问这个问题？他凭什么要联系我？

尹怀生想问她这两个星期怎样，又觉得太刻意。纵使蕴藏着千言万语，两人始终一路无话。虽然如此，这两人都感到这两个星期以来，最舒心的也就这一刻了。

不一会儿，尹怀生带着叶婉秋来到了学校附近一个新开的饭店，这里人不多，灯光的亮度刚刚好，温馨、幽雅的环境让他们感到安心。尹怀生叮嘱老板点燃了烤火炉，让叶婉秋取暖。他们点好了菜，静等菜上桌。菜上来了，尹怀生给叶婉秋碗里夹了些菜，让她多吃点儿。叶婉秋在尹怀生的注视下吃完了这顿饭，她吃得分外香甜。

这时，尹怀生看着叶婉秋的眼睛，认真地问道：“你今天找我，是不是发生什么事了？”叶婉秋迟疑了一会儿，似乎心事重重，眼眶竟然有点儿红了。

尹怀生内心慌乱起来，他赶紧安慰道：“没关系，有什么事尽管说。”

叶婉秋于是把何修年跟踪她，给她送花、写信，半路拦截她的事情一五一十地告诉给了尹怀生。尹怀生听着，脸色变得更加苍白，继而又涌出血色，最后变得铁青。

说罢，叶婉秋静静地看着尹怀生。

尹怀生沉默良久，按捺着心中的愤怒，坚定地对叶婉秋说：“你放心，我会帮你解决的。这种事情以后不会再发生了。”他的目光凌厉得像一把利剑，看着前方，似乎何修年就站在他的面前。

叶婉秋内心一片暖意：他的神情表明他是在意我的，可是他为什么不表达？

她隐隐担心，潜意识里觉得可能要发生点儿什么，她又迷茫了：“我这样做对吗？”

可是说出的话已经收不回了，如果不说出来，她是要被憋死的。说出来后，她觉得内心舒畅了很多。

他们坐到饭店打烊。尹怀生将叶婉秋送到宿舍楼下，他们告别的时候，叶婉秋对着尹怀生想说些什么，但话到嘴边又收回去了，她要等待他亲口说出来，不着急，他们有的是时间。

尹怀生慢慢地走回去，他的手紧紧地握成拳，都能听到手指关节咯咯作响。叶婉秋的话印证了他隐隐的担心，他想到了何修年可能会对叶婉秋有意，但没想到他的手段会如此不堪，会如此放肆露骨。

叶婉秋在他心中如同一颗璀璨无瑕的宝石，任何人的觊觎他都会拼尽全力去抵挡，他不允许任何人亵渎她。

尹怀生想到何修年那张脸，像吃了只苍蝇一般难受，被怒火烧着的他小跑起来，他要赶快见到何修年，找他算账！

一会儿尹怀生便到了宿舍，板着脸不发一言。何修年见状，嬉皮笑脸道：“哟，大才子，今天好像心情不太好嘛，是谁惹你生气，兄弟我去教训教训他！”

尹怀生被他浇了一勺油，怒火更旺了，他觉得不把它释放出来，就要被点燃了。他见宿舍还有其他人在，努力压抑着愤慨，对何修年说：“我有话要跟你说，我们下去说吧。”

何修年见状觉得不妙：“今天这么晚了，有什么话明天再说吧！”

尹怀生死死盯着他，目光寒气逼人：“今晚必须说。”语气冰冷，不由分说。

何修年被他盯得打了一个寒战，堆起了他惯常的笑："别那么严肃嘛，说就说，你等我穿件大衣。"

他们俩下了楼，尹怀生带着何修年走到宿舍楼背后的一个巷子里。白天，这里是人来人往的小卖部所在地，晚上，小卖部关门了，这里便成了一个无人光顾的僻静角落，不少恋人在这里约会。

他们俩面对面站着。尹怀生开口了："何修年，老实告诉我，你最近是不是在跟踪叶婉秋？"

何修年一听，心知叶婉秋告诉了他，索性坦率地说："也不算跟踪，我是光明正大地追求她。"

尹怀生怒火烧得更旺了："你知道什么叫作追求吗？你这是骚扰！"他怒吼着。

何修年轻蔑地一笑："你别那么看不起人，你能追求，我就不能追求吗？谁规定了叶婉秋就是你的！"

尹怀生拽住何修年的衣领，把脸靠近何修年，眼睛直盯着何修年的眼，一字一顿地、铿锵有力地抛出了三个字："你——不——配！"眼神里满是不屑和鄙夷。

何修年被这三个字激怒了，他掰开尹怀生的手，扯了扯自己被弄乱的衣领，转转脖子，逼近尹怀生："你刚才说什么？再说一遍！你说我不配，你难道就配了？"说着，他朝尹怀生的脸上啐了一口痰。

感到脸上被粘上了一层黏黏的东西，尹怀生的怒火再也控制不住了，失去了理智，一拳打在何修年的鼻子上。血从何修年的鼻子里涌出，他擦了一把鼻子，也一拳打上来，尹怀生觉得自己的面颊上挨了重重一击，眼前黑了一下，继而扑向何修年，两个人就这样扭打在了一起。尹怀生将何修年的头抱住，往墙上撞。何修年也拼命地推着尹怀生。

何修年占据了身高优势，体格又健壮，不一会儿，就占了上风。何修年将尹怀生按在墙上，膝盖向他腹部狠狠顶去。尹怀生吃痛，身子瘫软下去，手还死死地抱住何修年的腿。

尹怀生挣扎站起，拼尽全力，死死抱住何修年，想把他拽倒，何修年一个踉跄，继而稳住，朝尹怀生腹部猛踢一脚，尹怀生又躺倒在地，捂着腹部，痛苦地扭动。何修年轻蔑地笑道："还想追女生，这么经不起打，原来是绣花枕头一个！"

尹怀生忍着痛，悲愤交加又恨自己无能：是啊，婉秋，我无法保护你，我何德何能得到你的爱！

何修年和尹怀生先后回到寝室。还好宿舍已熄灯，没有人见到他们狼狈的样子。

第二天，尹怀生让同学帮忙请了假，没有去上课。他躺在床上，忍受着身体和心灵的疼痛，他觉得自己再也无颜去见叶婉秋了。

尹怀生申请换了宿舍，何修年更加肆无忌惮了。他频繁出没于师大校园，见到叶婉秋独自一人便笑盈盈地迎上去。叶婉秋见状，立马加快步伐走开。何修年这次语气变了，他冲叶婉秋大声说道："你不是因为尹怀生才躲着我吗？你去见见他吧，他躲着不敢见你呢，看看你想念的人是怎么一个狼狈样！"

叶婉秋听闻，转过头来，厉声问："你什么意思，尹怀生怎么了？"

何修年哼了一声，一脸鄙夷："他不过就是个绣花枕头罢了，手无缚鸡之力！"

叶婉秋怒了，她感觉自己的自尊在何修年的嘲笑中像冬日枯叶被狂风裹挟，然后被撕得粉碎。她不允许任何人羞辱尹怀生，正如她不允许一块被她奉若珍宝的无瑕玉石被人玷污一样。

这时，叶婉秋恨不得何修年从她的世界永远消失，她肩膀颤抖着，指着何修年，大声吼出一个字："滚！"

何修年的脸由红转白，他的脸抽动着："婉秋，我是真的喜欢你。为什么你就这么执迷不悟呢？"

叶婉秋的眼中还在释放着熊熊怒火，她胸口起伏，不停喘息着，肩头仍在抽动，脸涨得通红。何修年从未见过她如此生气的样子，便长叹了一口气："婉秋，别生气了，我走还不行吗？"

何修年带着忧愁和愤懑走远了，心想：现在的女生都怎么了？喜欢好看不中用的。尹怀生有什么能耐，不过就是个白脸小生。我就不信搞不定叶婉秋！

第二十章 噩梦

那日下午，叶婉秋遇到何修年后，内心便惴惴不安起来。

只要眼前浮现起何修年那充满邪昧的笑，叶婉秋便感觉有一条冰冷黏湿的爬虫上身，浑身一激灵，鸡皮疙瘩冒一身。她越是想摆脱他，他就越是像一个无处不在的幽灵，不时出现在她的生活中，打乱她平静的生活。

叶婉秋不胜其烦，所以她去找了尹怀生，她原以为可以借此摆脱何修年的纠缠，而如果她的直觉正确的话，说不定尹怀生会向她靠近一步。但事实似乎没有像她想的得这么好，何修年非但没收敛，反而变本加厉地缠着她，每天下课回宿舍都能看到他那张堆满笑容和赘肉的脸。

尹怀生则又像消失了一样，他还是没有来找她。今天，何修年像换了一个人似的，用如此轻蔑的语气来形容尹怀生，似乎他就是一只可以随时被玩弄、被捏死的蚂蚁。

叶婉秋感到既愤怒又无助，她觉得自己仿佛被抛弃了一般，心中的爱无处宣泄，恨也无处释放。以前有什么心事的时候，她都愿意与徐璐分享，但如今，徐璐恋爱了，看她每天沉浸在爱情当中，仿若鲜花盛开的模样，叶婉秋都不好意思把自己的愁苦心事告诉给她，她不想让一丝阴霾影响徐璐的晴空万里。

当夜深人静，叶婉秋躺在床上看着床板发呆时，既羡慕徐璐，也感叹自己：为什么别人如此容易就获得了幸福，而自己的幸福，看似唾手可得，却始终只是幻影，扑朔迷离，难以捕捉。

何修年那张写满轻蔑的脸又浮现在她眼前，还有他不屑的话："他不过就是个绣花枕头罢了，手无缚鸡之力！"

这句话像幽灵的手一般，拉扯她的心，越来越紧。叶婉秋感觉快窒息了，一种不好的预感攫住了她："难道尹怀生出事了？"她的右眼皮轻跳着，她越想越不对劲儿，越想越感到背后出了一层冷汗，一个念头闪过脑海：不行，我要去见他！

可是，外面漆黑如墨，宿舍楼门晚上已经紧锁，叶婉秋觉得自己好似被关在一个巨大的牢笼里，无法脱逃，只能任不安啃噬内心。她辗转反侧，第一次觉得夜晚如此难熬。她尝试着强迫自己入睡，数羊数到八百，还是没能睡着。她的眼合上又睁开，最后，她放弃了挣扎，纵然眼睛干涩，身体疲乏至极，也只能任凭她大脑中混杂的思绪侵蚀睡意。到了快天明的时候，她才昏昏沉沉地睡着了，她做了一个梦，梦中尹怀生躺在血泊中，挣扎着往前爬，一边爬一边叫着叶婉秋的名字。何修年在旁边狂笑不止，突然他张开嘴，那是一张血盆大口，两颗獠牙露出来，闪着幽暗的光，猛地向叶婉秋扑来。她似乎没了心跳，如何挣扎也动弹不得。

叶婉秋惊呼着醒过来，徐璐关切地喊着她的名字："婉秋，做噩梦了吧！"

叶婉秋还在如此真实恐怖的梦境中惊魂未定，她深呼吸了几口，待心绪稍稍平静，淡淡地说："没事，只是一个梦。"

那天上午上课，叶婉秋一直提不起精神来，老师喊到她的名字，她还在发呆，旁边同学用胳膊肘碰她，她才反应过来，猛然站起，支支吾吾半天，直到脸红到脖子根。

好不容易熬到中午下课，徐璐看叶婉秋精神恍惚，关切地问她："婉秋，你怎么了？"她摇摇头，嘴角浮现一丝虚弱的笑意："我今天身体不舒服，先回宿舍休息了。"

徐璐担忧地看着叶婉秋："需要我陪你吗？"

叶婉秋对徐璐笑了笑："不用了，你先去吃饭吧，我回宿舍了。"

徐璐说："那你先回去休息，我帮你带饭回宿舍。"

于是，她们俩往相反的方向走去。徐璐隐隐担心：婉秋最近不太正常，难道是何修年又骚扰她了？为什么她不告诉我？还是她有其他的心事？

徐璐想到了尹怀生，他演出完后就没有出现了。女人敏锐的第六感让她觉得叶婉秋和尹怀生之间有些微妙的东西，但他们都默契地保持着这若即若离的距离，不说穿，也不前进，让人捉摸不透。沉浸在恋爱中的女人感觉周围的空气都是甜蜜的，徐璐突然感到一丝自责，自己最近沉溺在和高宁的爱情里，竟然忽略了自己最好的朋友。

徐璐打好饭，向宿舍走去，她想和叶婉秋谈谈。走进宿舍，却发现空无一人，她正迷惑着，突然发现写字桌上放了一张纸条，上面写着：璐，我不吃饭了，出去有点儿事，下午的课你帮我请下假，就说我身体不舒服，谢谢。婉秋。徐璐把饭放在叶婉秋桌上，轻轻叹了口气。

叶婉秋一路小跑到了尹怀生的宿舍楼下。这时正值中午，他们应该都在的。她想着。她委托宿管帮她找一下尹怀生，哪知宿管告知她尹怀生换了宿舍。宿管拨通了尹怀生宿舍的电话，叶婉秋忐忑地听着：

“喂，尹怀生在吗？”

“在，您稍等下。”

“您好，我是尹怀生。”一个磁性的声音传来，略带沙哑和疲惫。

“我是宿管，有一个叫叶婉秋的女生找你，你快下来。”

电话里停顿了一下：“请您告诉她，我身体不舒服，让她快点儿回去吧，谢谢。”那边挂断了电话。

宿管大叔挂了电话，对叶婉秋说：“你快回去吧，他不方便见你。”眼神里有着说不出的意味。

叶婉秋期待的心落空了，一股强烈的情绪袭上心头，其中掺杂着失望、委屈、惊愕、不安，这几天积累的情绪太多了，迫切地需要找到一个出口。情绪顷刻之间迸发出来，继而转化成了勇气，她不顾宿舍规章，一头冲进了男生宿舍，三步并作两步向四楼跑去，浑然不觉身边投来的异样目光和戏谑言语。可怜的宿管大叔拖着他臃肿的身体，追得气喘吁吁，他愤然说：“想不到这个文弱女生是个疯丫头，跑得跟兔子一样快。”

叶婉秋一口气跑到四楼尹怀生的宿舍门口，拼命拍打着门。尹怀生的室友开了门，叶婉秋大声喊着：“尹怀生！”室友用身体挡住叶婉秋，说：

“他身体不舒服，不方便见你。”叶婉秋一边推着他，一边喊着：“尹怀生，你到底怎么了？为什么不下去？”

尹怀生对室友说：“让她进来吧。”

叶婉秋大步走进宿舍，一眼便见到了躺在床上的尹怀生，背对着她。尹怀生对她说：“婉秋，你没必要找到这里来，不用担心我，照顾好你自己就行。”

叶婉秋这时再也控制不住情绪了，泪水哗地滚落下来，像大颗的珍珠，她哽咽着：“尹怀生，你还好吗？”

尹怀生默不作声，他身体上的伤并不严重，但他心里的伤却让他无法很快恢复，他无法原谅自己。他就像躲在山洞里养伤的野兽，他在蓄积精力，修复他被伤害的骄傲。他不愿意任何人见到他狼狈的模样，更不愿意他在乎的女孩儿见到他的脆弱，因此，他这几天都告病在床，未去上课。

哪知尹怀生最不愿意看到的情形却发生了。他没有料到叶婉秋会有这样的勇气跑到他的宿舍里，让他的懦弱毫无保留地暴露在她的眼中。尹怀生被叶婉秋震撼到了，惊讶、感动、羞愧交杂在一起，他的双眼也蒙上了泪水。

尹怀生觉得这样背对着叶婉秋，更显得自己懦弱。他转过身来，面对叶婉秋，他脸上还带着瘀青，眼里蕴含着泪，两双泪目就这样相对了。见到尹怀生，叶婉秋情不自禁地笑了，她的笑也感染了尹怀生，他也露出了笑容，两个人就这样对视着，不知是泪中含笑，还是笑中含泪。

宿管大叔喘着粗气，终于爬上了四楼，他闯进尹怀生的宿舍，一把拉住呆立着的叶婉秋：“你这个丫头，跑得还挺快，你赶快下去，男生宿舍是女生随便进的？”

尹怀生说：“快回去吧！我没事，一点点擦伤，很快就好了。”

叶婉秋怀疑地看着尹怀生，他明亮的眸子也定定地看着她，仿佛在说：“请你相信我，不要担心。”

叶婉秋吁了一口气，对宿管大叔说：“对不起，我马上下去。但请您别拉着我。”她深深看了尹怀生一眼，跟着宿管大叔下去了。

叶婉秋心中跟明镜一样了，终于明白发生了什么，也理解了何修年和尹怀生最近几天的反常态度。

昨晚的梦境又出现在叶婉秋的脑海里，叶婉秋想到梦境里何修年的血盆大口就不寒而栗。她想到尹怀生，那么骄傲的人变得如此颓废，一定是他的自尊受到了极大的创伤。她既自责又心疼，对于何修年的愤恨，也腾地升起来。

叶婉秋想：尹怀生是骄傲的，他宁愿独自承受痛苦，也不会告诉我一丁点儿。如果就这样任凭事情发展下去，何修年只会更加猖狂，而尹怀生，永远也不会再向我靠近了。可他要这样下去，会不会憋出其他问题来？她纠结着，心乱如麻。

突然，叶婉秋想到了一个人，他或许能给自己一点儿帮助。她的眼神中又泛出光亮来，她不顾饿得咕咕叫的肚子，向湘南师大数学系宿舍走去。

第二十一章　求助

元旦过后的两个星期，韩湘云都严格遵循着五点一线的生活——操场、教室、食堂、图书馆、寝室。期末考试临近，数学系的课程庞杂，他埋头于复习。他时常背着书包，独自来到图书馆，在那个熟悉的位置坐下来，拿出稿纸开始演算。不一会儿，稿纸上便密密麻麻爬满了数学符号。有时候，他会举着写满字的稿纸认真端详，似在欣赏一幅即兴创作的艺术品。这些抽象的符号在韩湘云的头脑中自由舞蹈着，幻化成了一幅优美的画卷，他痴迷地看着，沉溺在这样的美好中。数学对于他来说，是诗，是画，是歌。他拙于言辞，也不如尹怀生擅长写作，在他的世界里，数学符号和公式是最能展现这个世界的美的——万物的美，都融于抽象符号里。在数学里，他能找到内心的安宁和充实。

韩湘云凝视着这些符号，头脑里竟浮现起一个女生的面容——自从他见她第一面后，她的面容就经常出现在他的脑海里。她是多么美啊。如果能用数学来表现她的美就好了。可是，叶婉秋若即若离，捉摸不透，数学公式是难以概括她的一切的。韩湘云的脑子里充斥着他自己都觉得可笑的想法。

他朝叶婉秋之前经常坐的座位看去，那里要不然空空荡荡，要不然坐着别人。叶婉秋，已经很久不来图书馆了——她是躲着他，还是恋爱了？

他心里有点儿乱。那次看话剧表演，韩湘云也沉浸在剧情和氛围里，尤其当看到叶婉秋扮演的朱丽叶伏在尹怀生扮演的罗密欧的“尸体”上痛哭到无法自持的时候，韩湘云竟然也感到了一种钻心的疼。他分不清楚台上的是罗密欧与朱丽叶，还是尹怀生和叶婉秋——他们俩分明已然是一对爱得刻骨铭心的情侣，要不然怎会有如此悲伤入骨的哭泣？

他们俩在舞台上看起来如此般配，如此心心相印，韩湘云都忍不住惊羡了，即便一阵又一阵的妒忌翻滚过他的心头。

难怪演出结束后，他的室友们还在津津乐道地八卦着台上的两人。最后，他们像发现新大陆一样看到了一旁默不作声的韩湘云，拍拍他的肩：“韩湘云，听说那个男主角和你是同乡嘛，他跟女主角看起来真配啊！他们到底是不是一对啊？”韩湘云苦笑着摇摇头，心中很不是滋味儿。

第一次情窦初开，第一次感受到爱情的甜蜜和苦涩，即使是他的一厢情愿，他也深陷其中。

韩湘云觉得他和叶婉秋之间有一道无法逾越的鸿沟，而他最好的朋友——尹怀生，却与叶婉秋一起，站在沟渠另一边，与他遥遥相望。“自己对感情，本不配有太高奢望，只求她开心幸福就好。”韩湘云时常对自己说道。

那一日，韩湘云与往常一样，下课后去食堂吃午饭，中午回到宿舍睡会儿午觉。睡到蒙蒙眬眬的时候，宿舍的电话响了，室友接了。挂了电话，室友喊道：“韩湘云！楼下有人找！”韩湘云揉揉惺忪的睡眼，心下疑惑：“谁找我？难道是尹怀生？”他没多想，穿好衣服，迅速下了楼。

韩湘云怔住了——不是尹怀生，而是他魂牵梦绕的人——叶婉秋。她站在那儿，仍穿着那件墨绿色的大衣，在冬日的阳光下，还是那么娴静、温暖和美好。叶婉秋也看到了韩湘云，眼眸里划过一道亮光，朝他招起手来。韩湘云的心被点亮了，一股暖流涌进胸膛。他既欣喜又迷惑：她怎么突然来找我？

带着复杂的心情，韩湘云大踏步走到叶婉秋跟前站住。离近看叶婉秋，她的面容有些苍白，嘴角带着微笑，那两个熟悉的酒窝泛起在微翘的嘴角边。但是以往酒窝里的蜜意，今天好似被忧伤掩盖了。她的眼眸依旧清澈，可是以往盈着一汪水的眸子稍显干涩，眼睑下也有点儿乌青，看起来没睡好的样子。

韩湘云温柔地看着叶婉秋，问道："婉秋，你今天怎么来了？"

叶婉秋看到韩湘云，感到十分亲切，他总是给人一种可靠温暖的感觉。她说道："韩湘云，我有点儿事情要和你谈谈，有点儿急，所以没跟你打招呼就跑来了。你下午有课吗？"

韩湘云听到，心里咯噔一下，想：她一定遇到了棘手的事，我哪怕不上课了，也得陪着她。于是他说："没事，下午的课不重要，我叫同学请个假就行了，你看起来脸色不好，是不是没吃饭？"

叶婉秋这才意识到自己的肚子已经咕咕直响了，难为情地点了点头。

韩湘云心疼地叹了口气，向同班同学打了声招呼，便陪同叶婉秋向校外走去。经过教学楼的时候，他碰到了几个同学，他们看到韩湘云身边的叶婉秋，眼神由惊讶转为兴奋，最后是忌妒，他们不怀好意地朝韩湘云笑笑，窃窃私语并嬉笑着走开了。韩湘云毫不在意，他的心里充斥着焦虑：叶婉秋一定是遇上麻烦了。他看向身旁这个娇弱的女生，目光中充满爱怜。

好不容易找到一家饭馆坐下。叶婉秋还没等菜上来，便迫不及待地对韩湘云说："尹怀生出事了。"韩湘云不好的预感得到了印证，心往下一坠："他怎么了？"

叶婉秋神色暗淡下来，说："尹怀生与同学发生了严重的争执，应该打起来了，他这几天心情很不好，一直在宿舍里躺着没去上课。他什么也不肯说，我不知道怎么办，就来找你了。”

争执，打起来了？这和叶婉秋有关吗？韩湘云皱眉思索着，看着叶婉秋心急如焚的神情，一丝忌妒爬上他的心头。

“他身体没什么大碍吧？”韩湘云问道。

“他说他没事，但具体怎样我也不知道。你可不可以抽空去看看他？我怕他再这样下去，会憋出病来的。”叶婉秋说。

“你知道他是因为什么和同学起了争执吗？”韩湘云问道。在他的心目中，尹怀生一直是谦谦君子，从不与同学发生争执。

叶婉秋开始支吾起来，表情显得不太自然，她用恳求的语气再次说道：“什么原因我不是很清楚，也不方便讲。求你去和他聊聊，他可能会好一点儿。”她自始至终都没有提到何修年。何修年比她原本想象的更难缠，她不想让韩湘云也陷入麻烦中，只想让韩湘云安慰一下尹怀生，让他快点从情绪低落中走出来。

韩湘云深情地看着眼前这个他爱慕的女子，可是她的焦急和无助都与他无关，她心系的，是他最好的朋友——尹怀生。他几乎可以确定自己的判断了：尹怀生一定是因为叶婉秋和同学起了争执，那会是谁呢？

韩湘云为叶婉秋盛上饭、夹好菜，用坚定的语气对她说：“你放心。尹怀生的事就是我的事，我今天就去找他谈谈。”接着，他换了温柔的语气：“你快点儿吃饭，一会儿饭菜凉了。”

叶婉秋感激地看了看韩湘云，这才端起碗吃起来，她显然饿坏了，吃饭的速度比平时快好多。韩湘云看着她，心中五味杂陈。

吃完饭，他们一起走回去，叶婉秋这时面色有了点儿红润，步子也轻快了一些，终于有人分享她心中的愁闷了，她觉得轻松多了。韩湘云感受到了她的变化，心中暗自想道：婉秋，你放心，我一定竭尽所能让你心安。只要你开心，我可以为你做任何牺牲。

他们走到转台拐角处，叶婉秋对他说：“那就拜托你了，我有点儿困，先回宿舍了。你和尹怀生谈过之后，一定要告诉我啊！”

韩湘云点点头："交给我，你放心！"叶婉秋正要离去，突然，他对叶婉秋说："等等！"叶婉秋怔住，疑惑地看着他。韩湘云嘴角蠕动着，他很想说出"我喜欢你"这几个字，但话到嘴边又被吞了回去。

结果，这一个月以来压抑在韩湘云心中的一个疑问竟从嘴里钻了出来："你是不是喜欢尹怀生？"问完，韩湘云自己都不知所措了，他不知道是什么力量驱使他鬼使神差地问出这样一个问题，也许，是压抑太久了吧。

错愕的表情从叶婉秋脸上划过，接着她露出了淡淡的笑，对韩湘云笃定地点点头，然后转身向前方走去。

韩湘云望着她的背影，呆立了半天，他感觉到自己的心里有一小块地方塌落下来。虽然他早已猜中了答案，但是得到叶婉秋的肯定，还是让他心碎不已。

第二十二章　深谈

韩湘云目送着叶婉秋走远，直到那个墨绿色的身影变得模糊，消失不见，他才迈开步子，向尹怀生的宿舍走去。

一路上，韩湘云的大脑一直紧张地转动着。叶婉秋的话和尹怀生的形象在脑海里不停旋转、叠加，他试图从中梳理出个头绪来。

韩湘云想：据我对尹怀生的了解，他不是那么容易跟人发生争执的。听叶婉秋说他换了宿舍，又几天不去上课，一定是与室友发生了很严重的冲突，而且他是处于下风的。看叶婉秋心急如焚、欲言又止的样子，这件事一定与她有关。既然冲突因叶婉秋而起，那一定是因为另外一人对她也有意。

这样想着，韩湘云脑海里突然闪过一个人：何修年。他一个激灵：尹怀生原来跟我说过何修年跟踪女老师的事情，他那个花痴劲儿迷恋上叶婉秋也正常。何修年高大魁梧，尹怀生不一定是他的对手。问题是，他是怎么认识叶婉秋的？

这样想着，韩湘云有了主意。

韩湘云很快来到了尹怀生的宿舍楼下，在宿管那里登记了一下，便匆匆上楼。他驾轻就熟地找到305宿舍，轻轻敲门。趿拉着拖鞋的脚步声响起，门开了，一张长着青春痘的微胖的脸出现在他眼前。黑框眼镜，微塌的鼻子，厚嘴唇，还有那双没睡醒的、眯缝着的眼睛，暧昧的神情。“何修年，”三个字从韩湘云嘴里脱口而出，“真巧，你在宿舍啊！我以为你们上课去了呢！”

何修年看到对方是韩湘云，眼神暗淡下来，表情僵硬，完全没有上次见到韩湘云的热情：“你找尹怀生吗？他换宿舍了。”语气冰冷。说完，一下子重重将门合上了。韩湘云吃了一个闭门羹，还想敲门问问何修年，转念一想，抬起的手又垂下来。

看到何修年的表现，韩湘云几乎可以肯定自己的判断了：和尹怀生发生冲突的就是何修年。

韩湘云向四楼走去，按照叶婉秋告诉他的房号来到尹怀生的宿舍，敲了敲门，里面传来一个熟悉的声音：“谁啊？”

“是我，韩湘云。”韩湘云答道。

门很快便开了，尹怀生出现在他面前。

只见尹怀生面容憔悴，面颊上还有一点儿瘀青，眼神里充满了疲惫，眼皮有点儿浮肿，胡子楂散布在嘴唇四周，整个人显得有些颓废。尹怀生见到韩湘云，眼神中先是划过一丝疑惑，接着又平静下来，似乎并不十分惊讶。尹怀生不好意思地向韩湘云笑了笑，将韩湘云迎进宿舍。宿舍里就尹怀生一人。

“你们今天下午没课吗？”韩湘云问道。

“哦，今天下午没课。”尹怀生答道。

“其他人去哪儿了？”韩湘云问。

“去图书馆了吧，马上期末考了。我自己在宿舍看看书。”尹怀生答。

“我听人说你好几天没去上课了。”韩湘云继续说道，他看了看书桌上摊放着的书。

“哦，我请了几天假。谁跟你说的？叶婉秋？”尹怀生抬起头来，意味深长地问韩湘云。

他还挺心知肚明的。韩湘云想，说：“叶婉秋今天中午来找我了。”

一丝光从尹怀生的眼神中划过，但很快又暗淡了下来，“哦”了一声，又沉默下来。

韩湘云看尹怀生这样，既心急又气愤，但他压抑住自己的情绪，平静地说：“我知道你这几天不开心，到底发生什么事了？”

“叶婉秋没告诉你吗？”尹怀生有些惊讶。

“她没具体说，只说你跟人发生了冲突。”韩湘云说。

“哦，这样啊。”尹怀生陷入了沉思。

“你脸上的伤是怎么回事？”韩湘云问道。

“没事，一点儿外伤，没什么大碍。”尹怀生下意识地遮挡了一下自己的脸。

“我知道是怎么回事，是不是因为叶婉秋？”韩湘云直视着尹怀生。

听到这个名字，尹怀生的表情有点儿痛苦，沉默了一会儿，叹了口气，说：“你别管那么多，没事的。过几天就好了。”

韩湘云对尹怀生不清不楚的态度有些恼火，便音调抬高了一些，声音有点儿发颤：“我为什么不管那么多？你知道叶婉秋有多心急吗？你为什么躲着不见她？你就准备一直这样颓废下去吗？”

尹怀生很少见到韩湘云激动的样子，便抬起头来，只见他眉头紧皱，脸上微微发红。韩湘云的话刺痛了尹怀生的神经，他直视着韩湘云，一字一顿地说：“湘云，我知道你是为我和婉秋好。但这是我的事，我自己会解决，你不用管那么多，以后也别在我面前提叶婉秋了。”

尹怀生的话激怒了韩湘云，他腾地站起，手指着尹怀生，指尖微微颤动着，脸上的肌肉有点儿扭曲，失控地喊道：“尹怀生，我从来不知道原来你这么懦弱！你配不上叶婉秋对你的好！你就是个逃兵！”

尹怀生的脸紧绷着，脸色变得铁青，嘴唇绷得紧紧的，似有一团乌云笼罩在他身上，又似风暴来临之前的海面，平静中蕴藏着能量，随时可能会爆发。他沉默着，用力抑制着自己的情绪，铁青的脸上出现了一些血色，突然，他捏紧拳头用力砸在桌上，伴随着一声痛苦而压抑的低吼声，他一次又一次用拳头砸向桌面，脸上的肌肉抽搐着，脸红得像猪肝一样，眼珠向外凸起。这么多天被他强行压制的情绪此时终于决堤而出。

韩湘云有些震惊，没想到尹怀生是如此痛苦。尹怀生的痛苦如海浪一般，卷入了韩湘云的心。韩湘云的怒气瞬间消散了，化为了对尹怀生的心疼，他走上前去，紧紧握住了尹怀生砸向桌子的拳头，只见拳头上已渗出了丝丝鲜血。韩湘云的语气缓和下来："怀生，我知道你心情不好，有什么不快就发泄出来，别伤害自己。"

尹怀生的身子抖动着，胸口剧烈地起伏着，刚才愤怒的情绪似一阵龙卷风，突然刮过又瞬间消失了。他的手还保留着拳头的姿势，只是肩头开始抽动起来，眼眶里有了泪，他哽咽着说："湘云，你说得没错，我——不——配！"

韩湘云第一次见尹怀生如此失态的样子，心情很复杂。韩湘云想到叶婉秋心焦的样子，六神无主的神情，觉得这两人已经被一个看不见的纽带紧紧联系在一起了。"他们是一对被爱情折磨的男女，而我，只是局外人。"韩湘云感到一阵又一阵的心酸。

韩湘云对尹怀生突然有了一种怜悯，有了一种想要成全他们的冲动。韩湘云轻轻拍打着尹怀生的后背，此时的尹怀生完全没有了骄傲的模样，像个孩子一样，无助、失落又彷徨。他是多么的骄傲，骄傲到当他的尊严被践踏的时候，他是多么的不知所措。韩湘云想。

韩湘云眼里出现了一道温暖的光，他平静地对尹怀生说："我都知道了，她也都知道，没有人比你更让她挂念。你要振作起来，只有振作起来才能配得上她对你的爱。"

尹怀生缓缓抬头，眼神中带着一丝诧异。他看到韩湘云目光炯炯地看着他，其中似蕴含了一股力量。尹怀生动了动嘴唇，最终没有说话。

韩湘云拍拍尹怀生的肩膀："怀生，好好的。"他离开了尹怀生的宿舍，心里已经知道自己该做什么。

尹怀生像被抽空了一般，瘫倒下来，呆坐在椅子上，韩湘云的话在他脑海中盘旋："你要振作起来，只有振作起来才能配得上她对你的爱。"叶婉秋给他说了什么？尹怀生觉得自己真没出息，恨不得给自己几巴掌，他内心有个声音呐喊着："对，湘云，你说得没错。尹怀生，你再这样下去就是个孬种，给我振作起来！那样才像个男人！"

同时，尹怀生隐隐有一种不太好的预感："韩湘云这人，看似普通，其实身上有一股劲儿，不可小觑！"

第二十三章　下饵

韩湘云从尹怀生那里出来后，就匆匆回了湘南师大，他知道，那里有一个女生在焦急地等待着他的消息。

这天中午，盘旋在韩湘云心中多日的疑虑悄然消散。如果说在此之前，他还有那么一丝幻想的话，那么现在，那一点点幸存的幻想也被击得粉碎。其实，当他在湘江边与尹怀生谈话时就有隐隐的担心了；当徐璐说敲定他们俩分别担任男女主角的时候，他的担心更加强烈；当看到他们俩忘情演出的时候，他几乎可以确定自己的直觉了——他们相爱着。

这种直觉像幽魂一样困扰着他、折磨着他，韩湘云不知道该如何面对直觉告诉他的事实。他本应该祝福：这是多么相配、多么美好的一对，尹怀生又是自己最好的朋友。可是，他的私心却不允许他去祝福——他爱叶婉秋，这种爱被他压抑在心里，它在沉默中生长、发酵，越来越浓。他一次又一次用自我安慰来麻痹自己：也许，我的直觉都是错误的，我可能还有机会。这段时间，他心中这种不断涌起的直觉和自欺欺人的安慰像两股力量，撕扯着他，让他不得安宁。

这一天，韩湘云终于验证了自己直觉的正确性——他们两个相爱着，甚至比他想象中更相爱。他的内心有一种撕扯般的疼痛，但看到尹怀生的痛，他的疼痛似乎被掩盖了。他反而觉得内心平静了许多，疼痛过后是一种解脱——终于不用再纠结了，况且，他本不抱太大奢望。

韩湘云想着：婉秋今天看我的神情，就像看到救星一样。怀生也像一个无助的孩子。我除了帮助他们，别无选择。韩湘云的心中泛起了一阵温柔的涟漪，甚至将他的痛苦淹没了，他突然有了一种使命感：纵使做出一些牺牲也在所不惜，我只有成全。

韩湘云的眼神中有了笃定的神采，脚步也轻快了许多，不一会儿便来到了叶婉秋的宿舍楼下。

叶婉秋很快下了楼。看到韩湘云，她的眼中泛起了希望的光亮，与略带忧伤的神色融合在一起，显得更加楚楚动人。韩湘云的目光与她的目光撞了一下，又像被电击中一样挪开了。他清了清嗓子，对她说："婉秋，我刚才找尹怀生谈过了。他没什么事，就是心情不太好。但我想他应该很快就能振作起来。我这几天有空就去找他。"

叶婉秋脸上显出既宽慰又感激的神情："谢谢你！辛苦你了！真是不好意思！"

叶婉秋的客套让韩湘云又涌起一阵心酸。他想说："婉秋，为你做任何事我都愿意。只要你开心。"但他终究没有说出来，而是微微抬起头来，用坚定而温暖的目光看着叶婉秋，说："你放心，我和尹怀生是最好的朋友，我也不忍心看到他难过。你最近脸色不太好，不要想太多，好好照顾自己。"说完，他朝叶婉秋露出一个微笑，似在安慰并鼓励她。

叶婉秋的内心也被触动了，韩湘云给予她的温暖极大地抚慰了她那颗焦虑无助的心，她无以为报，只能回以一个同样温暖的笑容，里面蕴藏着她真挚的谢意。

韩湘云和叶婉秋道别后，他的想法更加坚定了。他一路任大脑急速运转，慢慢有了主意。

第二天，韩湘云用一个星期的餐票作为报酬，委托班上一个字迹娟秀的女生，在一张信纸上写下了这样一些话：

何修年：

那天见到你后，我去找了尹怀生。他现在的状态很糟糕，对我也爱搭不理。我从没有想过他会是如此软弱的一个人，遇到事情不迎难而上，反而选择逃避。我对他感到非常失望。

你对我的心意我都懂。但是，我不太适应你的方式，而我本身是一个比较内向的人，所以一直采取回避的态度。可能有时态度不太好，希望你能多多谅解。

如果你不介意的话，我想找你谈谈，澄清我们这段时间的误解。

我 1 月 17 号下午六点在岳麓山上爱晚亭等你。

叶婉秋

1987 年 1 月 16 日

信写好后，韩湘云将它放进信封，让女同学在信封上写上：湘南大学中文系 1986 级 3 班何修年收。他封好后委托那位女同学送到何修年宿舍楼宿管处。饵已下，剩下的便是静等鱼上钩了。

何修年那天晚上刚走进宿舍大楼，便听到宿管大叔叫他："何修年，你的信！"他接过信，信封上几个娟秀的字映入了他的眼帘。这似乎是女生的字，会有谁给我写信？何修年诧异地想。

回到宿舍，何修年迫不及待地拆开信，当他打开那张带有香味的信纸，看到上面秀气的字迹时，脸上泛出了兴奋的亮光，接着，他鼻头开始微微冒汗，手兴奋地战栗起来。当他看到最后一行的时候，眼珠都快掉下来了，他感到一阵晕眩，他捏了一下自己，确信这不是做梦，口中喃喃有词："哦，婉秋，哦，婉秋……"

何修年完全没料到幸福降临得如此突然，他好似被砸蒙了一般，要不是此时还有别人在，他恨不得高歌一曲。宿舍其他同学看到他痴傻的样子，打趣道："你是不是撞上桃花啦，谁给你写的信啊！"说着便要去抢。

何修年死死将信护住……晚上熄灯后，他偷偷将手电筒拿出来，在被窝里把信看了一遍又一遍，把信纸放在鼻下闻了一遍又一遍。他有些飘飘欲仙：尹怀生，说你别得意得太早，叶婉秋终于看穿你了，我何修年的坚持总算有了回报！他隐隐也有疑虑：叶婉秋的态度为何有了一百八十度大转弯？不过，极度的快乐已经让他顾不上想这么多了，他带着对第二天傍晚“约会”的美好幻想，沉沉地睡了，那一晚，他做了很多美梦。

第二十四章　交锋

第二天，何修年穿上了自己最好的衣服，还去理了发，刮了胡子，五点不到便向岳麓山走去。

他想：不愧是外语系的才女，选个约会的地方也这么浪漫。想着叶婉秋的一颦一笑，一路走着，他开始亢奋起来。正值血气方刚的年龄，他在寒冷的冬日竟感到周身发热，还没走到，身上便出了细密的汗珠。

何修年迫不及待地走到岳麓山脚下，绕过岳麓书院沿坡道走三百米，便看到一座秀气的亭子栖息在一块岩石之上，环抱于树木之间，似一位亭亭少女静待情郎到来，却故意端着高踞的姿态，欲迎还拒。

只见其琉璃碧瓦，亭角飞翘，东西两面亭棖悬以红底鎏金牌匾，上书“爱晚亭”。这便是与陶然亭、湖心亭、醉翁亭并称为中国四大名亭的爱晚亭。其名得自杜牧的诗句——停车坐爱枫林晚，霜叶红于二月花。

何修年远远望着爱晚亭，竟看得呆了。他想：怪不得要用亭亭玉立来形容少女，亭与婷大概是相通的吧。这爱晚亭真如美女一般娇媚又高傲。

他一想到马上要跟叶婉秋在这美丽的亭子里诉衷肠，便心下酥痒，似有一条虫子爬过他的心尖，再蠕动着爬到他的喉咙处，让他嗓子有些麻痒干涩。

他来到亭子脚下，进入这美妙的亭子，他触摸着亭子的丹漆圆柱，体验着它的曼妙姿态，深深吸了一口气，感受它的迷人气味，然后静心等待他的“女神”出现。

时间一点点过去，何修年在亭子里待了半晌，他期待的那个美人儿还没有出现。冬季游人稀少，到五六点钟的时候，山上已经基本没有什么游客了，日光也慢慢暗淡下来。他感到有点儿冷，于是，便走出亭子，在四周来回踱起步来，眼睛还死死盯着山坡那边，生怕错过了那个身影。

六点到了，山坡那边果然出现了一个身影，何修年陡然紧张起来，心突突直跳。随着身影的挪动，他眼神里的光暗沉下去——那分明是个男子！等到再走近点儿，何修年的眼珠子瞪得老大："天哪！怎么是韩湘云？"

韩湘云大踏步地朝何修年走去，在距离他一米开外的地方站定，与他迎面而立，淡定地看着何修年，说："你是在等叶婉秋吗？"

何修年认出韩湘云后，嘴就没有合拢过，他惊愕地问道："你怎么知道？"语气中透着警觉。

韩湘云嘴角抽动了一下，淡淡笑了笑："叶婉秋不会来的，那封信是我写的。"

何修年已经有了不好的预感。他脸上的惊愕转变成愤怒，只见血色在他脸上弥漫开来，从面颊蔓延到耳后根再到脖颈。他感到一团火从胸口腾地上蹿，鼻息都变得火热了，他觉得自己被狠狠羞辱了一番，韩湘云那淡定的神情分明就是一种嘲弄。他恍然大悟："我说叶婉秋怎么态度变化这么快，原来是这小子搞的鬼！"

何修年怒视着韩湘云，压低声音说："你什么意思？你想怎么样？"

韩湘云直视着他，平静而坚定地说："为我的朋友出口气，也让你多点自知之明，趁早打消对叶婉秋的念想！"

"哼，可笑！自己不行还搬个救兵！你们也不先掂量掂量自己几斤几两！再说我正大光明追求叶婉秋，关你屁事？难不成，你也喜欢她？"何修年冷笑着说。

"这是我自己的主意，和尹怀生没关系。叶婉秋的事就是我的事。你今天要是不亲口许诺再不骚扰她，就别想从这里下去！除非你把我打趴下！"韩湘云的语气严厉起来，颇有咄咄逼人之感。

何修年继续冷笑着："口气还真大！就你那身材，还想扳倒我？也不照照镜子！”他指着韩湘云说，“我懒得跟你这种乡下人一般见识，下次再看到你，小心我弄死你！”说完，他转身便要走。

韩湘云一把抓住了何修年的胳膊，另一只手握成拳，猛地朝他脸上挥去，顿时，一道瘀青出现在何修年脸上。

何修年本就心中恼怒，这样一来他的怒火被彻底点燃了，他一拳挥过去，没想被韩湘云灵巧地躲过，他挥了个空。

何修年恼羞成怒，一声低吼，向韩湘云扑过去，两人扭打在一起。何修年仗着身高优势，试图将韩湘云扑倒，膝盖狠狠顶向对方腹部。韩湘云吃痛，可身子如定桩一般，难以撼动，他的手臂像铁钳一样死死扣住何修年手臂，突然反手一扭，何修年听到自己手臂韧带撕裂的响声，一阵钻心的疼痛袭来，他不禁“嗷”的一声叫出来。

韩湘云放手，何修年一个踉跄跌倒在地，一只手抱着胳膊，疼得直打滚。韩湘云一脚踩在他身上，居高临下地说：“谁几斤几两，你看清楚了吧！说，还骚不骚扰叶婉秋？”

何修年心中愤怒，疼痛从胳膊钻到心里，他小看了这个貌不惊人的男生。纵然万般不甘，他也只能呻吟着、断断续续地说：“我……答应……你。”

“再让我看见你骚扰叶婉秋，我饶不了你！对了，再见到尹怀生，记得给他赔个不是！”韩湘云凑近他，一字一顿地说。说完，他丢下在地上挣扎的何修年，径自离开了。

何修年像一只被遗弃的动物，被抛弃在寒冷的山脚。此时天色已晚黑，爱晚亭隐没在黑幢幢的树木中，只剩下黑色的剪影，如一个巨大的骨架，高傲地俯瞰着在它脚下痛苦呻吟的何修年。美女是危险的。何修年痛苦地想。

冬天的夜晚寒气逼人，何修年忍着剧痛挣扎着从地上爬起来，一瘸一拐往宿舍走去。他眼中充斥着怒火，上下牙齿紧紧咬着，暗自说：“韩湘云，你等着！”

第二十五章　宿命

那日韩湘云走后，尹怀生思考了很多，决定不能再这样下去了。即使是一头受伤的兽，钻入山洞疗伤几日也得出去觅食，重新回到那个危机四伏的世界，为了生存。尹怀生也是如此。他是男人，躲起来久了不仅韩湘云看不起他，连他自己也看不起自己。

第二天，尹怀生起了个大早，刮了胡子，剪了指甲，把自己的形象好好打理了一番，恢复了往日的神采，他重新回到了课堂。当尹怀生出现在课堂上的时候，教室里一片轰动，头发花白的教授看见尹怀生，脸上露出欣喜之色，内敛的他甚至号召学生鼓起掌来。

课间，同学们几日不见尹怀生，与他好一番寒暄，唯有何修年对他不理不睬。有几个人在一边小声议论，似乎对尹怀生与何修年之间的争执还抱有浓厚的兴趣。尹怀生对这些都视而不见，课后走出教室的时候，何修年从他身边经过，只听见何修年从鼻子中发出“哼”声，满是不屑。尹怀生的心又刺痛了一下，他手紧握成拳，却咬牙忍住了。

又过了一天，何修年突然未来上课。有几个人看向尹怀生，窃窃私语起来。课间，有同学小声对尹怀生说：“怀生，听说何修年被人打了，不知是真是假！”

听到此话，尹怀生的心先是飘起来，又突然坠下去。虽然这个消息刚开始让尹怀生有一丝快感，但很快就消退了，取而代之的是隐隐的担心，这种担心越来越沉，压在心头，让他难以畅快起来。

尹怀生脑海里出现了一个人——韩湘云，心想：那天韩湘云来找我的时候，说他都知道了。他都知道了什么？难道他知道我是因为叶婉秋的事与何修年发生了争执？他是怎么知道的？何修年被打与他是否有关？尹怀生反复设问，又反复推翻，便痛苦地摇摇头。虽然尹怀生感觉此事与韩湘云有关，但他不愿意相信自己的感觉——他不想让自己的好朋友掺和进来。

那天下午在宿舍楼道，尹怀生遇见了何修年。尹怀生本想视而不见地走过去，没想到何修年叫住了他："尹怀生。"尹怀生感到错愕，停住脚步。何修年继而说："那天冒犯你了，对不起。还有，我不会去找叶婉秋了。"尹怀生转身面对他，只见何修年饱满的宽脸上多了几道瘀青，背微微佝偻着，仿佛孔雀被拔光了毛，完全没有了以往的趾高气扬。

尹怀生对何修年突变的态度惊愕无比。他的担心又浮动起来，搅得他心绪不宁，但他还是面无表情地"哦"了一声便准备上楼。只听何修年在身后富含深意地说："你那兄弟挺厉害的嘛！"

听到这句话，尹怀生悬在半空的心突然向下一滑，向最深处坠落，他感到一阵眩晕：看来我的预感是正确的！

尹怀生回宿舍简单收拾了一下便匆匆赶往湘南师大，他心急如焚，一会儿便到了韩湘云宿舍楼下。此时，韩湘云还没下课，尹怀生便在宿舍门口等他。

韩湘云远远就看到了尹怀生，便一边快步走过去，一边向尹怀生招手，远远地叫他的名字。尹怀生正低着头，似乎在思考着什么。听到韩湘云叫他，他抬起头，眼里掠过一丝复杂。韩湘云在他面前站住，脸上掩不住的喜悦："怀生，你精神状态看起来不错嘛，今天怎么想起来找我了？"尹怀生直视着韩湘云的双眼："湘云，我有话要跟你说。"脸上仍然没有一丝表情。

尹怀生有时候说话给人一种不容置疑的感觉，当他凌厉而坚定的眼神望向对方的时候，更让人无法拒绝。韩湘云在见到他的那刻，就知道他为何而来了。韩湘云轻轻点点头，对尹怀生说："那我们边走边聊吧。"

"不，我们找个安静的地方。"尹怀生说。

"那干脆一起吃个晚饭吧！"韩湘云说。

"行！"尹怀生答。

他们来到了校外那个新开业不久的餐馆。"上次还是跟叶婉秋、徐璐一起在这儿吃饭呢，想不到这几个月发生了这么多事情。"韩湘云想。

他们坐下，倒茶，点菜。尹怀生开口了："你是不是找过何修年？"

韩湘云似乎早已料到尹怀生会问自己这个问题，脸上毫无惊讶之色，喝了一口茶，点头表示肯定。

“你打了他？”尹怀生追问。

韩湘云抬起头来，看着尹怀生，眼神平静得没有一丝波澜，缓缓点头，一个字从他的口中弹出来，如金石般掷地有声：“对！”

尹怀生脸色稍变：“为什么这么做？”

“我愿意。”韩湘云直视着尹怀生，始终是平静的表情。

尹怀生心中涌起一阵复杂的情绪，韩湘云从来都不是应该被小觑的人。他觉得韩湘云的平静里蕴含着深厚的情感，就如同风暴前的海面一样波澜不惊。尹怀生打了个冷噤，想到了几个月前在湘江边，自己鬼使神差问的那个问题：“如果我们俩喜欢上同一个女孩儿怎么办？”

尹怀生觉得韩湘云找何修年算账并不仅仅是为自己出气那么简单。他也早就意识到韩湘云喜欢叶婉秋。虽然韩湘云一直在回避这一点，但是，这无法避免地成了横在尹怀生和叶婉秋之间的一道沟渠。尹怀生无法无视自己的好朋友，无视他们俩的友谊，自私地奔向叶婉秋。

尹怀生莫名有了种酸酸的感觉，任何人遇到爱情，都会变得自私，哪怕竞争者是自己的好朋友。他觉得再也不能逃避这个问题了。他认真地看着韩湘云，问：“你是不是喜欢上叶婉秋了？”

韩湘云毫不躲避，也直视着尹怀生，用坚定的口吻说：“是，从第一眼见到她就喜欢上她了。你也喜欢她，不是吗？”

尹怀生没料到韩湘云会如此坦率地回答。虽然他心中早有答案，但是当真正直面这个问题的时候，他的心还是震颤不已，湘江边的问话竟然在短短几个月后成为现实，他有一种被宿命击中的感觉。

“是的，我喜欢她。”通过这几天的思考，尹怀生更加笃定了这一点。

两个人的目光相撞，似在暗暗较量。

韩湘云咽了口唾液，从喉咙深处艰难地吐出几个字：“她也喜欢你，你知道吗？”

尹怀生愣了，这句话从韩湘云嘴中说出来，总不是滋味儿。他的心底，承受了多大的煎熬啊！尹怀生想。尹怀生的眼中慢慢泛起温柔和怜悯的光。

“你怎么知道的？”尹怀生问。

“她亲口告诉我的。”韩湘云答。

尹怀生又有心下坠的感觉了，但这次是坠到胸腔下又被迅速拉回原位，一种温暖酥痒的感觉弥漫到整个胸腔。他看着韩湘云，默不作声，眼神里有询问的意味。

“我知道你想说什么。”韩湘云还是如海面一般平静，“你不用顾及我，我原来都说过了，如果她喜欢的是你，我就成全你们。”

韩湘云眼神里充满坚定，看不出任何犹疑，似乎是经过了万般煎熬后终于找到正确的答案一般。风暴过后的海面是最为平静的。

在尹怀生的心中，种种感情交汇在一起，汇集成一波又一波的波浪，冲击着他的心头。这里面，有愧疚，有怜悯，有不安，更多的是感动。

尹怀生看着韩湘云，想说“对不起”，但终究没有说出来。感情这种东西，本来就不是以个人意志为转移的，更是自私的，他没有力量把控它。

两人各怀心事，在沉默中吃完了这顿饭。这时，他们还不知道，麻烦就要到来了。

第二十六章　告状

那日，尹怀生去湘南师大找韩湘云时，何修年也紧随其后向湘南师大走去。这次，他不是去外语系找叶婉秋，而是去往另一个方向——数学系。

在路上，何修年找人问了数学系系主任办公室的位置。这一个月下来，经常出入湘南师大的他对这所学校的地形已经很熟悉了。他进入数学系所在的那栋红色砖石大楼，上到二楼，穿过长长的走廊，来到走廊顶头的一间办公室，门口挂着“系主任办公室”的牌子。他轻敲门，里面传来浑厚的男声：“稍等。”

门开了，一位中年男子出现在何修年面前。他穿着一身黑色的休闲夹克，身材高大但清瘦，面容慈祥，但一双藏在厚厚镜片后的眼睛炯炯有神，透着威严又智慧的光——这便是数学系的系主任傅国平。

何修年赶紧堆起讨好的笑容，拿出学生证，自报身份：“主任您好！抱歉打扰您，我是湘南大学中文系 86 级的学生，我叫何修年。”

傅教授看了看何修年的学生证，说了句：“请进！”便把他带进了办公室。

半晌工夫，何修年出来了，他脸上瘀青还未消，伤口开始结痂了，胸口隐隐作痛，左胳膊肌腱严重损伤，软软地垂在身体一侧，但这挡不住他溢于言表的喜悦。他想到系主任听完他的话后那脸色泛红的气愤表情，喜悦便如鱼跃一般争先恐后地从心里跳出来，他有一种报复的快感，嘴角泛起得意的冷笑，自言自语：“韩湘云，等着看好戏吧！”

第二天，上午第一节课下课后，辅导员通知韩湘云去找系主任。韩湘云早预料到了。何修年果然会这样做。他想着，一会儿工夫便来到了红楼的系主任办公室。

门虚掩着，韩湘云敲门，里面传来系主任的声音：“进来吧！”他推门轻轻走进去，看见系主任端坐在宽大办公桌后的座椅上，目光炯炯地望向他，说：“你就是韩湘云？”

韩湘云冲傅国平鞠了个躬，恭敬地问候：“是的，我是韩湘云。傅教授好！”

傅国平招呼韩湘云坐下，随即切入正题：“我接到同学的举报，说你打人了是吗？”

韩湘云用敬仰的目光看着傅教授，这位教授年纪不大，却已经在数学界取得了很大的建树，一直被韩湘云视为人生导师，他多么希望多年后自己也能成为傅教授那样的人。他不想在自己尊敬的人面前有任何虚假。

韩湘云脸色未变，坦诚地回答：“是的。”

傅国平心一坠，随即问道：“那被打的同学是叫何修年吗？”

韩湘云继续点头，说：“是的，没错。”

“你为什么要打他？”教授的语气严厉起来。

韩湘云抬起头，看着教授那双睿智的双眼，说：“傅教授，我可以不说原因吗？这是我跟他的一点私人过节。”

教授的脸由白转红，他没想到这个看起来老实纯朴的学生会如此回答他。他平静了一下情绪，严厉地问道：“你知道在大学生行为规范里，打人属于严重情节，要接受什么处分吗？”

韩湘云似对校规烂熟于心，他流利地答道：“打他人致轻伤以下者，给予记过或留校察看处分；打人致他人轻伤或轻伤以上者，给予留校察看或开除学籍处分。”

傅国平脸上肌肉抖动了一下，叹了口气，扔给韩湘云一张纸，说：“你自己看看。”

只见纸上写着：何修年面部伤痕达三厘米以上，左上臂关节、肌腱损伤，伴有临床体征。经鉴定属于轻伤。长沙麓山门派出所。

纸的右下角盖有派出所的公章。

韩湘云倒吸了一口凉气，他想到了何修年会去告他，但没想到何修年竟然跑到派出所去开了轻伤证明。看来我还是低估了他。韩湘云想。

韩湘云的心有些震颤了，一丝冷汗从背后冒出来：“打人致轻伤意味着留校察看甚至是开除学籍，我的大学梦，难道就要终结了吗？”

韩湘云强迫自己镇定下来，对傅国平说：“傅教授，我知道了，我给您添了麻烦，十分抱歉。但事已至此，我自愿接受校规处置！”他低下头，似在上帝面前等待被审判的凡人。

失望从傅国平的脸上显现出来，同时，他对韩湘云这种听天由命的态度感到既惊讶又气愤。他语气有点急促：“韩湘云，你自己要想清楚这对你的人生意味着什么。你好不容易考上大学，留校察看或开除学籍都不是闹着玩的，大学文凭的重要性你也不是不清楚！”

傅国平叹了口气，缓和了下情绪，语速放慢：“我们系得将你的情况上报到学校，由学校决定处罚方案。轻伤的鉴定结果出来了，你是无法回避的。学校的处理结果只有两种可能，一个是留校察看，另一个是开除学籍。现在学校正处于严肃校风时期，对打架斗殴这种违纪现象的处理尤为严厉。如果被开除学籍，你的前途就完了。"

"开除学籍"这四个字像地雷一般在韩湘云心中炸开来。他想起了在土地上摸爬滚打像蝼蚁一般生存的父亲，他想起家乡每天喝酒打牌闲谈熬过漫长光阴，慢慢老去，最后身躯化为黄土的乡亲们。

韩湘云心底回荡着"不"字，他好不容易靠奋斗才走出封闭的乡村，来到这广阔的世界。他对未来充满了美好的期望，他不想让它就此破灭。他的脸上浮现出痛苦的表情。

傅国平静静地看着这个青年面部表情的变化，语重心长地说："现在你还有一个办法，那就是找何修年赔礼道歉，争取他的原谅。如果他能为你说情，学校说不定会从轻处理。"

韩湘云心下一动：去主动向何修年赔礼道歉？他想起何修年那张长满青春痘的宽脸，那趾高气扬的神情，心想：让我去主动道歉，那何修年岂不是更加猖狂？他岂不是更不会把我和尹怀生放在眼里？那婉秋和尹怀生就会一直活在他的阴影里。不，我不能低下这个头。

韩湘云痛苦地摇摇头，对傅国平说："教授，错是我犯的，我听从学校处置。"

傅国平难掩失望："你最好想清楚，这可不是闹着玩的！"

韩湘云站起来又向傅国平鞠了个躬："教授，对不起，给您添麻烦了！我都知道了，不打扰您，我先告退了。"

傅国平的脸上露出复杂的神情，他叹了口气，朝韩湘云摆摆手，没有再说话。

韩湘云从傅国平的办公室出来后，心情坠到谷底，他的大脑一片混乱，人生就这样向他开了个巨大的玩笑。他在脑海里建筑的美好的未来开始摇摇欲坠，面临倒塌。他眼前浮现出两条路：一条是现在所走的身为天之骄子的路，未来有无限的可能性；另一条是家乡那尘土飞扬的乡间土路，他本以为自己就此逃离了那魔咒一般的循环：出生—耕种—结婚—生娃—耕种—死亡。然而，命运之手似乎又要把他捏起，重新放回与乡亲们一样的循环之中。他开始惶恐不安，他不甘心，可是让他放下自尊主动去找何修年，乞求何修年赏赐自己一条生路，他又不寒而栗，他做不到。

韩湘云拖着两条沉重的腿，神情恍惚地走着，不记得是怎样回到宿舍的，他倒头便睡："现在，一切只能交给命运，听天由命吧！"

第二十七章　黎明前的黑暗

韩湘云被系主任找去谈话的消息很快传到高宁耳中，他意识到了事情的严重性。

流言蜚语很快从系里传开来，有人说韩湘云是因和别人争夺一个女生跟人打起来的，有人说韩湘云是为了给好朋友尹怀生出头，甚至有人说韩湘云和尹怀生是同性恋，和尹怀生室友争风吃醋打起来的……

流言越传越凶，越传越离奇，高宁觉得必须站出来为韩湘云讨一个公道了。

现在韩湘云走到哪里，身边都有窃窃私语的声音。他知道他们在议论什么，对他们的反应并不奇怪。他平时待人谦和，言语不多，除了成绩有时会让他闪亮一下，他一直是个默默无闻的存在。而就在如此低调的他身上，发生了他们入学以来系里最严重的一次违纪事件，不掀起舆论热潮才怪。但韩湘云还是很不习惯成为这样的焦点，他像被暴晒在阳光下的穴居动物，想要赶快找个洞穴躲起来。

韩湘云埋着头快走，像一只迷路的蝙蝠，盲目地飞行，不知道前方是何处，也不知道未来在哪里，他只想匆匆逃离。

"韩湘云！等等！"后面传来熟悉的声音。

韩湘云回过头看，高宁正露出他那阳光般温暖的笑容，朝他挥着手。

韩湘云感到有点儿眩晕，像习惯了黑暗的人突然见到阳光一般，他勉强朝高宁笑了笑，停下了脚步。

高宁快步走上前来，不顾身边异样的目光，揽住了韩湘云的肩膀："湘云，一起吃午饭吧！"

韩湘云心下感激，嘴上却说："我今天不太舒服，想回去休息一下。改天吧！"

高宁继续笑着说："别推辞了，好久没一起吃饭了，给兄弟一个面子吧？"

韩湘云不好推辞，加之没吃早餐，肚子也咕咕作响了，便索性跟着高宁向食堂走去。他们端着餐盘，找了个位置面对面坐下。

高宁一边吃一边说："湘云，你的事我已经知道了。"

韩湘云怔了一下，没有说话。

高宁继续说："我相信你的为人，不到万不得已你不会这样做的。你能告诉我到底怎么回事吗，或许我能帮你。"

韩湘云抬起头，感激地望着高宁，说："高宁，谢谢你的好意。但事已至此，我也没什么好说的，我自己犯下的错，自己承担。"

高宁的眼神变得复杂起来，他严肃地说："可是湘云，我听说对方开出了轻伤证明，这可不是闹着玩的。学校有可能会给你开除学籍，你知道吗？"

韩湘云的眼睛蒙上了阴影，似有神经被触痛了，脸上肌肉抽搐了一下，说："我知道。可是高宁，我想自己静静，学校怎么处分我，都是我的命。"

高宁从韩湘云的眼里读出了绝望，便埋下头，深深思索着，没有再说话。

下午下课后，跟往常一样，高宁和徐璐在老地方见面，一起去食堂吃饭，去图书馆看书，或者一起散散步，找个僻静地方互诉衷肠——这是他们一天中最甜蜜的时光了。徐璐见到高宁，情不自禁地露出笑容，飞快地向他走去，习惯性地挽住他的胳膊，小鸟依人般靠在他身上，娇嗔地说："今天下课后辅导员把我们几个留下来开了个会，期末事情好多。害得我肚子都咕咕响了。我们今天去吃清真食堂吧，听他们说味道很好哦！"

高宁微笑着看着她，点头说："好啊，都听你的。"

徐璐心里一阵甜蜜，手滑下，自然地牵住高宁的手，两人十指相扣。虽然不是第一次牵手，但每次牵着高宁的手，徐璐总是有种电流经过胸腔的麻痒感。人说十指连心，牵着手的恋人，也能准确地感应对方的心思吧。徐璐敏锐地洞察到高宁今天有心事。

果然，高宁开口了："韩湘云出事了。"

徐璐心里一沉，她想到了最近心事重重的叶婉秋，问："出什么事了？"

高宁说："说他把一个湘南大学的学生打成了轻伤，学校可能会开除他学籍。"

徐璐心下一惊，问道："那个学生是叫何修年吗？"

高宁惊讶地问道："听他们议论，好像是这个名字，你怎么知道的？"

于是，徐璐把何修年跟踪叶婉秋，韩湘云对叶婉秋有好感，还有尹怀生和叶婉秋因戏结缘等事情全告诉了高宁。两个人将这些事情拼接起来，慢慢有了个前因后果的轮廓，但是有些东西他们还是难以弄懂。徐璐心下想道："我一定得问问婉秋，跟她好好谈谈。"

上次韩湘云走后，叶婉秋总有些心神不宁，她想：不知道尹怀生这几天怎么样了？如果他还不来找我的话，我就去找他。韩湘云这几天也没消息。

叶婉秋正想着，徐璐回来了。她惊讶地问道："你今天怎么回来这么早，没去约会吗？"

徐璐笑着说："约会提前回来啦！"

叶婉秋心里有点儿酸，说："天天秀甜蜜，不怕我嫉妒？"

徐璐走到叶婉秋跟前，表情认真起来："婉秋，我早回来是想跟你说说话，你最近是不是有心事？"

叶婉秋不语，想：自己努力掩盖，还是被看出来了。她笑了笑，说："我没什么心事，最近快期末考了，有点儿紧张。"

徐璐靠近她，说："你别骗我了，我还不了解你？今天高宁告诉我韩湘云出事了。”

叶婉秋的心突然提到了嗓子眼，又急速坠下去，她的不安得到了印证，急忙问道：“他怎么了？”

徐璐便告诉了叶婉秋有关韩湘云因为打人可能被开除学籍的事情。接着，她又告诉她据传言，被打之人是湘南大学中文系的大一学生何修年。

叶婉秋感到自己的心脏被一股力量拉扯着，像要被从胸腔里拉出来，一阵窒息。她立即明白了怎么回事：最害怕的事情还是发生了。

叶婉秋早就洞察了韩湘云对她的感情，但没有想到他会做出这样的牺牲。她为了不让韩湘云涉入她与何修年的纷争，刻意不在他面前提及何修年。没想到，他还是把自己卷进去了。

叶婉秋既低估了韩湘云的情感，也低估了他的决心。她很后悔自己去找韩湘云，对他又感到深深的歉疚，这两种情绪如汹涌的波浪，一阵阵地席卷她的内心，让她无法平静。

叶婉秋向徐璐讲述了这段时间所发生的一切，从尹怀生与何修年的冲突到她主动找尹怀生，再到她找韩湘云求助。整件事情的脉络如秋水退去后的岩石，逐渐清晰。徐璐的心被深深触动，她不知道叶婉秋这段时间独自承受了这么多，她对眼前这个看起来柔弱的女子产生了敬佩之情，又觉得叶婉秋越发让人怜爱。徐璐拥抱了叶婉秋，轻轻说：“婉秋，有什么事，我都会跟你一同承担，别怕，有我在。”叶婉秋内心涌起一股暖流，她的眼眶湿润了。

那一晚，叶婉秋又失眠了。尹怀生、韩湘云还有何修年三个人的形象在她脑海中不断交汇、叠加。一个念头越来越强烈：在这样的关头，如果她不挺身而出，为韩湘云做点儿什么，她恐怕一辈子也原谅不了自己了。

想明白了这一点，困意如洪水般袭来，叶婉秋终于沉沉睡去。黑夜中，几个灵魂在静等黎明到来。

第二十八章　坦露心迹

黑暗渐渐褪去，冬日的太阳从天际挣脱出来，唤醒了沉睡的大地和焦虑的人们。

何修年从湘南师大傅教授那里回去后，一直在期待着，他联想到韩湘云被开除学籍后那张绝望的脸，心底就有一种快感。可是这天早上，他却被不安和焦灼感攫住了。

这归因于他晚上做的那个梦，那个梦一上午都回旋在他脑海里。在梦里，韩湘云被开除了，他看着韩湘云背着大包小包走出校园，面如死灰，如丧家之犬，他得意地大笑起来。这时，一张熟悉的面孔出现在眼前——叶婉秋。她一改平日的温柔，目光中充满杀气，像一把利剑一样刺向他，厉声呵斥："你这个小人，把我的朋友害惨了，我不会饶了你！"

何修年说："婉秋，我都是为了你，我喜欢你！"便上前欲拥抱她，这时，一把匕首置于他的脖颈，一个阴郁的声音从他的耳后响起："再动一下，你的狗命就没了！"

叶婉秋惊喜地叫出来："怀生！"她张开双臂向何修年身后的尹怀生奔去。尹怀生松开何修年，用匕首指着他，拥着叶婉秋，怒斥道："这是我的女人，你休想接近她！"

叶婉秋的眼中透着轻蔑的光，冷笑着说："你这个告密者！小人！"两人飘然而去，留下黯然神伤的何修年。奇怪的是，那声"告密者！小人"一直萦绕在何修年的耳边，像紧箍咒一般让他头痛欲裂，他挣扎着，惊呼着，喘着粗气从梦中醒来。

叶婉秋上午一下课便匆匆向湘南大学走去，她的眼中透着坚定的光，她为了救赎而去，不仅是为了韩湘云，更是为了自己。她来到湘南大学中文系宿舍门口，这里面有她最想见的人和最不想见的人。可是，她要去见的，是后者。

虽然叶婉秋很想见到尹怀生，但她又怕见到他——他要知道她来找何修年，会引起多大的误会啊！因此，叶婉秋干脆跟宿管大叔打了声招呼，让宿管大叔见到何修年后，告知他去宿舍楼后面的水池旁找她。

宿管大叔一眼就认出了叶婉秋，仍拿她上次的事取笑她："你个丫头，跑得那么快，害得我腿酸了几天！"叶婉秋想起上次的事，脸腾地一下红了，赶紧赔罪："真是抱歉！上次太急了，我真不是有意冒犯您的！"宿管大叔笑道："现在的姑娘，为了感情冲昏头脑！"

不过最后，宿管大叔还是答应了叶婉秋的请求。

叶婉秋连声道谢，暗自庆幸遇到了一个好脾气的宿管。她拐到宿舍楼后，来到宿舍楼后面的水池边，看着池子里干枯的荷梗发呆，枯萎的荷梗交错在一起，组成了一幅抽象的几何图画，在冬日的阳光下，颇有光与影叠加的参差美感。但叶婉秋还是更喜欢夏天荷花亭亭玉立于碧绿茂盛的莲叶之上的盛景。冬天的萧索，一如她现在的心境，她期待着春天的到来。

正发呆时，一个带有北方口音的厚重男声从身后响起："婉秋！"

叶婉秋转过身来，看到了立在她身后的何修年——那张总是堆着邪昧的笑的脸上多了一道伤疤和几处瘀青，鼻子上贴着胶带——看来伤得不轻。叶婉秋倒吸口冷气，又隐隐为韩湘云担忧起来。

叶婉秋觉得何修年与以往似乎有些不同——少了点儿油滑味，多了点儿严肃的感觉，尽管他那双藏在黑框眼镜后的眼睛还是饶有兴味地注视着她。

何修年还被头天晚上做的梦困扰着，没想到白天就见到了他朝思暮想的叶婉秋，这是他梦寐以求的画面——某一天叶婉秋能主动找他。可是当叶婉秋真实地出现在他宿舍楼下的时候，他却没有想象中那么高兴。难道，是因为昨晚那个该死的梦吗？他想，她来找我干吗？难道是因为韩湘云？他等着叶婉秋开口。

叶婉秋本来对何修年充满愤慨，但一见到他的狼狈样，气愤竟然消减了一些，但她还是无法笑出来。她平静地说："何修年，我们能谈谈吗？"

何修年深情地看着叶婉秋，说："当然可以。你吃饭了吗？我请你。"

叶婉秋摇摇头："不必了，我们就在这里聊吧。"

何修年没有勉强，说："这儿冷，我们边走边聊。"

叶婉秋摇头，说："我很快就说完了。"她盯着何修年的双眼，单刀直入："韩湘云的事我都知道了。"

何修年心里一咯噔：看来梦还有点儿预示性。在叶婉秋的眼神下，他竟然感到一点儿罪恶感，仿佛自己犯了大错一般。他沉默，等着叶婉秋说话。

叶婉秋继续说："何修年，韩湘云打人确实是不对的，我为他感到很抱歉。可是，你知道，韩湘云他来自农村，全家人就指望他一个大学生了，如果他被学校开除学籍，他的前途就完了。"

何修年感到心底有点儿酸：叶婉秋嘴上说着道歉，实际上是为韩湘云说情。她偏向尹怀生就罢了，还这么偏袒那个乡下人韩湘云，我在她心中算什么？！

何修年也是个直性子的人，他再也无法压抑内心的情感了，他伤感地看着眼前这个让他迷恋的女子，说："婉秋，你明白我的心吗？你到底有没有那么一点儿在乎我？"

叶婉秋叹了口气，她曾经是那么讨厌何修年，但现在却对他生出点儿怜悯。她觉得再也不能逃避了，必须跟他说清楚。她认真地看着何修年，语气温和而坚定："何修年，这么多天来，我明白你对我的好意，也很感激你那么看重我。我其实没你想象的那么好，而且我之前对你的态度也一直不好，请你谅解。但是，我对你，并没有你对我的那种感觉，而且我已经有喜欢的人了。"

何修年愤愤地说："是尹怀生吗？他值得吗？"

叶婉秋语气不变，坚定地说："是的，经过了这些事，我更确定了。我不能欺骗我的内心，所以我无法回应你对我的感情。希望你能理解并尊重我的感情。"

何修年激动了起来，声音抬高了："可是，婉秋，尹怀生的懦弱你知道吗？他躲起来，都不肯见你，你知道吗？"

这句话牵动了叶婉秋的伤感，眼中渐渐蒙起了泪，她抬起泪眼，继续说道："我知道，他内心痛苦。但是不管怎么样，我都喜欢他，我理解他，这个不会变的。"

何修年的心被叶婉秋触痛了，没有想到叶婉秋对尹怀生已经如此用情至深。他觉得说再多也没有用了，胸口的伤口又隐隐作痛起来。他问道："那你今天来找我就是为了说这些吗？"

叶婉秋说："我想求你去跟湘南师大的校领导求求情，让他们对韩湘云处罚轻一点儿。"

何修年心中苦闷，但叶婉秋那恳求的目光却让他无法拒绝，他苦笑着想：自己真没出息，为了这个女人，吃了这么多苦头，还是难以抗拒。

何修年突然想再逗逗她，看看她的反应。他恢复了以往那嬉皮笑脸的表情，戏谑地对叶婉秋说："好啊，我答应你。可是，你有什么交换条件？做我一个星期女朋友吧？"

叶婉秋脸色变了，惊讶、恼怒、羞涩等情绪闪现在脸上。何修年饶有兴味地猜着叶婉秋会是什么反应。

只见叶婉秋痛苦地皱着眉，内心似乎在承受着极大的煎熬，最后，她竟然直视着何修年，郑重地点了点头！

何修年讶异不已，尴尬地笑笑，说："好吧，我知道了。我再考虑一下。我下午有课，先走了。"何修年怀着心事朝宿舍走去，留下呆立着的叶婉秋。

第二十九章　激将

在叶婉秋去找何修年的时候，徐璐也把整件事的来龙去脉告诉了高宁。

高宁久久没有说话，他一直相信韩湘云的人品，但是没想到这背后竟牵涉到这么些情感纠葛。韩湘云去找何修年的动机不可能仅仅是为了尹怀生，叶婉秋在整件事情中起了关键性的作用。想不到这小子竟能如此隐忍，为一个倾心于自己朋友的女生做出如此牺牲，也真够可以的。他内心对韩湘云生出了怜悯和尊重，暗地里想：一定得尽自己的全力帮助韩湘云。

于是，高宁当天便去了系主任办公室，他把整件事的经过原原本本地讲述给了傅国平，包括何修年跟踪叶婉秋，何修年将尹怀生打伤，韩湘云与何修年打斗，等等。

接着，高宁对傅国平说："傅教授，我敢以我的人格担保，韩湘云绝对不是那种寻衅滋事的人。何修年有错在先，韩湘云为了朋友才犯了打人的错误。他家庭条件不好，很珍惜上大学的机会，学习成绩也很优秀，是一个很有前途的学生。如果因为此事而被开除学籍，他可能会对人生失去希望。能不能请您上报学校，给他一个机会？"

高宁一口气说完，诚恳地看着傅教授，等待着他的回应。

傅国平了解前因后果后，开始有一些理解韩湘云的行为了——因为友谊和爱情而冲动犯错。他自己也年轻过，且内心深处也不希望韩湘云因这事被开除学籍的。对有天赋的学生，他一向有惜才爱才之心。

傅国平眉头紧锁，对高宁说："我知道了事情经过。但是最终处理结果还得学校来定。不过新上任的校长最近正在严肃纪律，对这种打架斗殴的事件尤其难以包容，韩湘云不巧撞在了枪口上。何况他打伤的是邻校的学生，影响很恶劣。"

傅国平叹了口气，继续说："韩湘云是个有天赋的孩子没错，青年人难免会冲动、会犯错。但是人生有的时候犯的错，不是因为情有可原就能得到原谅的，可能要付出很大的代价啊！"

说完，傅国平直视着某一个方向，似乎沉浸在回忆中。

高宁心知事情棘手，他试探着对傅国平说："傅教授，我们没有别的办法，只能求助于您！我知道您也不希望韩湘云被开除学籍，是吗？能不能拜托您对学校说明一下情况，帮助一下韩湘云？"

傅国平说："我会把具体情况汇报上去，但是结果怎么样不是我能说了算的。现在只有一个办法能亡羊补牢。"

高宁眼前一亮："什么办法？"

傅国平说："学校如果要严肃处理，只有两个理由，一个是杀一儆百，严肃校纪校规；另一个是怕惩罚不力，引起被打之人的不平，造成舆论上的不良影响。如果何修年能主动去向学校说明情况，学校有可能会减轻惩罚。"

高宁听后，连声道谢，离开了系主任办公室。

这几人当中，尹怀生是最后一个知道韩湘云即将被处分的消息的。在见到高宁徐璐之前，他还一无所知。高宁与系主任见过面之后，和徐璐一起到湘南大学找尹怀生去了。

这天，尹怀生吃完晚饭向宿舍楼走去，远远看到宿舍楼下站着两个养眼的身影，他开始没看出来是谁，出于人皆有的爱美之心，他忍不住多看了两眼。哪知对方先叫出声："尹怀生！"他定睛一看，原来是高宁和徐璐！

尹怀生绽开笑容，大踏步上前，心想：这两人怎么来找我了？

徐璐朝他挥着手。

以往的时候，高宁见到他都会拍一下他的肩，带着他那爽朗的笑，叫一声"大才子"，徐璐也会开一番尹怀生的玩笑。但今天，两人的表情似乎都有点儿严肃。"出什么事了吗？"尹怀生有点不好的预感。

尹怀生笑着说："稀客啊！你们今天怎么来找我了？"

高宁说："我们找个地方说吧。"

尹怀生隐隐觉得不对劲儿，说："我请你们吃饭吧！"

徐璐说："不必了，我们吃过了，你宿舍有人吗？"

尹怀生说："现在应该没人，你们等着，我跟宿管打一声招呼。"

片刻后，三人一起上了楼，来到尹怀生的宿舍。

坐下后，高宁说："韩湘云出事了。"

尹怀生心一沉，预感应验了。他脸色暗下来，问："怎么了？"

徐璐跟尹怀生说了何修年告状，还开了轻伤证明，韩湘云有可能会被留校察看或开除学籍等情况。

尹怀生的脸像暴风雨来临前的天空，布满了阴云。他咬紧牙关，全身肌肉紧绷着，坐在那里半天不说话。徐璐觉得他就像一个点燃了引线的炸弹，随时会爆炸，又像蓄足了水的江河，随时会决堤。

紧张弥漫在空气里。

高宁用温和的语气对尹怀生说：“怀生，我理解你。韩湘云是你的好朋友，此事又因你和叶婉秋而起，你心里一定不好过。我也知道你很恨何修年，但是事已至此，我们不能意气用事，只能想办法帮助他。”

尹怀生用两手撑起额头，嘴里发出压抑的低吼声，唯有如此，他才能稍微发泄一下痛苦，才能平息一下自己的愧疚和愤怒，要不然，他觉得自己会和韩湘云一样，做出冲动的傻事来。

高宁和徐璐见状，叹了口气。高宁上前去，按着尹怀生的肩，轻轻拍打着，似在安慰他。高宁说：“怀生，我知道你很难过。但是，现在还有一个办法。”

尹怀生抬起了头，眼里燃起了希望的火星。高宁说：“我找过系主任了，系主任说唯一的办法是找到何修年，请求他的原谅，让他主动去湘南师大为韩湘云求情。”

听到何修年的名字，尹怀生眼里希望的火星变成了熊熊的怒火，他压抑的愤怒突然爆发出来，猛地站起来，拳头砸向桌子，说：“去请求何修年的原谅?！除非我尹怀生死了！”

徐璐听他这样说，心中对叶婉秋的心疼和对韩湘云的怜悯在这一刻化为了对尹怀生的愤怒，她腾地一下从座位上站起来，指着尹怀生，大声说：“尹怀生，我一向都很敬佩你。可是这件事上你怎么表现得这么懦弱！你知道婉秋为了你有多辛苦吗？她最近几天憔悴了多少你知道吗?！韩湘云为了你要被学校处分，你不帮他，还在这里意气用事，算什么男人！”徐璐一口气说完，一张脸憋得通红，胸口还不停起伏着。

高宁赶紧拉住徐璐，揽着她的肩，一边轻轻拍打她的后背抚慰着她，一边向尹怀生解释道歉。

徐璐的话仿佛点中了尹怀生的痛穴，尹怀生呆若木鸡地站着，半晌才回过神来，他喃喃地说：“徐璐，你说得没错，我是表现得很懦弱。但是从今以后，我不会再这样下去了。我知道应该怎么做了，谢谢你提醒我。”

徐璐继续说：“我希望你能直面问题，还有婉秋，她真的很爱你，希望你别辜负她。”

尹怀生不语，心中已是奔腾如江海，久久不能平复。那一刻，他醒悟了许多。

高宁和徐璐走后，尹怀生独坐着，想了很多。终于，他的眼中泛出了决绝的光，打开门，走出寝室，向楼下305室走去。

第三十章 拯救

尹怀生来到楼下305室门口。这是他大学入学以来住的第一个寝室，这里有他美好和痛苦的回忆。回忆纷至沓来，他犹疑了一下，还是抬起手，轻轻敲了下门。里面有说笑的声音，刚开始没有回应。他又多敲了几下，终于，说笑声停止，门内有人问道：“谁啊？”

尹怀生没有作声。门开了，开门的人见到是尹怀生，嘴张成了“O”形，回头望了望，随即收起自己的惊讶，笑着招呼：“哎呀，怀生，你怎么来了？”

尹怀生淡淡地答：“我找何修年。”

对方脸上的笑容僵住，表情变得复杂，眼里写满了疑问，还有一点儿惊慌。他回头看看何修年，说：“何修年，尹怀生找。”身体还堵在门口，似在征得何修年的同意。

何修年已看清来人是尹怀生，惊疑爬过他的心头，他止住笑容，心想：“这小子自己跑过来了，看我今天怎么羞辱你！”嘴角不觉浮现出一丝得意的冷笑。

何修年对站在门口的室友抬手示意了一下，放下自己跷着的二郎腿，嘴里呸了一口，高大的身子从座位上站起，朝门口慢悠悠踱去。宿舍里的空气突然凝滞了。

尹怀生心知会发生什么，脸上没有任何表情，静静立在门口，眼神里写满了坚定。

何修年来到门口，拍了拍开门的舍友的肩膀，使了个眼色，对方犹疑地走开。

两人目光对视的一刹那，空气里弥漫开火药味。

何修年先开口了："稀客啊，怎么想到光临寒舍啦？"语气里满是不屑。

尹怀生语气平静："何修年，我是来找你道歉的。"

一阵刺耳的笑声划破空气，止住笑，何修年说："真是太阳从西边出来了！你说说，你做了什么对不起我的事了，能让你这大才子屈尊向我道歉？"

一阵反胃的感觉滚过尹怀生的内心，但他马上平静下来，看着何修年的双眼，继续说道："我是诚恳地来道歉的。上次，我不该对你那样。"

"对我怎样了？貌似受伤的是你嘛！"何修年不怀好意地说。

尹怀生脸色稍变，压抑着内心的不快，语气仍旧平和："何修年，今天我真的是来道歉的。对不起！"说着，他向何修年弯腰鞠了个躬。

何修年因这个鞠躬而怔住了，随即又浮起轻蔑的笑，转而大笑起来，一边指着尹怀生，一边回头对宿舍里目瞪口呆的室友说："你们看看，大才子也会认错啊！"

尹怀生慢慢抬起身，脸色暗沉，但目光依旧平静，直视着何修年，似在暗暗较劲。

何修年止住笑，脸色突然阴沉下来，写满了愤恨，压低了嗓子说："是为了你那兄弟韩湘云吧！派你兄弟来报复我，自己躲起来当逃兵，你这样叶婉秋都能看上你，真是看走了眼！"

尹怀生听到"叶婉秋"三个字，脸上泛起一阵涟漪，如风云滚过。他嘴唇紧紧抿着，仍然不发一言，不愿辩解。

何修年见尹怀生不作声，心中的愤恨更浓了，一个想法滑过脑海，他眼神亮了起来，开口说："你既然来道歉，就该诚恳点儿。今天，当着舍友的面，你跪下来认错，我就原谅你了。"说着，一丝邪笑挂在嘴角，两眼挑衅地看着尹怀生，静等好戏收场。

空气愈加凝固了，舍友们大气都不敢出。大家把目光全集聚在尹怀生身上，为他暗暗捏了一把汗。

尹怀生听到"跪下"这个词，再看着何修年得意的笑，心中腾地烧起一团怒火，他牙关紧紧咬着，血涌上脸，他在努力压抑着，挣扎着。双方僵持着，火药味越来越浓，似乎空气都要燃烧起来了。

突然，尹怀生脸上的血色褪去，似一张绷紧的弓突然断掉，慢慢地他身子沉了下去，跪地的那一刻，膝盖传来压抑的闷响声，他双肩微微颤抖起来。尹怀生用颤抖的声音说："何修年，求你去湘南师大为韩湘云说说情，他的命运就掌握在你的手里了。"

何修年见状，不由得也惊呆了，他不过是开玩笑似的羞辱尹怀生，没想到尹怀生真的跪了下来，男儿膝下有黄金啊！

何修年看着跪着的尹怀生，表情出现了一丝慌乱。他赶忙关上门，将尹怀生隔绝在门外，心底震撼不已。

尹怀生慢慢起身，转过身，拍拍膝盖上的灰，抬起两条腿，向前方走去。他面无表情，目不斜视，身上似笼罩着一层寒气逼人的网，将周围惊异的目光隔绝开来。

尹怀生的内心已经被痛苦麻痹了，对韩湘云的愧疚也消散了许多。然而内心的痛苦和屈辱还是让他倍感压抑，如果不找个无人的地方释放一下情绪，他觉得自己要被憋坏了。

内心引导尹怀生的双腿，不知不觉走到了岳麓山上。夜晚的岳麓山一片寂静，在昏暗的路灯下，树木洒下鬼魅的投影，似魑魅魍魉蛰伏在各个角落。冬日寒气袭来，更增添了一份神秘气息，让人心生恐惧。

这种寂静正合尹怀生的心境，他慢慢沿着山道向上走去，来到一片开阔处，他再也控制不了自己了。他将拳头对准身边的一棵树，用力砸了上去，并用尽全力吼出声来，所有的情绪随着这声大吼倾泻而出。有鸟儿被惊动，扑棱着翅膀飞走了。

山林重归寂静，所有的一切都在静静注视着尹怀生。只见他胸口不断起伏着，泪水从眼角滑下来，他喃喃地说："湘云，对不起！"他呆立了一阵，待泪水干掉，缓缓走下山，消失在夜色里。

过了几天，高宁被辅导员叫去。辅导员对高宁说："系主任傅教授让我转告你，学校校委会开过会了，校长为了严肃纪律，准备给韩湘云开除学籍的处分。处分通知这几天会下来。你上次去找过傅教授，所以他让我跟你说一声，他也向学校反映过情况了，但学校的意见很坚决。"

高宁听后，心情沉重起来，看来韩湘云凶多吉少了。他向辅导员道谢后，心事重重地离开了。

这几天韩湘云都如行尸走肉般，等待着判决的到来。上课只是坐在那里，注意力完全无法集中，考试马上要来临，但他觉得已经与他无关了。韩湘云想过去找何修年，但一次又一次把这个念头否决掉，他跨不过自己内心这道坎，再说他觉得何修年也不会那么轻易原谅他。面对自己未卜的命运，他无能为力，只能听天由命了。

课间，高宁来到韩湘云身边，内心划过一阵酸痛，他把手搭在韩湘云肩上，似在给韩湘云力量，说："湘云，我会尽一切努力来帮你的。"韩湘云感激地朝高宁看了一眼，没有说话。

高宁利用他学生会主席的身份，在全年级发起联合签名的活动，不久，便收集了一百多个签名。他打算这两天送到校长办公室去，不管怎么样，破釜沉舟，只为那一线希望。当天中午，他又把辅导员给他说的话转达给了徐璐，让她去问下叶婉秋。

午饭后，徐璐回到宿舍，将高宁的话转达给了叶婉秋。这几天，叶婉秋一直在焦虑地等待消息。自她上次找过何修年之后，他也没有找过她。她正准备再去找何修年的时候，就听到了徐璐说韩湘云很有可能被开除学籍，再也按捺不住了。她脸色变得苍白，慌张地推开徐璐，自言自语："不行，我要去找他。"说着便冲出了寝室。徐璐在身后喊道："婉秋，要我跟你去吗？"

叶婉秋答：“不用了！”

徐璐待在原地，她叹了口气，心中担忧不已。

叶婉秋风一样一口气跑到湘南大学，像上次一样找到了何修年，他们在上次的水池边见了面。叶婉秋见到何修年时，已是一脸的泪，慌乱之情溢于言表，眼里透着哀求的神色。何修年见到叶婉秋这种模样，泛起了心疼。

这两天，何修年想了许多。上次尹怀生对他下跪，让他震撼不已，许久才平静下来。叶婉秋、尹怀生、韩湘云这三个人的脸在他眼前来回交替着。为了韩湘云，如此骄傲的叶婉秋和尹怀生都放下身段去求他，尹怀生甚至不惜以下跪来求得他的原谅。他们三个人，就这样被一张隐形的网紧密地联系在了一起。何修年觉得自己就是个局外人，无法打破这张网，他觉得自己是无法进入叶婉秋的内心了——她已经紧紧地与这两个人绑在一起了。他感到一阵失落，也有说不出的嫉妒，这种深沉的友谊和爱，已经超过了他的想象，对于尹怀生和韩湘云的恨竟然消散了不少，他开始动摇了。

叶婉秋的泪让何修年更加心神不宁，他慌乱起来，说：“婉秋，你怎么了？”

叶婉秋哭着说：“何修年，求求你了，帮帮韩湘云吧！他要被学校开除学籍了！”说着，她无法控制地啜泣起来。

何修年更是慌乱，他走近叶婉秋，想帮她擦擦泪，但犹疑了一下，抬起的手又放了下来。

何修年叹了口气，心想：还是拗不过这个女人啊！

何修年说：“婉秋，别难过。我跟你去还不行吗？”

叶婉秋听到此话，啜泣声停止了，喉头还在抽动着，她惊讶地看着何修年，眼里露出惊喜的光来，又带着些怀疑。

何修年似在证实刚才说的话，看着叶婉秋，又坚定地说了一遍：“婉秋，我们走吧，我跟你去。”

叶婉秋从疑虑变成了惊喜，眼角还有泪痕，脸上却泛起了笑容。她感激地看着何修年，说不出话来。

何修年越发觉得叶婉秋可爱了，内心却有些失落：“这么可爱的女人我却得不到！”

这样想着，两人并肩向湘南师大校长办公楼走去。

第三十一章　过客

叶婉秋和何修年来到湘南师大行政大楼，大楼外观让人有种肃穆庄严的感觉。两人上楼找到校长办公室，可是大门紧锁。

当他们站在办公室门前一筹莫展的时候，一位老师走了过来，问：“你们两个有什么事？”

叶婉秋忙回答：“老师，我们想找校长。”

对方个头不高，估摸四十岁左右的年纪，脑门上的头发有点儿稀疏，因此显得额头宽阔光亮。他脸上浮现出微笑，说：“见校长前要预约的，他现在外出开会了，你们有什么事？”

叶婉秋急出了汗，忙说：“老师，我们有急事，他什么时候回来呢？”

对方答：“他要明天才回来，可是校长公务繁忙，不一定有时间接待你们。不过你们有什么事，我可以代为转达。但是我马上有个会议，你们在我办公室等我一会儿。”

叶婉秋连声道谢。那位老师带着她与何修年来到了位于走廊另一端的一个办公室，叶婉秋瞅了瞅门牌，上面写着“学生处”几个字。

他们在办公室里等了一个多小时那位老师才回来。他坐下，沏好茶，边喝边说：“我是湘南师大学生处的孙老师，你们有什么事吗？”

叶婉秋眼神亮了起来：“老师，我们是为韩湘云而来，这是被韩湘云打伤的同学，叫何修年。”她指了指身边的何修年说道。

孙老师说：“哦，我知道韩湘云打人一事，我们前两天才开会讨论过，校长对此事比较生气。他打伤的就是你？”他上下打量着何修年，眼里露出怀疑之色。

何修年掏出学生证，递给对方，恭敬地说：“孙老师，我就是何修年。”

对方比对了一下，点点头，眼神变得严峻起来，说：“我们学校的学生打伤了你，我代表学校向你致歉。韩湘云的处分通知很快就下来。你今天来有什么事吗？”

何修年脸上堆起笑容，说：“孙老师，我是来为韩湘云求情的。”

对方的眼神中露出惊异之色，他静静地等待何修年继续往下说。叶婉秋在一旁心如敲鼓般咚咚直跳，大气也不敢出。

于是，何修年将事情的原委，从他跟踪叶婉秋，到与尹怀生发生矛盾，再到与韩湘云打架等经过和盘托出。最后，他叹了口气，说：“孙老师，事情发生后，尹怀生和韩湘云都向我道歉了，我原谅了他们。韩湘云出身农村，上个大学不容易，恳求学校从轻处罚，不要开除学籍。他以后肯定不会再犯的。”

说完，何修年觉得背后出了一层凉汗，他也讶异于自己竟然会帮韩湘云求情，是尹怀生的下跪还是叶婉秋的哭泣让他动了恻隐之心？他自己也说不明白。

叶婉秋的心中也震撼不已，她向何修年看去，眼神里尽是感激之色。

孙老师听完若有所思，心想：年轻人这些爱恨纠葛，都是少年不知愁滋味，为赋新词强说愁，还生出这么些事端。搞不懂他们是怎么想的。

孙老师目光转向何修年旁边的叶婉秋，定住了，紧紧地盯住她，这让叶婉秋不寒而栗。他问道：“你叫什么名字？”

叶婉秋避开他的目光，红了脸，低下头讷讷地说：“我叫叶婉秋。”

孙老师“哦”了一声，拉长的音调里有无限的意味，说：“我都知道了。我会把情况汇报给校长。有必要的话可能还得让你们来一趟。何修年，你最好出示一份书面说明，写上既往不咎这样的话，我递交给校长。”

何修年按要求写了一份书面说明，签上名字，交给了孙老师。叶婉秋不放心，继续问道：“孙老师，韩湘云不会被开除学籍了吧？”

孙老师嘴角浮现出一抹神秘的微笑，说："你们耐心等待结果吧，有事还会通知你们的。不过这也是韩湘云的运气啊！"叶婉秋觉得他话中有话，还想问什么但又咽了回去。两人道完谢，离开了学生处办公室。

两人沿着校道慢慢走着，冬日的下午，太阳退去了它的火热，变成一个淡黄色的影子，高高地悬在天边，给这片苍茫的大地投下一丝余热。黄昏来临了，光与暗交锋着，形成独特的光影。寒风起了，刮在脸上，沁入心里，白天的焦灼也不知不觉消散了。叶婉秋觉得内心平静了很多，旁边这个曾让她如此厌恶的男生竟让她心生温暖。她突然想起上一次找何修年时，承诺做他一个星期女朋友的事情，心里又慌乱起来。她偷偷瞅了瞅身旁的何修年，心下暗想：他今天有点儿反常，怎么这么安静？要是他提到上次那件事，我该如何应对？毕竟是答应过人家的。

叶婉秋心里正打鼓，何修年说话了："婉秋，我们找一个地方说说话吧。要不一起吃个饭？"

叶婉秋无法拒绝。他们走到了学校附近的一家饭馆。叶婉秋想到与尹怀生和韩湘云一起吃饭的情景，当下却是与何修年，她既感慨又忐忑。何修年帮她倒上茶，说："快喝吧，暖暖身子。"

何修年接着说："婉秋，这是你第一次愿意与我坐下来说话。"说完，眼神有点儿伤感。

叶婉秋心中暗自愧疚。

何修年接着说："婉秋，你知道我喜欢你。但是最近一段时间以来，我想了很多。我曾经以为你是因为矜持才疏远我，只要我坚持下去，你慢慢会接受我的。现在，我发现我是无法走入你的内心了，你们三个人的感情超过了我的想象。说实在的，我有点儿忌妒他们两人。虽然我不想放弃，但是我也不能勉强你。"

叶婉秋内心泛起一阵酸楚，她想说"对不起"，但心中千头万绪，让她无法说出口。

何修年继续说："你知道吗？尹怀生前两天主动跟我道歉了。"他没有说尹怀生下跪一事。

叶婉秋听到“尹怀生”这个名字，心底涌过一阵暖流——他竟然能向何修年道歉！一股热流冲击着她的心，她震撼不已，指尖竟微微抖动起来。

何修年见状，心底一阵酸意。他凝视着叶婉秋，想把她的样子牢牢刻在心里。从当初的花痴到后面的慢慢了解，他发现在这个柔弱女子的身上有一股韧劲儿，糅合成一种奇特的魅力，让他一步步陷了进去。可惜，她对于他，就是一扇闭合的门，从不肯开启。

何修年悠悠地说：“我本来以为我永远也不会原谅尹怀生和韩湘云的，主要是因为你，我没法不答应你的要求，虽然我曾经是真的想让韩湘云付出代价。”他刻意强调了最后两个字，目光飘向前方。叶婉秋觉得这个男生没有自己想象的那么简单，可能每个人都有自己不曾知晓的一面吧，她想。

这顿饭吃得有点儿伤感，两人都没怎么说话，他们心里都清楚，这是他们在一起吃的第一顿饭，也可能是最后一顿饭了。

吃完饭，他们沿着原路返回，华灯初上，行人渐渐稀少了。走到路的拐角的时候，何修年突然说：“婉秋，我能抱一下你吗？”他声音有点儿颤抖，眼眸恳求似的看着她。

叶婉秋的心一颤，但却无法拒绝眼前这个此时如孩子一般的高大男生和他的期冀眼神，她点了点头。

何修年深吸一口气，走上前去，张开双臂将这个娇小的姑娘拥入了怀里。这是他梦寐以求的画面，可是这个拥抱意味着告别。他呼吸着叶婉秋头发上的芬芳，手臂微微用力，慢慢抱紧，像是在拥抱一个易碎的艺术品。他想再多停留一分钟，好把她的气息牢牢地记在脑海里。昏暗的路灯下，一个娇小的女生小鸟依人般被一个高大的男生拥入怀中，人们都以为这是一对令人艳羡的眷侣，只有这两人知道这不过是冬夜里的告别仪式。

何修年恋恋不舍地松开手臂，对叶婉秋说：“婉秋，我送你回去吧。”叶婉秋看见他的眼角，似隐隐有泪光，在路灯下微弱地闪亮了一下。

叶婉秋点头，此时她的心底充满了温暖和感动，对何修年的怨恨消失得无影无踪。他们俩慢慢走回去，路灯将两人的影子拉得老长，这是他们一起走的最后一段路，从此再无交集。

在人生的旅途中，遇见的人大多都会成为过客，但也正是这些过客让人们成长、成熟，从而追逐真正的自我。

第三十二章　落叶

几天后，辅导员通知韩湘云去湘南师大学生处领取处分通知书。

韩湘云感觉自己像是树上的最后一片枯叶，摇摇欲坠，任凭冬天的风将自己刮落，被裹挟着四处飘零，然后被风撕碎或者被行人践踏，消逝在尘土里，不留痕迹。

韩湘云走在去行政楼的路上，是做了最坏的打算的。他已经感觉不到自己的心跳了，他觉得整个人都在冬天的寒风里被冻结到麻木了，两条腿僵硬地走着，像是奔赴刑场的犯人，只是没有人羁押着他。

到了学生处办公室，韩湘云见到了孙老师。

“你就是韩湘云？”孙老师见到他，抬起一边眉毛。

“嗯，我就是。”韩湘云声音低得自己都听不见。

“这是你的处分通知书。”孙老师将一张盖有学校公章的纸递给他。

韩湘云伸过去的手有些颤抖。血色的“湘南师范大学”字样的公章首先映入了韩湘云的眼帘，他屏住了呼吸。

韩湘云深呼吸了一下，继续读下去。通知书正文写着：“湘南师范大学 86 级数学系学生韩湘云，因打架斗殴致湘南大学 86 级中文系学生何修年轻伤，有轻伤鉴定报告为证。为给其警告，并严肃校纪，经校委会研究决定，给予韩湘云留校察看的处分。”

韩湘云把“留校察看”这四个字看了一遍又一遍，确认自己没有眼花，他屏住的气息终于释放了出来。手心已经渗出了一层汗，他像被判死缓的死刑犯一般，对“审判官”孙老师连声道谢。

孙老师别有意味地说：“韩湘云，你别感谢我，这是校委会通过开会讨论，集体得出来的结论。要感谢的话，你要感谢两个人——叶婉秋和何修年。要不是何修年亲自来求情，恐怕你就要被开除学籍了。”

“何修年”这个名字像一道惊雷划过了韩湘云的大脑，让他有点儿蒙了。“他会给我求情？那一定是因为叶婉秋。”韩湘云终于感觉到了心跳，冰冻的心悄然融化了，迅速变得灼热而热烈地跳动着，冰与火之间，就在那一瞬间。

韩湘云的眼角开始发烫，有点儿湿润的感觉了。

孙老师见状，拍拍呆立着的韩湘云的肩膀，说：“年轻人，好好珍惜青春年华，别再感情用事了，以后要好自为之！”

韩湘云向孙老师诚挚地鞠了一躬，拿着处分通知单离开了行政大楼。

韩湘云感觉自己像重新活过来了一样，这些天麻木的神经又活络起来了。萧索的冬天在他看来孕育着无限的生机，他又重新看到了希望。一个绝处逢生的人对生活往往会有新的理解，就如同此时的韩湘云，他觉得生活并没有抛弃他，反而用宽容的姿态拥抱了他，让他感到生活又有了盼头，有了继续奋斗的力量，让他更加热爱生活了。

韩湘云想到帮助过他的人，想到叶婉秋、高宁、徐璐、尹怀生、傅国平，甚至是何修年，内心的感动化作泪水夺眶而出。他噙着泪，心中充满了感激。这时，他想奔跑，想呐喊，像久被囚禁的人终于见到了阳光一样，他要尽情地享受自由的美好。

可此时，韩湘云最想见的还是叶婉秋。他几乎是小跑着来到了叶婉秋的宿舍楼下，等了一个多小时，终于，他见到了她——她拿着一本书，向这边慢慢走来，头埋着，似有心事。她看上去像瘦了些，更显得娇俏可人了。她显然没有看到站在宿舍楼下角落里的韩湘云。

韩湘云望着她慢慢走近，脑海里出现了他与她相识以来的一幕幕，带着甜蜜或苦涩的记忆像电影里的慢镜头，忽远忽近。恍惚间，他觉得似与叶婉秋认识很久很久了。

眼看着叶婉秋就要从他身边走过去了，韩湘云叫住了她："婉秋！"

叶婉秋像是从梦中醒来，突然怔住了，继而，她见到了韩湘云。叶婉秋的脸上露出更加惊异的神色，又带着一些欣喜，几乎是叫出来了："韩湘云，你怎么来啦？"

韩湘云看着她笑了，说："我是来向你道谢的！"他继续说："处分结果出来了，我被留校察看，虽然不是什么光彩的事，但毕竟没有被学校开除。"他语气中带点儿自嘲的意味。

叶婉秋的眼神里透出了惊喜的光，接着，她再也掩藏不住她的欣喜，绽放出一个花儿般灿烂的笑容。她眼眶突然就红了，颤抖着说："太好了！我真是太高兴了！"这突如其来的消息冲击着她多日以来的焦虑和愧疚，终于，她的情绪随着眼泪夺眶而出，这是喜悦的热泪。

那一刻，韩湘云多想拥她入怀，可是，他只能静静地看着她，甚至都没有上前给她擦泪的勇气。他被她的眼泪所感染，鼻头抽动着，努力抑制住泪水。

韩湘云说："婉秋，我很感谢你。听说，你和何修年一起去学校找过领导，是吗？"

叶婉秋噙着泪，微笑着摇摇头："别谢我，是我给你惹了麻烦。如果你真的被开除学籍了，我永远也原谅不了自己。"

韩湘云笑着看着她，说："婉秋，你别自责。所有的一切，都是我愿意做的，所有的责任，由我一个人来承担。"

叶婉秋抬起头来，眼中有涟漪泛过，韩湘云的坚定震动了她的心。

叶婉秋觉得必须提起另一个人了，于是说："韩湘云，其实大家都在想办法帮助你。何修年告诉我说，尹怀生去向他道歉求情。光凭我的话，何修年不一定愿意去帮你说情的。"

听到尹怀生的名字，韩湘云的内心非常复杂。有些话，在他内心酝酿了很久，也被他的私心压制了很久，但现在，他觉得有必要把它们说出来了。

韩湘云注视着叶婉秋的双眼，认真地说："婉秋，我和怀生谈过，他说他喜欢你。不是为了你，他是不会和别人起冲突的。而且，自从上次那件事情发生以后，他很痛苦，觉得不配见你。只有你，才能让他开心起来。你去找他吧，他现在需要你。"

说完，韩湘云的心像被掏空一样，这些话虽平淡，但却耗尽了他所有的精力，他只觉得眼前的这个女生，在他视野中慢慢模糊，渐渐走远，他却无法追赶。他再次体会到了面对命运的无力感。

叶婉秋眼里含着感激的泪，她能体会到韩湘云此时的心情，她不知道说什么才好，只能对眼前这个纯朴男生报以最诚挚的笑，不知是表达感激还是歉疚。她觉得自己就是一个宠儿，受到如此多的关爱，可是，有些爱又太过沉重，让她内心感到不安。

韩湘云带着鼓励的眼神看着她，依旧让人心生温暖。叶婉秋朝他点点头，朝前方走去。韩湘云目送着她的背影，心如踏空一般向下坠落，失去了重量。叶落了，人去了，心也空了。

第三十三章　定情

叶婉秋到达湘南大学时，已是黄昏。她想起两个多月前的一个黄昏，她与韩湘云漫步在湘南师大的校园里，梧桐树叶洒下斑驳的投影，阳光从树叶缝隙洒下，像碎金子般在地上跳动。这是她与韩湘云的初识，距她认识尹怀生只有不到一个月的时间。冥冥之中一切似乎早已注定，她与这两个人的缘分在那个黄昏拉开了帷幕，终缠绕了此生。一个寻常日子的寻常时刻，往往可能是一个人命运的转折点，只是当事人那时还浑然不知。

转眼从深秋来到了严冬，遍地的金黄消失不见，路边的梧桐树只留下了光秃秃的树干，日光一层一层暗了，风一点一点起了，冬天的萧瑟总让人心生惆怅。叶婉秋裹紧了衣裳，心底暖融融的。这两个月在叶婉秋的生命里留下了深深的烙印，她感觉自己的内心，有一颗爱的种子在生根、萌芽、茁壮地生长，现在已经枝繁叶茂了。

上次还是焦灼万分地去找何修年，如今，叶婉秋终于可以光明正大地去见那个人了。她无法停止脚步，正如她无法阻挡心中的爱生长一样。

尹怀生不在宿舍。叶婉秋一边在楼下等着尹怀生，一边在手心哈气取暖。路灯亮了，昏暗的灯光洒在她的身上，衬托着她美好的轮廓，她低着头看着自己的影子发呆，仿佛独自漂浮在水中，欣赏着自己倒影的黑天鹅。

一个小时快过去了，叶婉秋感觉自己也快冻成了一尊塑像，这时，她看到自己的影子上多了另一个影子，这个影子慢慢与自己的影子重叠，然后静止不动了。她蓦然回首，那个影子的主人正静静凝视着她。她的心怦怦地跳动着，对方的目光太过灼热，她觉得脸有些发烫，头微微低下，将自己的视线稍稍挪移，不敢与对方对视。两人静静地看着彼此，微微笑着，不忍打破这夜的寂静和温柔。影子交织在一起，仿佛在相互耳语。

话语此时成了多余，眼神蕴含了所有的心意。尹怀生首先打破了沉默："婉秋。"

叶婉秋很喜欢尹怀生叫自己名字的感觉，每个字的发音都很清晰，很用心地从嘴中吐出，连在一起有错落的韵律感，还有点儿拉长的尾音，带着温柔的娇宠感，再用他深沉磁性的嗓音表达出来，让叶婉秋听来有种微醺的感觉。

叶婉秋的脸上又浮现起她独有的微笑，双眼成了一道弯月，心底的喜悦一波一波地荡漾开来。她说："怀生，我来是想告诉你——韩湘云的处分结果出来了。"

"怎么样？"尹怀生眉头微蹙，语气焦急起来。

"他今天来告诉我，他被留校察看，没被开除学籍。"叶婉秋顿了顿，看着尹怀生的表情，终未提何修年的名字。

尹怀生的眉头随着脸部的肌肉一同舒展开来，他叹了口气，多日来紧绷的神经终于松弛下来。

纵使心潮澎湃，尹怀生看起来还是很平静。他微笑着问：“婉秋，你冷吗？”

叶婉秋这才意识到自己的脚已经冻得快麻木了。她不好意思地跺跺脚，对着尹怀生点点头。尹怀生说：“我们一起去喝点东西暖暖身子吧！”

他们并肩走着，肩膀不经意地碰在一起又分开。尹怀生想揽过身边这个柔弱的肩膀，叶婉秋想依偎着身边这个温暖的臂膀，可是他们就这样若即若离地走着，只是彼此的内心都温暖如春。

就这样漫步到一个亮着暖色灯光的小店，点上两碗姜汤，加上几碟小菜，两人有一搭没一搭地聊着天，不时开怀笑起来。他们感觉这段时间的所有阴霾，在笑声中都烟消云散了。姜汤既能暖胃，也能暖心。不知不觉，两人的面颊都泛起了红晕。

走出小店，两人慢慢走回去。快到叶婉秋宿舍楼下的时候，尹怀生停下了脚步，叫住了她。叶婉秋也停下来，静静地看着他，期待着什么。尹怀生开口了：“婉秋，我有句话想对你说。”

叶婉秋笑了，心中幸福满溢。她等不及尹怀生开口，自己脱口而出：“怀生，我也想对你说一句话。”她狡黠地笑了笑，突然止住笑，一字一顿认真地说：“我喜欢你。”

虽早已知道，但听到叶婉秋亲口说出来，尹怀生的心还是震颤不已。他看着眼前这个娇弱的女孩子，眼里闪着倔强的光，带着羞涩的笑意看着自己，突然心中升起强烈的爱怜，他走上前去，猛然揽过叶婉秋的肩膀，将她拥入怀中。

叶婉秋觉得一股巨大的幸福感席卷而来，她的心剧烈地跳动着，似要跳出自己的胸腔，与对方的心融为一体。这不是他们第一次拥抱。他们第一次拥抱的时候，他是罗密欧，她是朱丽叶。可是现在，他是尹怀生，而她，是叶婉秋。

叶婉秋又闻到了那个让她念念不忘的味道，现在她终于可以尽情地、贪婪地将这个味道深深地吸入鼻腔，然后让它慢慢渗透到自己身体的每一个角落，渗透到骨髓以及大脑深处。

尹怀生的心底也洋溢着巨大的幸福，他把头深深埋进叶婉秋的头发里，深深呼吸着她的芬芳。那一瞬间，他觉得先前所承受的苦痛都是值得的。梦中的拥抱就这样真实地发生了。两个年轻人，尽情享受着生命和爱情赐予他们的美好。

尹怀生觉得脖颈有一点湿，他轻轻松开叶婉秋，发现她的眼中竟满含着泪水。他抬起手来，轻轻帮她拭泪，自己的眼角也湿润起来。带着泪的叶婉秋，在昏暗的路灯下越发显得娇媚动人，尹怀生情难自禁，俯身向下找到那微翘起的小嘴，轻轻吻了下去，叶婉秋闭上了眼睛。

这个吻绵长而温柔，双方都怕弄疼了对方似的，轻轻吸吮着，慢慢感受着唇的柔软和温暖。尹怀生觉得嘴里有种甜甜的又咸湿的味道，他知道那是叶婉秋的泪。两人越吻越忘情，仿佛这段时间积蓄的感情都要靠这个吻释放出来。不知吻了多久，他们终于松开彼此，望着对方红红的唇，笑了。然后，他们又拥抱在一起，两颗滚烫的心，在各自胸口激烈地跳动着。

此时，韩湘云躺在宿舍的床上，睁着眼睛无法入睡，他似乎感应到了在不远之处的路灯下深情拥抱的两个人，他觉得心底堵了一些什么，心酸像潮水一般袭来，默默流下了眼泪。

第三十四章　祈福

“微雨众卉新，一雷惊蛰始。”二十四个节气的名称中，最富有动感色彩的就数惊蛰了。天空一声雷鸣，惊醒了蛰伏一冬的虫蚁，它们纷纷钻出泥土。雨水滋润了大地，冰冻的泥土开始松软。生命蠢蠢欲动，然后以势不可当之势鲜活了整个大地。冬季与春季，就这样在一声惊雷中完成了交接。

最好的春光在四月。阳光、温度正好，叶子绿得正好，花开得正好。

叶婉秋漫步在学校梧桐大道上，任凭梧桐絮飘落在她的头发上，钻入她的脖颈中，阳光洒在她身上，让她沉醉，她爱这生机勃勃的春天，爱生命赐予的美好。

她不再是一个人了。有了他的陪伴，她感觉每天的日子都如诗、如歌。经过了一个冬天，她的面颊稍稍饱满了一些，白皙的脸上浮着一抹花瓣般鲜活的红润，让她和春天如此和谐地融为一体了。

恋爱的感觉如此让人心醉。她经常会不自觉地笑出声来，在落英缤纷的校道上行走的时候，她都恨不得跳跃起来。下课后的时光是最幸福的，连午饭她也不惜多走一些路去湘南大学找尹怀生一起吃，见到他，一切都会明媚起来。叶婉秋觉得尹怀生吃饭的样子也那么好看，英挺的鼻梁，浓密的眉毛，棱角分明的面部轮廓，专注的姿态，还有修长的手指。经常吃着吃着，她便看呆了。尹怀生抬起头来，看着她望着自己发呆，便打趣道："你又觊觎我的饭菜啦？"

叶婉秋脸一红，做贼似的低下头来，暗自想：我是觊觎你呢！尹怀生觉得叶婉秋害羞的样子特别美，要不是在食堂的话，他一定会揽过她的头，在她脸上狠狠亲一口。他半戏谑半认真地说了一句："我觉得你才秀色可餐呢！"

叶婉秋的心又怦怦直跳起来。恋爱几个月了，但见到他还是会像第一次拥抱时那样心动。叶婉秋觉得自己在尹怀生给的宠爱里慢慢沉溺，她享受这种感觉，哪怕这是一片沼泽，她也甘愿陷下去。

徐璐也忍不住开叶婉秋玩笑了："你看你现在，跟尹怀生像连体婴儿一样，整天黏在一块儿。干脆你转学去湘南大学算了！"

叶婉秋回应道："你别说我，你跟高宁不也是这样！说说，你们最近又转战到什么地方花前月下去了？"

"哟，还学会取笑人了嘛，尹怀生教你的？"徐璐伸手去挠叶婉秋的痒痒，逗得叶婉秋咯咯地笑。她一边出手反击，一边说道："我这是以其人之道还治其人之身！"两个初尝爱情甜蜜的女生笑成了一团。

春天的岳麓山也变得苍翠了，山中游客越来越多。一次与徐璐约会的时候，高宁说："璐，我们周末的时候跟尹怀生、韩湘云他们一起去爬山吧！"

徐璐拍手："好啊！好久没跟他们一起了。不过叫上尹怀生的话，那必须得叫上叶婉秋啦！他们俩现在是这样的！"她将两手扣在一起，两只手的食指不停相碰，那双乌黑清亮的带着欧洲女人韵味的大眼睛调皮地向高宁眨动着，嘴角泛出狡黠的笑。

爱人之间的笑总是相互传染的。高宁望着她，也不自禁地笑了。和这个女生接触越久，高宁越是觉得她身上有一种独特的魅力，既有坚强独立的大气，又有小女生的可爱俏皮，也有女人的柔美热忱。

高宁联想到舒婷的那首《致橡树》里的诗句：我必须是你近旁的一株木棉，作为树的形象和你站在一起……我有我红硕的花朵，像沉重的叹息，又像英勇的火炬。

高宁觉得徐璐就像这首诗里的木棉树，热烈、独立，又美好。他深情地看着她，又将她拥入怀中。他们紧紧地拥抱着，生怕一不小心就弄丢了彼此。在这美好的春光中，他们贪婪地呼吸着彼此身上的气息。徐璐觉得高宁抱得太紧，连呼吸都有点儿困难了，她轻轻推开高宁，注视着他，两人的脸紧挨着彼此，鼻息打在双方的脸上，让人脸红心热。徐璐爱怜地摸着高宁英俊的侧脸，主动吻了下去，两人越吻越激动，情难自禁时，他不得不放开徐璐，竭力平复自己。他要对徐璐负责，不想有任何过激的行为伤害到她。

春日的一个周六上午，高宁、徐璐、尹怀生、韩湘云还有叶婉秋这五个人在岳麓山脚下会合。有叶婉秋在，尹怀生和韩湘云见面有些尴尬。徐璐一眼洞穿，忙跑过去拉住叶婉秋的手，说："今天我跟婉秋一起，谁也不许跟我抢她啊！"说完朝尹怀生和韩湘云眨了眨眼。

大家笑得开怀。高宁上去搭住尹怀生和韩湘云的肩，说："好吧，那今天我们三兄弟一起，不跟她们女孩子扎堆！"两人一唱一和，化解了些许尴尬。

春天的岳麓山上，空气清新无比，满目都是刚刚浸染过的新绿。下过雨后的台阶有些湿滑，缝隙处钻出星星点点的青苔，山路旁一棵棵树开满了花儿，颜色或素净，或鲜艳，都热热闹闹地、繁密地绽放于枝头，释放着馥郁的芬芳。鸟儿啼转，游人如织，更为这山增添了生命的气息。所有的一切都是鲜活的、生机勃勃的。五个年轻人沉浸在春光中，心也明媚起来，过去的一切不快都被洗涤一空。

徐璐和叶婉秋手拉着手，嘻嘻哈哈地向上爬着，竟把三个男生甩在了身后。徐璐爬上一个台阶，朝底下三个人挥着手，叫道："嘿，你们快点儿！"

尹怀生有点儿担心叶婉秋，说："徐璐，你歇着点！别拽着人家跑那么快！"叶婉秋知他是为自己，心中甜蜜，虽气喘吁吁，但也挥手说："我们等着你们，快点儿！"

三人加快脚步跟上她们，一起继续向上爬去。他们聊着、笑着，仿佛有说不完的话。聊得累的时候，就让目光驰骋在这一片绿色中，充分享用这大自然美妙的赠与。韩湘云一边聊着天，一边静静关注着走在前面的叶婉秋。她穿了一身休闲服，头发长了，扎成了马尾，别在头发上的发卡若隐若现。她显得更青春活泼了些，脸色更显得红润了，像一朵春光里盛开的桃花，这跟她恋爱了有关吧。他应该祝福的，不是吗？可是，伤感却在内心蔓延，伴随着淡淡的失落。尹怀生看起来比之前精神也好多了。他们都闭口不谈之前的事情，生怕打搅了这一片大好的春色。

一口气上了许多台阶，徐璐仍然精神头十足，但叶婉秋有点儿体力不支了，徐璐也只好慢下来。突然，叶婉秋脚下一滑，一个踉跄，差点儿摔倒。韩湘云和尹怀生一个箭步冲上去，韩湘云一只手抓住了叶婉秋胳膊，可叶婉秋本能地抓住了旁边尹怀生的手。见尹怀生在旁，韩湘云尴尬地把手放下来，望向尹怀生，正好与他目光相遇，其中透出复杂的情绪。韩湘云红了脸，让他们先走，韩湘云跟在他们俩后面走着。大家都没有说话，空气中弥漫着尴尬的气息。

在沉默中，没多久这一行人便到了半山腰的一片开阔地。清泉淙淙地流淌在山涧中，一座古刹掩映在绿树里。雕梁画栋，古旧典雅的寺庙山门上书"古麓山寺"四个字，山门前立着两尊汉白玉雕成的石像，神态安然，有魏晋风韵，游人络绎不绝，看起来香火旺盛。徐璐兴奋地说："我们去寺庙看看吧！”

大家都赞同。他们进了寺庙，大殿庄严古朴，香火萦绕。寺庙里还有个很大的放生池，池中莲花已经生出了嫩叶，像婴儿的手掌，好生可爱。古木参天，衬托得寺院更加幽静古朴。他们怀着敬畏的心来到了观音殿，高大的观音像面容祥和，低头手捧莲花，用慈悲度化世人。叶婉秋虔诚地跪拜在观音像前，口中默念，深深磕了三个头，尹怀生在旁带笑看着。其余几人跟随叶婉秋一起跪拜了观音。

此时，一位僧人向他们走来，双手合十，说道：“阿弥陀佛。各位施主想请莲花灯吗？可以写下自己的心愿挂于寺中，今日机缘殊胜，祈福格外灵验。”

徐璐问：“多少钱请？”

僧人说道：“随缘。你们可以共请一盏莲花灯，把自己的心愿写在卡片上，一同挂在灯上。”

徐璐说：“这个主意好！你们觉得呢？”她望向众人。叶婉秋也点点头。见两位女生愿意，三位男生也同意了。

他们各请了一张卡片，开始写起自己的心愿来。徐璐与高宁相视一笑，彼此心意相通。叶婉秋用手挡住卡片，不让尹怀生看。尹怀生无奈地笑笑，爱怜地看着叶婉秋，奋笔疾书。韩湘云心情最复杂，埋头沉思片刻，便一笔一画写下来。

五人写好后，将自己的卡片交给了僧人，让他帮忙挂在莲花灯上。徐璐想看高宁写的愿望，僧人却说：“抱歉施主，最好不要看别人的愿望，愿望尽量埋在自己心里，不要说出来，否则容易失灵。心诚则灵，阿弥陀佛。”徐璐只好作罢。

观音殿的横梁上，于是多了这样一盏莲花灯，每个花瓣上都悬挂着一张小小的卡片，上面的文字代表了每位祈福者最虔诚的心。将每张卡片上的字摘抄下来，便是：

愿与高宁共伴此生。徐璐

愿与徐璐共伴此生。高宁

愿与叶婉秋相爱一生，愿我们幸福安宁。尹怀生

但愿人长久，千里共婵娟。愿与他长相守。叶婉秋

愿所爱之人永远幸福，我愿一直守护她。韩湘云

莲花灯随着春风轻轻摇动，灯下是青灯古佛，长期浸染于这样的氛围中，莲花灯应该也带有佛性了吧？

愿每颗心都如莲花一般洁净淡雅，如日月一般自在光明。

第三十五章　毕业

青春的日子总是过得飞快，转眼两年过去了。1986 级的学子们进入了大三下学期，这是个关键的学年，还有一年他们就毕业了，这些即将步入社会的学子开始感受到时间的紧迫。他们嗅到了生活的压力和残酷，大家都开始为自己的前途做打算。那些年轻人的感时伤怀、风花雪月被冲淡了许多，比起这些东西，现实和前途才是更重要的。

大家都忙碌了起来。有些人忙着多修学分好顺利毕业，再多拿点儿奖学金；有些人开始找实习工作；有些人日日在图书馆埋头于厚厚的复习资料间苦学，准备考研；有些人开始四处活动，寻找机会给自己分配个好工作；只有少数反应迟钝或对自己要求不高的人，还在延续着过去的生活模式，平时轻松自在，期末临时抱佛脚混几个学分，反正毕业包分配，他们尽情享受着这所剩无几的大学时光，高枕无忧。

韩湘云、尹怀生、叶婉秋、高宁和徐璐也在这些学子之列。韩湘云本来想继续读研究生，追求他的数学梦，但是他想到父母那日益苍老的脸还有期盼的眼神，又动摇了。

父母年事已高，身体被慢性病折磨，农活已经干不动了。大姐已经嫁

人，生了两个孩子，家庭负担繁重，小家都顾不过来，更顾不上父母。哥哥到娶媳妇的年纪了，家里虽然出了个大学生，但一贫如洗，一点儿积蓄都供给了韩湘云上大学，导致方圆几十里都没有姑娘愿意嫁给出不起彩礼的哥哥。

现在全家就指望着韩湘云了，眼巴巴地期待他快点儿毕业分配个工作，捧起公家饭碗，撑起这个风雨飘摇的家。加之之前的处分还没撤销，对于他报考研究生也是一个阻碍。权衡再三，韩湘云放弃了考研，一心扑在学习上，想利用出色的学业表现争取早点儿撤销处分，同时有机会分配到一个好的工作岗位。

高宁和徐璐最近出双入对也少了些，他们俩都是学生会的干部，临近换届，有很多繁杂的事情要处理。他们俩开始郑重地讨论起毕业后的去向。

高宁拥着徐璐，认真地说："璐，我想一毕业就回老家工作，顺带着照顾母亲，你能理解我吗？"高宁的父亲在他小时候就因病去世了，留下高宁和他母亲相依为命。他母亲体弱多病，他一直想早点儿毕业，撑起这个家，让母亲早点儿享福。

徐璐抚摸着高宁的手，说："你去哪儿，我就跟去哪儿，你回沅水，那我也回沅水。我们一起组成个小家。"说到建立家庭，她又有点儿羞涩地低下了头，每个女孩子从小幻想的婚姻突然与她如此接近了，想到与身边这个深爱的人携手走进婚姻殿堂，她的心怦怦直跳，一阵狂喜渗透了全身。

高宁听她这样说，心里涌过一阵感激的暖流，他把徐璐拥得更紧了，温柔地说："那我们说好了，毕业后争取分配在一起。一毕业我就娶你。"高宁的声音有点儿颤抖，传到徐璐的耳朵里却是她听过的最好的情话。他们俩紧紧相拥在一起，眼眶中竟然都泛出了泪花，这两个坠入爱河的年轻人就这样定下了终身。

尹怀生和叶婉秋又有不同的打算。叶婉秋的心中一直有一个梦。她从小最向往的地方便是大学校园。她热爱大学校园的学术氛围和自由气息，这里有青春洋溢的学生，有气味芬芳的书籍，有知识渊博的教授。她期待自己也像这些教授一样，终身与书籍、学术和学生相伴，从青葱岁月到白发苍苍，到老的时候还能散发着知识的馨香和优雅。这可能与她外祖父是读书人有关，她从小痴迷于书籍，也是受了外祖父的影响。

叶婉秋虽然拥有了爱情，但是却不像一些小女人一样让自己完全沉沦于爱情。她在大三的时候便明确了自己的目标——考上研究生，毕业后进大学工作。尹怀生对她的想法非常支持，他希望自己的爱人是个有追求的人。

虽然尹怀生有资格被保送本校的研究生，但他为了支持叶婉秋，放弃了保研资格，决定和她报考同一所大学——复旦大学。他们俩都很向往复旦大学所在的城市：上海。那里有繁华的都市景象，也有十里洋场的时代情怀。他们俩都很喜欢的作家张爱玲便是上海人。

他们的约会时间因为准备考研而大大缩减。两个内心火热的人只好在晚上图书馆熄灯后，利用宿舍关门前的一个小时匆匆见面，互诉一下衷肠，用亲吻和拥抱来减轻学习的压力。

他们俩心里明白，这样做是有风险的。在那个时代，考取大学都是过独木桥，考研究生更难。如果两人都考取，当然是皆大欢喜；如果都没考取，大不了毕业分配工作，争取以后调到一起；但是，如果一个考取了，一个没考取，那将意味着两地相隔，而以后会怎么发展，带有太多的未知性。

尹怀生想到这儿，不禁打一个冷战。但看到叶婉秋那投入学习的劲儿，他一直都没敢对叶婉秋诉说他的疑虑。他不能打扰叶婉秋复习，更不能阻碍她实现梦想，她要飞翔，那他也要磨炼双翅，陪她飞翔。尹怀生唯一能做的便是努力复习，与叶婉秋齐头并进。

时间过得飞快。考研成绩张榜的那一天，尹怀生觉得自己右眼皮直跳，他鼓起巨大的勇气去查询了自己的分数。专业课高分通过，但是，他一直引以为骄傲的英语却没有及格！那个生硬的阿拉伯数字——“50”像一道闪电刺伤了他的眼睛。他的心一下跌落到了谷底，一直横亘在心中的那镜花水月般美好的楼阁轰然倒塌了。他觉得脑子里全是嗡嗡的声音，整个人蒙住了。呆立了会儿，他才迈开僵硬的腿，向宿舍走去。

快到的时候，他竟然看到了那个让他牵肠挂肚的身影——叶婉秋！她正笑靥如花地看着他，朝他挥着手。

叶婉秋刚得知自己过了录取分数线，赶紧跑到湘南大学来，想要第一时间告诉尹怀生这个好消息。看到尹怀生萎靡不振的样子，她明白了几分，刚才的兴奋劲儿烟消云散，一种不好的预感袭上她的心头。她立马收起笑容，问道："怀生，你怎么了？"尹怀生讷讷地答："我没戏了，英语没过线。你过了吧？"他抬头望着叶婉秋。

叶婉秋点点头。她心一沉，预感应验，喜悦突然被惊慌代替，她隐隐意识到了什么，但她不敢多想。这个消息对她的打击不会亚于对尹怀生的打击。只怪她之前把未来设想得太过美好，或者只是一种自我麻醉，拒绝去设想这种可能性，她一直坚信他们俩都会被顺利录取。可是现实已经摆在面前，他们唯有接受。叶婉秋骨鲠在喉，拼命压抑住自己的慌张无措，尽量平静地安慰他："怀生，或许还有调剂的机会呢？"

尹怀生点点头，虽然他清楚这种希望很渺茫。

叶婉秋镇定一些了，坚定地看着对面爱人的眼睛，一字一顿地说："怀生，别灰心，如果最后你没有被上海的学校录取，那我就放弃读研。"

听到这话，尹怀生的心被深深触痛，叶婉秋看似柔弱的身体里，总是有种强大的力量和韧性，这也是最吸引他的地方。不过，他怎么能允许他的爱人放弃好不容易追求到的梦想呢？

尹怀生拼命摇头，说："婉秋，万万不可。没关系，今年不行，来年再试。你放心，我会一直陪着你。"

叶婉秋内心感伤又激动，她深深看着眼前这个她深爱的人，用力点了点头。

转眼，毕业的日子到了。学校挂起了"欢送毕业生"的横幅。空气里弥漫着伤感的味道。一对对恋人说着告别的话，以最后一个拥抱作为分手的仪式。

高宁和徐璐却还是如胶似漆。让他们开心的是，他们俩都被分配到了沅水一中，高宁教数学，徐璐教英语。一切都按照他们预想的那样发生着，幸福仿佛被他们紧紧握在了手里。

韩湘云最平静。他如愿地被撤销了处分，学校对他不薄，也把他分配到了县城最好的中学——沅水一中。但他内心还是有一些空落落的——这意味着他要承担起生活的重担，再也不能像在大学里那样，纯粹地追求数学带给他的美好感觉了。

尹怀生内心是复杂的。他前不久接到父亲的电话，说他的档案已被调到了县政府，给他安排做县委副书记的秘书。这是大学刚毕业的学生难以想象的好差事，一般人得奋斗好几年才能爬上这个位子，而且前途无量。父亲费了大力气才帮他争取到这个职位。在电话里，父亲语气殷切，恨不得让他立即回老家就职。

尹怀生本来打定主意要同叶婉秋一起奔赴上海，但这个电话又让他心乱了。他想到父亲含辛茹苦把他养大，终身未再娶，如今年纪大了，需要照顾，而且一直都殷切期待他能继承他的衣钵，做一名政府工作人员。父亲逐渐老去，心脏旧疾又犯了，身边也需要人照顾。

爱情和亲情，不断拉扯着尹怀生的内心。但最后，爱情战胜了亲情，内心的声音让他做出了选择："跟随叶婉秋去上海！至于父亲，再好好跟他解释。"他叹了口气。

天下没有不散的筵席。毕业前夕，大学附近的餐馆里总是挤满即将毕业的学生，他们把这顿毕业前的聚餐称为"散伙饭"。吃完饭后，大家各奔东西。高宁、徐璐、尹怀生、叶婉秋、韩湘云一起聚了毕业前的最后一餐。席间，他们不断敬酒高歌，纪念这共同走过的难以忘怀的四年青春。他们笑着、说着、唱着，到最后，都红了眼睛，徐璐大声哭了起来，叶婉秋默默地流泪。

最后，三个男生都喝醉了，共同搀扶着走回去，哭着，唱着。

老狼在歌里唱：

那天　黄昏　开始飘起了白雪
忧伤　开满山岗　等青春散场

午夜的电影　写满古老的恋情

在黑暗中　为年轻歌唱

光阴易逝，青春散场，可是共同走过的日子，却永远铭记。

第三十六章　上海

八月的一个夜晚，尹怀生拥着叶婉秋，站在黄浦江岸看着漆黑的河流，对面的灯光若隐若现，江面上有笨重的货轮驶过，汽笛一声长鸣，混杂着柴油味飘过来。然后水面重归平静，江风席卷着水的咸湿味扑面而来，散去了一些盛夏的暑气。

人与水的情感是很微妙的。尹怀生从小爱水，这与他在沅水边长大不无关系。小时候，每值盛夏，父母总会带着他去沅水游泳。那时，没有电扇，酷热难忍的傍晚，便全家出动，男人穿一个裤头，女人穿着花花绿绿的泳衣，泡在清凉的沅水里。站在岸边一眼望过去，全是黑压压的人头，好不热闹。

小小的尹怀生被父母环绕着，戴着一个小小的游泳圈，两条小细腿不停在水中扑腾着，岸边水浅，脚一蹬还能碰到水底的沙石，弄得脚痒痒的。他觉得自己仿佛被母亲子宫的羊水包围着，安全而舒服。父母在他眼前笑着，溺爱的眼神将他包裹。那是最幸福的时刻吧，母亲那张模糊的脸总是不经意地出现在他脑海中，伴随着过去某一个鲜活的场景。他突然很思念母亲，这时，她是不是在天上的某一个地方看着他们呢？

尹怀生这样想着，不禁有些伤感起来。叶婉秋看他默不作声，知道他有心事，也静静地陪着他。他们来上海已经有几天了，但还是有种恍若隔世的感觉。这座城市与沅水、与长沙都太不一样了。它是有魔力的，叶婉秋想。在他们身后，是号称十里洋场的南京路，亚太地区最繁华的商业街。西欧风格的建筑鳞次栉比，夜晚的霓虹灯光怪陆离，行人摩肩接踵，各种商品琳琅满目，让人叹为观止。女人们穿着最时尚的衣服，尽情展示身材的美好。男人们一掷千金，尽享纸醉金迷。

闭上眼睛，叶婉秋似乎能听见二十世纪三十年代大上海剧院的歌声，看见幽深的弄堂里走出几个穿旗袍的上海女子，操着一口细软的吴侬语，嬉笑着走远，还有坐落在某条梧桐树遮蔽的马路旁的公馆里，上演着才子佳人悲欢离合的故事。多年前的一个夏日午后，张爱玲寄居在闹市中的一处僻静公寓里，写出了大上海的繁华与苍凉。繁华的极致是沧桑，上海就是这样一座极致的城市，让人又爱又恨，舍不得离开。

路边的行人慢慢散了些，他们身边有一对情侣旁若无人地接起吻来，路人似乎已经习惯了这样的景象，视若无睹地经过——这要发生在当时仍闭塞的中国内陆城市是难以想象的。可能是被他们感染了，尹怀生搂过叶婉秋的脖子，脸慢慢靠近。

叶婉秋闭上了眼睛，脸微微扬起。尹怀生轻抬起叶婉秋的下巴，慢慢吻下去。双唇柔软而美好，吻绵长而细腻。黄浦江静静地看着这一对年轻的恋人，江水也显得温柔了，江风里弥漫着一股醉人的甜香。

在这个吻中，尹怀生的内心平静了一些。他觉得自己的选择和牺牲是值得的。他放弃了被人们视为金饭碗的政府工作人员的工作，放弃了父亲对他的殷切期盼。更让他倍感不安的，是深深地伤了父亲的心。他永远不能忘记当说出他的想法时父亲的愤怒，不能忘记当父亲知道再也挽留不了他时心痛的眼神。可最后父亲还是妥协了，给他备足了盘缠，还一再叮嘱他经常与家里联系，实在过不好就回家。

尹怀生原谅不了自己，心里憋了一口气：一定要混出点儿名堂来。他对未来一点儿底也没有，但是为了心中火热的爱，他义无反顾地来到了这个陌生的新世界。

叶婉秋开学的日子临近，他们俩在学校附近找房子租住。找了一家又一家，他们惊讶于上海的物价太高了，一个月的房租相当于他们上大学时一年的生活费。最后，他们终于找到了一个坐落于弄堂里的老房子阁楼上的小房间。

叶婉秋一眼就看中了这里，这里闹中取静，老洋房还带有一个花园，里面种着她喜欢的石榴树和枇杷树。阁楼虽热，但是干净整洁，租金便宜最重要的是不用与人合租，这就是他们俩的独立世界。

他们很快和房东谈妥，签订了协议。两人东西也不多，一会儿工夫他们便安顿下来。看着这个独属于他们俩的世界，两人激动万分。叶婉秋像个孩子一样兴奋地又唱又跳。尹怀生从后面环抱住她，鼻息打在她的脖颈上。叶婉秋安静下来，整颗心莹润起来，一种酥麻的感觉穿透了她的全身，让她不由自主地战栗了一下。

她抚摸着尹怀生的手，任由他抱着。房间里寂静下来，爱情的火苗让它更加闷热了。整个房间只留下粗重的呼吸声，连心跳声似乎都能听得见。

尹怀生将叶婉秋翻转过来，两人相对而立。他爱怜地抚摸着叶婉秋因兴奋和炎热而微微发红的脸，低沉着声音说："婉秋，我们终于有自己的小天地了。"说着，他静静地注视着叶婉秋的眼睛，那双眼睛像盈满了水，也含情脉脉地望着他。

对于尹怀生而言，叶婉秋的眼睛总是有难以名状的魔力。尹怀生动情地去找她的嘴，叶婉秋闭上眼睛迎合上去。爱到浓时总是情不自禁地要接触爱人的身体，仿佛要把对方融进自己身体里去。

仿佛身体被撕碎，叶婉秋紧紧地抓住尹怀生，眼泪从眼中划落……

此时，一切的烦恼、喧嚣似乎都与他们无关，全世界只剩下他们两人。时间对于他们而言，就只剩下此刻，至于过去、未来发生什么，都与他们无关了。

叶婉秋深深地把头埋在尹怀生的胸口，她要永远记住这个时刻：她最心爱的人，让她从女孩儿变成了女人。以后，尹怀生与她，更是一个整体了。"我的夫君"，她甜蜜地想起这个神圣的词。

她难以想象失去这个人，人生会变得怎样。她抚摸着尹怀生的眉眼，轻轻问他："怀生，我们会一辈子在一起吧？"

尹怀生笑了，直视着她的眼，说："傻瓜，我们今年春节回去拜见父母，我就提亲。我们当然要一辈子都在一起，一生一世。”他止住笑意，补充道：“你就是我的妻子，我只会娶你。我爱你。”

叶婉秋笑了，温柔地回复他：“我也爱你。一辈子都不分开。”他们又紧紧相拥，温柔又激烈地亲吻，再一次感受身体的美妙。

但愿时间就这样停滞，将爱与誓言永远铭刻在流光飞舞中。

第三十七章　求职

纵使浓情缱绻，当温柔的梦触碰现实坚硬的外壳时，浓情蜜意也变成了那水中月、镜中花。

那座老洋房的闷热阁楼，成了尹怀生和叶婉秋逃离现实世界的小小避风港，在这里，他们享受着爱、温暖和安全。

可是，这样幸福的日子持续了没多久，便被一阵急促的敲门声打断了。门外是房东洪钟般的声音：“侬在伐？”尹怀生赶紧趿拉着拖鞋去开门。

一个鬈发、面如满月的白胖女人站在门外，一双精明的眼睛上下打量着尹怀生，嘴里机关枪炮般扫出一串话：“侬不上班啊？下个月的房租月底前交给我啊！侬务必记得哇！”

她的目光穿过尹怀生身体与门之间的缝隙，扫荡了下房间，说：“侬记得收拾房间，别带不三不四的人上来，听懂的伐？”说着，绿豆般的目光盯得尹怀生好不舒服。

尹怀生忍住心中焦躁，对房东挤出一个笑脸，点头答应：“放心，我这两天就送到您那里去！”

房东又嘟囔了几句，扭着她那丰满的屁股走下楼去。

尹怀生赶紧关上门。叶婉秋上课去了，房间里闷热异常，热浪从窗户外一波接一波地打在尹怀生的脸上，伴随着窗外无休止的蝉鸣，引得他心中焦躁无比。一个从夜市淘来的小风扇吱呀吱呀地摇着，将闷热空气加速送到尹怀生的身上，写字台上摊放的报纸被热风掀动，发出哗啦啦的响声，上面印着密密麻麻的招聘信息。嘎吱一声，尹怀生关掉电扇，在房间里踱起步来。

他突然意识到，这个狭小的房间不是保护他的避风港，反而将他更紧地束缚在现实的牢笼中，他只是一个深陷于现实泥沼中的困兽而已。他不得不思考起以后怎么生活这个问题。

除去下个月的房租，身上的钱就所剩无几了。他前几天试着去找过工作，但是却处处碰壁。虽然他有令人羡慕的大学本科文凭，但是在人才济济的上海，他这个其他城市的大学文凭根本不算什么稀罕物。

事业单位和大企业的就业名额已经被包分配的大学生占满了，而小公司更青睐于理工类专业的毕业生，像尹怀生这种只会舞文弄墨写点儿阳春白雪文章的中文系才子，似乎并没有什么用武之地。

可是，上海那么大，总会有我安身立命的地方吧？尹怀生想。

他拿着资料走出这个逼仄的房间，来到马路上。明晃晃的阳光灼热地烤着大地，外面的热浪将他迅速包裹，衣服上马上多了一片汗渍。

好不容易挤上一辆公交车，他觉得自己像是被放在火上的沙丁鱼罐头里一条被逼到死角的小鱼，忍受着被蒸煮的焦灼，却无法动弹。车终于到站，他的衣服已经完全被汗湿透了。他按照报纸上的地址，进了一个写字楼，里面像蜂巢一样挤满了大大小小的房间，如同走迷宫一般，他终于找到了走廊最深处的那个房间，门牌上写着“求知出版公司”几个字，说是公司，实际上只有一个房间。

他走进去，里面有几个隔开的办公桌，上面是堆积如山的书稿。房间最里面有一个隔间，这便是老板办公室了。前台将他带到老板办公室，老板是一位四十岁上下的精瘦中年人，面色白净，戴着一副金丝框眼镜，一看就是那个年代下海潮里的一员。

老板翻看着尹怀生的简历，上下打量着他，问了他几个问题。尹怀生都有条有理、不卑不亢地回答了。老板脸上浮现出满意的笑容，面颊多了几道皱褶，不紧不慢地说："行，你今天就可以上班了。等一会儿周组长会告诉你该做什么。"

尹怀生喜形于色，汗水从额头滚落到眼睛里，有点儿热辣辣的感觉。他用手背擦了擦汗，对老板鞠了个躬，说："谢谢您！"

老板摆摆手，说："好了，干活去吧！"

尹怀生退出房间，差一点儿与守在门口的一个女人撞了个满怀。他定睛一看，对方是一个三十岁上下的女人，衣着朴素却尽显干练，想必这就是老板嘴里的周组长吧。她微微笑了下，递上一份文件，语速很快："这是你的合同，快签了吧！"

尹怀生匆匆看了下条款，见有"三个月试用期，如不合格辞退"等字样。他迫不及待地问道："周组长，我的工资怎么算？"

周组长毫无表情地说："试用期内一个月八百元，加班有加班费。转正后会高一点儿。"

尹怀生脸色有点儿暗淡，心想：一个月的房租就六百五十元，那生活费就所剩无几了。

但转念一想，好不容易找到了工作，先解解燃眉之急吧。他匆匆签上了名字。

周组长把他带到一个角落里的办公桌前，指着桌上厚厚一堆资料说："今天，你的任务就是把这些稿件校对好，标点符号、错别字、不通顺的句子都得改。"接着，她教了尹怀生各种校对符号后，便回到了自己的位置。

淹没在一堆文稿中，尹怀生开始了第一天的工作。周围的同事都像啄木鸟一般，埋头苦干，很少有人说话，硕大的房间里只有哗啦啦翻动文稿的声音。如果不抓紧时间校对，就很有可能完不成当天的任务，这意味着老板会克扣那本来就少得可怜的工资。

尹怀生也像他们一样，聚精会神地修改着文稿，终于在下班前及时将修改好的文稿交给了周组长。

尹怀生走出写字楼，活动了一下发酸的脖颈，又眨动了几下胀痛的眼睛，深深呼吸了一口这座城市带有海浪咸湿味道的空气。背后的写字楼像巨大的怪兽般，俯瞰着他。下班的人们带着疲惫的神情，像鱼群一样陆续挤进塞满了人的公交车。作为他们中的一员，尹怀生好不容易挤上车，他全身都被汗浸透了。车厢里湿热浑浊的空气让他的大脑有点儿迷糊，一种深切的迷茫感充斥着他的全身。

这种迷茫感冲击着他找到工作的喜悦心情，看着周围的人们，他想到了一个词——机器。他觉得用这个比喻来形容现在的自己再合适不过了。他想：难道我要一直这样生活下去吗？我拿什么来让婉秋幸福？继续考研还是闯出一片天地？他觉得现实沉重地压在自己身上，事情远远没有自己想象的那么简单。

尹怀生那天回去晚了些。叶婉秋已经准备好了饭菜，在阁楼里等着他了。看到尹怀生疲惫不堪的样子，叶婉秋心疼地问："怀生，你又出去找工作了吧！"

尹怀生点点头，注视着叶婉秋，说："婉秋，我找到工作了！出版公司校对文稿。"

叶婉秋的眼睛亮了起来，随即绽放出一个甜美无比的笑容，兔子般跳到尹怀生身上，手搂着他的脖子，惊喜地叫出声来："哇，太好了！我就说没问题吧！"

和尹怀生来上海后，叶婉秋变得更妩媚，也更活泼了，她的一颦一笑，让尹怀生越来越着迷。看着她如此开心的样子，尹怀生也不好意思泼她冷水，干脆把她一把抱起来，亲了亲她的脸，凑近她的耳朵，说："婉秋，我身上全是汗，先去洗个澡啊！"

叶婉秋紧搂着他不放，撒娇着说："我就喜欢闻你的汗味儿。"

尹怀生心中一动，把她放倒在床上。喘息声弥漫在黏湿的空气里，桌上的饭菜凉了，外面响起了一声闷雷。大雨倾盆落下，万物贪婪地吸收着雨水，迅猛生长。

黑暗的屋子里，两个赤热的身体紧紧拥抱在一起，屋外狂风暴雨，他们沉浸在青春和爱的喜悦中。至于明天会怎么样，等到了明天再说吧！

第三十八章 失业

日子就这样平静地过着。尹怀生每日早上七点出门，晚上七点回到和叶婉秋租住的阁楼小房间里。

校对这个工作对人的眼力和体力的考验都极大。一天下来，他觉得全身都是麻木的。眼前的车流、人流都叠上了一层重影，模模糊糊的。他觉得自己要换一副眼镜了，但囊中羞涩，实在舍不得花钱换镜片。

每天午饭后，是上班期间难得的休息时间。尹怀生不想在办公室待着跟同事们闲话家常。他像越狱的逃犯一样匆匆走出那座写字楼，来到外面的大街上，在梧桐树的树荫下茫然地走着。

一场大雨后，暑气消散了许多，虽然太阳仍旧热力不减，但一缕缕凉风让温度降了下来。婉秋的生日快到了。尹怀生想。他最近拼命加班，只想把那条他早就看中的项链买下送给她。

他喜欢在陌生的人群中，一个人漫步在城市的街道上。他觉得街道是最能反映城市的气质的。在沅水，街道都是窄窄的，路上行人都不急不忙地走着，走几步路就能遇到几个熟人，停下来一聊就是好久。在长沙，不管是大马路还是小巷，都热闹异常。小街上总是弥漫着一股臭豆腐的味道，杂乱而火热的人间烟火味扑面而来。

而上海的街道不同，它繁华又落寞，世俗又风雅。任何人都行色匆匆，跟随城市的脚步匆匆向前，生怕慢下来就会被无情践踏。路边的建筑和植物都冷眼看着这些行人，安宁、高傲又美好。梧桐树高大繁茂，为城市增添了许多优雅；现代化的高楼丛林中又坐落着一些典雅的民国建筑，给城市的喧嚣注入了海派文化的韵味和历史的底蕴；沿街遍布的文艺气息浓郁的商店和景观，彰显着这座城市的格调。

在这里，各种各样的人都能找到自己喜爱的东西，它是高雅者的圣殿，也是低俗者的天堂。尹怀生想：这座城市是如此让人着迷，可是要扎下根来，就必须有足够的钱。否则，它将会弃你如敝屣。

在上海这座“高贵”的城市面前，尹怀生觉得自己前所未有地渺小。他想把上海的风韵写下来，可每天校完稿后，满脑子都是蚂蚁一般的铅字。再让他看到文字，他就感到恶心。虽然天天有叶婉秋陪着他，给了他不少温暖，可他感觉自己的生命力正被慢慢地从身体里抽离。

难道上海有这种魔力，能把人变成行尸走肉、赚钱机器？这是我想要的生活吗？我来上海是不是正确的选择？尹怀生的心里常常会发出这样的疑问。他觉得理想在离自己远去，但想到叶婉秋，他便为自己的这种想法感到羞愧。他觉得能够拥有叶婉秋的爱，就应该知足了。

来上海那么多天，他都没带叶婉秋去稍微像样点儿的餐馆吃顿饭，也很少去景点玩。只在一个不加班的周末，带着她去逛了下豫园，她高兴得像孩子一样，拉着尹怀生的手叽叽喳喳说个不停，看到路边小摊上的手工艺品，她总是爱不释手地把玩半天，又讪讪离开。尹怀生既心疼又心酸。

尹怀生突然对金钱前所未有地渴望起来。“有了钱，我们一切就会好起来了。我就有能力给婉秋好的生活了。”这种想法不断在他脑海里膨胀，让他每天如坐针毡，连校对的时候也总是心绪不宁。

这天，尹怀生正校着稿，被扔过来的一堆稿子吓了一跳。他抬起头来，只见周组长铁青着脸看着他，冷峻的目光让人不寒而栗，她厉声问道：“这是第几次犯错了？这么低级的错误都没检查出来！”

尹怀生连声道歉。

周组长冷笑一声，继续说：“我提醒你几次了？前几次我都没跟老板说，这次必须得扣你工资了！”她补充了一句：“亏得还是大学生！”

最后一句极大地伤害了尹怀生的自尊，他收起脸上的谦恭，冷冷地回应道：“周组长，请你不要使用侮辱性的语言。”

周组长一脸错愕，想不到尹怀生会这样回击她。在这个小小的公司，除了老板外，还没有谁敢挑战她的权威。她的脸涨得通红，指着尹怀生，混杂着上海话骂道：“侬个大学生有什么了不起啊！谁晓得你在学校惹了什么事，在自己城市找不到工作跑到上海来，还猖狂了啊！”

这句话更加刺痛了尹怀生，他腾地站起，看着对方的眼睛，坚定地说："我没有什么了不起，但是我可以选择不干了！"

看着周组长惊愕的眼神，尹怀生一字一顿地说："记得把工资结给我，我就走！"

尹怀生兜里揣着被克扣了三天薪水的工资，漫无目的地行走在上海的街道上。他失去了好不容易找来的这份工作，却感到这么多天来难得的轻松，他觉得自己终于又能自由呼吸了。上海的傍晚依旧人流如织，他觉得这里的繁华都与自己无关。他就是一粒尘埃，从这个城市的空气里飘过，不留任何痕迹。

突然，叶婉秋的脸出现在他的脑海里，刚才的轻松突然消失殆尽，他的肩头又感到了生活沉重的负担。"我该如何向她解释？"他知道她会包容他，接纳他的一切，但他自己无脸面对她甜美的笑容。

夜色降临，不知不觉间尹怀生走到了火车站广场上。还记得第一次来这儿时的兴奋，现在回想起来简直是恍若隔世。他在广场上驻足了一会儿，看着那些拿着大包小包的人。正发着呆时，手上被人塞了一张传单，上面写着：招工启事：本公司代理高科技健康保健器材，高薪聘请销售人员，大学毕业生优先。

尹怀生看到"高薪"两个字，眼睛亮了。他急忙将宣传单叠好，揣进怀里。

"天无绝人之路，无论如何，我得去试试。"尹怀生暗自想着，振作起精神，向公交车站走去。他知道，在这座城市的某一个角落，正亮着一盏小小的灯，灯下，有他心爱的人在等待着他归来。

第三十九章　命运列车

第二天清早，尹怀生从怀里掏出那张被他叠得整整齐齐的宣传单，按照上面的地址找了过去。

那天，天空灰蒙蒙的，没有一朵云彩。公交车载着尹怀生，笨重而缓慢地穿行于城市的街道上，向郊外驶去。外面的建筑由高大光鲜变得低矮陈旧，路边还有一片片待开发的空地，空气里有了股海的咸腥味儿。公交车终于在一个小站停了下来。

尹怀生下了车，在路边站了会儿，坐了一个多小时的车，他有点儿恍惚。这是一片规划的新区，破落的居民楼上涂着鲜红的“拆”字，有些只剩下残墙断垣了，它们与新建的写字楼混杂在一起，给人一种视觉上的冲击感。

沿着尘土飞扬的马路往前走，再穿过几个小巷，尹怀生终于到达了目的地。那是一栋陈旧的办公楼，灰色的楼身与城市的天色交融在一起，有种不真实感。尹怀生看了看天空，觉得头有点儿晕。

尹怀生走进大楼，沿着扶梯爬到五楼。台阶的边缘有黑色的污垢，扶手漆迹斑斑，墙面变成了灰黄色，写满年代的伤痕。这栋楼是不是也很快要被拆迁了？尹怀生想。

走廊不长，很快他便来到一扇紧闭的铁门前，门上挂着一块写有“万创贸易有限公司”的牌子。尹怀生在门口停下，整理了一下衣领，轻轻敲门。过了片刻，门开了，原来铁门后还有一扇木门。门内站着一个身材中等，肤色暗沉，穿着笔挺西装的中年男子，他的目光里充满了警觉，细细打量了一下尹怀生，在他周围扫视了一圈，脸上浮现出平静的笑容，问道：“您有什么事吗？”

尹怀生有点儿尴尬，他不习惯隔着一扇门与人说话。他清了清嗓子，拿出那张宣传单，从铁门栏杆之间塞进去，说：“您好，我是来找工作的。”

对方再一次打量了一下尹怀生，这才打开铁门，让尹怀生进去了。里面是一间布置简单的屋子，墙上贴满了产品介绍、公司荣誉等画报。沿墙整齐排列着六张桌子。那人在最靠里的一张桌子前坐下，让尹怀生在他对面坐下。

没等尹怀生开口，那人先自我介绍起来：“我姓张，是我们公司营销部的经理，你就叫我张经理吧！我们公司主营一种新开发的保健品和保健器材，最近为了拓展业务，急需一些业务员推广产品。我们主要是与一些医院和药店进行合作。你原来干过销售吗？”

尹怀生有点儿走神，心中隐隐有些不安：“这个公司怎么只有他一人，而且神神秘秘的。”这样想着，他说道：“张经理，我没有做过销售。但是我能吃苦。我想知道贵公司的产品具体是什么，能不能看看样品呢？”

张经理爽朗地笑笑，说：“当然！”于是，他将尹怀生带到一排柜子前，指着柜子说：“这就是我们的产品。”只见里面整齐地陈列着各种保健品和日用品。张经理接着说：“我们的产品是根据养生理念，纯植物提炼而成的，无任何危害人体的添加剂，对疾病预防和恢复，还有亚健康调理有非常好的作用。”

尹怀生点点头。看尹怀生若有所思的样子，张经理说：“我们主要在外面开展业务，这里只是一个负责接待的地方，别处还有办事处。做销售是很考验人的。要能跑，能说，能拉关系，只有让别人信任你，才能信任你的产品。如果能做到这些，一两年就能挖到第一桶金，五年内赚到大钱都不是不可能的事。你知道，上海这个地方最不缺的就是机会和人才。你不努力，人家就把你踩在脚下。你有本事，机会和金钱都是源源不断的。但前提是你想赚到钱，而且是很多很多钱。你想吗？”

说完，张经理用力睁着他那双不大但写满世故、精明的眼睛，盯着尹怀生。尹怀生挪动了下身体，想摆脱这种被人洞察似的不舒服。

尹怀生的思绪在“钱”这个字上漂浮，他想到了那个闷热狭仄的阁楼房间，想到了白胖的房东不屑的神情，想到了那条在玻璃柜里熠熠发光的镶嵌着紫色水钻的项链，想到了大街上那形形色色鱼群一般的人们，像随即会把自己吞没一般，再想到叶婉秋蜜一样的笑靥，想到父亲那双写满失望和忧虑的眼睛，身体不禁抖动了一下。

“钱”这个字像藤蔓一样缠绕着尹怀生，他对它充满了渴望，对这种想法，过去的他肯定会嗤之以鼻。他觉得现在所有的苦、所有的不甘都跟这个字有关。有了很多很多的钱，他就能深深扎根在这片土地上，不再像浮萍般被风吹得四散飘零了。

尹怀生深深点了点头，说："我想要赚钱，多吃点儿苦都没有关系。"

张经理看了看尹怀生的毕业证书，问了他几个问题，尹怀生都条理清楚地作答。张经理脸上浮现出满意的笑意，说："你是大学毕业生，又能说会道，长相也不错，应该是很有前途的。你只要跟着老板好好干，相信不久以后就会成为我们公司的业务骨干。对于刚入职的新员工，除了基本工资以外，还有百分之十的提成。级别越高，提成越高。"

张经理转到尹怀生的背后，拍拍他的肩，说："我在公司干了三年了，从普通销售升为经理，收入也翻了好几倍，今年刚买了一辆汽车，我相信你也行的。"

在那个年代，汽车是有钱人的标志，尹怀生的眼前浮现起一片美好的前景，欲望的藤紧紧缠住他的内心。他像一个待在幽暗井下的人，张经理的话像从井口垂下来的一根绳子，给了他通向光明的希望，他不顾一切地抓住了那根绳子。

尹怀生望着张经理，坚定地说："只要能赚到钱，我一定会好好干！"

就这样，尹怀生迅速签下了合同。对于一个渴到极致的人来说，毒酒也会被当作甘霖。

签完合同，张经理简单地向尹怀生介绍了公司的基本情况和销售流程。他看了看表，说："我马上要去见一个客户，老板也在，正好带你过去一起见见他们，熟悉下业务吧！"

尹怀生点头。他们迅速下了楼，钻进一辆银灰色的面包车，伴随着车身的一阵颤抖，汽车启动了，向前方急速驶去。尹怀生看着外面的景色，天仍然灰蒙蒙的，工地上扬起一层层尘土，他任凭思绪纷飞，前方的路越来越窄，对于未来，他一无所知。此刻，他的内心却出奇地平静，他忘了期盼，也忘了担忧，他只是任凭命运这列列车，将他带往他不知道的地方。不知是车窗外的景色太单调，还是他太累了。他闭上眼睛，竟迷迷糊糊地睡着了。

第四十章　陷阱

“到了，下车吧！”一个沉闷的男声将尹怀生惊醒。

他这才发现面包车停在了一栋民宅前，被一排排低矮的房子包围在中间。这里仿若一块隔绝于繁华都市之外的土地，自成体系，似一个孤岛。尹怀生心中泛起一阵不安，他踌躇了。在张经理的不断催促下，他只好下车。

他心中狐疑：“为什么跑到这么偏僻的地方见客户呢？”

他的疑问脱口而出：“张经理，这是哪儿啊？还在上海吗？”

张经理笑笑说：“这不在上海还会在哪儿？这里是城郊，这会儿老板跟客户在里面呢，跟我来吧。”他回头朝尹怀生看了一眼，目光如炬，让人如芒刺在身。尹怀生只得埋头跟着他。

敲门片刻，门被打开一个缝，里面的人见是张经理，马上把门打开，站在一旁，让他们俩进去。

尹怀生朝开门的人望了一眼，只见他身材敦实，寸头，肤色黝黑，脸上有种阴鸷的神色。他朝张经理礼貌地笑笑，笑意又瞬间凝固在冷峻的脸上，眼睛里射出警惕的光，让尹怀生脊背一阵发冷。

尹怀生突然想逃离这间屋子，可是张经理和那个人的目光如影随形，仿佛一张看不见的网将他牢牢地套住，他如一只提线木偶，被他们掌握在手中了。

进到里面一间屋子，只见十几个人围在一起坐成了一个半圈，圈子中央坐着一个四十岁左右的中年人，身材微胖，头发被梳得油光发亮，一身西装生硬地将他的身躯包裹，如同一个不合身的盔甲。

尹怀生身前摆着一张桌子，上面放着几瓶日用品。尹怀生定睛一看，它们与公司橱窗里陈列的是一样的。他正在侃侃而谈，脸上泛着兴奋的红光，手不停在半空挥动着，手指上那枚硕大的镶钻金戒指在日光灯下闪着璀璨的光。他那姿势颇有指点江山的味道。

"难道这个人就是张经理口中的老板？"尹怀生暗自想着。他的猜想很快被证实了。张经理趁中年人说话停顿的时候，走到他跟前耳语了一番。然后对尹怀生招手，示意他过去。

见尹怀生有些失神，张经理对他使了使眼色。尹怀生走到那个坐在人群中间的人面前，张经理指着尹怀生对那个人说："老板，这是今天新入职的大学生——尹怀生。"老板从头到脚扫视着尹怀生，脸上露出满意的笑容。

老板不紧不慢地说："张经理的眼光向来都不错。你刚来要多熟悉业务，正好今天大家都在，你也坐在那里听我讲产品吧！"

老板的眼神让尹怀生心中发毛，他突然有了种奇怪的感觉——我就像是一只被挑出来的羊羔。但是他只能压抑住内心的不安和疑惑，搬了把椅子，像其他人一样围着老板坐下来。

老板继续侃侃而谈，周围的人也跟着附和，仿佛不是在听他推销产品，而是像一群虔诚的信徒在聆听教主的传道。他们频频点头，很多人脸上也如老板一样出现了兴奋的神色，可是众人都正襟危坐，似统一墨守着一种纪律，压抑着自己的兴奋，否则就要振臂高呼了。

尹怀生只觉老板的声音不停穿透耳膜，内容极具煽动性，他的神经也渐渐兴奋起来，但是身体里还有一个声音说着："这都是扯淡！"

老板将产品的功效吹得天花乱坠，接着又声情并茂地讲述自己和别人的发家之路。他的脸上浮现出神秘的笑容，说："你们想摆脱现在的生活吗？你们想脱胎换骨过上富人的生活吗？你们想知道我们行业是如何暴富的吗？"

众人将目光齐刷刷地射向老板，其中既有兴奋，又有极度的渴望。

老板讲述了一个棋盘上放谷粒的故事，然后对大家说："这就是几何倍增的力量啊！棋格上的谷子从一开始几何倍增，到第六十四格的时候，已经是一个天文数字了！谷子就是金钱，如果你们掌握了几何倍增的秘密，还怕赚不到钱吗？"

尹怀生觉得头沉甸甸的，老板的话对于他来说就像魔咒一样，有一种奇异的吸引力，可是他大脑的一部分，又不停地在质疑。他的大脑神经异常活跃，强行支撑着他那疲惫不堪的身体。

听着听着，尹怀生觉得烦躁起来，太阳穴突突地跳着，头涨得快要炸裂。在他感觉快窒息的时候，老板站了起来，说："好了，今天就说到这儿，你们要照顾新来的朋友啊！"他看了看脸色苍白的尹怀生，目光里充满了深意。

所有人唰的一下站起来，统一向老板鞠躬。尹怀生这时感到了恐慌，强烈地意识到不对劲儿了："这哪是见客户，完全是一个帮派组织啊！"

尹怀生想到了一些黑帮片的镜头，那里面的黑帮老大跟这个老板难道不是如出一辙吗？进来时开门的那个人的形象又在他大脑中闪现，他不禁打了个冷噤，背后渗出冷汗。

尹怀生用目光寻找张经理，发现他也盯着他。大家起身，簇拥着老板出去。张经理走到尹怀生跟前，说道："你今天运气真好，正好遇到老板上课，你能理解他的意思吗？"

尹怀生有点儿愠怒，压低声音问道："张经理，这里究竟是什么地方？这些人真的是客户吗？"

张经理刚才泛起的笑容马上收敛起来，冷冷地说："你问的话很有意思啊！你意思是我在骗你了？你想走现在就可以走！"

尹怀生瞪了他一眼，转身向大门走去。还未走到大门口，便被那个开门的人拦了下来，对方冷冷地说："不能走。"尹怀生厉声反问道："为什么不能？"

对方冷笑一声说："在这里一切都得听老板的，他让你走你才能走。"说着眼睛里射出阴鸷的光，让人不寒而栗。

"不行，我要回去！"尹怀生身体里爆发出一股力量，拼命往门口冲。可是无论他怎么用力开门，门都紧紧锁着，纹丝不动。他的腿开始发软，这才意识到自己落入了陷阱。他转过身，看到张经理和守门人冷笑着看着他。尹怀生再也控制不住了，愤怒地吼道："这是什么地方，你们想怎么样？"

张经理微笑着走向前，拍拍尹怀生的肩膀：“你不要这么激动，刚才你也听了老板的课。我们来这里是为了赚钱。在赚到钱之前，你必须要舍弃一些东西，要吃点苦，明白吗？过几天你就适应了。”

张经理那张笑脸在尹怀生的眼里变成了一副凶神恶煞的样子，尹怀生心中的怒火腾腾燃烧起来，他挥起拳头向张经理脸上砸去。尹怀生拳头砸了一个空，胳膊反而被一只强有力的、像铁钳一般的手牢牢地控制住，继而被人绊倒在地，他看到那双阴鸷的眼睛正盯着自己！当对方的拳头快要砸到他的脸的时候，张经理说了声：“华子，算了。”这个叫华子的人收住了拳头，可还是牢牢地将尹怀生按在地上，让他动弹不得。

张经理走到尹怀生跟前，说：“别挣扎了，你出不去的。跟着老板好好干，自然不会少你的！胡思乱想不会有什么好下场！”

张经理又对华子说：“华子，你在这儿看着他，我去吃饭了！”那个叫华子的人应了一声，又低声对尹怀生说：“小子，你别打啥歪主意。”

尹怀生冷冷地说：“请你松开，我自己起来。”华子松开手，尹怀生突然跃起来，使出全身之力挥拳砸向他，对方吃痛后退。尹怀生猛地冲到门口，用力晃门，并大声呼救。突然，一记重拳打在他后脑勺上，腰上被重重踢了一脚，他倒了下去。众人应声而出，将他包围起来，大家的神情都很麻木，仿佛习惯了这样的场景一般。华子朝他身上又踢了几脚，尹怀生觉得自己像一个破袋子一般被随意践踏，可在这么多人面前，他身单力薄，无能为力。

老板也过来了，他阻止了气愤的华子。看着躺在地上将身子缩成一团的尹怀生，他叹了口气，示意大家将尹怀生抬到床上休息。

外面安静下来，尹怀生感到无尽的屈辱和恐惧，隔壁房间传来了整齐的口号声和歌声，继而是欢呼声，众人像是在举行一个什么仪式，后来他才知道这是他们每顿饭前的例行公事。

夜幕慢慢降临，尹怀生孤独地躺在床上，身体和心灵的痛像寒冰一样包裹着他。他对叶婉秋的想念又像虫子一样啃噬着他的内心：她此刻一定很担心吧！她最怕黑了！

叶婉秋盈盈的笑脸不断跳跃在他的脑海中，让他心中升起一个坚定的信念：不！我一定要出去！一定要见到叶婉秋！

想到叶婉秋，尹怀生更加恨自己的轻信和无能，可身陷于此，他唯有让大脑急速运转来寻求出路。可是此地门窗紧锁，耳目众多，他无法逃离。“难道我要被困在这里一辈子吗？他们会对我怎么样？”恐惧让他浑身冰冷，可无论他如何绞尽脑汁，还是想不出一个脱逃的方法。

尹怀生的肚子发出咕咕的响声，一天的奔波和身体的疼痛让他绷紧的神经终于松懈下来，浓浓的困意袭来，沉沉地睡了过去。

第四十一章　报案

叶婉秋那天回去早了点儿，她拎着一个饭盒，里面装着她从食堂打来的饭菜。自从尹怀生上班后，她每天都为他带饭，两人在出租屋里支一张小桌子，上面摆上饭菜。外面天色渐渐暗下来，各家窗子亮起了灯光。秋风起了，他们把门窗关好，坐在昏黄的灯光下，面对简单的饭菜，还有对面爱人的脸。很多时候，他们说着吃着，就看着对方失了神。

叶婉秋觉得和自己的爱人吃饭是一件挺神圣美好的事，心中会升起浓浓的家的感觉，她觉得这个时候，这个老房子的阁楼真正地成了独属于他们俩的小家。他们不仅是恋人，而且是夫妻，是家人。在异乡，能有这样的心上人互相取暖，是一件多么难得的事情。

食物和爱情，滋养着人们的身心，成了身体和灵魂所难以忘却的记忆。

可是这一天，叶婉秋独自坐在灯下，看着一桌子的菜渐渐变凉，肚子开始发出咕咕的叫声，尹怀生还没有回来。

夜幕慢慢降临了，叶婉秋心中的惶恐也如夜色一样不断蔓延，越来越浓。她像猫一样竖起耳朵，门外一点儿声响都刺激着她敏感的神经。可是时钟指向八点，那个熟悉的脚步声还未出现。

她开始胡思乱想起来，各种设想不断涌出，像蛇一样缠绕着她的大脑。这些想法不断膨胀、扭曲，变得越来越狰狞。“怀生怎么还不回来？不会出事了吧？”她的心像鼓点一样怦怦直跳，那些可怕的场景从她大脑中冒出来，让她背后冷汗直流。

她再也按捺不住了：“不行，我得去找他！”她匆忙出门，走上街道。霓虹灯将上海的夜晚点缀得妩媚动人，白天没有的生活气息蔓延开来。街头出现一对对情侣，或是一家几口散步的身影。

叶婉秋顾不得欣赏这幽静的夜景，急匆匆搭上一辆晚班车。她记得尹怀生给她说过那家出版公司的位置。

倒了几班车，问了好几个过路人，她终于找到了那座高大的写字楼。人走楼空，写字楼失去了白天的生气，在夜幕笼罩之下，像一只在黑暗中蛰伏的怪兽，用它巨大的黑影将人包裹，阴森的气息让人不寒而栗。

叶婉秋站在写字楼脚下，无声地与它对峙着。她仰起脖子，楼上黑压压一片，只有星点灯光。她走进写字楼，大厅只有一个打瞌睡的保安，从他那儿，她询问到了出版公司的楼层。虽然保安告诉她公司都已经无人，她还是怀着一线希望向电梯间走去。保安在背后叫她：“姑娘，给你一个手电，上面黑！”叶婉秋心怀感激地接过，紧紧攥着这只小小的手电，像攥着希望一般。

她从未在这么晚的时候独自乘电梯。当一个人待在逼仄的电梯间的时候，小时候听过的鬼故事一个接一个冒出来，她背后升腾起一丝丝的凉气。咣当一下，电梯停在了 14 楼。她走出电梯，眼前黑漆漆的，她深吸一口气，飞快向走廊方向跑去。她心中默念：“1407，怀生，你一定在的！”

像在黑暗的迷宫里穿行一般，她借着手电微弱的光，看到了 1407 这个门牌号，玻璃门已经落锁，里面漆黑一片，叶婉秋喊了几声，无人应答。

恐惧将她紧紧攫住，漆黑一片的写字楼内部仿佛聚集起无数的鬼魅，围绕在她周围。她狂按电梯键，当她感觉自己心脏快要跳出胸膛的时候，电梯停了。她冲进电梯间，到达一楼的时候，她背上的衣服已被汗水浸透。

叶婉秋走出写字楼，才长吁一口气。“可是，怀生，你在哪儿啊？会不会回家了？”

叶婉秋又迈动疲惫的双腿，赶上了最后一班车，向家的方向赶去。

时钟指向十二点，家里仍空无一人。叶婉秋感觉世界都快塌了，害怕、无助。疲惫让她终于垮塌下来，她崩溃大哭。

“怎么办？你去哪儿了？你怎么还不回来？”

叶婉秋在孤独与恐惧中度过了这个夜晚。快天明时，她终于抵抗不住，闭上哭肿的双眼睡着了。噩梦一个接一个袭来。她被惊醒，发现天已经亮了，可是身旁仍然空空如也。

“完了！一定是出事了！”她的心又狂跳起来，冰凉的恐惧渗透了她的骨髓。她拖着疲惫的身躯出了门，一路小跑到附近的派出所。

“警察，我要报案！”值班警察是个小伙子，大清早看到一个蓬头垢面的年轻女人跑进来，失魂落魄的样子，吓了一跳。

叶婉秋见到警察便抽泣起来，听她结结巴巴讲完了事情经过。警察问了她一些关于尹怀生的问题，做了记录。最后他问：“你知道他亲属的联系方式吗？”

叶婉秋语塞。她只知道尹怀生父亲好像在他老家的政府部门工作，具体是什么职位叫什么名字还没有听尹怀生提起过。她突然有了这样一种感觉：我以为完全了解了尹怀生，原来他还是有我不知道的一面的。

这样的想法让叶婉秋打了一个冷噤：难道，他有什么不为人知的一面，为什么突然失踪？她马上否定自己荒唐的想法：不，我得完全信任他，祈求他平安就好。

警察看着她失神的样子，说：“我会根据你提供的信息查出他家人的联系方式并通知家人。还有，按照规定，失踪不到二十四小时，我们暂时是不会立案的。立案后，我们会努力侦查。你也不要过于担心，回家等着他，说不定他就回来了。有情况我会通知你。”

叶婉秋感激地冲他笑了笑。离开派出所，她直接回到了阁楼。那天，她没有去上课。尹怀生不回来，她的世界好似坍塌了一般，成了空壳。她在心里安慰自己：下一刻，他就会出现在我面前，他不会把我扔下的。

在尹怀生失踪一天后，尹父接到了一个上海打来的电话：

“喂，请问您是尹怀生的父亲吗？”

“对，我是。”

“这里是上海市杨浦区派出所，我们接到您儿子女朋友叶婉秋的报案，说您儿子失踪一天了。”

听到“失踪”二字，尹父举着听筒的手突然瘫软，听筒从手中掉落，里面还传来“喂喂”的声音，尹父只觉头嗡嗡作响，世界在他眼前旋转起来，快要瘫软下去的那一刹那，他摸索着从口袋里掏出速效救心丸，放入口中，痛苦地闭上眼睛，咽了下去。

第四十二章　人生之苦

尹怀生失去人身自由的第一个夜晚，噩梦不断。在梦里，他被一群牛头马面的人抓走，叶婉秋撕心裂肺地哭着，一团浓厚的黄沙横亘在他们中间。尹怀生的眼睛被沙子眯住，只听得见爱人的哭声，却看不清她的脸。尹怀生奋力挣脱，可那一双双黑色的大手将他牢牢扣住，他大声喊着：“你们是谁？”后背传来阴冷的声音：“命运。”

他醒来的时候眼里含着泪。腹部传来隐隐的疼痛，头快疼得裂开。肚子像个瘪软的皮球松软地挂在身上，一阵阵虚脱感袭上来，让他想起昨天就吃了一顿饭。

他睁开眼睛的时候，看到一个清秀的女人站在他面前，他恍惚中以为是叶婉秋。定睛一看，那是一张他从未见过的陌生女人的脸。他警觉起来，怒目盯着她，问：“你是谁？”

对方盈盈笑着，温柔地说：“你醒啦。你叫我欢子就行了，以后我来照顾你的饮食起居。这是你的牙刷，洗脸水我帮你打好了。”

她温柔的声音让尹怀生泛起了鸡皮疙瘩。他想到了叶婉秋，想到莫名其妙被带到这里，被限制人身自由，被迫与叶婉秋分开。婉秋昨晚一定很害怕吧！这帮人！尹怀生不顾身上的疼痛和饥饿带来的虚脱感，腾的一下从床上坐起来，跳下床，把欢子推开，跑到卧室门口，大声嚷道："你们这帮龟孙子，把我骗到这儿来，有种快出来，你们究竟要把我怎么样？"

他的叫声惊动了晨起洗漱的人们，张经理和华子应声而来。看到张经理那皮笑肉不笑的表情，尹怀生更激动了，他冲上前去，指着张经理骂道："你个骗子！你把我骗到这儿来关着到底安了什么心？你们这就是个黑窝！哪天非得让人捅了！不择手段地把人骗来，你们的良心被狗吃了吗？"

从来不说脏话的尹怀生一口气骂出来，只有脏话才能发泄他的愤怒。华子呸了一口，冲上来就要打他，被张经理拦住。

张经理脸上竟还带着笑，不紧不慢地说："小子，别生气。你刚进来不了解，待一段时间你就会觉得这里有多好，你看看他们都不愿意走了。刚开始吃点苦头，后面让你享福不尽啊！"

"享什么福！我是不会配合你们的！我要回去，我女朋友还在等我！"尹怀生咬牙切齿地说。

"哈哈！我说你怎么这么激动，原来在惦记着你的小情人啊！年轻人火气旺点正常。这里有的是女人，看看欢子，比你女朋友差吗？"张经理一脸暧昧地说。

尹怀生怒火中烧，冲上去要打他，被华子一脚踹倒在地。张经理做了个手势，说："别打他，让他自个儿待会儿。"一行人退出，把门重重撞上，留下坐在冰冷地面上的尹怀生。他爬起来，腹部抽疼了一下，他抬起脚，奋力踢到门上，嘴里骂道："你们要遭报应的！"

一阵虚脱感袭来，尹怀生一个踉跄，差点儿又倒下去，身体与心灵的伤折磨着他。他倒头躺在床上，环顾四周，发现这是一间密闭的房间，窗户上安了铁丝网，密不透风。这民房里好像有好几个房间，隔壁传来众人整齐的唱歌声还有兴奋的口号声。

这是什么鬼地方，这些人像是打了鸡血一样，我不会也变成他们那个样子吧？尹怀生想。恐惧像长虫一样爬上心头，脖子里有丝丝凉气。“他们好像被精神控制了一样。”那时，他还不知道“洗脑”这个词。

想到叶婉秋，尹怀生的心揪得疼，眼泪从眼角滑落。“难道我再也见不到她了吗？她现在怎样了？”尹怀生痛苦地缩起身子，这个姿势让他感到安全。

尹怀生就这样浑浑噩噩地躺了一整天，天快黑的时候，他感觉自己快虚脱了，一天滴水未进，饥饿和干渴像火焰一样燃烧着他，抽干他的生命力。这时，门开了，他看到几张熟悉的面孔。张经理和华子并排走在前头，那个叫欢子的女人跟在后面，手上捧着一个托盘，上面放着一些碗碟。尹怀生咽了一口唾沫。

尹怀生把脸别到一旁。张经理搬把凳子坐在床边，用温和的语气说：“小子，别拧了。起来吃点饭吧。”他转头叫道：“欢子，把晚饭端过来。”

尹怀生闻到了饭菜的味道，身体轻轻地痉挛起来，这是对食物极度渴望的信号，但他还是默不作声。

耳边继续传来张经理的声音：“小子，我跟你说了，这里没有老板的认可，是不可能出得去的。老板很看好你，让我好好招待你。”

尹怀生嘴里“哼”了一声。

张经理不改语气，继续说：“你就是惦记着你那小情人嘛。女人，就是爱钱的物种。你以为你一个穷小子，在上海能混下去？你自己生存都成问题，拿什么养活你的女人？记住，什么男欢女爱，没有钱，全是扯淡！”

尹怀生的心刺痛了一下，他的身体不经意间抖动了一下。

张经理洞察到他的变化，知道是触动了他，便趁热打铁地说下去。他讲到自己的亲身经历：婚姻变故，落魄、心灰意冷之时，遇到老板，加入组织。两年后月收入超过原来的年收入，人生重新起航。他说得声情并茂，仿佛一个穿过漆黑隧道的人突然看到一束光，而那光芒就来自老板，带他走出黑暗，走向光明。

尹怀生心中清楚张经理是为了让自己放下戒备，早点儿“加入他们”，可张经理的话还是让他的心不由自主地被触动了，他眼前出现了一堆摞得高高的钱。欲望，对钱的欲望，牵引着他来到了这里——从这种意义上来说，难道大家不都是一丘之貉？

即使没有来到这里，我也不过是一个流落于上海街头的落魄人啊！我有什么资格让叶婉秋爱我？尹怀生想到了这点，心里的愤恨竟消融了一些。

张经理拍了拍尹怀生的肩头，叹了口气，说：“怀生，你吃点东西吧！饭菜给你放这儿了。你饿死在这儿的话，就一辈子也见不着你想见的人了！”

尹怀生始终保持着背对着他们的姿势，虽然他心中的坚冰正悄然溶解。听到他们离开，门被合上后，他腾地一下坐起来，端起饭碗，如饿虎扑食般将那饭菜扒入口中。过快的吞咽让他被呛了几口，辛辣的感觉从喉咙蔓延到鼻子，他大声打了几个喷嚏，眼泪不自禁地流下来，滴到饭碗里，与白菜粉丝和米饭混合在一起。如此清淡的饭菜在饿极了的人眼里也成了美味佳肴。

人，在环境和命运面前，是如此的脆弱。什么爱情，什么理想，在现实面前，都如那水中月、镜中花。求不得，爱别离，这就是人生之苦吧！经历了这次身体和精神的双重折磨，尹怀生隐约地意识到了这一点。他以为自己是刀枪不入的勇士，实际上短短一天便向现实缴械投降。这碗饭不只是单纯地填饱了他的肚子，而且让他更清醒地面对了现实。

既然无力反抗，那就接受现实，等到柳暗花明之时，再去争取出路！婉秋，我会尽自己所能出去见你！尹怀生暗下决心。

第四十三章　取舍

叶婉秋在尹怀生失踪的第二天，去派出所报完案后，又去了那家出版公司，结果却被告知尹怀生在几天前已经辞职了。叶婉秋感到唯一的希望火焰也被掐灭了。她突然有了很不好的预感："怀生一点儿也没告诉我他辞职的事，他还有什么事没告诉我？"一种冰冷的感觉像黏湿的软体动物一般爬过她的心头，尹怀生以往清晰的脸开始变得模糊起来：他还隐藏了什么秘密？

她看着街道上来来往往的人流，人们都行色匆匆，为了各自的生计奔波。叶婉秋呆呆地站在街边，车辆和人流一刻也不停歇地从她身边经过，没有一个人注意到这个脸色苍白、目光呆滞的可怜人儿。

这个城市是不会为任何人而停留的。叶婉秋想，这么大的城市，这么多人，怀生你到底去哪儿了呢？！你舍得丢下我一个人吗？

尹怀生"失踪"两天以来，叶婉秋一直把自己关在阁楼的小房间里。她这几天都没有去上课，只是痴痴呆呆地守着，饿了就吃点儿面包填填肚子。

她脸上泪痕未干，头发凌乱地披散在脸上，脸庞因为担忧和缺乏睡眠而褪去血色，整个人看上去疲惫而憔悴。

她将身子微微蜷着，缩在被子里，像一只脆弱的蚕。在这张床上，是他把她变成了女人，是他让她认定他就是她一辈子的那个男人。叶婉秋把整个头埋在枕头里，这上面还残留着尹怀生的气味。叶婉秋贪婪地闻着，一切都是那么的真实，又是那么的虚幻。

这个两天前还对自己说着情话，和自己温存的男人，竟像空气一般消失了，生死未明。叶婉秋觉得自己好似做了一场美梦，梦醒了，人不在了。可是，他的确是真实地存在于她的生命里的，这个房间里，充满了他的气味，他的声音，他的影像，挥之不去，像钝刀子一样割着叶婉秋的心。

她倒宁愿尹怀生的存在是一个梦。现在，他凭空失踪，叶婉秋觉得自己的整颗心、整个灵魂都被他带走了，只剩下一个空落落的躯壳。

她过半个小时就会跑到楼下房东住处问有没有电话，生怕错过尹怀生或者是派出所给她打来的电话。

那个白胖女人用同情里带着些许轻蔑的口吻对叶婉秋说："哎哟，你说你一个小姑娘为了个男子把自己弄成这个样子！你那男子我早就觉得靠不住，光长得好看的男人没有钱有什么用！你看，一声不吭就跑了！你这么水灵，还怕找不到好的对象？改天阿姨给你介绍个上海本地的，有房有票子，比先前的好多了！"

叶婉秋压抑着心中愤怒，低头不语。她带着失望对房东说："阿姨，如果有我的电话，麻烦您叫我一声。"房东斜睨了她一眼，叹了口气。

在叶婉秋上楼的时候，房东在她身后喊了一句："小姑娘，这个月的房租还没交呢！记得交啊！"

叶婉秋这才想起来身上的钱已不够了，她的心一沉。难道她要被驱逐出这个他们俩共同的小家吗？她不敢再往下想。她多么希望下一刻尹怀生突然就回来了，她会像以往一样跳到他身上，紧紧抱住他，再也不放手。

在她发着呆时，门口传来了砰砰的敲门声，还有房东的大嗓门："小姑娘，有人找！"

叶婉秋的心突然狂跳起来，她从床上一跃而起，趿拉着拖鞋，脸上泪水也忘了擦，飞一般地奔到门口，猛然将门拉开。门口先是出现了房东那张富态十足的脸，在她白胖的身子后面，站着一位她从未见过的大伯，可是又觉得似曾相识。

看清楚那两人之后，叶婉秋狂跳的心平静下来，取而代之的是失望和好奇。那位大伯看她的眼神有些复杂，首先开口说："你就是叶婉秋吧，我是尹怀生的父亲。"

叶婉秋怔住了，她点点头，心竟不受控制地慌乱起来。

片刻之后，叶婉秋和尹父面对面坐着，中间隔着附近一家餐馆的小方桌。

叶婉秋不得不说尹怀生与他父亲有些神似，都有着浓眉大眼、高鼻梁，薄薄的嘴唇，还有儒雅的气质。只不过尹父看起来更沉稳，举手投足中更带威严。

尹父得知消息后，第一时间从湖南老家赶到上海，经过一路的长途跋涉和啃噬内心的焦灼，他看起来疲惫又衰老，眼里密布的血丝暴露了他的无助和哀伤，还有说不出的颓唐。叶婉秋想到尹怀生说他少年丧母，尹父独自将他拉扯大，忍不住一阵心酸。

尹父看叶婉秋的目光中透着严厉。叶婉秋不敢与他对视，只好深深埋着头。突然，罪恶感爬上她的心头，仿佛是她把他的儿子弄丢了一般。想到这儿，一种难以自持的伤感浸透了她的心。

尹父对叶婉秋本是有些恼怒的。他想到儿子当时义无反顾地放弃家乡那么好的工作，不惜与自己闹翻，跟随这个女孩儿来到上海，赤手空拳地要闯出一片天地，为了所谓的爱情。他一方面为儿子的任性感到恼怒，一方面又觉得无能为力。

尹父知道儿子是个专情的人，也知道儿子肯定会吃些苦头，既然自己劝不回被爱情冲昏头的儿子，那就让他去吧，当他撞得头破血流之时，他自己就知道回来了。

可是却突然传来尹怀生失踪的消息。在官场摸爬滚打多年，在大事面前也能泰然自若的尹父，此时无法淡定了，这个消息如晴天霹雳一般击中了他。他年纪大了，儿子尹怀生就是他的那片天空，现在天塌了，他整个人也像失了魂一般，这几天下来，他一下子就老了许多，生命力在体内迅速抽离。

尹父把这种绝望投射到了叶婉秋身上，变成了对她的怨恨，虽然理智告诉他叶婉秋是无辜的。可当他见到叶婉秋时，她那泪痕未干、蓬头垢面、憔悴苍白的样子顿时让尹父的怨恨消解了许多，随之而来的是绵长的哀伤。

现在两个哀伤的人对坐着，叶婉秋始终低着头，似做好了被责备的准备。她对眼前的这个老人有种深深的同情。她想他们俩正在经历共同的痛苦，甚至他比自己的痛苦还要深许多倍。她甚至希望尹父狠狠骂她一顿，这样心中的自责也会少一点儿。

尹父先打破了沉默："叶婉秋，我刚才去了派出所。警察那儿还没有任何线索。你把尹怀生最近的情况尽量详细地对我说一遍。"

叶婉秋心下佩服尹父的理性和镇定，将最近发生的事情——尹怀生找工作、辞职、突然失踪等经过都原原本本地描述了一遍。

尹父陷入了沉思，他感觉尹怀生的失踪一定与辞职有关。

尹父问叶婉秋："你们经济很紧张吧？"

叶婉秋老实地点头，说："房子租金贵，怀生一直在努力存钱交租金。"

尹父心疼不已，他知道儿子是个好强的人。他想：如果不是遭遇不测，那他的失踪一定与求职有关。难道是落入了求职陷阱？可是上海那么大，我去哪里找他呢？

尹父又悲从心来，痛苦地叹了一口气，将手搭在额头上，眉头紧锁，陷入了沉思。

叶婉秋眼泪又掉下来，她一声都不敢吭，她突然开始后悔答应尹怀生来上海了。自责、痛苦、悔恨像毒蛇一样纠缠在一起，撕咬她的心。

尹父沉默半晌后，说："叶婉秋，我基本上知道了情况。怀生现在音信全无，一定是遇到了他无法控制的情况。既然事情已经发生，我们就要尽一切努力，配合警察找到他。事情没有水落石出之前，即使有一点希望，也要抓住，千万不能放弃。"

尹父又叹了口气，接着说："很多事情都是命运安排，一切看他的造化了。如果最不好的事情真的发生了，我们也只能接受命运啊！"尹父喃喃说着，眼神飘移到前方，似是安慰叶婉秋，更像是安慰自己。

这位情绪内敛的父亲再也压抑不住自己的悲伤，眼眶红了，眼泪滑落，渗入眼角皱纹的沟壑里。他脸上肌肉因为紧绷着而有些微微颤抖，似在努力克制自己的悲伤。

叶婉秋听到"最不好的事情"这几个字后，再也控制不住情绪，失声痛哭起来，她哽咽着说："伯伯，我对不起你！不该让怀生到上海来，对不起，我也没想到会这样……”说着，她趴在桌上，肩头不断抽动。

尹父静静地看着她，心底对她涌起了疼惜。他无奈地叹了一口气，用手背擦拭着眼角的泪。

等到叶婉秋情绪稍微平复一些。尹父给叶婉秋盛好饭菜，放在她面前，说：“哭也解决不了问题。你这个孩子，要坚强一些，多吃点，别把自己的身体弄垮了。首先要相信他一定能回来。”

叶婉秋心里涌起一阵暖流，她感激地冲尹父点点头。尹父的话从一定程度上平复了她慌乱的心。饭菜的香味刺激着她空虚的胃，她捧着饭碗吃起来，泪珠又止不住地掉落在饭菜里。

尹父看她吃得差不多了，认真地看着她，说：“孩子，我有些话想对你说，你别怪伯伯。”

叶婉秋摇头，说：“伯伯，您说什么我都听着。”

尹父用较严肃的语气，说：“孩子，我知道你和怀生相爱。但是，爱情也要考虑到现实。怀生这次来上海，是做出了巨大的牺牲的。他放弃了家乡的稳定工作来到这里，无亲无故，又没有任何经验，肯定是要碰壁的。我是很反对他来上海的，因此他跟我发生了激烈的冲突。但我还是拗不过他，让他来了。人很多时候都是不撞南墙不回头。”

叶婉秋心中震惊，她不知道尹怀生顶着这么大的压力跟她在一起，眼泪又像断了线的珠子一般掉下来。

尹父接着说：“怀生如果能平安归来，我一定会带他回老家。我费了很大心思才帮他保住工作关系，他回老家后可以直接上岗。我是一直希望他走仕途这条路的，你也希望他将来能飞得更高，不是吗？”

叶婉秋心中一片哀伤，她似乎成了尹怀生发展的拦路石。她觉得尹父说得没错，她不该拦住尹怀生向上的脚步。她突然觉得自己与尹怀生的未来，布满了阴霾。

尹父见她不作声，继续说道：“你们俩都是懂事的孩子，对现状和未来，要分清楚孰轻孰重。人生总要有取舍，不能什么都想得到。你现在在上海读研，以后在哪里工作都不可知，而且你有机会留在上海。除非你放弃读研，跟尹怀生一起回去，伯伯当然支持你们俩在一起。可是你舍得放弃吗？”

尹父的话像锥子一般刺痛了叶婉秋的心。梦想和爱情，她必须要舍弃其中一个，可舍弃任何一个，都如同剜除心头肉，让她心痛不已。

她很想果断地对尹父说：我可以放弃读研，跟他一起回老家。可是她却说不出来，她承认自己没有那么大的勇气放弃好不容易实现的梦想，只好沉默。

尹父知道她纠结，说：“这确实是两难的选择，你不用着急给我答案。你如果坚持要读完研，那在你毕业前，你们就不要再来往了，要不然你们两个都无法安心，正好让你们俩沉淀三年，真正的感情是经得起等待的。如果你想好了一定要跟怀生在一起，能义无反顾地跟随他回老家，你们就好好在一起。伯伯当然会支持。”

叶婉秋心中怅然，她完全明白尹父的意思，她觉得他的话很有道理：“要有所得就要有所舍弃。”她原以为为了爱情，她会不顾一切。可是，内心的挣扎告诉她，事实没有她想象的那么简单。爱情和梦想，对于她来说缺一不可，她暂时给不了答案。也许就如尹父所说，她需要时间来给她答案。

叶婉秋朝尹父点点头，说：“伯伯，我知道您的意思了。您放心，我在没有决断之前，不会影响怀生的。”想到杳无音信的尹怀生，叶婉秋又悲从中来。

在静默中，他们的心底都经历着惊涛骇浪，他们不知道命运的洪流，下一步会将自己裹挟到哪里。他们只有等待，唯有时间，会平息一切伤痛，并最终揭开答案。

第四十四章　闭塞空间

不知不觉，尹怀生已在这个远离城市繁华的郊区民房里待了快一个星期了。每天早晨一醒来，那个叫作欢子的女人都会巧笑嫣然地站在他的床头，一手端着刷牙缸和挤好牙膏的牙刷，一手拿着洗脸毛巾。

欢子言语不多，脸上总带着淡淡的笑，这群在男女比例严重失调的人当中，算是一个赏心悦目的存在了。时间长了，老被这样一个女人跟着，正常的男人总会有点儿非分之想。

尹怀生心知这是个温柔陷阱，他总是有意无意地离欢子远点儿，可总感觉这个女人的目光淡淡地洒在他身上，让他浑身不自在。

从吃下欢子给他端过来的白米饭之后，尹怀生便放弃了挣扎。他知道挣扎是徒劳的，先活下去，才有脱逃的希望。但是要活下去，他就得逼着自己接受这里的规则。

滑稽的规则，一群滑稽的人。尹怀生想。人到了极端的环境，总是能激发人性最深处的一面。他开始在心底骂脏话，一来是发泄心中的怨愤，二来是告诫自己不要像其他人那样迷失自我。

尹怀生觉得这间民房其实就是一个闭塞空间。里面等级森严，老板就是这个世界的核心，是众人敬仰的对象。

每天吃饭时，老板总是最先落座，众人要对他整齐地唱歌、喊口号。老板面无表情地看着这一切。等到大家安静下来，他摆摆手，给大家说几句打鸡血的话。众人恭恭敬敬地听，满是菜色的脸上露出兴奋的红光。接着，张经理等人落座。最后，其他人齐刷刷落座，包括尹怀生。然后，他们开始唱吃饭歌，唱完后，老板先动筷子，其他人才开始吃饭。伙食非常简单，甚至是寒酸——很多时候是一大锅白菜豆腐粉丝汤，或是土豆炖鱼配米饭。

可在众人眼里，这些菜仿佛都是美味佳肴，一是长期吃油水不足的菜处于半饥饿状态，二是精神信仰所致，能与老板同桌吃饭，对于他们来说已经是一种莫大的荣幸了，粗糠也能变成蜜糖。最后，所有的饭菜总是被分抢得干干净净。

饭后，众人争先恐后地收拾碗筷，擦桌子，跪在地上擦地，唯恐稍有懈怠。饭厅顿时变成了火热的劳动场地，众人像打了鸡血一般，以火一般的热情宣示着对老板的忠诚。他们都带着臆梦般的笑容，仿佛在这种效忠式的劳动中，能获得巨大的快感。在他们的倾力合作下，饭厅很快恢复了整洁干净的模样。

尹怀生想，他们的内心是幸福的吧。可是，这种幸福是以迷失自我为代价的。在这里待的时间越长，他越觉得这些不可思议的场景都会成为常态。人心是如此容易被迷惑，他也难以确定某一天会不会成为他们的样子。

与尹怀生同屋的一个小伙子跟他差不多年龄，也是因为求职被带进来的。他叫单均。

单均与尹怀生同龄，在这里待了快一个月了。他有着南方人精瘦的身板，一张稚气未脱的娃娃脸上有双涉世未深的还算清澈的眼。他每天晚上睡觉前都要复习一遍听课笔记，口中念念有词。然后光着上身在床上做仰卧起坐，做满五十个再躺下去。这一个月以来，单均已经深深陷进去了，他深信跟着老板，就会拥有他想象不到的财富，能脱胎换骨，重塑人生。

单均时常用一种同情的眼神看着尹怀生，说："你怎么总是想不开呢！要想发财致富，总要走不一样的路，你还是跟外面的那些人一样不开窍。多接受点新生事物，才有出头的机会！"

尹怀生心里骂着娘：你整天过着人不像人鬼不像鬼的生活，还教育我。六亲都不认了还做着发财梦！

他若有所思地看着单均，说："你不想你的家人吗？不怕他们担心吗？"

单均脸上竟现出一丝与他年龄不相称的沧桑，说："我家里反正也看不起我，总说我没出息，我就想做给他们看看。让他们以为我消失了也好，等我混出来了，我倒要看看他们下巴掉地上的样子！"他愤愤不平地说着，可眼眸里透着无法掩饰的忧伤。

尹怀生听他这么一说，心里的伤感也被带了出来，他想到叶婉秋，想到日渐苍老的父亲，心就揪得生疼。对他们俩的思念和担忧，像洪水一样吞噬着他的心，这股力量让他在这里生存了下来，让他无时无刻不在寻找出逃的机会。

单均冷不丁冒出一句话："我感觉欢子看你的眼神不同啊！你小心点，她是老板的女人！"

听到欢子的名字，尹怀生打了一个寒战，那个欢子，阴魂不散的欢子！

欢子无时无刻不跟着他。早上睁眼见到的就是她，外出听课的时候她也跟着。只要看到她的笑容，尹怀生就会忍不住烦躁。

在这里，每天除了吃饭，就是无休止地听课了。有时候是在这间民房，有时候要转移到别的民房。这是尹怀生唯一出去放风的机会了。可是，每次外出，总有两三个人跟着，一般是一男一女。男人跟华子一样，总是用那阴冷的眼神盯着他，让他背后生起鸡皮疙瘩。女人便是欢子，像幽灵一样跟着他的欢子。

上课的内容千篇一律，无非是宣扬他们的盈利模式。教室简陋，前面摆一块小黑板，底下摆一二十张桌子。老师讲得唾沫横飞，底下的人听得心潮澎湃，不时跟着振臂高呼，一双双眼睛里都写满了对金钱的强烈渴望。

要不是被出逃的念头占据着大脑，尹怀生甚至觉得自己都要被这疯狂的氛围感染了。不断的思想灌入和听起来合理的逻辑让人无法自主思维，整天课上下来，头都是晕晕的，太阳穴突突直跳，满脑子都是那些极具煽动性的话语，让人不自觉地热血沸腾。一批批新进来的人都从刚开始的排斥到和其他人一样狂热地喊着口号，死心塌地地臣服在老板麾下。

人心是多么变幻莫测，又是多么容易被蛊惑，多么经不住诱惑，只因欲望未满足。

几天以来，尹怀生似乎待在幽暗的井底，幻想着逃出生天。人越是在困境，越是想得多。他开始思考人生的意义，思考爱情和生活。他开始感觉到人生的荒谬和命运的无常，从前那么坚定的爱情，此刻是这么脆弱，这么遥不可及。他开始对自己和叶婉秋的爱情感到悲观，甚至做好了这一辈子也见不到叶婉秋的准备。他想，即使自己能逃脱，又用什么给叶婉秋幸福呢？想到这些，他感到胸口一阵窒息：人生中如此多的不可控事情，能活过一天是一天吧！

张经理时不时来跟尹怀生谈话。一个星期下来，尹怀生始终是冷冷的表情。张经理从刚开始的循循善诱到终于失去耐心，看他如此冥顽不化，便愤愤离开，丢下了一句话："你就是块厕所里的石头，又臭又硬！"

尹怀生还是不抵抗，也不配合。他一直在暗自观察。他发现每次外出上课时，总要经过一家小卖部，有时候那个男人会在那里买包烟。有一次外出上课，经过那家小卖部时，那个男人对欢子说："我去买包烟，你看着他！"

欢子站在尹怀生身旁，静静地看着他。尹怀生看着前面不远处的公路，若有所思。他测算着距离，心想："机会来了！"

尹怀生猛然推开欢子，撒腿就跑。身后传来欢子的尖叫声和那个男人的叫骂声，还有不断逼近的脚步声。尹怀生没命地跑着，他打定了主意，跑上公路，他就站在公路中间拦车，只要拦到车，他就可以逃离这个鬼地方，永远离开！

眼看着公路越来越近，他感到腿开始发软，几天没好好吃饭，体力已渐渐不支了。身后的脚步声越来越迫近，掺杂着一群人的骂声，终于，在这条灰尘漫天的乡村小路尽头，尹怀生被扑倒在地，头部受了重重一击，他觉得眼前一黑，晕倒在地，在倒下去的一瞬间，他只看到身边黑影……这时，前面不远处的公路上，一辆卡车呼啸而过，卷起一片尘土。

第四十五章　演戏

尹怀生醒来的时候，发现自己躺在冰冷的地面上。眼前出现了一群人的身影，摇摆着，晃动着，形成模糊的重影。有的人面无表情，有的人声嘶力竭地骂着。叫骂声像金属丝划过一样撕裂他的耳膜，让他觉得头痛欲裂。

一个身影突然蹿过来，尹怀生感到自己的背部挨了一脚。接着，腹部又受了重重一击。尹怀生呻吟了一声，将身体蜷缩起来，像一只被狼群包围的羚羊。绝望充斥着他的心，失去了反抗的力气。他把手放在心脏的位置，感受它怦怦的跳动，也许，下一刻，他就再也听不到心脏跳动的声音了。

他想张嘴说些什么，可是喉咙里像有团火焰一样，火辣辣地灼烧着他，让他无法发出声音来。他在这片嘈杂声中分辨出张经理的声音，发泄着他暴怒的情绪。尹怀生闭上了眼睛，想象着张经理因为愤怒而扭曲的脸。

突然，所有的嘈杂和叫骂声消退。一个中气十足的中年男人的声音响起："尹怀生，我们待你不薄，你竟然还逃跑！你也太自不量力了，你以为自己跑得了吗？！敬酒不吃吃罚酒，从现在开始，让你吃点苦头看看！华子，把他关到那个偏房去，三天不给饭吃！我倒要看看你能倔到什么时候？"

尹怀生很清楚，这是老板的声音，他从未听过老板用如此语气说过话。他是真的愤怒了。该来的都会来的。尹怀生痛苦地闭上了眼睛。

尹怀生感到一双有力的手拽住他的后颈，粗暴地将他一把推起来，另一双手抬起他的双脚。他就这样被横空抬着，很快又被甩出去，狠狠地摔到地上，骨头碰到地板，发出清脆的撞击声。他痛苦地呻吟一声，再也动弹不了。他听到门被重重地关上，一群人杂乱的脚步声，愤愤不平的骂声，好一会儿才平息。

他的身体因为疼痛而蜷缩着，可意识却是清醒的。他睁开眼睛，发现自己躺在一间黑暗逼仄的屋子里，好一会儿他的眼睛才适应这样的黑暗。微弱的光透过墙上靠近天花板的一扇巴掌大的窗户，不，透气孔照进来，给房间里几个简陋家具的轮廓笼上一层微光。它们洒下厚重的阴影，如鬼影幢幢——这就是老板口中的偏房吧。

尹怀生用尽力气，终于爬到了那张简陋的单人床上，让自己的身子躺在那坚硬的床板上。他稍微舒展一下身子，闭上眼睛。他太累了，身体的痛苦和疲惫让他放松了所有的神经，不一会儿，他就沉沉睡了过去。

噩梦不断，父亲、母亲的脸不停交错出现。尹怀生见到母亲躺在那张冰冷的床上，全身被白布覆盖，脸也像床单那样白。他撕心裂肺地哭着，可被父亲紧紧地抱着，无法动弹。接着，眼前浮现出叶婉秋那张脸，她眼睛里蕴含着浓得化不开的哀伤，像深潭一样。她静静地看着他，既不靠近，也不远离。哀伤也如潮水一般，冲溃了尹怀生的心，让他的眼泪止不住地流淌。

在睡梦中，尹怀生突然觉得一只温柔的手拂过他的面颊，像妈妈的手一样。他的心忍不住悸动起来。他好想这只手就这样在他脸上一直停留，他就像一个在沙漠里行走了很久很久的人一样，需要爱的甘霖滋润，他没有睁开眼睛。那只手停留了片刻，伴随着一声轻轻的叹息离开了他的面庞。他听到门被打开，光线照进来，在门重新合上的那一刻，他睁开了眼睛，看到那个熟悉的身影在门口一闪而过——欢子。尹怀生的心跳得厉害：又是她！她到底是个什么样的人?

尹怀生在黑暗里躺了两天，饥饿让他的脾胃像被刀刮一般难受，那种眩晕的空虚感像要吸食掉他最后一滴生命力。欢子每天送来水，让他得以存续生命。人在绝境中时，求生是最大的渴望，其他的东西，慢慢不再那么重要了。尹怀生甚至有点儿盼望欢子来了，不管她有什么意图，对于此刻的他来说，欢子就是他能抓住的唯一一根稻草。

第三天，浑浑噩噩中，尹怀生感觉那只手又在他脸上温柔地游走，再慢慢滑到他脖颈、肩头、胳膊。在滑到他手上的时候，尹怀生用力将那只手握住。他感觉那手轻轻抖动了一下，试图挣脱。尹怀生将它握得更紧，他睁开眼，直视着这只手的主人——她的脸上写满了惊慌，还有羞涩。

尹怀生直视着欢子，对她露出一丝笑容，轻声说：“谢谢你！”欢子发着愣，半天才回过神来，她喘息着，把头放在尹怀生的胸膛，说：“我喜欢你！”她把脸靠近尹怀生的脸，嘴唇去寻找他的唇，将自己火热的唇贴上去，用舌头轻轻舔舐着尹怀生干枯的唇。

尹怀生没有反抗，也没有回应，任凭她吻着。此时，他就如一口干涸的井，眼前这动情的女人为他浇灌的甘泉，他都接受着，这样他可能还有生的希望。只是心底的一个地方，揪得生疼，眼泪从他眼角滑落。

尹怀生心里一直为欢子感到惋惜，但是现在的他，与欢子又有何区别。人在环境中，终究是一片随波逐流的叶子，反抗无力，便束手就擒。

欢子探起身子，轻轻地说：“怀生，从第一眼见你，我就喜欢你，你跟别的男人都不一样。但是我每天只能来一会儿，不能待太久。你拧不过他们的，只有自己吃苦头的分。何苦呢？老板很看好你，否则他不会在你身上花那么多功夫。你就好好配合着，跟着老板干，还是很有前途的。”

尹怀生没有说话，望着她点点头。欢子嫣然一笑，在他额头上匆匆吻了一下，说：“我要走了，今天是第三天，老板会来找你。”

尹怀生的心如平静的湖水，一丝波澜未起。

那天以后，尹怀生真像变了个人一样。他与这个团体里其他人一样，对老板毕恭毕敬。他喊口号、唱歌时的激情不亚于任何人。他认真地做听课笔记，每天与单均讨论良久，上课时那双专注而灼热的眼紧紧追随着老师。他狂热地跟随老板，匍匐在老板的威严下，他甚至觉得自己已经与其他人别无二致了，他甚至觉得自己已经深深地信服了这套理论，它可以把自己带出困境，一飞冲天，金灿灿的财富晃动在他眼前，那么真切，那么诱人。爱情，在财富面前显得如此苍白和虚妄。

老板越来越信任尹怀生，甚至让他做起了讲师。尹怀生果然不负众望，讲课时声情并茂，口若悬河，寥寥数语便能让人热血沸腾。在没人的时候，他会和欢子卿卿我我一番，但始终没有越过雷池。

一次与欢子独处时，尹怀生突然抓住欢子的手，柔声说："欢子，与你在一起，我很开心。你能不能帮我一个忙？"

看着欢子疑惑的眼，尹怀生咽了一口唾液，说："欢子，我想通了，要跟老板干下去。可是，我之前有个女朋友，她一定在找我。我想和她断了，跟你在一起，好吗？"

欢子脸上一片娇羞之色，透着欣喜和感动。尹怀生接着说："这次我不辞而别，对她没有任何交代。你可以帮我打个电话吗？就跟她说我想跟她断掉，让她不要再等我了，行吗？"

尹怀生说这句话的时候面无表情，可是心还是刺痛了一下。

欢子听到"电话"两个字，脸沉了下来，思虑片刻，说："这是要冒很大的风险的，但是，我会想办法帮你。可是，你能保证不再有非分之想吗？"

尹怀生郑重点头，温柔地看着她，说："我怎会有非分之想？你要相信我！"

欢子看着这个让她迷恋的男人的脸，将嘴凑到他耳边，轻声说："我相信你！"尹怀生的身体颤动了一下，将她搂紧，在她耳边将与叶婉秋合租阁楼的房东家的电话告诉了她。

当欢子飘然走开，尹怀生闭上了眼睛，那一刻，他觉得自己就像是一具没有灵魂的空壳。

尹怀生骗过了所有的人，甚至成功地骗过了自己：我已经深深地被精神控制了。只是，在午夜梦回的时候，那个心灵深处的声音在告诉他："白天的你只是一具躯壳，你要离开这儿！"

第四十六章　逃出生天

那天下午，尹父办公室的电话响起来。尹父的一个叫作赵伟民的下属接到了这个电话。赵伟民在头一天接到尹父从上海打来的电话，告知他如接到尹怀生的来电，就说尹父心脏病发作，重病在床。

尹父是在叶婉秋接到欢子的电话之后，马上和赵伟民联系的。那天晚上，欢子的电话像一道希望的闪电划破叶婉秋阴郁的心境，让她突然从浑浑噩噩中惊醒。

欢子匆匆说了一句："叶婉秋，尹怀生让我告诉你，他要跟你分手。"便挂断了电话。再打过去，便无人接听。"分手"二字又像瓢泼大雨一般淋在叶婉秋身上，让她的心湿透了。不过，这样也比之前那永不见天日的担忧绝望要好，尹怀生还活着！这已经让她激动不已了。

叶婉秋飞奔到尹父那里，将这个消息告诉了他。尹父那阴沉如土的脸上出现了激动的欣喜，他带着叶婉秋迅速去了派出所，将这个奇怪的电话报告给了警方。

在这之后，尹父的大脑就飞速运转着。他将这些细枝末节的线索拼凑出来，有了这样的猜想：尹怀生求职落入陷阱，被控制人身自由，只好用计与家人取得联系。他能想办法传出话来，就一定能打出第二个电话！

这样想着，他匆匆走到附近的公共电话亭，给赵伟民打出电话。

果然，尹怀生的第二个电话打来了。赵伟民用悲伤的语气对尹怀生说起尹父病重的事，到后面竟小声啜泣起来。电话开着免提，站在一旁的老板脸色凝重起来。

尹怀生心如刀割，他握着电话的手在空中停滞，伴随着剧烈的颤抖，话筒掉落下来。他面如死灰，脸部肌肉抽动着，终于，他按捺不住地吼了一声，泪水汹涌而出。

老板脸色微变，叹了口气，手覆上他的肩头，轻轻拍打着。

那之后，尹怀生如霜打的茄子一般，顿时失去了活力，他痛彻心扉，再也无法像往日那般淡定。

尹怀生强烈要求回家，信誓旦旦地对老板说："老板，请求您让我回去见见我的父亲。父亲一人把我抚养大，我不能在他弥留之际，都不陪他最后一程。送走他，我才能安心地回来跟随您做事业。"

眼看着尹怀生一天天憔悴下去，欢子忧心忡忡。她也在老板旁边吹耳边风，千方百计说服老板让尹怀生回家一趟。

说得多了，老板渐渐动摇。他舍不得自己辛勤栽培出来的秀木就这样枯萎下去。在一次深谈后，老板对尹怀生说："怀生，我向上级汇报了你现在的情况，他们想来考察你。明天我带你去见他们。"

听到此话，一丝久违的希望划过了尹怀生的内心，可是，他却激动不起来了，这段时间的起起伏伏已经让他心力交瘁。他只想早点儿出去，见到父亲。

第二天，尹怀生与老板一行人坐进了那辆将他带到这个地方的汽车。他看着灰蒙蒙的前方，那种对自由的渴望，让他的心再次剧烈地跳动起来。老板回头朝他看了一眼，那复杂的眼神让他不禁低下头，手心渗出冷汗。

尹怀生想到出来时欢子的表情，不舍又欲说还休的样子，心还是被拉扯了一下，那一刻，他甚至觉得自己动了心。他朝欢子点了点头，一个眼神，也许就意味着永别。

这样想着，车已经发动了引擎，冲出那狭窄的小路，朝公路开去。尹怀生按捺住跳车的冲动，心想：我再也不能回到这里了！

下了车，尹怀生感觉重新回到了人间，他又看见了繁华都市的摩登大厦和熙熙攘攘的人群。操着各种口音的人们在他身旁穿梭，浑然不觉他是一个失去自由快一个月的人。尹怀生大口地呼吸着空气，他已经很久没有这样自由呼吸了。但是，老板还在身旁，他还不能太放任自己。

尹怀生一行走进一个环境优雅的咖啡馆，在靠里的位置见到了老板嘴里的"上级"。

那是一男一女两个人，看起来像一对夫妻，四十多岁的样子，男的西装革履，器宇不凡，典型的成功人士的模样。女的保养得很好，皮肤白皙，穿着裁剪得体的套裙，头发一丝不苟地盘起，鼻梁上架着的一副金丝眼镜为她添了几份文雅气质。

老板见到他们，马上恭敬地鞠躬，其他人照做。那男人伸出手，热情握手。而那女人朝尹怀生他们浅浅一笑，招呼他们坐下。

若不是最近的经历，尹怀生甚至要对他们产生好感了。都说相由心生，但是有些时候，面相也会欺骗人哪！尹怀生想。

虽如此想着，尹怀生还是毕恭毕敬，有问必答。那天，尹怀生似被什么力量附体，口若悬河，舌灿莲花，将他的口才发挥到了极致，他与那两个"上级"越聊越投机，那女人竟同他说得时不时开怀大笑。尹怀生调用了他头脑中所有的词汇，恰到好处地把那两人夸得心花怒放，他自己都分不清是演戏还是真诚的夸奖了。但是，那两人脸上浮现出的满足感却如此的真实。老板在旁都没插上话，眼神里流露出难以掩盖的欣赏。

接着，尹怀生又讲到自己对病重父亲的担忧和爱，情到浓时，竟无法抑制眼泪。人心都是肉长的，纵使精明如"上级"和老板，也被尹怀生的情绪感染，那女人的眼眶竟红了。

那场谈话持续了两个小时，在时针指向下午三点的时候，那女人对老板点点头。老板从口袋里掏出一张车票，上面写着上海到沅水，三点二十五出发。尹怀生的脸不自主地颤抖了一下，却强装镇定。老板将车票交给尹怀生，说："这是上级对你的肯定。你这趟回去，一个星期之内要回来，知道吗？"

尹怀生竭力平复着情绪，感动得流下了眼泪，他看着众人，一字一顿地说："请放心，我安排好父亲的事情，就马上回来，你们的好意，我会铭记于心！"说这句话的时候，他咬了咬牙，内心波涛汹涌。他已经来不及分清那是仇恨还是感动了。

尹怀生就这样在一行人的目送下，走进了火车站，过了安检，他想呼喊，想飞奔，甚至想转身，对那几个为他送行的人破口大骂，可是，他忍住了。他知道，只有登上火车，回到家，他才能真正获得自由。他平静地排队上车，在他坐下来的那一刻，在他听到来自身边乘客熟悉的家乡话时，他才长长地舒了一口气。他像稀泥一般，浑身湿透，瘫软在座位上。车票被汗水浸透，皱巴巴地缩在他手中，他紧紧地握着，这是通往自由的通行证，天知道这是用多大的代价换来的！

火车缓缓开动，将上海甩在他的身后。他看着窗外那个渐行渐远的城市，胸口拼命地起伏着，一行热泪落下来，一切仿若梦境，他嘴里喃喃道："别了，上海！别了，我的爱！"

第四十七章　等待

尹怀生下了火车，家乡的气味扑面而来。那是混合着稻田、水汽、大地和烟火气的味道。沅水的山，沅水的水，沅水的乡亲们，都张开那宽厚的胸膛迎接着他。

一阵火辣酸胀的感觉包裹着他的鼻头，嘴里有涩味，那是眼泪的味道。"沅水，我回来了！"尹怀生闭上眼睛，深深呼吸着，让那熟悉的感觉充斥脏腑，仿若迷路很久的游子，终于回到了母亲的怀抱。

一切仿若幻境，昨日还深陷巢穴，耳边还回荡着那些让人血脉偾张的话语，眼前还闪烁着众人狂热而执迷的神情，还有欢子，与他在一起时那沉醉的神情。他就像做了一个长长的梦，现在，梦醒了，他又回到了现实中，但梦的余味还在。可是，天知道这是不是另一个梦。他有些恍惚。

突然，他神情微变，匆匆走到车站广场的一个公共电话亭，用颤抖的手拨出了一个电话。

家里电话响了很久，无人接听。尹怀生心跳得厉害，额头冒出冷汗。挂上电话，他又马上拨出了一个电话。

赵伟民正整理公文的时候，接到了尹怀生的电话。他已经有快一个月没见到老领导了，他的心也一直为寻子无果的尹父悬着。

听到对方说自己是尹怀生，赵伟民一阵狂喜。待确认尹怀生的身份后，他将尹父去上海寻子，又让赵伟民谎称他身患重病的消息和盘托出。最后，他用欣喜的语调说："怀生，你总算回来了！你马上给你父亲打电话，告诉他你平安归来！"

尹怀生放下电话，思绪汹涌，久久无法平复。听到父亲没有患病，他如卸下千斤巨石，一阵宽慰像清泉一般流淌过心田。又想到老父孤身一人去上海寻他，他感到一阵又一阵的心酸。愧疚、不安和感动冲击着他的泪腺，眼泪流淌下来。父亲的爱厚重如山，他嘴里喃喃着："爸爸，儿子不孝，让您担忧了！"

按照赵伟民提供的电话，尹怀生拨了过去。尹父在上海的旅馆里待了快一个月了。他每天都去派出所询问案情进展。前不久欢子打来的电话成了案件的突破口，警方查询到电话是从上海郊县的一个公共电话亭打来的。他们马上派出警力蹲守在那个区域，试图寻找蛛丝马迹。

尹父自己也印发了一些寻人启事，张贴到人群密集的地方，无奈茫茫人海如大海捞针。可只有这样做，才能带给他希望的火星，这是支持他这一个月来苦守在上海的力量。可是，他不能驻留太久，单位群龙无首，已经催他多次了。他打算这个月底还没消息的话，就先回沅水老家。

刺耳的电话铃声让尹父疲惫的神经战栗了一下，他奔过去接起电话。

"你是？"尹父问。

"爸爸，我是怀生。"听到父亲沙哑的声音，尹怀生的眼泪止不住地掉下来。

"儿子！"那个瞬间，巨大的喜悦冲击着尹父的胸膛，内敛的他不禁热泪纵横。

尹怀生哽咽着，对父亲诉说了他被骗到传销窝点，又设法逃出来的经历。父子俩都泣不成声，无奈相隔千里，尹父此时恨不得插翅来到儿子身边。他感慨万千，一方面心疼儿子，一方面又为儿子的机智感到欣慰，此刻，他多想给儿子一个紧紧的拥抱，抚慰他们两人这一个月来焦灼的心。

和父亲通完电话，尹怀生平复了一下心情。那个魂牵梦绕的女子，无时无刻不占据着他内心的女子，那个支撑着他从魔窟逃出来的女子，又回到他的脑海，指引他的手，拨出了一串号码。

上海幽深弄堂，转角处一旧洋房，庭院枇杷树，一树金黄。相思人儿，独守空房，泪浸枕，愁断肠！

叶婉秋自上次接到欢子的电话后，便整日在阁楼里守着，她有一种预感，尹怀生会给她打来电话。

当房东那尖锐的大嗓门喊她接电话的时候，她是飞奔下楼的，不顾房东那不屑的目光，她一把夺过电话，身体一个踉跄，差点儿摔倒。

电话里是一片沉寂。不用对方说话，一根电话线便足以让他们心思相连。他们沉默着，感受着千里之外爱人的呼吸和心跳。两人就这样握着话筒，静静地，静静地，时间在那一刻凝滞，只是眼泪，已经无声无息地蔓延上面庞，诉说着所有的哀伤和喜悦。

叶婉秋声音颤抖着问："怀生，是你吗？"

"是我，婉秋，你还好吗？"尹怀生努力克制着自己的情绪。

听到这话，叶婉秋再也止不住眼泪，涓涓细流顿时变成滔滔江河，这段时间的所有委屈、焦虑、悲伤全部随着眼泪倾泻出来。情绪压抑了这么多天，终于找到了缺口，决堤而出。

尹怀生也止不住眼泪，在人来人往的车站广场，他让泪水汹涌地流着，不停地说着："婉秋，对不起！婉秋，对不起！"

唯有这几个字，才能抚慰他那被愧疚和自责冲溃的内心。叶婉秋泣不成声，她多想看看尹怀生现在的模样，是不是瘦了？多想上去给心爱的人一个吻，可是现在，她只能紧紧地握住电话，仿佛握住他们俩被折磨的爱，不想放手。

尹怀生对叶婉秋述说了这段时间的经历，但未提及欢子。当叶婉秋主动提起那个奇怪的电话时，尹怀生的心跳漏了一拍，欢子的样子出现在他面前，一种罪恶感袭上心头。

尹怀生不打算隐瞒，直白才会减轻他的愧疚。他对叶婉秋说："婉秋，对不起。我的确是认识了一个女人。但是，我只是利用她而已，只有这样，我才能给你捎个信儿。如果这对你有伤害的话，我感到非常的抱歉。”

“婉秋，我无时无刻不在想着你。是对你的想念，让我抵挡住了他们的灌输，要不然我很有可能就像他们一样，心甘情愿地永远被困在里面了。你知道我有多么担心你吗？我知道你在找我，我一直在想办法和你取得联系。婉秋，我的心里只有你。只怪我太无用，让你担惊受怕，你要怨我，我都心甘情愿。”

叶婉秋听着尹怀生的话，一丝丝甜蜜在心中荡漾开来，同时又对他心疼不已。她连声说：“怀生，我一直在等着你。我怎么会不相信你、怨恨你呢？你受苦了，可是我却不能在你身边照顾你。”

叶婉秋想到尹父之前问她的问题。爱情和梦想，哪一个更重要？听到尹怀生的声音后，这个缠绕她的问题突然有了答案，她的眼眸亮了起来，脱口而出：“怀生，我准备退学，到你身边去，跟你一起回沅水！”

尹怀生听后，愣了，叶婉秋的声音虽轻，但“退学”两个字在他听来，如惊雷一般在他心中炸响。他太了解复旦大学的研究生对于叶婉秋的意义了，她看起来柔弱，却是个好强的女孩子。她用了多少努力才进入这所名校，她是那么地热爱知识，热爱大学的学术氛围。让她舍弃梦想，跟自己回到沅水，做个普普通通的家庭妇女，让她的才华湮没在平庸生活中，她会甘心吗？

“不！”尹怀生坚定地摇头。他又恢复了严肃又毋庸置疑的语调，认真地对叶婉秋说：“婉秋，听我说，我不允许你这样，也不希望你做出这样的牺牲。你要退学的话，我会愧疚一辈子的。我现在回沅水，只是一个权宜之计，我会努力考研，想办法和你在一起。如果我去不了上海，那等你毕业后，我们还可以去别的地方，你说是吗？婉秋，你乖乖地听话，好吗？”

在尹怀生面前，叶婉秋如一个娇弱的小女孩，他坚定的语气让她没有拒绝的勇气。她宁愿自己没有来到上海，这样就不会发生这些事情，也不会有这么多的纠结。

尹父也跟她说过让他们等三年。三年，似乎很长，也似乎很短。她和尹怀生，从那晚路灯下一吻定情，到现在也有三年了。快乐的日子如白驹过隙，但等待却是难熬的。可是，如果爱情经不起等待，那它也是脆弱的。

一滴咸涩的泪顺着面颊，划到嘴角，渗入这被爱情熬煎的人儿的嘴里。泪是苦的，一如爱情。叶婉秋叹了口气，对尹怀生说："怀生，我听你的。我会等你，你也要等我。"

尹怀生心疼不已，坚定地说："你安心学习，我会努力向你靠近！你要乖乖的，保重自己，好吗？"

两人的心被痛苦撕裂着，这句话，说是等待，却那么像是分别。依依不舍地挂了电话后，尹怀生再也控制不了情绪，他蹲下来，失声痛哭。来来往往的路人都向他投来好奇的目光。他只管沉浸在自己的悲伤中，口中不停地念着"婉秋，婉秋……"任由眼泪在脸上流淌。

叶婉秋也将自己关在阁楼里，失声痛哭。她是爱尹怀生的，爱到刻骨。可是，她还无法让自己牺牲一切，去投奔爱。等待，成了一个很好的缓冲剂，她知道，对于他们两人来说，可能没有比等待更好的选择了。可是，她又痛恨自己的优柔寡断，对未来充满了担忧。"怀生，你会等我的，对吗？"她喃喃地说着。

等待，是为了爱的圆满。可是，很多爱，在等待中也如那云烟，消逝在时光中。

第四十八章　老友重逢

终于结束了一天的工作，韩湘云拖着疲惫的身躯，慢慢回到学校给他安排的教工宿舍里。这间由学生宿舍改成的房间很是宽敞，虽设施简陋了点儿，但韩湘云已经很满足了。他个人物品少，唯一值钱的就是摆满了写字台的书了。唯有在夜深时，坐在散发着昏黄灯光的台灯下，翻翻这些书，闻闻书的香味，他才感到心灵的安宁。

可是这样真正属于自己的时光对于他来说也是一种奢侈，每天查完寝，回到宿舍，已是深夜。大多数时候，他早已筋疲力尽，简单洗漱一下，困意便阵阵袭来，他像散了架一般，把自己的整个身子摔在那张单人床上。闭眼就睡着，等到第二天清晨被响彻全校的起床号惊醒，如是周而复始。

这是韩湘云毕业后进入沅水一中当教师以来的生活常态。学校对这个毕业于省城重点高校的高才生很是重视，分配给了他两个教学班，还让他担任其中一个班的班主任。

韩湘云不是那么擅长表达的人，第一次走上讲台的时候，面对底下坐着的黑压压的几十个学生，他直感觉头皮发麻，心里发慌。好不容易镇定下来，开始自我介绍。底下有窃窃私语的声音，他看到几个学生的目光中透出不屑和怀疑。他脸一红，突然想起高中对同学们做自我介绍时被大家嘲笑的场景，顿时乱了分寸，后面说的什么，自己也不知所云。

那堂班会课后，年级主任殷国祥把韩湘云喊到办公室，与他进行了一番长谈。

殷主任开门见山："韩湘云，昨天班会课结束后，有学生家长找到我，打听你的情况。说你还缺少一些老师的威严，怕你镇不住学生。我对学生家长说你刚毕业，但是知识功底很是深厚，需要一段适应期，而且学校会倾力相助。经过好一番解释，才把家长劝回去。我跟你说这些，不是要增加你的压力，而是给你提个醒。在学生面前，要自信点，拿出老师的威严，让他们敬畏你，这样工作起来才更轻松。这些学生，从小都是尖子生，性子中或多或少有一些傲气，你要想办法压住他们。刚开始的时候谁都有一段适应期，这段时间会比较艰难，但是过了这段时间就慢慢好了。你要有什么困难，尽管跟我们说，学校一定全力支持你！"

殷主任一口气说完，啜了一口茶水，静等韩湘云开口。

韩湘云听完这番话，心中明白了八九分，他最担心的事情还是发生了。头一天开完班会，他就心中忐忑。所以学生和家长对他心有疑虑也在情理之中。但是，殷主任这番话说出来，他还是感觉冷汗直冒，重重压力裹挟而来。

刚上班就遇到个下马威，他顿觉这个工作是块难啃的骨头。但是，压力归压力，韩湘云胸口那股子不服输的劲儿突然被激发出来，他想：越是看不起我，我越是要拿出点本事让他们瞧瞧！

这样想着，他认真地对主任说："殷主任，我知道了，谢谢您对我的关心！我会努力的，不让学校为我操心！"

殷主任微笑着看着他，说："小伙子，年轻时吃点苦，以后生活会越来越好过。年轻就是资本，你又是湘南师大的高才生，我充分相信你！"

韩湘云心中激荡起一股暖流，朝主任感激地笑笑，告辞，走出了年级部办公室。他心里憋着一股气，思绪不断。他一贯都是这样，当自尊被伤害的时候，内心会聚集一种强烈的反抗力量。正是这种力量，支撑着他考上大学，又背着一个"留校察看"的处分拼命提高成绩，顺利消除处分毕业。

现在，这股子气又回来了，他内心有个声音说："韩湘云，好好干，别让人说你是孬种！"他突然觉得内心轻松了一些，步伐也快起来。

那天以后，韩湘云每天对着宿舍的镜子练习说话，一遍又一遍，直到看到镜子里的自己露出自信的微笑才罢休。这招竟起了作用，让他慢慢能在学生面前条理清楚地、从容地表达自己的意思，虽还差那么点儿气场，但至少不再怯场。

学生渐渐开始接受这个长相朴实，笑的时候有点儿羞涩，讲课的时候很认真，却一直故意绷着脸的老师。尤其是青春期的女生，对年轻的男老师总抱有一番莫名的好感，她们下课后总爱凑过来问问题，有次一个胆大的女生问完问题后，突然问道："韩老师，你有没有女朋友啊？"

韩湘云冷不丁被她一问，心中一根弦突然被拨动，脸热辣辣的，竟像犯错似的不敢抬头，低声说："还没有，别瞎问。"

学生看到他像情窦初开的小男孩似的害起羞来，咯咯直笑。韩湘云有些恼怒，这些学生总是让他这样无可奈何。这时，他的眼前浮现起那个巧笑嫣然的女子，那个笑起来有酒窝的女子，心悸动起来，不禁有些感伤，不知她怎样了？

自从那个叫叶婉秋的女子第一次和他在图书馆相遇之后，他的心就无时无刻不被她牵引着。他的心成了她纤纤素手的傀儡，她的一颦一笑都能让他的心泛起涟漪，像波纹一样在心底荡漾开来，荡漾到灵魂里，让他徒增哀愁和甜蜜。见到她时，那种轻飘飘的喝醉似的感觉让他为之上瘾，不见她时，那种失落的感觉啃食他的心，而想到她和尹怀生耳鬓厮磨时，他又真真切切地感受到心像被一块巨石压着的痛。

韩湘云不知道自己什么时候变得如此多愁善感。自从他的内心被这个叫叶婉秋的女人打开后，他就钻进了一个死胡同，她给了他内心的满足，也让他体会到了得不到的苦。这种快乐和痛苦交替的感觉让他陷了进去，他就像瘾君子一般，沉迷其中，无法自拔了。

因为叶婉秋的这层关系，韩湘云觉得与尹怀生都生分些了，虽然他们还是那么珍视彼此的友谊，但总是多了那么一层说不清道不明的意味。要说尹怀生和叶婉秋在一起，这里面还有韩湘云很大的功劳呢，他还差点儿被学校开除学籍。

想到这些，韩湘云总是心潮起伏，但是，当他看到叶婉秋那幸福的笑容，他觉得自己做的一切牺牲都是值得的。

但是，婉秋，你现在还好吗？韩湘云只知道尹怀生陪伴叶婉秋去了上海，但还不知道之前发生的那些事情。

想到这儿，韩湘云又伤感起来：不知道此生还能不能再见到婉秋呢，只希望她过得好。

正在韩湘云发愣时，办公室里一个老师喊道："韩老师，门卫打电话说有人找你！"

韩湘云从思绪中惊醒，急忙向校门口走去。走到校门口，他惊呆了，那么熟悉的身影，挺拔地站在那儿，如木秀于林，只是消瘦了点儿。对方似乎感知到他的到来，回过头来，那张棱角分明的脸上露出喜悦的笑容，喊道："韩湘云！"

韩湘云有点儿恍惚，听到叫他的名字才回过神来，他脱口而出："怀生，你回来啦！"立马走上前去，紧紧揽住了尹怀生的肩头，对方也揽住他，两个男人用他们自己的方式表达着见到老友的激动之情。

韩湘云不解地问道："你怎么回来啦？"

尹怀生眼角不易察觉地抖动了一下，轻描淡写地说："说来话长。你现在有空吗？我们去喝一杯！"

韩湘云干脆地答应："正好现在没课，我就翘会儿班，走，一起去！"

两个好友便沿着走过无数次的路向校门口的小餐馆走去。他们感叹着上一次走在这儿时还在读高中，如今，都大学毕业工作了，时光是如此的神奇，偷换了流年，也带走了两个曾经的少年。最大的变化是，两个人的内心，此刻都装着同一个女人。

韩湘云无数次将嘴边的话咽了下去，索性闭嘴，心想："什么话，等喝完酒再说！"

第四十九章　酒酿相思

一瓶澧州青啤，一碟花生，一个热气腾腾的猪头肉土钵子，一盘酸辣土豆丝，便组成了一顿湘味十足的家常便饭。两人对坐着，享用着眼前的美味——尽管过了好几年，这餐馆的口味还是没有变化。韩湘云想到上中学时囊中羞涩，学校的饭票都要省着用，更别提下馆子吃饭了。只是在高考后，由尹怀生请客，在这家餐馆吃过一次，当时便觉美味。

韩湘云还记得那天一个女生喝醉了，面颊绯红，两眼水波流转，直愣愣地看着尹怀生，手舞足蹈欲上前拥抱他，嘴里还不停喊着："我喜欢你，怀生！"说着说着又哭起来，让尹怀生好不尴尬。最后无奈之下，还是韩湘云把那个女生背回了家。

时隔几年，当时的情景历历在目。韩湘云不由得将这件事当作笑话讲给尹怀生听，他听到，顿时也哈哈大笑。

韩湘云灌了口酒，又往嘴里塞了一口猪头肉，感慨地说："那个时候，我们可真单纯啊！你太招女生喜欢，我跟你走在一起时，都能闻得到那些女生身上的醋味。有人还问我跟你是不是一对呢，思想真龌龊。我也就哈哈一笑，再问我免不了得揍他一顿。不过难免他们这样想，大帅哥放着美女不喜欢，成天跟我这么一个乡下小子混在一块儿，不是很让人想不通吗？"

尹怀生听了哈哈一笑，说："那时候真是什么也不想，只知道学习，考大学。我跟你最聊得来，就想大学也考到同一个地方。记得高考发榜那天，我们俩知道被录取后，兴奋地跑到沅水边，绕着河堤跑了一圈，累得快散架了，便躺在河堤的草丛上说话，结果不知怎的我们俩竟睡着了。迷迷糊糊的时候，我觉得腿上凉飕飕的，还痒痒的，睁眼一看，竟然是一条蛇！可吓得不轻。我大气都不敢出，让它慢慢爬过我身上，然后又爬到你身上，你竟然还没感觉。我又不敢声张，还好那条蛇最后爬走了，我赶快叫醒你，逃命一样地跑出那河堤。"

韩湘云露出笑容，说："我记得这事。刚开始我还以为你吓我的，听你讲之后，我后背都是凉的。从小我不怕别的，最怕蛇。"

他们两人回想起中学那些岁月，眼神里都充满了浓浓的温情。可如今，时光的鸿沟已然将他们与过去隔离。对于尹怀生突然回沅水，韩湘云心中仍充满巨大的疑问，刚才问尹怀生都被他语焉不详地搪塞过去了。

韩湘云收住笑容，面对着沉浸在美好往事中的尹怀生，将这疑问抛了出来："怀生，能告诉我你怎么从上海回来了吗？"他很想问叶婉秋的情况，但隐隐觉得尹怀生和叶婉秋之间可能发生了什么，怕刺激到尹怀生，便把嘴边的话咽了下去。

尹怀生嘴角动了动，停下手中的筷子，叹了口气，说："兄弟，你听了别惊讶，我这趟差点儿就回不来了。"

于是，就着酒，尹怀生一点点地将他在上海求职被套，又设计逃脱的经历讲给韩湘云听，却对叶婉秋和欢子只字未提。

韩湘云在尹怀生平淡的语气中听出了惊涛骇浪，他听到的这个离奇经历只在报纸或小说上看到过，没想到竟然发生在眼前这位气质儒雅的同窗好友身上。听完整个叙述后，韩湘云仍久久不能平静，一连闷了好几口酒，待啤酒的清凉稍稍平息了内心的澎湃后，他清了清嗓子，说："怀生，我竟然都不知道过去两个月在你身上发生了这么多事情。真不敢相信外面的世界竟如此险恶。你和你父亲真是机智，要不然现在你还被困在里面呢！想想都可怕！"

尹怀生不置可否地笑笑，说："他们就是靠灌输的方式，让人死心塌地地跟着组织，然后再给别人灌输，不亲身体会的话，也不知道人心如此脆弱，为了利益迷失心智。我出来后一个星期，就听说那个窝点已经被捣毁了，老板，也就是那个窝点的头头，被带去审问，死都不承认自己的问题。那些跟我一样被骗去的人，好多都不想回家，哭着求警察放了老板。那些人既可恨又可怜。"

尹怀生说着，眼神伤感起来。他想到了欢子，这个给他幽暗的时光里带去一点儿光亮的女人，因为她的一个电话，让他有了与外界接触的机会，也是因为她的这个电话，让警方顺藤摸瓜，抓住了几个嫌疑人，从而捣毁了窝点。欢子不知怎么样了，不知是被逮捕了还是被遣返回老家了。尹怀生心中泛起的愧疚揪住他的心，他想起欢子说起她家时那咬牙切齿的愤恨。她一定很恨我吧！这样想着，他灌了一大口酒。此时，唯有酒能麻痹他痛苦的神经。

此时，猪头肉钵子下的炉子里，酒精不足了，韩湘云招呼了一声："老板，加点酒精！"然后静静地看着尹怀生。他比过去消瘦了点儿，眉眼里多了些经过世事的成熟。眼眸更深了，显得轮廓更为鲜明。此时的他，似乎陷入了某种情绪当中。刚才欢快的气氛凝滞下来，忧伤氤氲开来，堵住了双方的鼻息。韩湘云对尹怀生突然泛起一阵心疼，他知道这件事情对尹怀生的影响还是很大的，他需要时间让自己的情绪从中走出来。于是，他静静地等待着，没有说话。

尹怀生试图从情绪中走出来，便又倒了一杯酒，与韩湘云碰杯，说：

“真高兴又与你见面了！说说你最近的情况吧！”

韩湘云便说了几件学校发生的趣事，还有他刚开始走上讲台的糗事，使得气氛缓解了一些。

尹怀生笑道：“看来这个中学老师不好当哦！不过学生们还不知道你是肌肉男呢，到时候给他们露两招，看他们还敢惹你！”

韩湘云知道是取笑他，便哈哈一笑。他问道：“哪比得上你，几句话一说，那些学生都要把你视为男神！对了，你新工作怎么样？”

“唉，无非是写写东西，打打杂，接听下电话。一天下来，感觉自己没做什么，但好像一刻也没停。今天清闲一点，正好是吃中午饭时间，我就来找你了！”尹怀生的语气轻快起来。

韩湘云笑道：“看来你对新工作得心应手嘛！以后高升了可别忘记我这个贫寒的兄弟啊！”

尹怀生哈哈一笑：“你又在取笑我！你是我一辈子的兄弟，怎么会忘了你！而且，能保住饭碗就不错了，哪还想得到高升！对了，高宁和徐璐不是也在沅水一中吗，他们快结婚了吧！什么时候邀他们一起出来玩吧！”

提起高宁和徐璐，大家对他们俩都有说不出的羡慕。韩湘云虽说跟高宁和徐璐在同一所学校工作，但相处的机会还真不多。因为在不同的年级，平时打的照面就少，再说高中老师从早到晚连轴转，周末只有一天还要看自习，更没有时间精力来聚，只有刚开学的时候一起到外面撮了一顿，算是庆祝大家顺利入职。听说他们俩还跟原来一样如胶似漆，过了这一年就准备订婚了，韩湘云不忍打扰他们小两口的二人世界，因此很少主动去找他们。

听尹怀生这么一说，韩湘云又想起大学里他们五人齐聚的情景，便一口答应，说：“好啊，我问问他们，大家一起约个时间，是有好久没聚了！”

说完这句话，韩湘云的喉头像被堵住了，那个秀丽的身影又出现在脑海里，他不禁叹了口气，淡淡地说：“可是，少了一个人。”

尹怀生知道她指的是谁，她是他们俩共同的情结，也是共同的软肋。

一提起她，空气里便多了一种微妙的东西。于是，他们俩似乎形成了一种默契，都小心翼翼地试探着，不去刺伤那层藏在心底的最珍贵的柔软。

尹怀生叹了口气，眼里似有泪光，说："都怪我太无能，无法留在她身边，但也不能让她放弃学业。所以，只有等待。至于未来，我还不敢想那么多。"

韩湘云陷入了沉默，心像是被针头刺了一下，刺痛感蔓延开来，升腾到喉咙处，变成了种辛辣的感觉，刺激着泪腺。他心底对叶婉秋泛起了一种说不出的心疼。

韩湘云想：她孤身一人在上海，爱情却那么渺茫，尹怀生失踪那些日子，她不知道有多么煎熬。可怜她苦等那么多日！

他这样想着，便问："等你等不到，她一定很焦急吧！她现在还好吗？"

尹怀生一口口喝着酒。何以解忧，唯有杜康。可是，酒不够浓烈，不足以解他的烦愁。情绪更浓地聚集起来，与酒精一起，冲击着他的鼻头和泪腺，他努力克制着不断泛起的酸辣感，眼角却不自禁地红了。他叹了口气，说："是啊，我对不起婉秋。"说着，招呼着老板再来一瓶酒。

两人陷入了沉默，眼前的猪头肉还在炖着，冒着诱人的香味，钻入他们的鼻子，可是再也拨动不了味蕾生出津液。他们都陷入了情绪当中，眼前的美味也变得寡淡了。

韩湘云想安慰一下尹怀生，可是喉咙动了动，却不知道说什么。他只好陪尹怀生一起沉默。在炉子酒精快烧完的时候，他说："怀生，三年说长也长，说短也短，如果心是恒定的，那三年光阴不算什么阻碍。只是，希望你不负婉秋，她对你，用情很深。"

说到这里，韩湘云的心又开始隐隐作痛，想到远在上海、孤独无依的叶婉秋，他恨自己无法保护她，他突然想立刻插上双翅去她身边，抱抱这个可怜的人儿，就算静静地看着她也行。

韩湘云突然有点儿怨尹怀生。这时，一个想法冷不丁地出现在他脑海：如果尹怀生负了叶婉秋，伤了她的心，我定饶不了他！这个想法让他一个激灵，他难以想象如果这种情况发生，他会不会真的对眼前的这位挚友做出什么冲动的举动，他不敢再往下想了。

这顿饭在两个人的沉默中结束了，他们各怀心事，回到了各自的工作岗位。

那天深夜，韩湘云结束一天的工作，躺在床上时，他还在回想着白天和尹怀生的谈话，久久无法入睡。他突然觉得人生是充满戏剧性的，很多时候，人们无法按照自己的本心生活，而是被很多东西牵绊。在庸常的生活面前，那些理想，那些诺言，还有那些美好的风花雪月，往往都被磨成了灰，最后片甲不留。

韩湘云一直劝自己对叶婉秋死心，他知道叶婉秋的心已经属于尹怀生。但是，当听说他们俩被迫分离三年时，那股希望的火苗，又摇曳在韩湘云的胸膛。他知道那只是奢望，但是，人们为了爱情，总是飞蛾扑火般奋不顾身的。韩湘云想：明天就去买考研书，能考去上海最好。即使不能与她成为恋人，在她身边照顾她也是好的。这样想着，他才安下心来，进入了梦乡。

第五十章　爱的洗礼

当尹怀生、韩湘云、叶婉秋饱受着相思之苦的时候，高宁和徐璐却尽享爱情的甜蜜。他们两人的爱，如蜜酒一般，在时光中越发香醇。

那段日子，沉静、安稳、美好。正应了胡兰成在新婚燕尔时写给张爱玲的那句“现世安稳，岁月静好”。好似在这静水流深般的时光中，任何困难都会因为爱情而不攻自破。爱情，是沉醉在其中的人的盔甲，也是软肋。爱情，可以如蜜糖一般甘之若饴，也可以如毒药一般钻心剜骨。

此时的徐璐和高宁，只管沉浸在这美好的滋养中，感觉一切都是生机勃勃的。他们共同憧憬着未来，甚至开始计划生几个孩子。毕竟，在这个小县城，日子大多是与庸常为伴的。一切都可以很简单，与大多数人一样，按部就班过一生。虽然高宁和徐璐都是有事业心的人，但是，他们觉得能够在这里携手相伴，平平淡淡过一生，人生便已无憾矣。

高中课务繁忙，两人白天只能在吃饭的时候相处。偶尔在教学楼楼道中碰到，也只是相视一笑，便匆匆赶往教室。可是就是那一瞬间的眼神触碰，也如一缕清泉灌入彼此内心，化解了所有的压力和疲惫。

每逢周末，他们便一起上街闲逛，像所有恋人一样，看看电影，吃吃消夜，或者去沅水边吹吹风。徐璐穿一条长裙，把留长的头发披下来，身材比原来要丰满一些，面容也因此更饱满了些，泛出柔美的红晕，但骨子里透出的那种英气还印在眉眼间。身边的高宁更显得沉稳成熟了些，棱角分明的脸上多了一些安宁的神色，高大挺拔的身躯映衬着旁边亭亭玉立的身姿，如橡树与木棉的互相辉映。路人不禁回头多看几眼，内心感叹造物主竟生得这么般配的一对佳侣。

有一次他们在路上共享一支冰激凌，高宁吃一口便把冰激凌往徐璐嘴里送，徐璐便凑过头去吃。在那个还比较保守的年代，在公开场合，这样的举动已经是够大胆的了。路人与他们擦肩而过时，不免窃窃私语。两人浑然不觉，突然听到对面有人冲他们叫："徐老师！"徐璐一惊，抬眼一看，原来是班上一调皮男生，正对他们挤眉弄眼地笑呢！徐璐好不尴尬，顿时飞红了脸，将高宁的手推到一边，正准备开口说什么时，那孩子已经骑着自行车，像风一样从他们身旁飘然而过。

那天以后，就总有学生面露暧昧地问徐璐："徐老师，你什么时候和高老师结婚啊？"徐璐想起高宁之前对自己的承诺，一毕业就结婚。可是，"结婚"这个词对她来说总显得太庄重，对于婚姻，她的情绪是复杂的，既憧憬又忐忑。她从书上读来说婚姻是爱情的坟墓。想到那柴米油盐酱醋茶，她对婚姻又有点儿望而却步。

可是高宁对婚姻是兴致勃勃地憧憬着的。高宁父亲在他很小的时候便因病去世了，母亲一手把他带大。作为大学的学生干部，他本是有机会留在省城的，可是他毅然回到了沅水，主要是因为母亲年事渐高，在父亲去世之后，因为悲伤和多年的操劳，身体一直不太好。在母亲眼里，高宁是她的全部。母亲为他牺牲太多，他不能撇下母亲，自己在外发展。而且他知道沅水对于母亲的意义，这里有她与父亲所有的回忆，有可以跟她话家常的姐妹们。

高宁与母亲的家，现在还保留着十几年前父亲在的时候的模样，让他们觉得，父亲还在，只是变成了照片上的黑白头像。

所以，他毅然回到了老家。让他欣慰的是，徐璐也与他回到了沅水。他希望一到过年就带着徐璐去见双方家长，把婚事定下来，早点儿组成一个小家，与徐璐做一对凡俗夫妻，在庸常的生活中觅得一缕浪漫，携手抵挡风雨，在沅水这片土地上扎下根来，繁衍生息，便是他所期待的生活了。

有次看完电影《滚滚红尘》，徐璐久久沉浸在电影的氛围里，为韶华与能才的爱和分离唏嘘不已。这种情绪一直到他们回到学校教工宿舍，还绵延在徐璐心里。她拉住高宁的手，说："宁，你再陪我一会儿吧！"高宁用溺爱的语气说："只要你不赶我走，陪你多久都行！"徐璐望着高宁的脸，突然觉得一阵感伤，她眼角泛起泪花，问道："宁，你说我们会不会分离呢？"

高宁揽过她的头，让她靠在自己胸口，用自己的脸贴紧她的秀发，在她耳边温柔地说："傻姑娘，他们那是在乱世，而且我与能才不一样，不是那么懦弱的男人。不管发生什么，我都不会离开你。"

徐璐抱紧了他，鼻息打在他的脖子上。身体发出渴望的信号，高宁将徐璐一把抱到床上，身体压了上去……

徐璐面颊浮起一片动人的绯红，倒在高宁的怀里，那一刻，他们就这样静静搂着，回味着那首他们共同谱写的交响乐。

"时光如果能这样停留下来就好了。"徐璐想。她轻轻吻上高宁的眼睑，柔声说："宁，我们结婚吧。"

高宁欣喜，紧紧搂住徐璐，说："过年时我就去你家提亲！"

他们又紧紧缠绕在一起。可是，他们还不知道，命运总是喜欢捉弄幸福的人儿，世间的欢好在命运之手中是如此的不堪一击。

第五十一章　大婚将至

转眼一年过去了，高宁和徐璐的婚期日渐临近。此刻，两人都沉浸在对未来美好生活的憧憬中，喜悦之情从言语和面容中漫溢出来，让人见了好生艳羡。同事们都称赞这马上要喜结连理的新人郎才女貌，是天造地设的一对儿。

在爱情的滋润下，徐璐比过去显得更娇媚动人，全身散发着幸福的气息，对待学生也更加温柔了。高宁最近忙得不可开交，但内心非常欢喜。想到马上要把心爱的人儿迎娶进门，他就充满了干劲儿。

在高宁和母亲的忙碌下，平常冷清的家此时增添了一份喜气。他将自己的卧室重新粉刷，贴上米粉色的墙纸，再沿着天花板挂上闪闪发光的彩纸，映衬着窗户上的大红喜字和挂在床头的大幅婚纱照。陪伴他从童年到高中毕业的单人床已经被换成了一张崭新的席梦思床，上面铺着大红的床单，床单上大朵暗红色的玫瑰正开到荼靡。

一个周日下午，高宁将屋子里里外外认真清扫了一遍，凝视挂在床头的婚纱照。这是他们两人在两个月前拍的。照片上，高宁一身笔挺的西装，剑眉下一双眼炯炯有神，嘴角微微扬起，那飒爽英姿如出征告捷的年轻将领。徐璐一身大红色新娘装，妆容让面容更显精致，深邃的眼眸里藏着深潭似的温柔，小鸟依人般依偎在高宁身边，如公主般散发着高贵气质。

这张照片一洗出来，引得摄像师啧啧称赞，直说他们俩是天作之合，都可以做挂历了。在征得两人的同意之后，摄影师把这幅得意之作放大做成海报，挂在了影楼最醒目的位置，据说自此影楼的生意都好了不少。

高宁心中洋溢着温暖，他感激上天让他遇见了徐璐。人生短短几十载，能得一知己，遇一心爱人，白首偕老，还有什么其他奢望呢？他又想到了自己的父母，想起了自己幸福的童年。他的童年，是在父母之间，还有父母与他自己之间浓浓的爱中度过的。虽然父亲只陪伴了自己短短十年的光阴，但给高宁的心中注入了无尽的温暖和爱，也就是这些温暖和爱支撑着高宁和母亲一起度过了刚失去父亲时的黑暗岁月和之后漫长的孤寂时光。

此刻，小时候的回忆充斥着高宁的脑海：父亲是驻地军人，也如他一样身姿挺拔，举手投足间充满魄力。高宁最期待父亲每周末从部队回家了，他总是怜爱地把高宁一把抱起来转一圈，用硬硬的胡子楂扎得高宁咯咯直笑，母亲在旁边静静看着，温柔的笑意充满整个眉眼。父亲抱完高宁，又去抱母亲，最后把他们两人都抱在怀里。然后，高宁会从父亲怀里挣脱出来，去翻父亲的包，每次都能从里面掏出一些好吃的，那是父亲特意给高宁买的。母亲会故意呵斥一下高宁，父亲只是怜爱地看着高宁笑，柔声抚慰假装生气的母亲。

待父亲又要出门的时候，母亲的脸上总是泛着柔媚的红润，看起来比父亲回家前更神采焕发，也更娇美动人了。母亲每次都会带着高宁把父亲送到车站，车开走的时候眼角总含着泪。然后一周的等待又开始，如此周而复始。

高宁理想中的婚姻就是父母这样子的。在父亲去世后，母亲一直独自带着他，谢绝了众多的追求者和说媒者，镇上的人都说她傻，而母亲的心是坚定的，一辈子，能爱着父亲一个人，足矣。待高宁慢慢长大，母亲有时候看着他会有点儿失神，总是说：“宁儿，你越长越像你爸爸了！”

高宁自己有时候看着镜子，也是这样觉得。他跟父亲是如此的神似，连气质都如此相似，让人恍惚父亲又回来了。他不禁感叹基因的力量是如此强大，人们生儿育女，就是为了将自己的基因传承下去，人类也是因此生生不息吧！但他又隐隐地担忧：父亲死于胃癌，据说这种疾病是有家族遗传性的。我在读大学时胃就不好，去年入职体检查出有胃炎，医生让自己注意保养，否则有致癌风险。如果我哪一天真的得了像父亲一样的不治之症，徐璐怎么办？要像母亲那样吗？

在满屋的大红喜字的交相辉映下，头脑中竟出现了这样的念头，高宁也觉得自己想法可笑，马上摇摇头站了起来，试图赶走这不合时宜的想法。

可是，胃部一阵隐隐作痛，他捂着胃部，坐在沙发上，连喝了几大杯水。擦擦额头，额头上冒出了丝丝冷汗。

待平静一些，母亲回来了，她最近也在为一个月后的婚礼操劳，刚刚去小商品市场购买喜庆用品了。高宁马上站起来，从母亲手上把东西接过来，又给母亲倒了一杯水。

母亲看到高宁的脸色有点儿苍白，关切地问："宁儿，你是不是有点不舒服？"

高宁忙摇头笑道："妈，你想多啦，我刚才睡了会儿，刚醒。"

母亲笑道："没有不舒服就好，你马上就是要当新郎的人了，可要照顾好自己身体，这样才好照顾徐璐啊！"

母亲一说起徐璐就满脸笑意，自从她第一次见到徐璐，就欢喜不已。也难怪，像徐璐这么漂亮、大方又懂事的姑娘确实是百里挑一的。见到母亲这么喜欢徐璐，高宁心里也是喜滋滋的，但当着徐璐，嘴上却说："你就是沾了我的光，我妈是爱屋及乌！"徐璐便故意噘着嘴，也不真的生气。

母亲接着说："宁儿，你饿了吧，我去给你做吃的。"说着，便往厨房走。

高宁忙拉住母亲，说："妈，你刚回来，先歇会儿，我去洗菜。"

于是，他便去厨房，洗菜的时候，回头望望坐在沙发上的母亲，母亲也一脸笑意地凝望着自己，心中涌起一阵暖意，他也朝母亲笑了笑，鼻头却突然一酸，他赶紧回头，眼泪滴在菜里。胃部，又抽痛了一下，痛像海水一样一波一波荡漾开来，他努力忍受着，心想：下周得请假去一下医院，但愿没什么大事。

第五十二章　看病

好不容易熬到一个没课的下午，高宁把班上的事情安排好，便匆匆出了校园。

他挂了个专家号，在肠胃科门口候着。诊室的门虚掩着，门口摆着一张小方桌，上面排满了一摞摞厚厚的病历。过一会儿，会有一个助理医师探出头来，拿着病历叫下一个人的名字，待那人进去后，门又关上。常有焦急的病人在门口探头探脑，里面传来一阵不耐烦的声音“叫到你再来！”门便被重重关上。外面的病人们于是又像恭候圣旨一般，战战兢兢地等着。

高宁见无处可坐，便站着等着，心想：医生和教师这两种职业其实有相通之处。医生医治身体，教师塑造灵魂。所以两个职业都责任重大，又劳神费力。当久了，也都会有职业病，医生对待病人总有些冷冰冰的，对再可怕的疾病也见怪不怪，习以为常了。教师对学生也总是摆一副冷面孔，让人觉得很威严的样子。有经验的教师对再顽劣的孩子，也有办法让他服服帖帖。难怪病人不愿意去医院，调皮孩子不愿上学。庸医能将人医死，庸师也可能让人灵魂扭曲。说到底，这两个职业都是良心活！

这样想着，门前的人陆陆续续进去又出来，高宁又发了一会儿呆。这时，助理医师的声音响起：“下一个，高宁！”

高宁赶紧走上前去，进了那扇门。

过一会儿，高宁出来了，又匆忙走向B超室。从B超室出来，高宁的神色有点儿凝重，B超单上显示胃部有个瘤子，还有待进一步检查。当高宁追问检查的医生时，医生冷冷地说：“具体去问大夫，下一个！”

高宁只能知趣而退，检查单上那两个醒目的字“肿块”让他直冒冷汗。他心里发慌，父亲临走前痉挛的痛苦模样又浮现在他面前，他几乎是跌跌撞撞地进了诊室。大夫看着检查单，眉头紧锁，说：“高宁，你有必要做一个胃镜检查确诊，但今天不能做了。你今天预约，下周才能做。最好有一个家人陪着过来。”

高宁忙问：“大夫，这是患癌的意思吗？”

大夫说：“现在还不好说，要做完胃镜活检后才能确诊。你先要放宽心态，不要给自己压力。好了，你先回去吧，记得先请一个星期的假。”

高宁不再多问，谢过大夫，走出了诊室。他不知道自己是怎么走回去的，只觉得越走眼前越黑，路上有熟人向他打招呼，他也像木偶一般视若无睹。好不容易走回宿舍，他倒头睡下，晚自习也没去教室。

正处于浑浑噩噩之际，一阵急促的敲门声惊醒了他，伴随着一个熟悉无比的声音：“高宁，快开门啊！我是徐璐！”

高宁默声不语，更深地将自己的头埋在枕头间。

敲门声停止了，一切又变得寂静无声。等了片刻，高宁忍不住打开门，没想到迎面却看见徐璐笑靥如花的脸，她调皮地抬着眉毛说：“我就知道你在里面！”一边自顾走进了房间，一边说着：“这么闷你也不知道开窗！”说着，她打开了一扇窗子透气。

高宁在徐璐身后站着，静静地看着她。往常，高宁一定会走过去，从后面抱住徐璐，深深呼吸着她头发的芬芳。

徐璐很快觉出不对劲儿，转身面向高宁，走上前去，手摸向高宁的额头，轻声说：“宁，你是不是哪里不舒服？你脸色不好。听主任说你下午请假了，晚自习又没去班上，刚才跟你妈打了电话，她说你没回家。我想你一定在宿舍，便赶紧来找你。”

高宁挤出一丝笑，说：“璐，我没事，就是胃有点不舒服，下午去了趟医院。”

徐璐忙问道：“医生怎么说？没事吧？”

高宁说：“没什么事，医生开了点药，说继续观察。”

徐璐粲然一笑，说：“没事就好！刚才你不开门，我还吓了一跳，心想你再不开门我就要请教师公寓的李师傅来开门了。”

她用手臂环住高宁的脖子，说：“宁，你脸色不太好，我去给你烧点水。”

说着，徐璐麻利地拿起水壶接水去了。看着徐璐的身影，高宁一阵心酸，他默默祈祷着：千万别有什么大问题，不然我太对不起她！

徐璐小心地端过温水，拉着高宁坐下来，一口口喂他。高宁笑道："我又不是小孩子，还要你喂！"

徐璐一脸笑意，说："宁宁乖，生病了就要多喝水！"

高宁心下一暖，将水一口口喝掉。心酸一阵阵涌起，他忍着没让眼泪掉下来。

徐璐看高宁将水喝完，又搂住高宁的脖子，深情地看着他，说："宁，你今天不舒服，我就不走了，好吗？"

说着，将头埋下，去吻高宁的唇。高宁难抗这温柔的诱惑，他搂住徐璐的腰，慢慢倒下。一场缱绻之后，徐璐还缠绕着高宁，不肯松开。高宁在徐璐的耳边柔声说："璐，你说，如果我哪一天离开你了，你怎么办？"

徐璐忙用手堵住高宁的嘴，说："别瞎说，要说也应该是我先离开你啊！"

高宁的脸色沉下来，说："璐，我是当真的！"

徐璐沉思片刻，说："那我就等着死神快点把我带走，让我快去见你。"

高宁心头一热，抱紧了徐璐，眼泪却不自禁地掉了下来。徐璐将他脸上的泪吻去，脸贴着高宁的脸，说："宁，你今天怎么多愁善感起来了，不像你的风格啊？放心，我马上就要嫁给你了，我们的好日子才刚刚开始呢！快去洗个澡睡觉吧，明天还要早起呢！"

听着高宁洗澡的水声，徐璐轻轻下床，在写字台抽屉里找到了病历和里面夹着的检查单。徐璐呆了，双手开始颤抖。她赶紧将抽屉合上，重新躺回床上。她的心狂跳不止，大脑里嗡嗡作响，"肿块"两个字在眼前不断交替重叠着，双眼有些肿胀发酸。卫生间传来哗哗的水流声，徐璐的思绪也源源不断地涌出来。她瞬间理解了高宁今天的异常。一个声音在心中回荡着："高宁，不会有事的！无论发生什么，我都会陪在你的身边。有什么事情，我们一起来抵挡！"

高宁出来了，徐璐立马露出笑脸，说："快睡吧，我去洗！"她跳下床，进了卫生间，当水流声响起的时候，她让自己的泪随着水一起流淌。最后，她蹲下来，捂住脸，让水哗哗地在头上、身上流着，任凭这喷头里洒出来的水淹没她的悲伤。

徐璐从卫生间出来，看着高宁如孩子般酣眠的神情，忍不住又抱紧他吻起来，一滴泪滴在他的眼睛上。高宁睁开眼，吃惊地问道："璐，你哭了？"徐璐没有作声。高宁又问："你知道了？"徐璐说："不要多问。"便吻住了他的唇。高宁心知肚明，为之动情，也不自禁地流下眼泪。两人的眼泪融在一起，又被吻进对方的嘴里。徐璐翻身上去，纵情地吻着，喃喃地说："宁，你要我吧！"

高宁压上去，两人疯狂地缠绵在一起。既然命运戏弄，那就让快乐更猛烈、更长久一些吧。

世间悲欢离合总无常，人生苦短，不如尽情享受当下的爱和欢好。

第五十三章　飞来横祸

高宁本来是想一个人去做胃镜检查的，如果有什么问题也好想办法用适当的方式让徐璐接受。没想到徐璐如此冰雪聪明，一眼便洞穿了实情。

高宁心知瞒不过她，便将医生的话告诉了她。徐璐听后，执意要陪高宁一起去复查。高宁拗不过她，又想到医生说要带一个家属，而万一有什么不好的结果，母亲可能更难以承受，便答应了她。

胃镜检查是相当痛苦的，需要将一根长长的管子从口腔插进去，穿过食管进入胃，然后再抽出来。高宁感觉这两分钟就如同一个世纪，管子每插入一分，他就感觉胃中一阵翻江倒海，想吐却没有东西吐出来。一会儿便全身虚汗直流。

医生熟练地将管子拉出来，仿佛高宁的身体就是一个容器，从容器里抽出东西来，就可以换下一个容器了。医生面无表情地对高宁说：“好了，坐在外面等化验报告！下一个！”高宁道谢退出，看着外面等候的人，又忍不住一阵恶心，胃又开始作痛了，这次的疼痛比以往来得更猛烈一些，他按着胃部，佝偻着身子，一脸痛苦。徐璐赶紧上前扶他坐下，忙着帮他擦额头上的汗，递上温开水，关切地问：“很难受吧！”

高宁脸色苍白，但还是抬头勉强挤出一个微笑。徐璐鼻头一酸，高宁的痛苦似转嫁到她身上一样，心中绞痛，眼泪就要落下来，但她强忍着没让它流下，眼角肌肉因拉得过紧而轻轻抽动起来。她来时就告诉自己：今天无论发生什么，都不能哭，一定要做高宁最坚强的后盾！

过了片刻，医生从诊室出来，喊道：“谁是高宁的家属？跟我来一下！”

徐璐和高宁忙抬起头来。看到医生严肃的表情，两人心下一惊，都有了不太好的预感。徐璐答道：“我是高宁的家属。”医生说：“你跟我来，高宁你先等一下。”

徐璐跟着医生进了诊室，浓浓的消毒水味让她有点儿恶心想吐，她耐不住焦急，连忙问道：“医生，请问高宁的情况严重吗？”

医生叹了口气，目光在徐璐身上停留了几秒，问道：“你跟他是什么关系？”

徐璐答：“我是他的未婚妻。”

医生继续叹气，摇着头，递给徐璐一张化验单，说：“从检查结果来看，高宁患上胃癌无疑，发现较大面积的胃溃疡及不规则占位性病变。”

听到“胃癌”二字，徐璐一阵晕眩，腿有点儿发软，身子往旁边一晃，差点儿跌倒。医生赶紧扶她坐下，又给她倒了一杯水。

徐璐稍平静下来，虚弱地问医生：“是早期还是晚期？还有救吗？”

她多么希望医生对她说高宁还有救。那点儿希望的火星是否被掐灭，就取决于医生那一开一合的嘴了。她痛苦地看着医生。

可是医生的话却狠狠地将她的希望击碎了：“据报告单上显示，癌细胞已向腹腔内肝门、腹膜、肠系膜、肝脏等部位侵袭，很遗憾，已到了晚期。”

医生埋下头，不再往下说，似乎意识到自己成了扼杀那一抹希望的刽子手。空气凝滞，好似被笼上了一层浓墨，让人窒息。医生常常见到这些世间的悲痛，要么变得铁石心肠，要么修得一颗菩萨般的慈悲心。

这位医生被徐璐的悲伤感染了，有点儿不忍心，走到徐璐身边，拍拍她的肩膀，安慰道：“这种病一般都难得有先兆，一经发现，往往是晚期，不过也不是完全无救。现在省城医院可以做化疗，有一定概率能控制癌症。我可以帮助你们联系省城医院的医生。”

徐璐满脸是泪，听医生这么一说，又燃起了希望，急忙说：“谢谢医生！有一线希望都要治疗，麻烦您帮忙联系一下医生，我们会感激不尽！”

医生见她这样，眼眶竟有些微微湿润了，点头说：“好的，你放心！”

高宁的报告单像一道霹雳划过了徐璐和高宁柔情蜜意的晴空。徐璐觉得正当她终于可以张开翅膀，拥抱那唾手可得的幸福的时候，一块天外飞来的巨石重重地砸在她的身上，压断了那对翅膀，也击碎了他们的幸福。

和医生对话的这短短几分钟，徐璐觉得仿佛在奈何桥上走了一番，高宁的生死劫此刻就握在她的手上，她恨不得将它撕得粉碎，可是那沉重的现实压得她无法呼吸。心痛得窒息，整个人像虚脱了一样，她不知道该怎么面对门外的高宁。她自己先被击垮了，她实在是没有力量也没有勇气见到自己心爱的人再被击垮一次。

于是在走出诊室的时候，徐璐把化验单塞进了衣服口袋。高宁早已守在诊室门口，听医生的语气，再见到徐璐苍白的脸，他顿时什么都明白了。人们在等待一个结果的时候，往往受尽煎熬，可是当这个结果出来，无论有多么坏，内心反而平静了许多。

高宁此刻便是如此。他赶紧扶住徐璐，轻轻拍打她的后背，安慰道：“璐，你脸色不太好，坐下喝口水再说！”

看徐璐缓过点劲儿，高宁问：“医生怎么说？”

徐璐眼泪就要落下来了，她拼命忍住悲痛，说："宁，医生说了，你的病还是早期，还有救！"

高宁心知是徐璐骗他，伤感又心疼，他爱怜地看着徐璐，仿佛要把她的轮廓深深印在自己的脑海里，搂住徐璐，轻轻说："璐，没事就好，我就说我没事的吧。"说着，故意挤出一个笑容。徐璐心下更痛，背过脸，一滴眼泪顺着眼角滑落。高宁心下清楚，却没有说话。

高宁说："璐，你今天看起来不太舒服，我们回家休息吧！"徐璐点头。

回到宿舍，高宁让徐璐躺下休息，轻声问徐璐："璐，你说的我没事是骗我的吧？"

徐璐看着高宁那明亮的眸子，心酸像潮水一般涌过，她再也控制不住了，泪水像破了闸门的洪水一般汹涌而出，她靠在高宁的肩头痛哭失声，一边哭一边说："宁，你不会有事的！"高宁紧紧抱住她，吻着她脸上的泪，说："璐，我没事，我怎么忍心离开你呢？"

可是越这样说，两人越是伤心，越吻眼泪越多，最后，高宁也忍不住哭起来。两人紧紧地将对方抱住，生怕一松手就弄丢了对方。眼泪在脸上恣意流淌，伤心到极致的时候，两人开始激烈地吻起来，只有这样，才能确认生命是存在的，只有这样，才能真切地感知对方还在自己身边。

哭到天昏地暗，也吻到天昏地暗。那张诊断单，还静静待在徐璐的衣服口袋里。如果命运非要戏弄人，那就让爱来阻挡它，即使是螳臂当车，即使是粉身碎骨，也在所不惜。

第五十四章　悲喜交集

自从那日确诊之后，高宁便没再去上班。徐璐也请了一个星期的假，陪同高宁去省城复检。他们俩瞒过了高宁的母亲，只说学校安排他们去省城学习。

长沙，湖南省会，古楚腹地，历朝风流人物的故土。这里的人，有湘江水的柔情，自古有“湘女多情”的说法，也有辣椒般的火热泼辣，湖南人的“霸蛮”精神从曾国藩以来就令国人刮目相看。一年多前，他们离开这里的时候，是那么的踌躇满志，对未来充满了无限的憧憬。挂在岳麓寺观音殿的莲花灯上，他们用心书写的祈福语应该还在随风摇曳吧。

“我愿与高宁相伴一生。徐璐”。

这行字又出现在徐璐面前，她不知道高宁写的跟她不谋而合：“我愿与徐璐相伴一生。高宁”。

美好的许愿还历历在目，命运的黑手却伸向了这两个只想与爱人共伴一生的可怜人儿。这一趟来省城，仿佛是来接受命运最后的审判，虽然他们知道希望渺茫，可对于溺水的人来说，一根稻草也要牢牢握住。

他们去了省城最好的医院，找到了家乡医生介绍的郭医生。

郭医生给高宁做了详细的检查，最后得出了与家乡医院一致的结论：高宁所患胃癌已到了晚期，癌细胞已经出现了扩散，手术已经没有太大的意义。要想控制癌细胞，必须进行化疗。

这样的消息打碎了他们仅存的一丝侥幸。这几天的奔波和内心极度的痛苦让徐璐处于崩溃的边缘。她深邃的眼眸更深地陷了下去，眼眶下一抹浓重的黑眼圈，眼皮微微浮肿，眼角处挂着淡淡一道泪痕。如花般的笑靥消失了，面颊那红润的饱满被灰暗的消瘦所取代，整个人显得疲惫又忧愁，还有与她年龄不匹配的沧桑。

高宁也在消瘦，时不时的腹胀痛和恶心感折磨着他，更让他备受煎熬的是看到徐璐为他煎熬的样子，虽然徐璐嘴上不说，还时刻表现出轻松的样子，可是他知道，她的心里承受了多么大的痛苦。

他感叹命运，生生将唾手可得的幸福撕得粉碎。可是他却无力反抗，在命运的巨手前，他就如同一只蝼蚁，来不及挣扎便被捏成灰。他对徐璐既心疼，又有一种深深的愧疚和无力感。

在痛苦的挣扎之后，他想：既然无法给她幸福，那就放手吧，至少让她不要那么痛苦。

虽然下定了决心，可是在面对深爱的人的时候，高宁却怎么也开不了口，要对徐璐说分手，就好比拿一把钝刀子，一刀一刀割他的心。

高宁决定不管多么痛苦，还是要对她说清楚。这天，高宁和徐璐吃完晚饭，高宁提议去湘江边走走。徐璐一口答应，来长沙几天，天天都奔波于医院，他们确实需要出去走走，让江风吹散点儿压抑和苦闷。

走在湘江旁边，江风轻轻吹着，两人并肩而行，夕阳将两人的影子拉得长长的，落在鹅卵石覆盖的江滩上，随着脚步慢慢移动，交叠，又分开，似在谱写一支光与影的协奏曲。从背影来看，这是一对多么般配而令人艳羡的神仙眷侣。

在夕阳和江水的陪伴下，两人暂时忘记了忧愁，他们开始回忆大学生活，徐璐的脸上又出现了久违的笑意。走着走着，天色暗了，高宁把步子放慢，站在徐璐面前，看着她的眼睛，说："璐，我觉得我们俩还是分开吧，我这样给不了你幸福。你还年轻……"

没等高宁把话说完，徐璐用手堵住了高宁的嘴，说："不准说这样的话，我除了你之外，不会嫁任何人，你就是我的幸福。我们有一线希望，就不能放弃。你在一日，我就陪你一日。你走了，我也陪你。"

高宁听到这话，动容不已，也心酸不已，他的泪不自禁地滑落下来。可他还是强忍住拥抱徐璐的冲动，故作生气地推开她，厉声说："够了，别那么煽情，我就是个废人，你跟着我干什么！快走吧！"

徐璐吃了一惊，声调也提高了："我不走！"

高宁狠下心来，说："徐璐，这几天我看着你就心烦，你就是我的拖油瓶，你知道吗？"高宁说这话的时候，心在滴血，每一个字都像刀锥一样割着他的心。

徐璐惊呆了，她从未听过高宁这样对她说话，她凝望着高宁那铁青的脸，突然冲上前去，打了高宁一个巴掌，说："高宁，你疯啦！你自作聪明，以为这样就能赶我走？你把我看成什么人了？把我们的爱当作什么了？你赶不走我的！你要赶我走，我就死给你看！"说着，她转身往湘江里冲。

高宁急了，一把拉住她，紧紧地抱住她，像要把她揉碎在身体里一般。他们又疯狂地吻起来，既然命运给他们的时日无多，他们就尽情地享受这剩下的时日吧！

郭医生为高宁安排好了化疗。癌症化疗需要分成几个阶段完成，每个阶段都需要一笔高昂的费用。当高宁望着那笔费用愁眉苦脸的时候，徐璐搂着高宁说："宁，不用担心，我们结婚不是准备了一笔钱吗？可以拿出来用！"高宁推开徐璐，说："怎么可能，那是给你的礼金！"

徐璐淡淡笑了，心里却酸楚不已，她幻想了无数次的婚礼就要成为泡影，那精心挑选的婚纱还没穿上，便被搁置。不过，有爱人在身边，婚礼算得了什么？礼金又算得了什么？

徐璐柔声说："宁，只要能换你的生命，我做什么都愿意。何况是那点礼金呢？"

高宁望着眼前这个女子，眼眶再一次湿润了。患难见真情，他真心感叹遇到这么至情至性的女子，真是三生有幸，总是不经意间就深深打动他的心。他感慨对徐璐他无以为报，只求来生能再遇到她，平平安安做一对神仙眷侣。他轻轻搂着她，眼泪浸湿了她的长发，只求时间慢点儿走，让他再好好感受她的味道、她的体温，还有她的心跳。

高宁还未开始化疗的时候，徐璐的假满了，学校开始催她回去上课。徐璐想再延一段时间的假，高宁却说："你再延下去也不是事，我们还是新老师，最好别请太长时间的假，而且你还得回去帮我延假。还是让我妈过来，这件事情始终是瞒不过她的。"

两人思忖良久，还是决定先不告诉高宁母亲实情，找一个借口先让她来长沙，再慢慢告诉她。

对于找什么借口，他们思索半天也想不到合适的。结果，徐璐的身子给了他们答案。徐璐最近总是觉得疲乏，还伴随着一阵阵恶心，一天晚上恶心感加剧，竟把晚上吃的饭一起吐了出来。高宁心急，陪她去挂急诊。检查结果出来，大夫笑眯眯地对徐璐说："没什么问题，是喜事，你怀孕一个多月了！”

两人听到这个消息惊呆了，漆黑如墨的天空中突然划过了一颗流星，让他们怦然心跳。徐璐一阵狂喜，她恨不得跳起来欢呼，可看到高宁心事重重的样子，她按捺住了。

徐璐在得知高宁患癌之后，一个想法在头脑中越来越强烈：我要给高宁生个孩子！可没想到，在一个多月前，一颗生命的种子便悄悄种在了她的体内，她想到了那个柔情而疯狂的夜晚，一抹红晕重新出现在她脸上。

回去的路上，徐璐挽着高宁的手臂，步子也轻快起来，这个消息对于她是如此的重要，这个突如其来的小生命也唤起了她身体里的生命力和对生活的希望。

高宁却心情复杂。听到徐璐怀孕的消息，若不是重病缠身，他一定要抱着徐璐转几圈。可是，如今他却深深担忧：这个孩子在大难之时来了，他注定与风雨相依。我可能在不久之后就离世，孩子说不定一生下来就没了父亲。而徐璐还那么年轻，如果我走了，徐璐便要一个人抚养孩子，那她一辈子就要背上沉重的负累。

这样想着，高宁摇摇头，对徐璐说：“璐，这个孩子来得不是时候，我们现在这种状况，不适合要孩子。”他没有说要把孩子打下来，话到嘴边却没有说出口。

徐璐听后，知道高宁的想法，便坚定地说：“宁，我知道你担心我，别怕，我没事的。这个孩子我一定要生下来。你好好治疗，等着孩子叫你爸爸呢！”

高宁听出徐璐的坚定，也知道徐璐一旦下定决心是很难动摇的。他便不再多说，只是对她心疼不已，他握紧她的手，怜惜地说：“璐，苦了你了！”

徐璐心中一暖，一滴泪从眼角滑落，她捏紧了高宁的手，轻轻说：“我愿意！”

第五十五章　当你老了

得知徐璐怀孕后，高宁很快给母亲打了电话，但并没有说自己的病况，只是告诉母亲徐璐怀孕了，由于孕期反应明显，需要延假几天。而高宁又要回去上课，请母亲来一趟长沙，好接替高宁照顾徐璐，等到徐璐身体好一点儿之后再和她一起回沅水。

高母听到徐璐怀孕的消息，既惊又喜。惊的是他们还未结婚便怀了孕，喜的是自己很快就要当祖母了，自己儿子和徐璐的爱情结晶此刻正在孕育着，不久之后，一个小生命便会降临世间，给这个沉寂已久的家庭带来生机和希望。

自从高宁父亲去世，母亲的心就全部牵系在儿子身上。儿子是她生命的寄托，是她生活下去的勇气和希望。她渐渐地在儿子身上看到了丈夫的样子，这让她既幸福又心酸。这十几年来，是丈夫留给她的充满温暖和爱的回忆支撑着她独自抚养儿子，直到他长成了丈夫的模样。

她很久都没有这么高兴过了。她匆忙地收拾了行装，临走之前，她在丈夫的灵牌前敬了一炷香，说："老高，我去接我们的儿媳妇回来，我们要抱孙子了！"这十几年来，无论是苦闷还是喜悦，她都喜欢对着丈夫的黑白照片絮叨一阵，就像丈夫生时她会把丈夫当成树洞一样，那时候，丈夫总会给她一个温暖的拥抱。虽然丈夫不在了，但她一直感到他还在静静守望着她，这样的想法让她孤寂的内心多少有了一点儿慰藉。

这时的高母，并不知道她即将面临她丈夫去世后的最惨痛的打击。命运是残酷的，它总是在不经意的时候给你致命一击，让你从幸福的云端跌落，摔得粉身碎骨。在命运面前，人就是一根芦苇，轻如鸿毛。人无法对抗命运，只有不断修炼自己的内心，让它足够强大、足够坚忍，才能把心中的伤痛深深封印，在尘世中苟延残喘，或者化蛹成蝶，看破世间悲欢，超脱于尘世。

高母到了长沙，先与高宁、徐璐吃了一顿饭，饭桌上，看着母亲兴奋的神色，高宁和徐璐屡次欲言又止。但高母敏锐的直觉还是让她感到了一点儿异常——即便儿子再怎么强颜欢笑，他的语气和表情都告诉她：他隐藏着一些东西。

回到宾馆，他们三人坐在一起谈心。高母先发问了："宁儿，感觉你好像脸色不太好，是不是身体不舒服？"

高宁和徐璐对望了一眼，高宁点了点头，说："妈，实话告诉你，是我的身体出了问题。"

高母脸色陡变，她的预感得到了应验，她声音有些颤抖，问道："宁儿，你怎么了？"内心祈祷着上天不要再跟她开什么玩笑，让她备受磨难的心又一次被摧残。

徐璐把头埋下，不忍心见到高母听到消息后的痛苦。

高宁顿了顿，几个字生硬地从干涩的喉咙里吐出来："妈，医生说我的胃出了问题，要留作检查。"他还是没有勇气说出"癌"这个字。

聪明的高母听着儿子的语气，顿时明白了八九分。知子莫若母，她想，事情没有严重到一定程度，高宁是不会告诉她的。

她的心悬起来，又像秤砣一样压迫着她的胸腔，让她呼吸不畅。她上前握住儿子的手，眼泪却唰地掉下来，她心疼地对儿子说："宁儿，实话对妈妈说。妈妈没事的，你告诉妈妈，到底怎么了？"

徐璐再也忍不住了，眼泪夺眶而出，仿佛梅雨季节的雨水一般，连绵不尽。

高宁的眼眶也湿润了，他实在没有勇气说出实情。高母轻轻搂住高宁的头，让他像小时候那样靠在自己的胸口，温柔地抚摸着他的头发，说："宁儿，是不是像你爸爸那样？"她说出这句话的时候仿佛用尽了全身的力气，既然命运要作弄他们，就让风暴尽情地来吧，看能把人折磨成什么模样。

高宁的身子有些颤抖，他抱紧了母亲，泪水无声地流着，浸湿了母亲的胸襟。高母见高宁不作声，心中便全明白了。命运又当头给了她一棒，这次的打击几乎是毁灭性的，她的天空就这样坍塌，瓦解了。她欲哭无泪，心在滴血，可是此刻，她唯有抱紧儿子，用自己不算宽阔的胸膛给苦命的儿子遮蔽风雨。

母亲越是不说话，高宁心里越是如刀割一般难受，他哽咽着说："妈，对不起！"高母心疼得快要窒息："宁儿，别这样说。"她抬起脸，眼泪如江河之水，汹涌而出，在脸上肆意流淌着，脸紧绷着，牙关紧咬，极力控制着自己不要哭出声来，可肩头却不自禁地抽动着。

在一旁哭泣的徐璐再也控制不住，叫了一声："妈！"走上前抱住高母，失声痛哭。高母一边叫着宁儿，一边痛哭出声，三个人就这样抱在一块儿，哭成了泪人，不知苍天是否会被打动，垂怜这不幸的一家人。

第二天，徐璐回到了沅水。高宁和母亲留在了长沙，准备第一个阶段的化疗。人就是这样，在不幸面前，只能用脆弱的身躯来抵挡，同时麻醉自己的内心，给它镀上一层坚硬的盔甲，不至于被伤害得体无完肤。

化疗虽然能在一定程度上控制癌细胞扩散，但是药物也有极大的副作用。高宁对化疗药物的排斥反应明显，头发大把脱落，反复呕吐，有一天晚上吐了一夜，将胃里的黄水也吐了出来，直到腹中再无东西可吐，变成干呕。高母心痛不已，只能不停地拍打着儿子后背，内心滴着血，泪已流干，感叹上天怎么对儿子如此不公。

化疗的费用高昂，几个疗程下来，家中储蓄便所剩无几，要完成剩下的疗程，将给徐璐准备的礼金算上也捉襟见肘了。

高宁一日照镜子，见自己原来俊朗的模样在药物的摧残下，已面目全非，他愤怒地摔了镜子，手捧住脸，痛苦地低吼着："我不要化疗了！"高母捡起镜子，强忍住内心的悲痛，轻声安慰他。可无论怎么劝，高宁都执意不肯再接受化疗。通过病情的发展和他这段时间来的了解，他知道即便是化疗成功，也只是延续残生，而无法完全治愈。看着母亲和徐璐为自己奔波痛苦的样子，他觉得还不如早点儿了却残生，让她早点儿开始新的生活。

不管母亲和徐璐如何苦苦相劝，高宁都铁了心不再接受化疗。他们没有办法，只能让他在家，慢慢观察，实在不行再想别的办法。

说来奇怪，在不化疗的这段日子，高宁的精神状态竟好了一些，他已经将生死置之度外，反倒轻松了许多，虽赋闲在家，在精神状态好的时候，他也能拿起吉他，给徐璐和母亲弹着曲子唱几首歌。

徐璐后来回忆起那段日子，高宁轻轻哼着歌，将耳朵贴近她的肚子，听着胎音，两人共同商讨着给孩子取个名字。高宁冥想了会儿，说："要不叫高恩赐吧！他是上苍恩赐给我们的一个孩子！"

徐璐的泪水滑落下来，这是幸福的泪，苦难和幸福总是相伴相随的，"恩赐"，这是多么动听的名字，但愿孩子能远离苦难。

一日，高宁和徐璐相依而坐，高宁把一个精美的盒子放在徐璐手上，说："璐，我把这个给你，你打开看看。"

徐璐打开，一枚小巧精致的戒指映入眼帘，指环中央一枚小巧的钻石闪耀着璀璨的光，射入徐璐的眼睛，让她一阵晕眩。徐璐连忙盖上盒子，说："宁，你花这么多钱买这个，你治病还得花不少钱呢！"

高宁的表情严肃起来："不准不接受，这是我给你的信物，我的病，就看上天的安排了。"

说着，他把盒子拿过去，重新打开，将那枚戒指取出，轻轻戴在徐璐的左手无名指上，深情地说："璐，对不起，因为我的病，无法给你一个完美的婚礼，只能以这种方式来稍稍补偿。你是我这辈子唯一的爱，我的妻子。"

徐璐泪如雨下，扑在高宁的胸膛，哽咽着："宁，我们不会分开的，我是你的，我这一辈子也只有你！"

高宁轻抚徐璐的发，在她耳边念起那首叶芝的《当你老了》：

> 当你老了，头发花白，睡意沉沉，
> 倦坐在炉边，取下这本书来，
> 慢慢读着，追梦当年的眼神……

徐璐往下接：

Your eyes had once, and of their shadows deep;
How many loved your moments of glad grace,
And loved your beauty with love false or true,
But one man loved the pilgrim Soul in you?
And loved the sorrows of your changing face;
And bending down beside the glowing bars,
Murmur, a little sadly, how Love fled?
And paced upon the mountains overhead?
And hid his face amid a crowd of stars.

这是徐璐最爱的诗人叶芝写给他爱人的诗，所以她抄下这首诗，作为定情信物送给了高宁。这首诗一下子将他们俩的思绪拉回到几年前的那个冬日夜晚，他们在宿舍楼前一吻定情，连寒风里都充满了甜蜜的味道。

读着读着，两人的眼泪就出来了。徐璐幸福又感伤地想着："这辈子遇到高宁，是自己最大的幸运。不管还能相伴多久，都此生无憾！"

第五十六章　噩耗

日子流水般过去，徐璐的肚子慢慢大起来。高宁的病情反反复复，时好时坏。对待流逝的时间，他们是极其矛盾的。他们希望时间走得快一点儿，好早日见到徐璐肚子里那个鲜活的小生命，又希望时间走得慢一点儿，因为纵使他们再不愿意接受，也必须面对这个现实：癌细胞正慢慢吞噬着高宁的生命，那一天早晚都会到来。

还有将近一个月徐璐就要生产了，高宁的病情却恶化了，腹中绞痛越来越厉害，吃进的流食都会很快被吐出来。呕吐越来越严重，整个人越来越瘦，衣服穿在身上，像搭在一个空荡荡的骨架上。高母整日整夜地照顾他，人憔悴了不少，显得更瘦小了。为了让徐璐安心待产，她反复叮嘱徐璐少来家里，她要把所有重担都扛在自己身上。

那日，高宁的病情似乎有了些好转，他让徐璐先回家。徐璐那晚睡得非常安稳，她感到好久都没有睡过那么沉的觉了。

一睡便快到第二天中午，她被一个电话惊醒，高母带着哭腔说："他走了。"

徐璐手一抖，话筒从手中掉落。她嘶吼一声，身上衣服未换便冲出门去。她疯狂地奔跑着，脸上的泪水恣意地往下流，嘴里不停喊着高宁的名字，步子跌跌撞撞，表情如同疯魔。行人都纷纷躲闪着这位披头散发的孕妇，以为她疯了。

她真是疯了，世界一片昏暗，她哭着、跑着，车在身旁经过，她浑然不觉。她只知道自己的世界坍塌了，她的心痛到麻木，也跟随那个人去了。她拖着臃肿的身体，跑着、哭着、喊着，她要让时间倒流，让时间把那个人还回来，好端端地还给她。他怎么能就这样去了，怎么能丢下自己，丢下还未出世的孩子呢！

"高宁，你回来！"她痛苦地哭喊着，突然眼前一黑，一个跟头跌了下去，世界开始瓦解，她失去了意识。

当她醒来的时候，看到眼前的一切都是白色的。白色的墙，白色的床单，身旁的人也穿着白色的衣服。手上插着针管，吊瓶里的液体正缓缓地进入她的身体。她见到自己母亲那张憔悴的脸上露出惊喜的表情："璐，你终于醒了！吓死妈妈了！"

徐璐的脑中突然闪现出跌倒前那纷繁的意象，她心中绞痛，一行清泪又落下来，试图从床上坐起来。她母亲赶快扶住她，说："傻孩子，你干吗呢！"

徐璐语无伦次地说："我要去找高宁！"

母亲的脸上浮现出悲痛，她抱住徐璐，说："孩子，我知道你难过，他已经不在了，但是你不顾孩子了吗？"

“孩子？我和高宁的孩子？”徐璐怔住了，她下意识地摸了摸肚子，发现隆起的肚子瘪了下去。

她母亲轻轻抚慰着她，说：“璐，你快把妈妈吓死了。你那天昏倒在地，流了好多血。幸好有好心人叫救护车把你及时送到了医院。医生说要马上动手术，问是保大人还是保孩子，我们都说保大人。手术做了整整一个下午，原以为孩子肯定保不住了，可没想到，孩子命大，竟然活了下来，医生都说这是个奇迹。可是，你因为失血过多，一直昏迷不醒，今天是你昏迷之后的第四天了，可总算是醒过来了！”

“奇迹？难道真是上天的恩赐？可是，上天对高宁呢？”徐璐连声问道：“孩子呢？我的孩子呢？”

徐璐妈妈擦了擦眼泪，让护士把孩子抱过来，放在徐璐身边。见到这个孩子，徐璐悲从中来，泪水簌簌滚落，他是那么的纯净无邪。徐璐轻轻抚摸着他的眉眼，依稀可见高宁的模样，一个生命逝去了，另一个生命又延续下去，难道，一切都是上天的安排？徐璐的泪水滚落在婴儿柔嫩的皮肤上，她嘴里喃喃地叫着：“恩赐，高恩赐。”

突然，她放开手中的孩子，对母亲喊道：“妈，我要去找高宁！”

她母亲扑通一声坐在地上，说：“璐，他已经去了，葬礼已经结束，你见不到他了！”

徐璐怔住了，她大叫一声，一声声嘶吼着，只有这样才能稍微宣泄自己内心的痛苦。身旁的孩子被她吓到，哇哇大哭。徐璐母亲慌忙抱住她，心疼地流着泪。哭声喊声充斥着病房，护士匆忙跑过来抱走孩子，并给徐璐打了一针镇静剂，徐璐又沉沉睡去，只有在梦里，她才能与高宁再一次相会。但愿这个梦一直做下去，再也不要醒来。

时间是治愈一切伤痛的良药。逝者已逝，生者却要坚强地活下去。何况这个世界还多了一个小生命，他是高宁生命的延续，是他们爱情的见证，是徐璐的软肋，也是盔甲。她突然就理解了高宁的母亲在失去高宁父亲之后，独自将高宁抚养大的坚强和勇气。她觉得世间已经没有什么事情能够击垮她了，见到这个柔软的嗷嗷待哺的小生命，她的心中便充盈着爱和力量，一种能够让她为孩子抵挡所有风雨的力量。

徐璐剪短了发，秀丽的脸庞退去了少女的鲜活，但她不再轻易哭泣，表情始终是淡然的，既见不到欢喜，也见不到悲伤。只是在辛苦工作一天后，回到家中，她总是端详高宁的遗像。照片里，他是那么英俊，嘴角微微上扬，目光清澈，仿佛还是在深情地望着她。看着看着，眼泪就下来了。徐璐摩挲着高宁的骨灰盒，这是她求着高母给她的。于是，高宁的骨灰被分成了两半，一半在高母那里，一半在她这里。亡者不语，生者，只能留一点儿亡者的残骸，抚慰自己的思念之情，了此余生。

她把骨灰盒放在床头，轻轻呼唤着高宁的名字，孩子响亮的哭声又传入耳中，徐璐匆忙跑出，抱起孩子，撩起衣服，将奶头塞入孩子的嘴中。孩子贪婪吮吸着，吃饱后打了个饱嗝，进入了梦乡。

徐璐看着孩子，感叹道："命运无常，而生命又是多么奇妙，生死就是这样不断轮回着。"

第五十七章　机会

这一年沅水的冬天特别冷。尹怀生站在窗边，看着外面飘飞的棉絮般的白雪。雪洋洋洒洒飘落，静静地栖息在屋顶和大地上，给万物浸染上一层清净。大地上的万事万物，不管美丽还是丑陋，高贵还是卑贱，有序还是混乱，喜悦还是悲伤，都被覆盖在这一层白茫茫下。

尹怀生的思绪也随着这雪花飘飞起来。他想到六年前的那个冬夜，也是小雪纷飞，他和叶婉秋因剧结缘。不知是演戏太过用心还是什么原因，他们俩都入戏太深。演出结束后那段时间，尹怀生梦里全是叶婉秋的影子。从那以后，他便陷入了这爱情的温柔陷阱中。

六年前的那个飘雪的夜晚，还有另一对佳侣在雪夜互诉衷肠，用彼此火热的心温暖了寒冬。可如今，他们已经阴阳两隔。想到高宁和徐璐，尹怀生心中就生出一片悲凉，唏嘘不已。太过美好的东西总是那么脆弱，仿佛上天也眼红他们俩神仙眷侣般的爱情，非要生出点儿事端，将这美好打碎，让生者用残生来怀念。

外面传来爆竹声，有烟花绚烂的身影划破黑漆的夜空，一如那曾闪耀过的生命和爱情。高宁的生命停止在他最美好的年纪，他永远驻留在他死去的年纪，一直“青春”。他和徐璐的爱也永远停留在那个最美好的状态，免于被往后的时光和凡俗生活所侵蚀。

“造化弄人，可怜了这对恋人！”在悲凉中，尹怀生竟生出一丝对高宁和徐璐的羡慕来——他们俩的爱是那么纯粹，那么浓烈，就像那转瞬即逝的烟花，纵然短暂，却绽放到极致。

尹怀生想到自己与叶婉秋，从开始到现在，一路都充满磕磕绊绊。经过重重阻碍走到一起，又遭遇陷阱，将他们俩分隔两地。如果生死会阻隔爱情，那世事便能消磨爱情。

在刚回沅水的那段日子里，尹怀生几乎每天都会和叶婉秋通一个电话。两人有说不完的相思，诉不完的离愁。若不是宿舍排队等候打电话的人不停催促，他们估计会一直说下去。可是，不知道从什么时候起，不知是因为打电话不方便，还是因为彼此工作、学业繁忙，抑或是其他原因，突然有一天，两人说着说着竟冷场了。叶婉秋说着她的学术，尹怀生心系着他的升职。两人在你一言我一语中，竟徒增了生分。

意识到这种生分后，尹怀生的背后起了丝丝冷汗，他对曾经笃定的爱情竟生出了一些无力感，好一阵，他陷入了惆怅和落寞的情绪里。叶婉秋不懂尹怀生的仕途抱负，尹怀生难解叶婉秋的学术情结。他曾试图向叶婉秋靠拢，无奈现实残酷，他侥幸逃脱魔窟，回到沅水。他本承诺叶婉秋通过考研和她相聚，可是工作与考研难以兼顾，他连考两年都名落孙山。

可是，他的心还是属于叶婉秋的，无数个午夜梦回的时候，叶婉秋盈盈走来，与他相会，醒来时，他努力寻找枕边那一缕甜香，可是纵使梦境再真实，身边也是空空如也，独留他在回味中怅然。

渐渐地，两个人的电话从每天一个到两三天一个，再到一个星期一个。

半年前，叶婉秋突然给尹怀生打来电话，说她即将作为交换生被公派出国，为期一年，去的国家是她向往已久的英国。虽隔着一根电话线，尹怀生仍能清晰地感到叶婉秋语气里满溢的兴奋，他内心里是为她高兴的，但却有一层失落。能被公派出国说明学校对她的重视，回国以后留校的可能性是很大的，那么她毕业后还会回沅水吗？

尹怀生觉得他们两个人的感情，就如那曾经奔腾的江水，在这雪花纷飞的季节被冻结起来，唯有薄冰底下的暗涌，依然川流不息。

和不明朗的感情生活相反的是，尹怀生的工作一直顺风顺水。自从进入县委办公室做文秘以来，他被上级赏识，被同事称道，加之他父亲的荫庇，尹怀生在岗位上如鱼得水，多次被上级表彰。

他能言善辩，又写得一手好文章，加之他知晓分寸，该办事的时候苛求完美，该沉默的时候绝不发声，该表达的时候言简意赅又铿锵有力。人人都说这年轻人不可小觑，今后定大有作为。

他亲手创办了内部刊物《沅水观察》，将国家政策、政治时评、乡土人情和文艺创作结合起来，雅俗共赏，颇接地气，一改机关内刊的枯燥乏味，短短一年多时间，竟成了县委县政府机关内部争相阅读的刊物。一次市委领导来视察，看到这本刊物也连声称赞，使得刊物责任人、县委办公室主任王树元高兴不已。尹怀生便借此机会向王主任申请了一笔经费，在机关内部有偿征稿，并办起了有奖征文比赛，激发了机关内部一些平日爱舞文弄墨的人的热情，连县委副书记也写了一首诗，刊发在新的一期刊物上。

县委副书记叫李书平，与尹怀生父亲在同一战线共事多年。他比尹父要小几岁，原来一直是并肩作战，两人能力都很强，无奈一山不容二虎，两人表面和气，暗地里却互相较着劲儿。后来李书平被提拔为县委副书记，尹父从县政府调到县教育局任局长，李书平成了尹父的上级。

还有几年，尹父也将退休了，对仕途的晋升也失去了兴趣，只求安稳退休，安享晚年。最近几年来，他与李书平的关系舒缓了许多，没有了对权力的角逐，相处起来反倒自在了许多。尹父担心的是儿子尹怀生，在李书平手下做事，虽不会被故意打压，但因为他们俩早年的经历，总还有着那么点儿隔阂。能力固然重要，但如果有贵人提携，便胜过无数个埋头苦干的日日夜夜。

一日晚饭后，尹父提着一只鸟笼子，出了政府机关大院，向公园方向走去。看见李书平在前方向自己招手，他急忙走上前去。

李书平见到尹父，一脸笑意，如老友一般打招呼："老尹，出去遛鸟啊？"

尹父笑着说："李书记好啊！给自己找个乐趣，退休后也不怕太无聊！"

李书平说："老尹，虎父无犬子啊！尹怀生这后生工作表现很不错啊！而且文章写得相当好，不愧是县委的笔杆子啊！"

听到李书平盛赞自己的儿子，尹父心中倍感骄傲，脸上却不露声色。他笑着说："李书记过奖了，小儿不才，还要感谢李书记的栽培。他还年轻，有很多不成熟的地方，以后还要书记多多指点和包涵啊！"

"老尹，你太谦虚了！还不是你一手把他拉扯大的，好苗子才好栽培啊！怀生今年多大了，有女朋友没？"李书平声音低了一点儿。

尹父听后，心中一动，尹怀生的感情问题一直是他心里的一块疙瘩。他知道儿子与自己年轻时一样，都是重情重义之人，对心爱的人会一根筋地认定。

对于尹怀生和叶婉秋之事，尹父表面上不说，内心却是不赞成的。自从尹怀生因为叶婉秋而不顾自己劝阻，执意要去上海以后，尹父就对他们俩的前景颇为担忧。后来，尹怀生误入传销魔窟险些回不来，尹父内心便对叶婉秋生出一丝反感，更加觉得他们俩在一起是不现实的。因此，尹父在上海时，与叶婉秋进行了一番长谈，让她冷静思考自己的选择，在不能确定回沅水的情况下不要与尹怀生牵扯不清，影响他的前程。尹父在对叶婉秋说出这番话前，是经过深思熟虑的，话虽说得含蓄，可也直击内心，他能看出来叶婉秋已被他的话打动了。

在尹怀生面前，他尽量不提叶婉秋的名字，再炙热的感情在时间面前也会慢慢冷却，这便是尹父所希望看到的。尹父内心希望尹怀生在沅水找一个门当户对的贤惠女子，安下心来发展事业。

李书平突然提到尹怀生的个人问题，尹父敏锐地意识到这是一个好机会。于是，他果断地说："书记，谢谢您的关心。他今年二十五了，要说也该成家了。可这小子不开窍，到现在也没个女朋友，这可是让我心急啊！"

李书平哈哈一笑，拍拍尹父的肩膀，说："老尹，你家小子一表人才，急什么！跟你说，我有个外甥女在文广局工作，是我老婆妹妹的女儿。她跟我老婆说看上了你家尹怀生，要我问问你，他有没有女朋友。这样说来，两人也是个缘分啊！"

尹父听后心中窃喜，这番话正中他心意，忙笑着说："李书记还真是看得起我家儿子，他在这方面还真是有些迟钝，亏得女孩子看得起他！"

李书平说："我那外甥女叫刘灵芝，能歌善舞，是文广局的一枝花，师专毕业后不肯当老师，自己考到了文广局。好多小伙子追求她，她都看不上，却对你家儿子动了心。我看哪天我们牵个线，让他们俩正式见个面！"

尹父听后喜不自胜，他连连点头，说："多谢书记这么看重怀生。这是他的福气啊！我来订个包间，您看什么时候方便，我们让两个孩子见个面？"

李书平爽朗一笑，说："还能让您破费？我来订餐馆，时间暂时就定在这周六下午五点！如果不方便我们再改时间！好了，我先上楼，回家晚了要被老婆骂了！"

尹父热情地与李书平告别，心里如沐春风。想当年他与李书平平起平坐的时候，两人在会议上互不相让，言语中充满了火药味，可如今，李书平高升了，两人没有了竞争关系，反倒心平气和起来，说话也变得和气了。

尹父感到这对尹怀生来说是个绝佳的机会，如果能与刘灵芝走在一起，起码对他的前途是非常有利的。尹怀生在未来的仕途上，便会多了李书平这棵大树的荫庇。

这样想着，他掉转了方向，大步向家中走去。他手中笼子里的画眉，似乎感应到了主人愉悦的心情，兴奋得跳跃起来，一声悦耳的啼啭让尹父的心也跟着陶醉了，他想：回去多喂它点好吃的，这是只会带来幸运的鸟。笼中鸟儿似有灵性般继续啼啭着，声音忽高忽低，化成了一支悠扬的乐曲。一双黑豆般的眼向笼外张望着，似蕴含无限的深情。

第五十八章　两难

尹父回到家时，尹怀生正坐在沙发上看电视。见到父亲，尹怀生抬起头，吃惊地说："爸，你怎么这么会儿就回来了？不是去遛鸟了吗？"

尹父没作声，把那画眉鸟儿笼子挂在阳台上，给笼子里加了米和水，又跟鸟儿说了几句话，便走到尹怀生旁边来，挨着他坐下。他望着儿子与自己年轻时神似的侧脸，心中涌起一阵暖流，于是将一只手搭在尹怀生肩膀上，说："怀生，你猜我刚才遇到谁了？"

"谁啊？不就院子里那些人吗？"尹怀生淡淡地答。

尹父笑着把手拿下来，说："我遇到李书记了。"

"李书平？"尹怀生声音抬高了点儿。

"是啊，虽然同在一个机关大院，平时还难得见他。他说他一个外甥女看上你了，叫刘灵芝，在县文广局工作。"尹父慢悠悠地说。

"刘灵芝？"尹怀生眉毛抬了一下，心跳加速了，"他还说什么了？"

尹父拍了拍尹怀生的肩，用和缓的语气说："怀生啊！我知道你心中有人。但是，感情是一回事，现实又是另外一件事。离开现实的感情就是那水中月、镜中花，看起来很美好，但其实是空的。你觉得叶婉秋毕业后会回沅水吗？"

尹怀生的脸色暗沉下来，父亲的话触动了他心中最脆弱的地方，他沉默不语。

尹父接着说：“你也不确定吧？凡事看开点，尤其是对于感情这种东西。人心是易变的，三年时间过去，你的心不变，也难以保证叶婉秋的心不会变化。你知道李书记是爸爸的老同事，但是我们俩不是一路人，虽然现在没有矛盾，但是有这层关系在，他也绝不会有意提携你。现在他外甥女对你有意，人家女孩子也不差，说不定对你的前途来说是一个契机。当然不是把你的感情和事业捆绑在一起，但是要有一个稳定的家庭，这些现实因素也是要考虑的啊！”

尹怀生心中如波涛翻滚，父亲的话刺痛了他的心，可是听起来又颇有道理，让人无法辩解。尹怀生觉得一股气憋在胸口，却无法发泄，他板着脸，关掉了电视，坐在那里不发一言。

尹父见状，知是触动了尹怀生的内心，便说：“怀生，爸爸知道你是个重情义的好孩子，但是感情这条路要多尝试才知道最适合自己的是什么。人家给我说这话是看得起咱们。李书记说准备这周末安排你们俩正式见个面。你就当是给李书记一个面子，去跟人家姑娘见一面吧。也不是说就让你们谈，你们的事我们不勉强，你说呢？”

尹怀生心中憋闷，对父亲说：“爸，我知道了，我回房休息了。以后什么事情跟我商量一下，别乱答应人家！”

说着，尹怀生起身走向卧室，砰的一声将门关上，倒头躺在床上。

尹父摇摇头，叹了一口气。

尹怀生望着天花板发呆，心中思绪万千。他与刘灵芝认识两个多月了，两个人在工作中有一些交集，但平日接触并不是很多。他能感觉到刘灵芝对他的态度有一些特别。所以，今天听父亲这样一说，倒也不感到讶异。

尹怀生的眼前浮现出一个女子的形象：她长得很漂亮，是那种不够标致，却让人过目不忘的漂亮。她的肤色是那种健康的小麦色，脸庞较宽，眼睛不大但里面似蓄着一汪水，顾盼时自带风情。一条细长的弯眉恰到好处地挂在眉骨上，衬托得双眼更为动人。嘴唇偏厚，下巴处一颗痣似画龙点睛，为这张脸又增加了一抹神韵。若是把五官都拆开来的话，其实都乏善可陈，可当它们以某种方式组合在一起，却感觉浑然天成，颇让人回味。她最迷人的是身材，体型丰满又苗条，有着青春女子优美的曲线，又带着一丝成熟的风韵。

她的声音也让尹怀生印象深刻，与叶婉秋的温柔甜美不同，她的声音充满活力又中气十足。那次他们县委县政府机关工作人员去文广局考察，当参观文化展览馆的时候，刘灵芝就是用这样的声音给他们介绍一些陈列资料的。

就是在那次交流考察中，他们认识了。尹怀生看着她明媚的笑容，想：她和婉秋是完全不同的两种女子。如果说婉秋如深秋一般宁谧、柔情、深邃的话，那刘灵芝便如盛夏一般火热炽烈。

当时这个念头在尹怀生脑中一闪而过，他心中渗出一丝愧疚感，意识到自己似乎对刘灵芝关注多了点儿，急忙将停留在她身上的视线挪移开来。

记得那天，在开交流会的时候，讨论到沅水县办县刊的问题。沅水县的县刊由文广局负责，已经创办五年了，可是一直销量不佳，编辑见没有收益，便消极怠工，要不就借口调到其他部门。刊物质量一再下滑，变成了恶性循环。县刊成了块鸡肋，继续办下去，这要死不活的状态堪忧，局里还得倒贴钱；不办了吧，没法向上面交代，况且沅水县先前制定了建设文化强县的方针，如果擅自停刊不是给别人看笑话，自己打了自己的脸吗。

办还是不办？要办的话，又如何办下去？这棘手的问题由文广局局长周彦辉提了出来，请与会的人多提建议。尹怀生本想保持低调，让领导多发言。可王树元却主动将尹怀生搬了出来，说：“我们县委办公室的才子尹怀生创办的机关内刊《沅水观察》可是相当成功啊。小尹，你来介绍一下你办刊的经验，让我们学习学习吧！”

众人的目光都聚集在了尹怀生身上，他微微一笑，略加思索，用沉稳但有力的语调说："多谢大家抬爱。我初出茅庐，经验不足，还要多请各位指点。只是平时喜欢写点文字，正好响应县委加强文化工作建设的号召，办了这个小刊。我水平有限，只能尽力而为，能被大家认可我感到十分荣幸。"

谦虚的话说完，尹怀生清了清嗓子，接着说："我有几点建议，不当之处，还请各位多加包涵。第一，在内容上，既然是办县文化刊物，那么应该突出地方特色。刊物名称应当简洁又特别。屈原的《离骚》里有一句叫作'沅有芷兮澧有兰'，我们不妨取此句词之意，将刊物命名为"沅水芷香"如何？听起来清新隽永，也让人印象深刻。

"还有，刊物最好要有独具特色的栏目。创办一个贴近当地风土人情和老百姓生活的栏目，这样能有利于刊物的传播。例如，我们可以搞一个面向所有沅水老百姓的征文，主题可以是老故事，等等，给优秀作品展示的机会，每年可以将某种特定题材的优秀作品汇编成集，出一本书。另外，如果刊物能有当地文化名人捧场，做个荣誉主编什么的，也能很好地扩大影响力。最好隔三岔五以刊物的名义举办个名人见面会或者是讲座、培训班等，效果会更好。"

与会的人连连点头。刘灵芝饶有兴致地听着尹怀生说话，将那一束目光从她那如水的眸子里投射到尹怀生的身上。

尹怀生接着说道："第二，在人事的任用上，不在于多，而在于精。可以采取绩效考核制。如果办刊成果显著，便有优先享受福利和升职的权利，激发大家的积极性。

"第三，可以开展商业合作，吸引投资，将杂志推广出去。例如，隔壁县的澧州青啤，在我们整个德山地区的销量还是很不错的。我们可以和它合作，搞一个澧州青啤杯有奖征文比赛。设特等奖和一、二、三等奖。特等奖除了奖励大奖之外，还能被任命为刊物的荣誉主编，享受终身福利等，充分调动大家的积极性。我们可让澧州青啤出资，在省报和其他各类媒体上进行广泛的宣传报道。

"我们的刊物上要刊发大赛的题目要求和写作指导，可以根据一篇短文写感悟等。参与者必须要购买刊物，才能读懂题目要求。另外，如果参加征文者将澧州青啤酒瓶上的标签一并寄往大赛组委会的话，他们的文章将会被优先考虑。这样，我们的刊物和澧州青啤的销量都会增加。如果大赛成功举办的话，这种模式还可以延续下去，办成真正有影响力的文化活动。澧州青啤的销路一打开，说不定还会在我们沅水建一个分厂呢！"

尹怀生一口气说完，在座的人顿时给予了热烈的掌声。文广局局长周彦辉连连点头，直夸尹怀生才思敏捷，并当场采纳了他的建议。王树元立马高调地说："这可是我们县委的笔杆子啊，文才一流，写出来的文章那叫一个文采飞扬啊！"

尹怀生谦虚回应，视线扫到与会者身上，碰巧与对面投来的一道目光对撞，刘灵芝的眸子里闪烁着一道说不清道不明的光芒，尹怀生马上将视线挪移开。

周彦辉说："小尹，可否邀请你担任我们县办刊物的顾问，不知王主任舍得不？"

王树元道："只要小尹愿意，我哪有不舍得的道理！"

尹怀生马上回答："承蒙周局长不嫌弃，我一定全力以赴！"

周彦辉笑眯眯地说："好啊，就这么说定了！刘灵芝，会后你把今天的会议精神整理一下，有不懂的问一下小尹！"

刘灵芝莞尔一笑。

会后，刘灵芝向尹怀生问了一些问题。尹怀生闻到了她身上的淡香味，是他喜欢的味道。可是，她那双眸子里流露出来的若有若无的灼热，让尹怀生不敢与之对视。

最后，她对尹怀生说："其实我之前就听说过你的名字，看过你发表的文章！真是百闻不如一见，你真是名副其实的大才子啊！听你说的办刊物的事，我都有点蠢蠢欲动了。我马上向周局申请做你的助手好吗？你不会嫌弃我吧？"

说完，她脸上露出俏皮的笑，双目灼灼地看着尹怀生，嘴角微翘，下巴上的那颗痣变得更加妩媚起来。

尹怀生看着她的那颗痣，竟感到一丝慌乱，他避开她的视线，说：“好，你若感兴趣我哪有不欢迎的道理？”

刘灵芝听后，笑容越发灿烂了，脸上泛起一抹红晕，目光里的灼热化成一汪似水的温柔。

这些事情像电影画面一样闪现在尹怀生的脑海里。“去，还是不去呢？”他心烦意乱。

第五十九章　春风沉醉的夜晚

尹怀生这几天有点儿心神不定。对于尹父说的李书平安排他和刘灵芝相亲的事，他第一反应是不去。可是，让他自己也感到困惑的是，他竟没有一口回绝，而是陷入了纠结。他对刘灵芝是不反感的，甚至还有那么一点儿好感。不可否认，刘灵芝是一个很有魅力的女人，对于一个正常的男人来说，一个将青春活力与成熟风韵结合起来的女人，是有一定的杀伤力的。所以，他与她在一起的时候，总是有意无意地保持一定的距离。

当父亲说到她喜欢自己时，他心底甚至是有些飘飘然的。可是，当叶婉秋的面容浮现在自己面前时，却被一种强烈的羞耻感击中了。他立马给那刚升腾起的微醺感浇了一瓢冰水，当那感觉散去，一种失落感竟萦绕在心头。

让尹怀生感到纠结的另一个原因是：刘灵芝竟然是李书平的外甥女。父亲说的那些话没错，找一棵能倚靠的大树是必要的。不知道何时，这个曾被尹怀生嗤之以鼻的观点竟被他暗暗接受了。当听到父亲说只是见面吃个饭，并不意味着谈恋爱时，他心中的纠结更深了，尤其是最近几天都没接到叶婉秋的电话。自从她出国以后，他们俩通电话的时间更少了，一来国际长途贵，二来两人各自忙各自的事，因为时差原因，一人休息时另一人在忙，一人闲暇时另一人早已进入梦乡。最重要的原因是，两人在电话里的话更少了。这是他们俩都不愿意承认的事实，于是，他们便以减少打电话的次数来刻意逃避这个问题。

在叶婉秋面前，尹怀生觉得自己在工作上取得的成绩是那么的无力和苍白，所以在通电话的时候，他尽量不在叶婉秋面前提工作上的事。他知道叶婉秋从内心里希望他能去上海。所以当他发现自己渐渐喜欢上现在的工作，甚至想要在单位混出点儿样子的欲望慢慢膨胀起来的时候，他对自己与叶婉秋的感情生出了一种无力感。他屡次想问叶婉秋毕业后回沅水的事，但听她兴致勃勃地说着在国外的所闻所见的时候，话到嘴边他又吞了回去，他不想让她扫兴。

多少个午夜梦回的时候，尹怀生静静地躺在床上，想着大洋彼岸的叶婉秋，她应该变得更漂亮了，也更优秀了。她就像那翱翔在天际的一只白鸟，带着她的梦想，越飞越高。他却只能望着她飞过的痕迹，怅然若失。

尹怀生闭着眼睛，细细回忆着与叶婉秋过去的种种，那种温暖的感觉又充盈在心头。这些回忆支撑着他，也滋养着他。他只能沉浸在这些回忆里，而不敢想到未来。他知道，他们俩的感情在未来这片广袤的大海里，就如同一叶飘零的小舟，转瞬便会被汹涌的波涛吞没。带着这种甜蜜的温暖和失意的怅然，他进入了梦乡。

第二天，王树元把尹怀生叫到自己的办公室，略带神秘地对他说："小尹，最近我们开小组会议，讨论今年下半年县局机关单位领导班子换届选举的事。县工商局因为人事调动，会空出一个副局长的名额，准备从几个年轻人里进行选择，我极力推荐了你。最后暂定了五个候选人，包括你。现在呼声最大的是你，但候选人之一徐立凡，目前是工商局的主任科员，他跟常务副县长黄健辉走得很近啊！这个机会很难得，你要好好争取！这几个月，尤其要好好表现，出不得半点漏子。"

王树元将声音压低，脸上的表情有一点儿暧昧："听说文广局的小刘好像对你有点意思，她是李书记的外甥女哦，小刘长得又漂亮，能配得上你。这可是一个好机会啊！若多得李书记一票，你的胜算就大了！"

尹怀生心中激荡起一层涟漪，很快变成了滚滚浪潮，阵阵翻滚过心头。他对王树元充满了感激之情，他知道王树元是真心帮他的，对于他的知遇之恩，尹怀生只能深埋心底。王树元的一番话让尹怀生心中那渴望仕途晋升的火苗腾地一下烧得更旺了，他突然有了一种想要冲破一切的欲望。副局长的那个位置突然是那么的唾手可得，仿佛就在一步之遥，在他眼里闪耀着金色的光辉，呼唤着他，拨动着他的心弦。

他想到第二天就是周六了，父亲上次讲过和李书平约在周六安排他和刘灵芝见面。王树元的那番话在脑海中不断缠绕，最后，他用快刀斩乱麻的方式说服了自己："不就是见个面吗？既然父亲答应了李书平，那我就去吧！就当作是缓兵之计了！"

尹父听到尹怀生说答应与刘灵芝去"相亲"，欣喜不已。见面前，他反复叮嘱尹怀生："怀生，这次李书记和他夫人也在，你一定要好好表现，千万别说什么逾礼扫兴的话。对人家刘灵芝，态度也要和善一点，千万别意气用事。第一次就当是给人家一个面子，别当面拒绝人家。先接触一段时间，实在觉得不合适，再委婉提出也不迟。"

尹怀生面上不悦，心中却认同父亲说的话。在酒桌上，他向李书记夫妇礼貌敬酒，几个人相谈甚欢。席间寒暄之际，他偷偷瞄向刘灵芝。她着一条玫红色套裙，外加一件珍珠色针织开衫，头发烫成微卷，在肩头随意披散开来，露出一点儿脖颈的曲线，显得神秘又诱人。她将头微微埋着，小口吃着东西，有时候抬头朝其他人望望，听到玩笑话时便一笑，发出咯咯的笑声。

尹怀生给李书平敬了好几次酒，酒桌上氛围慢慢热烈起来。李书平拍着尹怀生的肩膀说："怀生，好好干，年轻人有的是机会！你工作能力强，尤其要抓住机会啊！"说完，李书平望向刘灵芝，意味深长地对尹怀生说："我外甥女眼光一向不错，一般的人她是从来看不上的！你们两个人都很优秀，如能走到一起，彼此扶持，我跟你父亲都会非常开心！你与她好好相处，要珍惜彼此的缘分哪！"

尹父接着说："是啊，小刘看上我们家的怀生，是我们的福气啊！也要感谢李书记对怀生个人生活的关照啊！怀生，敬完李书记，别忘记敬小刘一杯！”

尹怀生将杯中斟满酒，走到刘灵芝面前，向她举起酒杯，说：“刘灵芝，我们来干一杯！”在座的人都盈盈笑着，默默看着这两个年轻人。刘灵芝埋着头，脸微微红着，心悸动着。她将自己的酒杯举起，与尹怀生手上的杯子碰了一下，杯中红酒轻轻颤动，如那波动的心绪。刘灵芝抬头望向尹怀生，他的眼睛如平静的水面，无一丝波澜，当触及他的视线时，刘灵芝却感到脸上一片灼热，慌忙将头埋下。她将杯中的酒一饮而尽，脸上泛起了桃花一般的红晕，在那玫红色的套裙的衬托下，显得更加妩媚动人了。

刘灵芝那如水的目光又落在了尹怀生的身上，如夏日的雨水搅乱了他平静的心绪，又带着酒的醇香，让他有了一点儿迷醉。尹怀生赶忙将手中的酒喝干，回到自己的座位上，大口吃了几口菜，来平复自己的心绪。

饭后，李书记夫妇和尹父借口离开了，留下他们两人。尹怀生陪着刘灵芝在华灯初上的县城街头走着。当时正值三月阳春季节，太阳落了，空气有些微凉，街上的人都散了，白天喧嚣的人和车只剩下了零星几个，热闹的商铺也收摊了，剩下一条条清净的街道，在昏暗路灯的注视下，衬托着夜的宁谧。空气于是也更加纯粹了，白天的生活气味消散，草木的气味便浓烈起来。尹怀生贪婪地吸了一口沅水春夜的空气，一种暖暖的酥痒感蔓延到整个胸腔，让他感到安宁和舒适。

刘灵芝静静走在他的旁边，沉默不语，这与她平日在尹怀生心中的印象大相径庭。沉默中，某种情绪在两人之间滋生着，酒精开始发挥作用，尹怀生觉得一种火辣辣的感觉从胃里升起，钻入喉咙里，让他的喉咙开始变紧发烫。春风拂面，那种浓烈的草木气息如催化剂一般，让他喉咙里的这种热辣辣的感觉变得更加强烈了，他周身燥热起来。

尹怀生清了清嗓子，试图打破这沉默的尴尬。可是他嘴唇动了动，却不知道说什么，或者觉得自己太过矫情，便干脆闭了嘴。两人就这样沉默不语，走到了刘灵芝的职工宿舍楼前。

刘灵芝突然转身面向尹怀生，那双眼在夜色下，像笼上了一层薄薄的雾，里面盈着一汪水，让人想凑近看个清楚。她将头轻轻昂着，饱满莹润的唇，在昏暗的路灯下，似那在暗处发光的红色碧玺，生出一些神秘的诱惑。在路灯的勾勒下，她整个人的轮廓变得更加有立体感，那高耸的胸脯随着呼吸一起一落，春风将刘灵芝的气息送入了尹怀生的鼻息中，那是带着酒香的甜香，让尹怀生感到局促不安，心旌荡漾。

尹怀生避开刘灵芝的目光，说："灵芝，快上去吧！早点休息！"

刘灵芝目不转睛地看着尹怀生，突然问道："怀生，你喜欢我吗？"

尹怀生愣了，他没想到刘灵芝会如此直接。他想对刘灵芝说他已经有女朋友了，可是那一瞬间，父亲、李书平，还有王树元的脸又出现在脑海里，他又将话咽了下去。他尴尬地笑笑，搜肠刮肚地找着合适的词。

不料刘灵芝却咯咯笑了起来，眼里的那道光盯得尹怀生更加窘迫了，她清脆的声音传来："好啦，看把你紧张的。我知道你不知道怎么说。说喜欢吧，还不够；说不喜欢吧，不是真的。我就喜欢你这么实在。不着急，慢慢来，我不会逼你说喜欢我的。不过，我相信，总有一天，你会喜欢上我的。"

她脸上笑意更浓了，眼睛弯成了一道月牙，转身向楼梯口走去。那套裙将她的腰部和臀部修饰得恰到好处，伴随着每一步，腰肢和臀部轻轻扭动着，在空中划过有节奏感的优美弧线。

尹怀生目送着她的背影，心中思绪万千。当那身影将要消失在他视线中的时候，刘灵芝突然转身，大声说："怀生，我今晚很开心，晚安！"

尹怀生心中一动，将右手臂举起，僵硬地挥动了一下，说："晚安！"

那玫红色的身影便轻快地扭进了楼梯拐角处，在尹怀生的视线中慢慢消失不见。

尹怀生似大梦初醒一般，长吁了一口气。他抬起双腿，向反方向走去。他走得很快，好让春风将自己的醉意吹散一点儿。他突然觉得自己很可耻，甚至想立即跑过去告诉刘灵芝他已经有了心上人。但是，他的脚步仍然不停歇地向前走着。

我这样是在玩火吗？我能抵抗得了刘灵芝的诱惑吗？我到底在干什

么？尹怀生心乱如麻。

但是现在告诉她还不是时候。等到了合适的时机，我再同她说清楚。以后同她保持一定距离吧！尹怀生这样想着。

夜色更深了，月光如牛乳一般泼洒在尹怀生的身上。在这春风沉醉的夜晚，他带着酒意，深吸一口气，大步向家中走去。

楼上一盏灯亮着，窗户上映出一个婀娜的身姿，目送着尹怀生离去。

第六十章　困兽

与尹怀生的顺风顺水不同，韩湘云最近有点儿心力交瘁。他做教师虽然已经两年有余了，但还是有些力不从心。学校课务繁重，加之他又是班主任，得全方位地负责班级事务。每天天不亮就得从被窝里爬出来，晚上查完寝又披星戴月地回到宿舍。他经常自嘲是个全天候保姆，像陀螺一样围绕着学生转。除了吃喝拉撒，学生的一切都得管。成绩不好得管，上课睡觉得管，谈恋爱得管，考试作弊得管，迟到旷课得管，打架斗殴也得管。

韩湘云看完会心一笑，心想这多半是教师的自嘲吧，局外人哪能将教师的不易刻画得如此入木三分？

让他倍感压力的是无休止的考试成绩评比，这几乎是一个扣在师生头上的紧箍咒。它威力无穷，足以让所有人为之俯首称臣，唯命是从。有人说“考考考，老师的法宝；分分分，学生的命根”。在韩湘云看来，这确实是学生的命根，更是教师的安身立命之本。要想在学校里混出点儿名堂，那精确到小数点后两位的平均分便是一把高悬的标尺，衡量着每个教师的绩效，决定着每位教师的身价地位，也鞭策着每位教师为提高分数而殚精竭虑。

在沅水一中这所被当地人看作名牌学府的学校里，汇集着来自沅水县各个乡镇的学霸以及通过各种关系进来的为了沾上学霸气息的少数学渣。大多数学生都削尖了脑袋，与周围的同学展开激烈的角逐。高中三年，如一场没有硝烟的战争，“枪支弹药”是那永远堆得半人高的课本和试卷。

在这场战争中，教师是统帅，学生是士兵。有的人刚开始便崭露头角，旗开得胜而越战越勇，最终笑傲江湖；有的人锋芒毕露，却江河日下，兵败滑铁卢；有的人开始时表现平平，却蓄积力量，如一匹黑马突出重围，最后以破竹之势碾压群雄；有的人擅长稳打稳扎，试图以中庸之道求得一处安所；还有的人是扶不起来的稀泥，滥竽充数，顺便拉几个垫背的便死得其所了。

高中学习是一场持久战，决定这场战争胜败的关键是高考。学生即使在高考前的小考中伤亡惨重，也可以靠这最后一役咸鱼翻身，彻底洗清过去的屈辱。但是对于高中的教师们来说，大考小考都牵动着他们的神经，每一次考试的平均分都是一面放大镜，聚焦着他们的教学业绩。

韩湘云所教的这个年级一共十个班，每次考试成绩一出来，枯燥的数字下便埋藏着一场精彩的大战。每个班的教师都绷紧神经，细细计算着自己的班排在什么位置，什么题型拉了后腿，拖了平均分。这样一比下来，便有了高下之分。十个萝卜十个坑，有占在第一个坑的，也有填最后一个坑的。如果不幸站到了最后一个坑，任课教师便如巨石压背，抬不起头来。

一次月考之后，第十名这个坑被一位快退休的老教师给占了。这可是让这位兢兢业业一辈子的教师仿若受到了奇耻大辱，得知成绩之后的那几日，如灌满了气的液化气罐子，身体紧绷着，似随时要爆炸。这位平日待人和蔼、说话风趣的教师只要一进教室，看到学生，眉毛鼻子便开始冒烟，火气腾腾升起，他把装备课资料的文件夹重重往讲台上一摔，嘴如利炮开骂。

所用之词天马行空无所不有，只有将羞辱之词用极，才能消解心中之恨。学生将头埋着，战战兢兢地让“一群猪崽，笨得烧蛇吃，饭桶”等词钻入自己的耳朵，所用比喻不带一个重复的。学生心里暗暗佩服这位教师超凡绝伦的想象力和骂人功力。

就这样整整三日，这位教师一到课堂就开骂，到第四日，不知是突然词穷了，还是心中憋闷终于化解了，他骂到一半，突然要学生翻开书来，才又开始讲解那无穷无尽的数学题。学生如蒙大赦，那些平日不爱数学的，顿时发觉数学如山泉一般甘甜。

有一次，韩湘云也不幸站到了最后一名这个坑里。成绩一出来，他就被年级主任喊去谈话了。

殷国祥表情有点儿严肃："韩老师，这次你们班的成绩有些不尽如人意啊！你不想和人家比，但也要被人家比。被比较是一个无法否认的现状，所以时刻都不能松劲。年轻教师刚开始缺乏经验是事实，但也应该有冲劲和干劲，前几年来的几个新教师现在都成了教学骨干。对了，还有跟你一年进来的徐璐，所带班的成绩每次都名列前茅。你有基本功，也有拼劲，后面要努把力了，不能让别人看不起！"

韩湘云答应着，却如芒刺在背，尤其是殷主任嘴中的"被比较"和"不能让别人看不起"这些字眼，让他有一种蒙羞感。虽然他知道殷主任是好意，但是内心深处却涌起一股气，与这些话对抗着。他感到自己敏感的自尊被践踏了，于是，一股不服输的劲儿被激发出来，像坚硬的盔甲包裹住了自己。他嘴上说着谢谢，却紧绷着脸，血气从心底升腾起来。

从殷主任的办公室出来，韩湘云沉默着，见到熟人便有意避开。他看了看表，离下午他的课还有一个多小时，便径直向教工宿舍走去。他觉得自己太累了，需要休息，至于要处理的那些杂事，只好暂且放一放，顾不上那么多了。

他呈大字形躺在床上，这个姿势让他感到放松。他越来越喜欢独处，只有一个人待在这间小小的属于他的宿舍里，他才感到一种心灵的宁静，才能感受到自己的灵魂和心跳。写字台上的书越堆越多，他喜欢与书为伴，虽然劳累到深夜才能坐在桌前，让疲惫的眼睛徜徉在这些如音符般跳动的文字中，唤醒自己累到麻木的灵魂。

可这样的时光却如此稀有，每一次，灵魂的渴求总被身体的疲累打败，看着看着，他就趴在书上睡着了。等到半夜三更醒来，发现灯还亮着，他便简单洗漱一下，关灯睡觉。

他觉得属于自己的时间太少了，每天都在疲于奔命和战战兢兢中度过。作为班主任，责任重大，生怕出了纰漏。虽然与学生的相处中有快乐，但是在这种高压式的氛围中，周而复始地做着同样的事，操着操不完的心，让他感到非常疲乏。

他经常怀疑自己是不是不适合做教师。他觉得要做到同样的程度，自己却要比别人多花一倍的精力。经过苦思冥想，他终于弄明白了原因：自己缺少威信。他天生的性格温和，学生也就钻了这个空子，想偷懒的时候偷懒，想散漫的时候散漫，有的时候还跟韩湘云顶顶嘴。有老教师让他“凶”一点儿，可韩湘云还是凶不起来，所以总是疲于奔命，忙于补各种漏洞，却疏于把控全局。

每天，韩湘云都被一种淡淡的失落感包围着，时间长了，这种长期缺乏成就感所导致的无力感便越来越浓，积压成一股力量，让他想要逃离的情绪越来越浓烈。

尤其是这一次考试垫底，更是让他的这种情绪到了极致。他表面温和，骨子里却是很好强的。

的确，他也表现在行动上了，那就是考研。在那个时代，对于出身农村，既无背景，也无特殊才能的他来说，这是最好也可能是唯一的途径了。对于韩湘云来说，考上研究生是具有强大的诱惑力的。一是他可以继续回到学校钻研他热爱的数学，也远离了学生分数的困扰；二是因为他的私心，可以离叶婉秋近一点儿。

可是现实总是与梦想的差距遥远。他尝试了两次，可两次都惨遭失败。

望着那高高摞起的书，他感到很迷茫，觉得自己如困兽一般，四处突围却被撞得头破血流。他不知道自己的未来在哪里，只感觉这样的生活离自己的初心越来越远，可是却无力脱逃。

他怀念起大学时代，那个时候，一切都是那么纯粹，尽管也有不快和哀愁，但起码内心是充盈的、自由的。他让自己的眼微微闭着，让那个温柔的身影慢慢地，慢慢地，从内心深处浮现出来，回到自己的脑海里。他就像品读一本好书，品尝一杯醇美的酒一般，反复回味着关于叶婉秋的所有记忆，让她的气息氤氲他的身心，让她那纤纤素手拨动那珍藏在他心中最温暖柔软的角落的、被时光之河打磨的琴弦。当那种温暖的、湿润的、醉人的感觉越来越浓，满满充盈内心的时候，他感觉生命的河流又涌动在内心深处，他才感到自己是如此真实地活着。

韩湘云在独处的时候，这种仪式感强烈的游戏成了习惯，也让他上了瘾。他既然无法拥有叶婉秋，那就在自己的内心留出一个地方，让她化为一个情结，永远地停留在那儿，这样便无所谓分离，也无所谓拥有。

高宁的去世让韩湘云消沉了好一段时间，从那以后，他常常感叹爱情和生命的无常。最近两年，他与尹怀生似乎渐渐疏远了一些。一是他们俩都很忙，二是因为叶婉秋。韩湘云能感受到尹怀生在工作上的春风得意，他已经崭露头角。看这势头，他很快便会成为沅水最年轻的科级干部，然后一路高升。尹怀生能舍得离开这前途一片大好的岗位吗？叶婉秋能抛下一切回到沅水吗？

韩湘云在直觉上认为尹怀生和叶婉秋两人的感情是不太现实的，前途堪忧。他深知叶婉秋对尹怀生的感情，故从未奢望自己与叶婉秋走到一起。他唯有期盼叶婉秋能幸福，不要受到伤害。可是，他却隐隐有种担忧，想到他们俩可能无法在一起，他便对叶婉秋泛起阵阵心疼。

婉秋，你还好吗？我会用尽全力，保护你的！这样想着，身体与心灵的疲惫压垮了韩湘云强撑着的神经，他竟沉沉睡着了。

不知过了多久，嘈杂的拍门和叫喊声将他惊醒，他意识到了什么，猛然跳下床，将门一把拉开，门外是殷国祥那张愠怒的脸："韩湘云，找你找了老半天，你课都忘记上了！"

韩湘云头脑中只浮现"完了"两个字，连连道歉，匆匆关门，拔腿向教室方向冲去。

第六十一章　牺牲

五月的英伦天空，蓝得让人心醉，白鸽从空中飞过，翅膀发出扑棱棱的声音，衬托得这蓝色越发鲜活了。白色的浮云缓缓从蓝天中飘过，像深邃大海中的宁静小舟，空灵而缥缈。

叶婉秋站在伦敦塔桥上，俯瞰着桥下静静流淌的泰晤士河，任凭微风将秀发吹起，侧脸在阳光的照耀下，显现出石膏塑像般的温润质感，面容带上了一抹圣洁的光晕，显得更加清雅脱俗。

这座建于维多利亚时期的桥古朴风雅，当沉重的船只经过时，桥缓缓呈八字形张开，如蝴蝶一般展开双翅。阳光明媚得耀眼，洒落在不远处的伦敦塔上，让这座古老的建筑浑身散发着淡黄色的微光，显得静谧而温柔。

这条流经伦敦的古老河流，见证了多少文明兴衰，沉淀了多少历史沧桑，又孕育了多少千古风流！叶婉秋静静地欣赏着、感慨着，任思绪随着这河流一起流动着。

她想起三年前的那个夏天，她与尹怀生漫步在上海黄浦江畔，浓得化不开的柔情蜜意让彼此醉在那裹挟着热浪的江风里，回忆里充满着黏稠的爱的味道。那间隐藏在弄堂里的逼仄阁楼里，埋着她与尹怀生最隐秘的记忆。在那里，她将自己的全部托付给了他，也彻底蜕变成了女人。

那个时候，她从未想过要爱别的人，就像她从未想过要与尹怀生分开。爱到极致便是哀伤，情到浓烈便成毒药。她永远也无法忘记尹怀生失踪后那无助到绝望的日日夜夜，她茶饭不思，哭着睡，睡着哭，要不是尹父的开导，她恐怕要成失心疯。

这三年里，她一直在思考尹父留给她的问题：如果只能从爱情和梦想中选择一个，你会选择什么？她反复地叩问自己的内心，夜深人静的时候，她设想着失去爱情或者是梦想的生活，可是她发现若是失去其中任何一个，她都会非常痛苦。失去爱情，她将变成一具没有生命力的空壳；失去梦想，她将被永远困在这生活琐碎的樊笼里，成为一个没有灵魂的傀儡。

她无数次地试图说服自己，丢弃梦想，回到尹怀生的身边，与他在沅水建立一个小家，过着相夫教子的生活，让时光慢慢在他们的额头刻下印记，让爱情被日常琐碎打磨，如水晶般璀璨或被消磨成沙砾之庸常。

当被这两种力量拉扯的时候，她突然得知了高宁患病去世的消息，那时她刚来伦敦不久，心中的天平便开始向爱情这方倾斜了。那天，她一个人在伦敦的大街小巷，暴走了一整天。她任凭眼泪在脸上恣意流淌，不少热情的行人停下来问她是否需要帮助，她都礼貌回绝了。

她喜欢这陌生又友善的地方，她可以不顾周围人异样的眼神，尽情释放自己的情感。她的内心感到一种深深的悲凉，为了英年早逝的高宁，也为了痛失爱人的徐璐，更为了那与命运和生死抗争的爱情。听说徐璐在高宁去世的那天，早产生了孩子，又独自担负起抚养孩子的责任。

她既为徐璐感到锥心的疼，也对她油然生出敬意。是爱情，给予了这个孱弱的女子力量。就在那一天，在她的心中，“爱情”这个词变得伟岸起来，如金色的大鸟，在阳光下熠熠生辉。在命运面前，人如芦苇一般渺小，可是爱情，却让人的生命变得饱满，具有了跨越生死和命运的勇气。

对比徐璐，叶婉秋突然觉得自己是那么的不堪，为了所谓的梦想，竟左右徘徊那么久。同时，她也感到幸运，命运眷顾，她与尹怀生，虽远隔万里，却未阴阳相隔。想到这里，她突然释然了许多。

可是，她还是心存一丝侥幸——尹怀生能考上研究生，来到上海，与她在一起。这样，她就能什么也不必放弃。于是，她一直没有向尹怀生承诺，自己会放弃一切回沅水。可是两个多月前，她的这种奢望被打碎了，尹怀生告诉她，在这次研究生考试中，他再次名落孙山，而且成绩比上一次更差。

叶婉秋感到非常失望，与落榜这件事给她带来的失望相比，尹怀生的态度更让她感到失望，甚至有一些恼怒。他的语气中，少了预期中的难过，甚至有那么一点儿释怀。距离和时间真的可以消磨一切，包括他们俩曾坚定不移的爱情。

随着他们俩通话次数的减少，叶婉秋觉得尹怀生好像变了。他说起工作上的事情，说起升职，语气中总透着难掩的兴奋，尽管他努力地不在叶婉秋面前表现出来。对于他们俩的未来，他们都刻意地闭口不提。叶婉秋无法要求尹怀生，正如尹怀生也无法要求叶婉秋一样，当三年的期限临近的时候，那三年之约似乎也变得越来越脆弱了。

对这段爱情，叶婉秋感到一阵阵无力和恐慌。这种恐慌变成了一种焦虑，在上个星期与尹怀生的一次通话中，终于爆发了。

她与他之间，不仅隔着距离，还隔着八小时的时差。当沅水夜深人静的时候，伦敦正是日光倾城。他们约在每周三沅水晚上九点的时候通电话。可是那天，叶婉秋吃过午饭，给尹怀生拨去国际长途之时，电话响了好多声后，那边却传来尹父的声音，告诉她尹怀生晚上有个应酬，还没有到家。

她与尹父简单聊了几句，便匆匆挂了电话。她感觉尹父并不看好她与尹怀生的爱情，加之之前尹怀生失踪一事，她总觉得在尹父面前，有一种微妙的羞愧感。

叶婉秋不安起来，周三晚上的电话已经是这两年以来他们彼此的一个默契约定了，以往，尹怀生总会放下其他任何事情，提前守候在电话前。可是，今晚，他失约了。应酬？叶婉秋想到尹怀生与其他人觥筹交错的模样，突然觉得他有点儿陌生。

她呆呆地等了一个多小时，再打过去的时候，还是尹父那略显冷淡的声音。尹怀生还没回家。她只好去上课，可是心神却无法集中。终于熬到课间休息的时候，她溜出来，飞奔到电话亭前。此刻沅水已经接近午夜十二点。她踌躇了一下，咬牙拨了那串熟悉的电话号码。

“喂，谁啊？”尹怀生的声音里略带醉意。

“是我，你终于接电话了。你今晚干吗去了？”叶婉秋的语气有些焦急。

“婉秋，今晚我跟几个领导一起招待客人，没来得及跟你说，你担心了吧？”尹怀生说。

“你为什么不提前跟我说一声？我等了好久。还有，你喝酒了吧？”委屈化作泪水从叶婉秋的眼眶滚落。

“他们领导喝酒，我不得不喝啊！”尹怀生的舌头有点儿大，说话明显吐字不清。他喝得有点儿多，酒精在胃中翻腾，让他感到一阵阵反胃。

“你好像喝得不少，不是说了要少喝一点吗！你都不听！”叶婉秋又心疼又心急，语气有点儿生硬。

尹怀生听后，身体的不适加强了他心理的难受，他竟失去了耐心：“我已经很难受了，你就不能体谅一下我吗？”

听到这句话，叶婉秋最近的无助和焦虑感突然被激发出来，她反问道：“那我也很难受，你知道我刚才有多么焦急吗？你能体谅我吗？你一心想着你的工作，在乎我们俩的感情了吗？”

酒精冲上头，尹怀生被叶婉秋的这句话激怒了，他抬高了音量：“谁说我不在乎？可是你又做了什么？”

叶婉秋有点儿蒙了，她第一次听见尹怀生对她用这种语气说话。她良久没有说话，连眼泪也忘了流淌。

尹怀生也意识到自己的失态，叹了一口气，酒精还在胃里翻腾，头像越来越沉的铅球一样压着他的身体，他感到累极了。他缓和了一下语气，对叶婉秋说：“婉秋，你去上课吧！我要睡了。”

电话那头传来嘟嘟嘟的忙音，甚至连一声再见也没说，尹怀生便挂断了电话。叶婉秋呆立良久，方迈开麻木的双腿，向教室走去。

那天之后，叶婉秋想了许久，终于坚定了信念：放弃毕业后留在上海甚至是英国的机会，到沅水去，与尹怀生在一起。唯有这样，她才能抓住那岌岌可危的爱情。

只是，她还不想对尹怀生说。她要让自己在他面前的出现成为一个惊喜。这是她能为他做出的最大牺牲了。另外，她觉得只有通过这样的方式才能看到最真实的尹怀生，她要让自己相信，他值得她为了彼此的爱做出这样的牺牲。

第六十二章　若即若离

自从那次“相亲”之后，尹怀生和刘灵芝之间便多了层说不清道不明的东西。尹怀生总觉得刘灵芝那水波流转的眼睛里透着一股让他无所适从的光，让他本能地想躲避，却又有一种奇异的吸引力。

每次与刘灵芝在一起的时候，她的顾盼多情，她的芬芳，她的温柔软语像春天的细雨一样渗入尹怀生的每一个毛孔里。看起来不动声色，可在尹怀生看来，刘灵芝的这种温柔却如“化骨绵掌”一般，刚被击中时浑然不觉，可待毒力发作时，便全身骨骼寸断，再无法救治。

意识到这一点之后，尹怀生便刻意躲着刘灵芝。他从未主动邀请过刘灵芝约会，本以为会让她逐渐死心。可刘灵芝却是一个“明知山有虎，偏向虎山行”的主。作为文广局的一枝花，将那么多排队追她的小伙子晾一边，偏认准了这个“清高”的尹怀生。她对众人的追捧早习以为常，反倒是尹怀生这种不主动的态度激发了她的好奇心和挑战心理，对于她来说，反而具有了强烈的诱惑力。

既然尹怀生不主动，刘灵芝便有意无意地与他接触。当尹怀生被邀请为文广局主办的县刊顾问后，刘灵芝立马申请成为尹怀生的助手。因为工作关系，两人正式和非正式的接触便多了起来。

刘灵芝嘴甜又好学，每次尹怀生去文广局时，她总是恰到好处地夸奖他一番。被美女夸奖总是一件让人舒服的事，虽然尹怀生知道这种轻飘飘的醉意是危险的，但是他也不拒绝，似乐于享受着。他对刘灵芝既不过分热情，可也绝不冷漠。看向她的时候，他的眼里明明也透着温柔的光，虽然眼神中有刻意的闪躲。

在刘灵芝眼里，尹怀生就是那平静水面下蛰伏的一条大鱼，靠蛮力是无法将它钓上来的，只有慢慢加饵，静等水底的暗涌越来越激烈，才会让它一跃而出。

他们就这样若即若离地相处着，彼此似乎墨守着某种约定，都不主动往前迈出那一步，似乎那层窗户纸被捅破后，这种欲说还休的美好感觉就要消逝了一样。

可是一个多月过去了，特别是最近一周尹怀生都没有去文广局，刘灵芝打电话约他见面，总是被他以各种理由推掉。刘灵芝也渐渐有点儿心急了。在她面前，尹怀生一直都是这种不冷不热的态度，不说破，也不明确拒绝。

不过，他也没有机会拒绝我，我毕竟也没有问过他。可是，一直这样下去怎么办？他对我有意吗？他又在逃避什么？刘灵芝心想。

刘灵芝的老家在农村，在沅水，小姨吴晴芳和姨父李书平算是她的依靠了。小姨一直疼爱她这个长相漂亮又乖巧能干的外甥女，将她当女儿一般疼爱。每个周末，她都招呼刘灵芝到家里吃顿好吃的，然后像姐妹一样聊聊天。

以往吴晴芳问起刘灵芝和尹怀生的进展时，刘灵芝总是微笑着一笔带过。吴晴芳以为她是害羞，便不多问。

这个周末，刘灵芝和吴晴芳一家人吃完饭，李书平回房间午休了。她们俩同往日一样，一边在厨房收拾着碗筷，一边聊着天。吴晴芳还是习惯性地问起刘灵芝的感情之事，这是最让她关心的一件事了。

刘灵芝终于忍不住委屈，便同吴晴芳讲述了这段时间以来尹怀生对她含糊其词又不咸不淡的态度。说着，眼里噙上了泪水，那楚楚可怜的样子让吴晴芳好生心疼。

吴晴芳将手中湿漉漉的筷子奋力在空中甩了几下，然后重重地摔在筷筒里。筷子相互之间摩擦，发出鞭炮一般的噼啪声，似乎也在发泄着不满。

吴晴芳是个急性子，愤愤地说："尹怀生有什么好清高的？"转而又安慰刘灵芝："灵芝，别哭，你比谁差了？他看不上咱是他没福气。亏得书平还那么看得起他。他要清高让他清高去，咱们又不是没有比他更合适的人选。"不过，吴晴芳内心却觉得甚为遗憾，那天在酒桌上，她心里感慨尹怀生和刘灵芝的相配，仿佛尹怀生已经是她的外甥女婿一般。

刘灵芝没有附和吴晴芳，而是擦了擦泪，叹了一口气，撒娇地对吴晴芳说："小姨，能帮我一个忙吗？"

吴晴芳抬起眉毛，说："啥事，直接说，鬼丫头！"

刘灵芝继续说："小姨，您能帮我约下尹怀生吗？您明天约他来家里打麻将好吗？我约怕他不来，只好让您约他了。"

吴晴芳愣愣地盯着刘灵芝看了会儿，戳了一下她的脑门，恨恨地说："你这个丫头，魂被尹怀生勾走了啊！这么没出息！"

刘灵芝脸上浮现出讨好的笑容，她走上前去，双手揽住吴晴芳的脖子，嘟着嘴说："小姨，我知道您最疼我了，求您答应我好不好。"

吴晴芳看着这张与自己酷似的脸，爱怜地说："好好好，灵芝，真拿你没办法，你手上全是油，别把我衣服弄脏了！"

刘灵芝破涕为笑，在吴晴芳脸上亲了一下，说："小姨，我就知道你最好了！"

吴晴芳摇摇头，无奈地笑笑，心想："明天，我也正好看看这尹怀生到底是怎样打算的！"

她当天下午就给尹怀生家打了电话。尹父接到吴晴芳的电话，心中既无奈又欢喜。尹怀生一回家，尹父便急不可耐地对他说："怀生，李书记老婆下午打来电话，说要请你明天去她家打麻将，你有空吗？"

尹怀生感到奇怪，说："她怎么突然要请我去她家？"一个名字突然击中他的大脑，他立马摇头，说："不，我不能去。"

"怎么不能去了？！是因为刘灵芝吗？"尹父的声音像一声闷雷，带着明显的愠怒。

尹怀生抬头看着父亲，尹父的眼也灼灼地看着他，让他无法直视。

他缓和了语气，说："爸爸，我不能接受刘灵芝。"

"你还放不下叶婉秋？"尹父的脸像暴风雨来临前那样阴沉，"她跟你会有未来吗？"尹父的这句话如洪钟般在他的心中敲击出一阵闷响。

尹怀生沉默了。这几天，他一直因为前两天与叶婉秋在电话中的争吵而心情郁闷。他感觉自己的感情进入了一个死胡同，进退两难。他心中已经是千头万绪，不希望任何人再来添乱，他需要的是一个安静的空间，让他慢慢整理头绪，解开愁结，找到下一步要走的路。

正当他一点一点梳理头绪，却仍然找不到方向的时候，父亲的话如一只巨手，粗暴地撕裂了他心中那一缕剪不断理还乱的思绪。

伴随着撕裂的痛，他竟感受到了一种释放的轻松感，父亲的这句话也正是他压抑在胸口的一句话，他不敢去想，却被父亲说了出来。

他胸口起伏着，紧紧地抿着嘴唇。

尹父看着儿子的样子，心疼不已。他拍着尹怀生的肩，说："儿子，爸爸知道你心情不好。感情的事情不能强求，也不能太执着。把眼界打开点，你会轻松很多。刘灵芝是个好姑娘，爸爸不强求你跟她在一起，但是，你若是对她无意，也得向她说清楚。"

尹父语气淡淡地说："那副局长的位置很多人都盯着呢！你的那个竞争对手很厉害，还得谨慎点！"说着，便起身走向书房，留下沉思的尹怀生。

第二天，尹怀生去了李书平家。李书平不在家，吴晴芳和刘灵芝早就将麻将桌摆好，刘灵芝还约了她的一个男同学，三人围坐着麻将桌，等着尹怀生。

尹怀生好久没打麻将了，听着哗啦啦的麻将牌撞击的声音，看着麻将桌上那涂着淡淡蔻丹的纤纤玉手，他心神不定，连输了好几回。坐在他对面的刘灵芝一边熟练地摸着牌，一边与身边的男同学闲聊着，时不时发出清脆的笑声。

在摸牌之际，尹怀生觉得对面那双眼的水波又荡漾在他的身上了，他的心像鼓点一样敲击着，迷醉的感觉又开始包裹着他了。

打了几圈后，四个人交换位置，刘灵芝与他相邻而坐。尹怀生只觉得一股幽香从刘灵芝身上飘来，对他有一种奇异的吸引力。可这味道却如与他捉迷藏一般，他努力捕捉时，却淡了，在他不经意时，却阵阵飘入他的鼻腔，煽动着他的神经。他觉得这种味道是那么的熟悉，它深埋在他的记忆里，可无论如何搜索记忆，都探索不到它的源头。

尹怀生有点儿恍惚，结果摸牌的时候一用力，一张牌从指尖滑过，弹落到地上了。尹怀生立马去捡，却见那张牌掉落在刘灵芝的身侧，他弯腰时，刘灵芝那洁白光滑的小腿和纤细的脚踝便一览无余地呈现在他面前，那股芬芳又袭面而来，他心中一阵慌乱，连忙站起身，却迎面与刘灵芝那盈盈笑脸相对，她手捏着那张牌，塞到他手里。那肌肤碰触的触感，让尹怀生感到一阵战栗。他觉察到自己的失态，便想要逃离。

又打完几圈后，他便起身要告辞。吴晴芳连忙留他："小尹，难得来一次，我们就不打了。坐着聊会儿天吧！"

尹怀生还在找着借口推辞，眼见吴晴芳脸色由晴转阴，刘灵芝马上说："小姨，尹怀生有事，我们今天就散了吧。要不我们三个出去走走？我送你们俩回去？"她又看向她那个男同学。

吴晴芳松口说："那好吧，以后有空欢迎到家里来玩，都没吃顿饭，走那么急！"

尹怀生连忙赔笑脸："阿姨，今天的确还有个材料要写，下次我请客，您赏脸的话，到我们家尝尝我的手艺！"

吴晴芳这才露出笑容："想不到你还有这一手啊！会做饭的男生难得啊！下次我一定要尝尝！"

这样，尹怀生、刘灵芝和那个男同学才起身告辞。

第六十三章　诱惑

走到半路，那个男同学找借口走了，留下尹怀生和刘灵芝两人。

刘灵芝说："怀生，我们一起到沅水边走走吧！我都好久没去了！"

尹怀生心中一动，他烦闷的时候就爱去沅水边，听到刘灵芝这样说他便答应了。他一边走一边想：今天，也好利用这个机会同刘灵芝说清楚！

不多时，他们便来到了沅水边。几场春雨过去，沅水也涨了起来，淹过了河岸的青草，远远看去，河水在夕阳的照耀下泛起碎银子般的粼粼波光，浅岸的河水却清澈透明，一波波地荡漾着，温柔地舔舐着堤岸。每当走在沅水旁，尹怀生便像回到了母亲的怀抱，心中温暖而安宁。

只是现在，身边多了一个女子，搅乱了他的安宁。

刘灵芝也喜爱沅水，这与她从小在沅水旁长大有关。她从小的记忆全都与水有关，她村子里的人依水而居，每天喝着沅水的水，在沅水旁洗衣服，在沅水里戏水。她记得孩童时，大半个夏天，她都跟一群同伴泡在沅水里嬉戏打闹，沅水，是她童年的天然游乐场和避暑地。这也练出了她极好的水性，说她是沅水的女儿一点儿也不为过。

她偷偷瞥着身边这个男子，不知何时，他的一举一动开始牵动她的内心，竟然让她甘于低下高贵的头，卑微地等待他的施舍。此刻，她多么希望他能靠近她一点儿，互相依偎着，倾听彼此的心跳，方能不辜负此刻如此美好的光景。

他们聊着，又沉默着。刘灵芝提议下去走走。于是，他们走下河堤，爬上一块凸起的土坡，在上面坐下，凝望着脚下的河水。这时，刘灵芝看着尹怀生，说出了憋在胸中很久的话："怀生，这段时间以来，我感觉你对我一直是若即若离的态度。我以为你会慢慢喜欢上我，所以，我一直没有问你，而是等着你，试图多去接触你、了解你。可是，你的态度让我捉摸不透，我一直想不通你到底在想什么。你对我到底是怎样的感觉？"

尹怀生听完，心中泛起一阵愧意和感动。他沉默了一会儿，说："灵芝，谢谢你对我的心意。我一直感到非常惭愧，也一直没有勇气告诉你，我是有女朋友的，她在外地上学。"

刘灵芝的肩头颤抖着，尹怀生的话在她意料之外，又在意料之中。她早就意识到尹怀生在刻意隐瞒着什么，可是却不相信他已经有了女朋友。她有一种被欺骗了的感觉，生气地说："你为什么才告诉我？为什么还要和我去相亲呢？"说完，她的眼泪簌簌地滑下来。

尹怀生更慌乱了，他羞愧不已："对不起，灵芝，是我错了。我不该隐瞒你。那次是我父亲事先答应了你姨父，事后我不好意思拒绝，便去了。怪我一直没跟你说清楚。真的对不起，我不是故意伤害你的。”

刘灵芝听他道歉，心又软了，他嘴中的女朋友让她感到一阵强烈的嫉妒和好奇，她忍不住问起尹怀生关于他的女朋友的一些情况来。

尹怀生正好无人倾吐心声，在刘灵芝的追问下，便将他与叶婉秋的感情经历倾诉给了刘灵芝。刘灵芝似在听传奇故事一般，她沉醉在这段故事里，脸上的表情越来越微妙。

突然，她站起来，面对脚下的沅水，大声说：“你们俩，就是缺少勇气！想在一起，却不敢在一起。想爱又不敢爱，就得不到爱！”她扭头看着尹怀生惊愕的表情，绽开了一个明媚的笑容，说：“你猜，我敢从这里跳下去吗？”

说完这句话，她腾空一跃，水面上溅起一大朵浪花，她竟真的从这土坡上跳入了沅水。尹怀生蒙了，看着渐渐平静的水面，却不见刘灵芝的踪影，活生生的一个人就这样突然之间消失在水里。他慌乱无比，用尽全力喊着刘灵芝的名字。

片刻之后，水里水花又起，刘灵芝笑靥如花，在水中冲尹怀生挥着手：“我敢，你敢吗？”

尹怀生见到她，喜极而泣，她的笑容让他有一种如获新生的感觉。她那声“你敢吗”对他有一种致命的吸引，即使她是蛊惑心智的塞壬海妖，他也不顾后果了。

他脱下上衣，也一跃而下，消失在水里。进入这清凉的水中，他打了一个寒战，却感到一种前所未有的放松。水像母亲的手一般，包裹着、滋润着他，洗净他所有的疲惫和焦灼。他感到一双温柔的手拂过他的身体，环抱住了他，紧接着，那充满弹性，带着母爱的温度的胸脯贴紧了他。他们在水下拥抱在了一起。尹怀生沉醉了，那一刹那，他仿佛回到了小时候，父母和他在沅水里游泳的那些时光。母亲就是这样抱着他，用臂膀支撑着他，让他备感温暖舒适。他突然明白了刘灵芝身上的那股芬芳为什么如此吸引他，那是母亲身上的味道，母亲和刘灵芝一定用了同一种香水。

他们的身体传递着温暖，竟不觉春末夏初的水的凉意。当上下牙齿开始撞击的时候，他们才手牵着手，像两条鱼一样游上了岸。尹怀生望着湿漉漉的刘灵芝，失了神。湿透的衣服紧贴着她的身体，让她优美丰满的曲线淋漓尽致地显现出来。暮光在这姣好躯体凹进去的地方投上了阴影，仿佛是蕴藏着古老秘密的所在地，声声呼唤着它的探秘者。

尹怀生的喉咙里似有团烈焰燃烧，他从地上捡起自己的衣服，扔给刘灵芝，嘶哑着声音说："灵芝，你快穿上，别着凉了！"便背转过身去。

刘灵芝莞尔一笑，开始窸窸窣窣地脱衣服。此刻，一轮散发着淡黄色柔光的弯月已挂在天空，夜幕降临。刘灵芝的胴体在这月色中，像白瓷一般柔静美好。

尹怀生看得血脉偾张，当刘灵芝那柔软的双臂从背后绕过他脖颈的时候，他再也控制不了那升腾的欲望，转身将她紧搂着，两人在月色中，激烈地亲吻起来。

不知吻了多久，夜色更加深了，尹怀生突然意识到自己光着上身。裤子湿答答地贴着皮肤，在凉风习习中，让他生出鸡皮疙瘩。他松开刘灵芝，对她说："灵芝，我们快走吧，湿衣服穿在身上会着凉。"

刘灵芝还醉在那个吻里，她紧紧地靠着尹怀生，一只手搂着他的脖子，说："我这样，怎好意思回去。"

尹怀生脸一红，她穿着他的 T 恤，露着双腿，河风灌进那件对她来说显得肥大的 T 恤，让它像一个鼓起来的风箱。

他只好说："那我找地方打个电话，让你小姨送衣服来。"

当吴晴芳拿着一包衣服，看着坐在河堤上，紧紧依偎在一起的人的背影时，她明白了一切，脸上露出了笑容。

第六十四章　情欲

对那晚在沅水河畔所发生的一切，尹怀生感到似幻梦般，美得不够真实。那个吻的余温还在，一旦想起，他心中便悸动不已。他一直循规蹈矩地长大，事事不敢逾矩。刘灵芝激发了他身上的野性，他竟然在她的带动下，跳进了凉意侵人的沅水里，像孩子一样做了件疯狂的事。

在入水的那一刹那，他体会到了巨大的快感，那是一种冲破规则的自由感，还有一种回到母体的回归感。那一刻，他冲破了心中的那层防线，与刘灵芝紧紧拥吻在一起。

这几天，他反复咀嚼着刘灵芝说的那句话："你们俩，就是缺少勇气，想在一起，又不敢在一起！"

这句话竟如一道闪电，斩断了他多日以来的郁结，照亮了心中的幽冥。他仍爱着叶婉秋，她如一根藤蔓，已牢牢地扎根在他的内心，不断攀缘缠绕。可对现实的重重顾虑，给他们俩的爱笼上了阴霾。刘灵芝说得没错，他们就是缺乏勇气，缺乏为对方牺牲的勇气，缺乏不顾一切的勇气。

不知不觉中，他竟也成为现实囚笼里的困兽，瞻前顾后地活着，而不曾看顾自己的内心。当叶婉秋在电话里责问他不在乎他们俩的感情的时候，他恼怒了，甚至对叶婉秋发了脾气。现在想来，其实他是对自己感到愤怒，痛恨自己的纠结和懦弱。

他问自己："你敢吗？你敢放弃前途，一无所有地去和叶婉秋在一起吗？"无数次地问自己，无数次地被否定。他不敢，他害怕再次面临三年前的绝境，他害怕自己再次撞得头破血流，如蝼蚁般被人踩踏在地。

我承认，我是一个懦夫。刘灵芝说得没错，我不敢。在尹怀生终于承认了这一点之后，心中那摇摇欲坠的信念突然坍塌了，他竟释怀了许多。

当刘灵芝约他去她的住处拿衣服的时候，他没有拒绝。那日，他们俩的衣裤都已湿透，刘灵芝提出将尹怀生的衣服带回自己的住处清洗。尹怀生怕父亲问起湿衣服的事，便答应了。

五月过半，天渐渐热起来。那日，天气晴朗，尹怀生走在路上，阳光照在背上，额头微微渗出汗珠。他的心情平静无比，就像那碧蓝如洗的天空。

他知道可能会发生点儿什么，但该发生的总会发生，随它来，随它去吧，就像那天空中的云朵，自由地来去，无所挂碍。

他不记得是怎样敲开了刘灵芝的房门，又是怎样抱住了她，然后两人吻在了一起。她的呼吸声，似从遥远海上飘来的乐曲，那是海妖的歌声，蛊惑着尹怀生的每一个细胞，他迷失了自己，尽情地在这片海里遨游。

惊涛骇浪过去，海面恢复了平静。浓浓的倦意袭来，尹怀生搂着刘灵芝，在她怀里睡着了。他梦到自己变成了一个婴儿，躺在母亲的怀抱里。母亲的身上有一股好闻的味道，他咬着母亲的乳头，被巨大的幸福感包围着，身体轻飘飘的，如躺在柔软温暖的云朵上。突然，他被一股巨大的外力抛出，跌落在地上。母亲消失了，他顿时长成了大人。眼前出现了另外一个人的模样，眼神里蕴含着满满的忧愁。

“婉秋！”尹怀生喊出声。叶婉秋突然拿出一把刀子，一边奋力刺向尹怀生，一边喊着：“你这个负心汉，我要杀了你！”尹怀生慌忙闪躲，一边欲夺掉叶婉秋手中的刀。

刘灵芝见尹怀生呼吸急促，双手在空中不停晃动，表情狰狞，知他是做了噩梦，连忙将他唤醒。尹怀生喘着粗气醒过来，仍停留在梦的意象里，惊恐不已。刘灵芝紧紧地抱着尹怀生，似母亲安慰孩子一样轻轻抚摸着他的头，又将那芳唇贴紧他的唇，温柔地吮吸着。

当情欲又开始膨胀、升腾，即将燃烧起来的时候，叶婉秋那愤怒的模样充斥在尹怀生的大脑里，他突然一把推开刘灵芝，嘴上说着：“灵芝，对不起。”便嗖地下了床，飞快地穿好了衣服，向门口冲去。刘灵芝光着身子跑上前去，从后面抱住尹怀生，问：“怀生，你怎么了？”

尹怀生停下来，将她的手从腰间拿走，说：“灵芝，对不起，今天我不太舒服。”说完便头也不回地向前走去。刘灵芝赶快将那包衣服塞给尹怀生，说：“路上小心点！”

尹怀生嘴上嗯了一声，打开门走了出去。

刘灵芝呆坐在床上，默默流着泪。刚才极度的欢愉转瞬即逝，留下空荡荡的床和孤寂的心。婉秋——这是尹怀生在梦中不停呼喊的名字。刘灵芝想：这个女人，像幽灵一般飘浮在尹怀生和自己之间。尹怀生还是对她念念不忘，甚至在与自己欢好之后，仍摆脱不了这心魔。这是怎样的一个女人，在尹怀生心中种下如此深的情结！

强烈的妒意从刘灵芝的心中翻涌，突然一个想法攫住了她：我倒要见识下这女人究竟是何方神圣，我就不相信我不能完全俘获尹怀生的心！

尹怀生仓皇地从刘灵芝那里逃走了，他急急地走着，对叶婉秋的愧疚似烈焰灼烧着他，让他焦灼万分。欲望的浪潮退去，理智又重新占据了大脑。他买了一包烟，不知不觉地走到了沅水边，坐在河堤上，吹着凉风，一根一根地抽着烟。等到最后一支烟头燃尽，他的心头清凉了许多，可眼眶里却噙满了泪水，他嘴里喃喃着："婉秋，对不起……"

第六十五章　不速之客

六月下旬的太阳已经显出它的威力了，地面被烤得灼热，树上的知了鼓着黑亮的翅，尖锐地鸣叫着。大地上的一切被这明艳的日光照着，变得鲜亮而活泼起来，光与影的交界处如刀锋般棱角分明。地上热气升腾，人心跟着这万物一起膨胀起来了。

尹怀生急急地走着，心如这烈日当空一般，没有一片云彩。他心中仿佛在期待着什么，又仿佛没有期待。这段时间以来，他好似被一股力量拉着，偏移了轨道，他觉得自己就是一个陀螺，被命运和欲望鞭打着，不停旋转着，他感到自己的重心在不断挪移，可是却控制不了。

这种生活的失控感，从那晚和刘灵芝一同跳入沅水时就开始了。他感到愧疚和不安，以至于开始逃避，逃避与刘灵芝见面，逃避与叶婉秋电话联系。也许把自己装入一个沉默的壳里，他便能重新找到那个失去的重心。可是，生活并不会给他沉静的机会，他与刘灵芝关系的传言，像螺旋上升的热浪一般迅速席卷开来。

小城的人们对这种八卦总是津津乐道的，何况是这种才子佳人之间的情事，总能勾起人们无穷的窥伺欲。他们在谈论的同时，总不免添油加醋一番，对两性之事更是夸大其词，甚至有人说看到他们俩在沅水里做那男女之事。

天底下没有不透风的墙，传言还是到了尹怀生的耳里，这让他感到焦灼，可是却无可否认。尤其是他与刘灵芝发生关系之后，刘灵芝便如无孔不入的空气一样，不断地出现在他面前。当她无所顾忌地当着众人的面挽起他胳膊的时候，他无法拒绝。

她是那么的迷人，她的芬芳，她的顾盼，她的笑，她的窈窕曲线，还有她那如母亲般的温柔，无不撩动着他的每个毛孔。她就是那沅水里的水妖，让他沉溺，让他迷失。

可是当夜深人静时，他内心的某一处总是隐隐作痛。他想起已经两个星期没有给叶婉秋打电话了，她也没有打来电话，这两个周三的夜晚，家里终于没有了电话铃声。但他仍然会守着电话，拿起话筒又放下。他期待电话铃响起，可是又害怕电话铃响起。于是，索性什么也不做，抽支烟，望着电话发呆。她是他害怕碰触的柔软，他害怕与她说话时，会暴露他的愧疚和懦弱。他害怕直面他们俩感情的终结，虽然他内心的深处已经意识到了这种终结。他最不愿意面对的是，他背叛了她，可事实的确如此。

在这个寂静的没有电话的夜晚，尹怀生失眠了。叶婉秋和刘灵芝的面孔在他面前交相变幻。当他被情感和欲望这两种力量拉扯得无法呼吸时，他觉得必须做出选择了。他决定第二天给叶婉秋打个电话，问她毕业后的去向到底是什么。如果实在是不现实，他便同她说个清楚。与其这样纠结着，不如痛快了断，虽然这会带来撕心裂肺般的痛苦。

第二天，他浑浑噩噩地过了一上午，开会的时候，领导问他问题他竟然没有反应。王树元碰他胳膊，他才反应过来。会后，王树元拍着尹怀生肩膀，说："怀生啊，你今天精神状态不佳啊！下个月就要开常委会讨论领导班子换届的问题了。你现在胜算很大，关键时刻不能掉链子啊！"他眯缝起双眼，语调放慢："你跟小刘，现在处得怎样了？"

尹怀生心中涌过一阵烦躁，他很反感别人在他面前提到刘灵芝。他只能压抑住内心的不适，挤出一个尴尬的笑容，说："还行吧！都正常！"

王树元嘿嘿一笑，把尹怀生的肩膀重重一拍："你小子，还真行啊！"

又一阵反感涌上心头，尹怀生想起要去文广局开个会，探讨下县刊发行的事，便匆匆离开办公室。走到政府大门口，他愣住了——一个熟悉的身影矗立在明晃晃的日光下。他揉了揉眼睛，以为自己出现了幻觉。

如多少次走入他的梦中一样，那个身影慢慢向他走近。那铭刻在他灵魂中的身姿和面容又是那么真切地出现在他的面前。他的心狂乱地跳起来，一如第一次与她拥吻时。她分明在对自己笑着，仍然是那么的温婉甜美。比起三年前，她更美了，甜美中多了一份成熟，或许还有那么一丝哀愁。她就如那夏日盛开的一朵莲花，清新脱俗，能洗净人心中所有的浮躁和不安。

尹怀生目不转睛地看着她走过来，几乎是脱口而出："婉秋！"在叫出她名字的那一刹那，他的眼泪夺眶而出。在艳阳下，一切都无处遁形，他突然觉得自己就是一个小丑，在她的面前，是如此无地自容。

叶婉秋走到尹怀生面前，站定，深深地打量着他。三年未见，他还是那么英俊，俊朗的轮廓丝毫未变，只是眼神里分明少了当初的锋芒，多了一点儿世故。他变胖了一点儿，比起那个清瘦的少年，多了一些成熟和稳重。这是他，让她魂牵梦绕的他，让她纵使身在异国他乡，也心心念念的他，让她放弃众人艳羡的留校机会，追随到沅水的他。

她见了他，如莲花在水面盛开，她听到了花开的声音，内心喜悦无比。可是，她却感觉到尹怀生眼神的躲闪，他是被自己惊到了吗？他应该和自己一样激动吧？不然，他怎会流下眼泪。

见到尹怀生流泪，叶婉秋自己的眼眶也湿润了。她露出一个温柔的笑，说："怀生，我回来了！"

尹怀生仍呆立着，眼前的一切如幻梦一般，叶婉秋的突然出现彻底打乱了他的心，他陷在巨大的震惊中，久久回不过神来。他就这样呆呆地看着叶婉秋，仿佛不看她时，眼前这一切就会如泡沫一样破灭。

叶婉秋的声音让尹怀生终于清醒了几分，他突然意识到自己还站在烈日当头的单位门口。他清了清嗓子，问道："婉秋，你，你什么时候到的？"

叶婉秋笑着说："我才到一会儿，刚找好了宾馆就来找你了。我知道你没有下班，本来是想先在这附近溜达一下看看，没想到走到政府门口时，竟看到你走出来。"

尹怀生心中涌过一阵酸楚。他们俩如宇宙中的两颗尘埃，于茫茫天际间偶然碰撞在一起，温暖了彼此，又伤害了彼此。他连忙露出笑容，温柔地说："婉秋，我陪你过去。稍微等我会儿。"

他一口气跑到附近的电话亭，给刘灵芝打了个电话，告诉她他下午单位有事，去不了文广局了。又跟王树元打了个电话，说下午在文广局开完会，就不去单位了。王树元暧昧地笑着说："尽管去吧，跟人家小刘多交流交流！"

叶婉秋看着他的背影，心中感慨："等了那么久，见到他，心才不再漂泊。能这样一直看着他，也不负我的牺牲。"

打完电话，尹怀生又快步走回去，手上拿着两瓶水，递给叶婉秋一瓶。

他们俩走着，喝着水，沉默不语，也许心中的话太多，不知从何说起。

来到宾馆，他们俩走进房间，合上门。叶婉秋站在尹怀生面前，定定地看着他，说："怀生，我回来了就不走了。"

尹怀生心中震动："你来沅水，不留在上海了？"

叶婉秋坚定地点点头。

"那你为什么不早告诉我？"尹怀生既激动又怅然。

叶婉秋用手抚过尹怀生的面颊，露出一抹神秘的笑意："我要给你一个惊喜。"

尹怀生再也无法控制内心的悸动，他抓住叶婉秋的手，心中五味杂陈，她总是能那么强烈地击中他的心，他知道她平静的笑容下，隐藏着多大的牺牲！渐渐地，泪水遍布面颊，他一把将叶婉秋拥入怀中，贪婪地吮吸着那阔别已久的熟悉的味道，似拥着遗失已久的珍宝，默默地流泪变成了失声痛哭，多日积累的情绪决堤而出。他靠在叶婉秋的肩头，哭得像个孩子一样。

叶婉秋轻轻抚摸着尹怀生的头，心中也五味杂陈。她后悔自己的纠结，若是早一点儿坚定地放弃前途，他们便会少受一些苦楚。她真实地感受着他，更加笃定了自己的选择是正确的。他是那么爱她，爱到可以不顾一切，这一点儿牺牲又算什么呢？

叶婉秋对尹怀生心疼不已，她也哽咽起来，两人都哭成了泪人儿。待情绪平复一些，两人深深地吻在了一起，眼泪融合在一起，又被吮吸进彼此的嘴唇。他们仿佛要把对方吸入自己的身体里，这个吻里蓄积了积压多时的能量，直到让对方快要窒息。

尹怀生将叶婉秋放倒在床上的一瞬间，刘灵芝的脸在眼前闪过，他有片刻的犹豫。叶婉秋仿佛意识到了什么，拉了一下他的手，温柔而鼓励地看着他。尹怀生看着叶婉秋明亮清澈的眼眸，内心触动，他俯身紧紧抱住了叶婉秋。滚烫的身体缠绕着彼此，燃烧着彼此。除了彼此，其他的一切仿佛都不存在了，他只愿与这身下仍深爱的女人紧紧结合在一起，纵使粉身碎骨也在所不惜，纵使此刻世界毁灭，他们也要这样尽情地燃烧。

第六十六章　最后的欢愉

这几天，尹怀生沉浸在巨大的喜悦中，这几年来的彷徨随着叶婉秋的到来终于沉淀下来。

他再一次确定自己是全身心地爱着叶婉秋的，正如她也是全心全意地爱着自己一样。人们常说爱情是可以冲破时空的限制的，但是在几年的等待后，他更愿意相信在一起的爱情才是踏实和美好的。

在这巨大的喜悦背后，尹怀生的心里却隐藏着惶惑不安。在他和叶婉秋耳鬓厮磨的时候，一个明艳的身影总是出其不意地闪现在他的脑海中，如一把黑暗中暗带锋芒的利剑，划破他的幸福，那金属利器划过的声音，让他不自觉地打一冷噤，鸡皮疙瘩爬过他的后背，他竟然感受到一种罪恶感。

我是怎么了？尹怀生缓缓将烟吐出，让烟气升腾在夏天潮热的空气中，然后慢慢幻化成一个个烟圈。他盯着这些烟圈发呆。那张明艳的脸出现在烟圈中，随着缭绕的烟不断幻化、增多，直到完全占据尹怀生的视线。烟气辣得他眼睛发胀，他掐灭烟头，闭上眼睛，让眼泪流下来。

叶婉秋洗完澡出来，见尹怀生静静坐在那里抽烟，只觉他抽烟的样子都那么好看，英俊的侧脸透着淡淡的忧郁。她靠在门边欣赏了会儿，尹怀生竟没有察觉到她在注视他。

直到那带着深秋梧桐叶的味道钻入他的鼻息时，他才睁开眼睛。只见叶婉秋慢慢靠近他，将她那娇小却散发着成熟女人风韵的腰肢轻轻放在他的膝盖上，紧紧倚靠着他的时候，他才意识到她只穿着一件薄如蝉翼的真丝吊带，衬托得她的身姿更加婀娜动人。

尹怀生情动，抚摸着她美好的身体，吻着她的每一寸肌肤，直到两人的呼吸越来越急促。一场暴风雨就这样毫无预兆地席卷着这对陷入爱欲的恋人。如果爱情会带给人痛苦，那爱的结合便能让人暂时忘记痛苦。人生皆苦，欢乐短暂，既然如此，那就让爱的浪潮暂且将那些烦恼隔绝，尽情享受生命和爱情的美好。

叶婉秋对尹怀生那如惊涛骇浪般汹涌而来的激情感到惊讶，却很快被他感染，陶醉在其中，无数个画面涌现在她的脑海中，她仿佛又回到了上海那个闷热的阁楼里，在那里，她把第一次交给了尹怀生，成为他的女人。她愿意把自己完完全全交给他，不仅是身体，还有灵魂和未来。如果，能与他在爱到巅峰时相拥着死去，也是一件幸福的事。

激情如潮水，退去如来时一样迅速。尹怀生很快发出了轻轻的鼾声，嘴里含混不清地喃喃着——灵芝。叶婉秋伏在尹怀生耳边，轻轻问道："怀生，你刚才说了什么？"可身边的人只是含混地"嗯"了一声，又继续响起鼾声。叶婉秋轻叹一口气，反复回想着尹怀生叫出的那个词，她敏锐地感觉到是一个女人的名字，不太好的预感涌上心头。她辗转反侧，不断安慰着自己不要那么多疑，很久才入睡。

这几天来，刘灵芝觉得尹怀生仿佛又开始躲她了。打电话约他时，他总是以各种理由推托与她见面。她开始觉得他可能是心情不好，准备周末的时候约他出去散散心。直到一个女同事神神秘秘地告诉她，看到尹怀生下班后进入某某宾馆的大门的时候，她才开始怀疑他。

这个晚上，她给尹怀生家里打了好几个电话，可是每次都被尹父告知他不在家。她一个晚上都坐在电话旁等待，挣扎着是继续等下去，还是去外面找他。随着时钟嘀嘀嗒嗒的声音，她的心也一点一点往下坠。直到晚上十一点多时，电话终于响了。

她慌乱地抓起电话，那头传来尹父的声音，告诉她怀生让他转达她，他在朋友家应酬喝多了，太晚，就在朋友家住下了。

放下电话，她感到前所未有的慌乱——他甚至都不愿亲自给自己打一个电话。朋友的话跳入她的脑海，她眼前甚至浮现出了不堪入目的画面。她第一次对尹怀生的话产生了怀疑，恨不得此刻便冲入夜色，去那个某某宾馆找他。可是，腿却如铅一般沉，她迈不开脚步。她害怕自己的怀疑成为现实，她不知道如果真的是这样，她将怎样面对。看着窗外漆黑如墨的夜色，她的眼角流下两行泪。唯有抱紧双膝，祈祷快快天明，让日光冲散这啃噬人内心的难熬的夜。

第六十七章　别了，我的爱

一夜难眠，当天边出现第一抹鱼肚白的时候，刘灵芝冲出了宿舍，如幽魂般隐入熹微的晨光中。她不知道自己是怎么走进那个宾馆的大门，用钱和伶牙俐齿说服了宾馆前台，让他给自己出示了那个来访人员登记本，并在上面找到了那个熟悉不过的名字。

那一刻，她觉得自己仿佛被闪电击中，她从前台的目光中，知道自己此刻的表情是多么狰狞，只有她自己知道，她的内心是多么的哀伤。她不知道自己是如何迈着沉重的双腿走到了那个房间门口的，正准备敲门时，右手悬在半空中停了下来。她放下了手，选择靠着门坐下，她还是没有勇气破门而入。反正要面对，那就迟一点儿面对吧。

她背靠着门坐着，不知何时竟睡着了。直到她靠着的门突然打开，她往后重重一倒，被开门的人迅即接住，接着是那个熟悉的声音的惊呼："灵芝！"

刘灵芝醒过来，慌乱中站起身，便看到了尹怀生惊诧的脸。房间里浓烈的情欲味道和残留的烟草味让刘灵芝彻底清醒过来，她推着尹怀生，拼命往里挤，可是却被尹怀生死死挡住。这时，在尹怀生的身后，出现了一个女子，凌乱的发，姣好的容颜带着红晕，藕荷色吊带裙包裹着柔美的身材。她静静地站着，如一尊美丽的雕塑。刘灵芝什么都明白了，她拼尽全力将尹怀生推开，冲上去甩了叶婉秋一个耳光，大声呵斥："你是谁？"叶婉秋一个踉跄，差点儿摔倒。尹怀生惊极，忙将刘灵芝拉开，推了她一把，厉声道："你干什么？"并欲上去扶叶婉秋，叶婉秋捂着脸，指着尹怀生，颤抖着说："别碰我！"

刘灵芝被尹怀生重重一推，再也忍受不住，大声哭了起来，并上前拍打着他，骂道："你竟然做背叛我的事！你竟然是这样的人！这个女人，到底是谁？"

尹怀生的脸涨得紫红，这是他最不愿意看到的情景。此刻的他，就如一个身处夹缝的小丑，他觉得自己是那么的不堪，听到两个女人的哭声，心被撕裂得生疼。他甩开刘灵芝，对着她大吼一声："够了！"

叶婉秋看着这一切，明白了，她用询问的眼神看向尹怀生，可是他却将眼神挪移开。叶婉秋的心如被千斤巨石砸中，痛得窒息。眼泪涌满眼眶。她强忍着心痛，慢慢站起来，用颤抖的语气对刘灵芝说："我曾是尹怀生的女朋友，但现在不是了。"

叶婉秋语气平静，却如一石激起千层浪，尹怀生和刘灵芝都怔住了。当叶婉秋拿过外套披上，去拿行李箱时，尹怀生才反应过来，慌忙挡住她，问："婉秋，你要干什么？"

顿时，他觉得脸上火辣辣的疼，那是叶婉秋纤细手掌狠狠扇在脸上之后的疼痛。脸颊迅速红了一片，他惊呆了。叶婉秋推开他，一把拉过行李箱，便要冲出去。尹怀生反应过来，一个箭步冲上去，死死抱住她，半跪着祈求道："婉秋，对不起！你不能走！"

叶婉秋已满脸是泪，心一阵阵地抽痛让她快要窒息。可是语气却是冰冷的："把你的手拿开！别弄脏我的衣服！"

尹怀生颤抖了一下，可是手还是死死抱着她。

刘灵芝看着这一切，止住了哭泣，奚落道："你就是怀生的前女友啊！久仰大名了！可是怀生苦等等不到你的时候，他已经移情别恋了！他现在喜欢的是我，早跟我上床了！"

尹怀生怒极，指着刘灵芝吼道："你给我闭嘴！"换来的却是她的冷笑。

刘灵芝的一句句话毫不留情地撕开叶婉秋的伤疤，直到骨肉绽裂，鲜血淋漓。叶婉秋曾经天真地以为他会无条件地等她，他们俩的感情还是如美玉一般洁白无瑕，可却没想到它其实早已是明日黄花，散发着沉沉的暮气。在时光的浸润中，它在悄悄地变质腐朽，可她之前却全无觉察。

叶婉秋觉得曾以为的美好仿若那虚空的琼楼玉宇，轰然倒塌。她觉得她如此视若珍宝的感情，如同臭鸡蛋，吸引着苍蝇来回飞舞。她突然觉得这周围的一切都那么让她恶心，昨日还深爱着的这个人，现在却让她感到一种耻辱。她恨不得立即就逃离这里，一刻都不想停留。

种种情绪如山洪暴发，叶婉秋拼尽全身力气吼道："放开我，让我走吧！"并奋力挣脱着。愧疚的洪流席卷着尹怀生，他还是紧紧抱着叶婉秋不肯松手，任汹涌的泪渗入紧闭的双唇之间。他觉得对不起在此刻是那么的苍白无力，只能让他觉得自己更加卑鄙。他背叛了叶婉秋，背叛了爱情，这是他最不愿意承认的事实。此刻的他就像接受上帝审判的罪人，却不知道如何赎罪。

叶婉秋接着说："你让我感到恶心，没想到你是这样的人！让我走吧！放我一条生路！"

尹怀生紧抱着叶婉秋的手慢慢松开，叶婉秋的话深深扎入他的心，让他痛入骨髓。他觉得自己是不配被原谅的。

叶婉秋像风一样冲出房间，尹怀生急忙跟上去。刘灵芝也冲上前去，死死拽住尹怀生，却被他甩开。刘灵芝不知从何处拿出一把水果刀，抵着自己的脖子威胁道："你要是追出去我就死给你看！要她还是要我？"

尹怀生又气又急，愤愤地说："你还嫌不够乱？"便头也不回地冲出房间。

刘灵芝手一松，水果刀跌落在地，她瘫坐在地上。

叶婉秋逃也似的走着，她觉得整个世界都崩塌了，天地间只剩下绝望的废墟，她跌跌撞撞地走着，满脸眼泪，惊慌失措的样子让路上的行人为她驻足。

身后传来那个熟悉的声音："婉秋！"这个过去如天籁，让她心花怒放的声音此刻听来却如此刺耳，她的脚步越来越快，只想远远地把那声音甩在身后。伴随着一声尖锐的刹车声传来骂声："找死啊！走路不长眼睛？"

一辆白色的车与她只有毫厘之距。一个念头闪过："如果我死在这车轮之下，便也了了这痛苦。"

这时，一只有力的手紧紧拉住了她的胳膊。她回头撞见那目光，如遇瘟神，奋力将他的手甩开，不顾一切地喊道："你离我远点！"

旁边已聚集了不少人。尹怀生脸上青一块，白一块，乞求道："婉秋，不要走！"

叶婉秋虽对眼前的人怒火中烧，可哀伤的潮水却浸透双眼，眼泪滚滚滑落，她的语气平静却决绝："如果你还想给我们的感情留点尊严，就放我走吧！让我留下，我只有死路一条。"

在尹怀生绝望而哀伤的目光中，叶婉秋渐渐走远。这个生命中如此重要的一个女人就这样走出他的视线，走出他的生命，直至消失不见。尹怀生如木雕一般呆立在原地，当那个身影彻底不见的时候，他的心如被抽空，整个人瘫软在地，哭成了泪人。刻骨铭心的爱和痛之间，只差毫厘。

别了，我的爱人！别了，我的爱！

第六十八章 兄弟决裂

闲言碎语就如盛夏之末的水蛇一般在这个小城盘绕、扭曲，无孔不入地钻入各个角落，在阴暗处吐着信子，发出不怀好意的嘶嘶声。

"尹怀生这小子脑袋进水了，放着金龟婿不做，真是鬼迷了心窍！""刘灵芝这么水灵的姑娘能看上他，真是他几辈子修来的福，哪知道他人心不足蛇吞象，竟敢背叛她，真是当代陈世美！""看这小子细皮嫩肉的，却是一肚子花花肠子。读书的时候就跟人有不正当恋爱关系，把人家姑娘肚子搞大了又抛弃人家，谁跟了他，一辈子不知要受多大罪啊！"

这些日子以来，尹怀生如行尸走肉般穿行在这些流言里，他已经习惯了众人见到他满脸暧昧的样子，可这些都似与他无关。痛苦已经将他的感官封闭了，周围的一切都被他自动过滤了。

他如闹钟一般，每天按时上班、下班，只是脸上的表情是麻木的。他只有将自己包裹在这样按部就班的生活中，才能避免触碰到那空洞的心。他不让自己流露出任何感情，似乎什么事都没发生过。那些过往如风一般，呼啸着吹过他空荡荡的心，越往内看，越是空洞。这样的空洞，让他觉得自己的生命突然被掏空，那些浓烈的情感原来早已成为他生命中的一部分，跟他紧紧缠绕在一起。随着叶婉秋的离去，它们急剧抽离，留给他一个坍塌的心。

王树元见到尹怀生这颓废的样子，急在心里，他还是很赏识这个小伙子的。尤其是看到尹怀生和刘灵芝“好”了之后，王树元更是喜在心里。他深知这对年轻人联姻的意义，对于尹怀生来说，这是鲤鱼跳龙门的良机。一个才华横溢的小伙子加上一个做县委副书记的亲戚协助，前途更是不可限量。

若这事成了，作为尹怀生直接领导的王树元，自然顺理成章地成为李书记的左膀右臂，说不定会迎来政治第二春呢。

王树元提醒过尹怀生好几回了，可他总是那副麻木的表情，仿若戴了一个面具，将周围的人隔绝于千里之外。过了几天，王树元终于忍不住了。那天，他开完会后，特意问了李书记有关下个月干部换届的事，他明显感受到了李书记对尹怀生态度的转变，语气里透出浓浓的失望和不满。

回到办公室，王树元把材料往办公桌上一摔，指着尹怀生说：“小子，关键时刻你偏要掉链子！干部换届马上就开始了，你还要不要你的前途了？”

尹怀生抬起头，嘴角露出一丝若有若无的笑：“干部换届？顺其自然吧！”

“顺什么自然！都什么时候了，还顺其自然！你知道外面人怎么说你的！干部的名声很重要！”王树元音调上升八度。

“他们爱怎么说就怎么说去！不关我的事！”尹怀生淡淡地说道。

王树元气得嘴都歪了，恨铁不成钢地指着尹怀生：“你，你！唉，简直是拿自己的前途开玩笑！你这是丢你老爸的脸啊！你还要不要好好干了，好说歹说说不通啊你！年轻人，怎么这么感情用事！一个小女人至于把你搞成这样？女人到处都是，前途的事错过这村就没这店了！”

“王主任，我状态不太好，想回家休息一下，对不起！”王树元的话戳到了尹怀生的痛处，他知道王树元是为他好，可他实在无心争辩，更不想委曲求全、强装笑脸，这比要了他的命还痛苦。

说着，尹怀生拿起公文包向门外匆匆走去，留下脸涨得通红的王树元，频频叹气。

走出办公室，尹怀生终于长长吁了一口气，回望着办公大楼，他突然觉得它是那么像一座封闭的迷宫，他就像是一只穿行在迷宫里的小白鼠一样，被欲望和野心驱动着寻找隐匿在一角的奶酪，却越来越迷失方向。工商局的副局长位置是那块奶酪，刘灵芝也是那块奶酪。他被诱惑着不断穿梭着，可是却越来越困惑，等到他失去最宝贵的爱情时，才发现自己已经深陷其中。

这样胡思乱想着，他心中又泛起了巨大的内疚感，他不能想起叶婉秋，也不能想到刘灵芝。他伤了两个女子的心，他将满腔的愤恨对准自己，却无从发泄。他最近几天总是做一个梦，梦到自己跳到冰凉的沅水里，让自己不断沉溺。当呼吸越来越微弱的时候，捆绑他内心的链条仿若突然松开，那一刻，他的心是自由的。梦醒后，他满脸泪水。他反复回味着这种自由的感觉，甚至有点儿迷恋上这种感觉了。也许，让自己永远沉于水底，才能摆脱这刻骨的内疚感吧。

他还是马上打消了这个荒唐的念头，他还有父亲，还有值得留恋的世界。与其死去，不如背着这沉重的藩篱，苟活于世吧！

一路胡思乱想着，他走到了政府大门口。“尹怀生！”这个略显生硬的熟悉的声音仿佛从他的记忆中传来，一下将他拉回现实。尹怀生抬眼一看，明晃晃的阳光下，一个身影击中了他的泪腺，眼泪流出来，声音有些发颤，还有点儿心虚：“韩湘云！”阳光有些刺眼，韩湘云的身影在地上打下投影。他静静站着，等待着尹怀生向他走去，一如等待了几个世纪。

两人默默走着，情绪在他们体内升腾、下降、凝结。他们从高中相识起，就自然而然地形成了这样的默契，不需要多余的言语，这种默契伴随着他们的友谊持续了多年，成为彼此的心照不宣。

在这样的默契下，他们走到了沅水边。初秋的沅水退去了盛夏的燥热，显得娴静风雅。这条承载了他们从小到大记忆的母亲河已融入了他们的生命。两人静静地看着河流，它年复一年、日复一日地朝同一个方向流淌着，带着他们共同的记忆和时光。看着河面上的金色碎鳞，韩湘云的心忽地柔软起来，可压抑的怒火却很快吞噬了这份柔软。

"湘云，来吧！"尹怀生冷不丁地说。话音未落，韩湘云早已捏紧的拳头朝尹怀生的脸上狠挥而去。

尹怀生一个踉跄，似笑非笑地看着韩湘云，继续说："打得好！"

韩湘云心中的怒火再次化为拳头打在尹怀生的脸上和胸口，血从尹怀生嘴角流出，他擦了擦血，冷笑了一下，却不还手。韩湘云更是被激怒，一脚将尹怀生踹倒在地，又一把拉住他的衣襟，愤愤地说："我早就对你说过，你若对不起婉秋，我绝对饶不了你！"

韩湘云继续说道："若是男人，你就起来跟我打这一架，也算是我们的一个了结！"

被他这样一激，尹怀生最近的忧闷喷薄而出，他一声怒吼，一拳打在韩湘云脸上。两人扭打在一起，血和泪流淌在脸上，一道道粘在衣襟上，当尹怀生伤痕累累地倒在河床上的时候，他隐约看到韩湘云跌跌撞撞离开的背影。他听到心中的一根弦清脆断裂的声音。他感到自己的骨头都要断裂了，韩湘云下手不轻，他深知韩湘云对叶婉秋的感情，也深知韩湘云对他的鄙夷和不屑，尤其是在韩湘云最后对他喊出"你不配"的时候。

"我不配，可是你呢？你甚至都不敢面对自己的感情！"原来，他们俩都是懦夫，只不过，自己输得更彻底而已。尹怀生这样想着。在身体的疼痛中他竟然感到了多日以来没有的畅快感。那折磨得他痛不欲生的内疚感，竟随着身体的疼痛，逐渐消散。

"湘云，谢谢你！"尹怀生讷讷地吐出这句话后，昏迷了过去。

沅水无言，默默地见证了这一切。昔日的友情和爱情，就在这奔腾不息的河水中埋葬在了昨天。

第六十九章　请假

第二天，当韩湘云出现在课堂上时，他满脸的阴云都盖不过脸颊上的瘀青。学生顿时喧哗起来，有几个调皮男生甚至对他指指点点，窃笑起来。

啪的一声，韩湘云将课本重重往讲台上一摔，疾声厉色地说："你们几个，笑什么笑，给我滚出去！"

见一向温和的老师发那么大的脾气，学生们都惊诧不已，那几个刚才窃笑的男生愣了一下，撞上韩湘云冰冷似剑的眼神，又立马心虚地将头低下，静静坐着，仿若对峙。

空气在此刻凝结。

"出去，听到没有！"韩湘云的语气不容置疑。

迟疑了片刻，那几个男生纵使万千不情愿，也只好拿起书，讪讪起身，在走出教室门的时候还不忘嘟囔几句。

韩湘云扫视全班，那冰刀一样的眼神让学生们如芒刺在身，纷纷低下了头，心中嘀咕究竟发生了什么，让韩老师如此反常。

整堂课在沉闷的空气中似乎有一个世纪那样漫长。

下课铃仿佛是救赎的福音，学生如蒙大赦，纷纷跑出这令人窒息的教室。

韩湘云拿起课本，走出教室，脸上仍阴云密布。这几天来，他心中如压重石。他一直将自己对叶婉秋的感情深埋心中，一直以一个守护者的角色默默关注着她。渐渐地，这种守护成了他感情的寄托，他在这样的静默中，将自己的爱放在一个安全的空间。

在这个空间里，他让自己的爱情和友情都行走在一个相对和谐的轨道上，而自己，可以以一个近似于旁观者的角色，让这份隐秘的爱滋养着自己。纵使有求而不得之苦，可是他已经习惯了，为了友情，他甘愿退让和付出，甚至因此找到了自己爱的意义。

可是，由于尹怀生的背叛，这一切的和平被打破了。当流言传到自己耳朵里的时候，韩湘云被暴怒击中了。他甚至都没有十分怀疑流言的真实性，似乎很早以前，他就有了这样的预感。他们三人之间，这种看似和平的关系终有一天会被打破的。

韩湘云感到一种巨大的被欺骗和被辜负感。他隐忍了这么多年的爱和呵护，就这样被所谓的背叛生生撕裂！尤其是想到叶婉秋发现那不堪的事实以后的伤心欲绝，韩湘云更是感到心在滴血。对尹怀生的怒火如排山倒海一般淹没了他们多年以来的友情。

于是，韩湘云无可抑制地找到尹怀生，看到尹怀生那失魂落魄的样子，韩湘云便明白了一切。当尹怀生躺在沅水河堤上痛到昏迷的时候，韩湘云头也不回地离开了。

他知道，他们的友谊，在此时，已经画上了句号。

此时，韩湘云的心被一个强有力的声音拉扯着："婉秋怎样了？我要去找她！"一想到叶婉秋此时孤立无援的样子，韩湘云便焦灼不安。被这股焦灼驱使着，他脚步不停地走向校长办公室。

还未走到行政楼，他竟差点儿与校长撞个满怀——太沉浸在自己的心事中，竟忘了看路。"韩湘云，你跟我来一下！"顾本安一脸严肃。

还未坐定，顾校长便用前所未有的严厉语气对韩湘云说："听说你跟人打架了？"

韩湘云吃惊地抬起头，他惊诧于消息竟传得如此之快。不过他想起在这个消息闭塞的小城，人们最善于生产的就是流言的时候，心里叹了口气，低下头。

顾本安冷笑了一声："身为人民教师，竟然跟人打架，你这是为人师表吗？简直是有辱校风！"

韩湘云抬起头，不卑不亢地说："顾校长，打架当然不是一件好事，尤其是背负着育人之名的教师。我对给学校造成的名誉的损害感到抱歉。如果您要对我有任何惩罚，我都能接受。可是，顾校长，教师也是人，也有自己的个人恩怨。不是极端特殊的情况，我是不会这样做的。希望您能理解我。"

“什么极端情况？什么个人恩怨？遇到天大的事情，都不能意气用事！你知道你打的是谁吗？政府公务员！如果人家跟你较真的话，你不光公职不保，搞不好要判刑！”顾本安指着韩湘云的鼻子骂道。

韩湘云面无表情：“顾校长，我知道您是为我好。您要处分我的话，就尽管处分吧！”

“可是，我现在迫切地要请一个星期的假，希望您能批准！”韩湘云恳切地看着顾本安。

“你请假？还好意思说请假？这个假，我不批！”顾本安见韩湘云不动声色的样子，更是生气。

“不管您批不批，这个假，我还是得请。”韩湘云语气坚定。

顾本安气急，指着韩湘云说不出话来。

韩湘云拂袖而去，留下一脸惊愕和恼怒的顾本安。

回到宿舍后，韩湘云简单收拾了一下行李，匆匆离开了这个令人窒息的地方。身后的学校，如一只匍匐的兽，露出白森森的巨齿，对他阴冷地笑着。他知道自己可能面临什么，可是现在，他顾不上那么多了。世间的一切都无法阻止他去见她，只有她的安好才能抚慰他灼烧的心。

盛夏的黄浦江畔仍然熙熙攘攘。装饰着彩灯的游船载着满满的游客在黑暗的江面上缓缓爬行。近近远远的霓虹灯将那细碎的光芒打在江面上，让它尽显风情，或许还有些扑朔迷离。

湿热的江风带着海腥味和汽油味袭面而来，可惜已吹不起长发。叶婉秋剪短了发，眼眶微微肿起，眉眼低垂。她轻轻靠着栏杆，盯着江水发呆。她很想知道这江水里隐藏着什么，又埋葬了什么。有多少爱恨情仇在这条流经这个繁华都市的江边上演，又随江水东去而流逝。

可上海这座城市从来不缺这些故事。人们来不及为这些逝去的感情和人叹息，便匆匆上演下一幕生活戏剧，抑或从此淹没在庸常的生活中。这是一座步伐太快的城市，它不会等待悲伤的人，夜晚很快就会被生机勃勃的白天取代，高耸的写字楼盛不下那些儿女情长。

张爱玲曾感叹：生命如一袭华美的袍子，爬满了虱子。

也许上海就是这样一袭华美的袍子，只是在日光之下，虱子纷纷躲藏起来。

三年前，叶婉秋便是被这座城市的生机和风情吸引，来到了这里，带着她曾以为可以天长地久的爱情。那时的江边同样人来人往，有情侣卿卿我我制造的情欲味道。三年后，情侣们仍旧如胶似漆，只是换了一批新面孔。三年前，他们在氛围的感染下，浓情蜜意，羡煞旁人。三年后，却留一伤心人独自凭栏。

三年前，叶婉秋一心想努力留在上海，三年后，她好不容易下定决心离开上海，奔赴爱情，却没想到她以为的琼楼玉宇的爱情已经是苍蝇叮的臭鸡蛋，又仓皇逃到上海。置身于繁华中，她更加觉得孤独。一个人置身于这茫茫人海中，她觉得自己就像一个弃儿，输得一败涂地。

再次回到上海，她一无所有，连个住处也没有。幸好她读研时同寝室的一位同学收留了她。她便暂时寄居在同学的出租屋内。同学出去工作，她便整日将自己关在屋里，一遍又一遍听着苏芮的歌——《心痛的感觉》，边听边哭泣。待了几天实在闷了，才出来一个人在江边走走。

想到往事，咸湿的泪水又滚下脸颊，落进江水中。那漆黑的江水似乎在召唤着她，那一刻，她突然有一种纵身一跃的冲动：跳下去，一切就结束了。它会带我到大海里，没有痛苦，没有漂泊。一切的一切，都会变成大海里的泡沫，像海面一样安宁。

这个念头竟对她有某种吸引力。那一刻，她甚至觉得自己的身体变得轻盈起来，江风吹过，她觉得自己离江水那么近，它正温柔地亲吻自己、安抚自己。

突然，她觉得自己被人撞了一下。她看到一个小男孩从她身边跑过，又站住，回头望着她，亮亮的眼扑闪着，银铃般的声音在她耳边响起：“阿姨，对不起！”叶婉秋的心忽然柔软起来，她冲那个孩子笑着说：“没关系。”

望着男孩儿的背影，她轻轻叹了口气，转身离开。她下意识地摸了一下腹部，好似传来一阵微微的颤动。

走到一处老旧的小区，摸黑找到楼栋，正准备上楼的时候，耳边一个声音让她吃了一惊：“婉秋。”循着声音看过去，只见楼梯口处立着一个黑影。这个声音仿若从遥远的时光深处传来，熟悉又温暖。叶婉秋的心颤动了一下。

“韩湘云？”叶婉秋试探着问。韩湘云从阴影里走出来，朝叶婉秋走近。楼梯间的微弱光亮映照出他的侧脸轮廓。他咧嘴笑着，看向叶婉秋的眼神依旧笃定而温暖。叶婉秋感到被暖意包裹，她不禁鼻头一酸，又激动又惊讶地看着韩湘云，竟一时无话。

韩湘云见到叶婉秋，觉得世界都明亮起来。他情不自禁地露出笑脸，路途的奔波一扫而空，可她那清瘦的脸和哀伤的神情又让他感到一阵阵心疼。他恨不得立即给她一个拥抱，可是理智却让他强忍住了冲动。

静静看了她几秒钟，韩湘云说：“婉秋，你果然住这里。看来我运气不错！”

叶婉秋终于回过神来，问道：“你怎么突然来这儿了？又是怎么找到这里的？”

韩湘云不想说是担心她而来的，于是便说道：“我们学校派我来这儿学习，这几日课不多，就来找你啦！我问了你的辅导员老师，找到你的宿舍同学，是她告诉我你的住处的。但是我不知道你住几楼，就在这里等着，没想到你真的出现了。是不是吓到你了？”

韩湘云露出一个爽朗的笑容，如春风包裹了叶婉秋。她想：“几年不见，他退去了校园的青涩，好似变得更加沉稳开朗了。”

“你好像成熟了些。”叶婉秋没有直接回答韩湘云的话，却冒出这句没头没尾的话。

韩湘云的脸上流露出往日的羞涩，他微微低头，可心里却暖意融融，这是一个女性对男性的高度评价了吧！

他看着叶婉秋，问道：“你累了吗？要不要出去走走？”

叶婉秋点点头。

昏暗的路灯下，多了两个并肩而行的身影。

第七十章　爱的潮汐

两人找了间没打烊的茶室坐下。此时，整个茶室就只有他们两人。昏暗的灯光打在叶婉秋的脸上，让它笼上了一层陶瓷般的光晕，清雅又沉郁，背后却是浓得化不开的忧伤。

韩湘云止不住地泛起一阵又一阵的心疼。三年未见，她的眼神里多了一层看不透的沧桑。

叶婉秋见韩湘云目不转睛地看着她，微微把头低下，刻意避开他的双眼。不知为何，见到他看自己的眼神，她便有一种无所适从的慌乱感。这无关乎爱情，也许是出于内疚和自责，她一直深知眼前的这个男生对自己的感情，可自己却无以为报，她甚至觉得自己不配让对方对自己如此之好。

两人各怀心事，茶水的幽香袭来，两人默默地品着茶，稍稍缓和了这心照不宣的尴尬。

韩湘云再次看着叶婉秋，轻轻地吐出了几个字："婉秋，你还好吗？"

这几个字如扔向平静水面的石子，激起了水底下的剧烈暗涌。叶婉秋突然被汹涌的感情攫住，韩湘云的话触碰到了她最近拼命压抑住的情绪。眼泪像断了线的珠子般掉下来，渐渐变成湍急的洪流，肆无忌惮地沿着脸颊往下流。委屈、悲伤、无助、愤恨全化作泪水涌出来。在这间茶室的僻静角落，在韩湘云的目光下，那些埋藏的情绪终于找到了一个安全的出口。

韩湘云默默等着。他心疼不已，那一刻他是多么想把叶婉秋拥在怀里。可是，他只是轻轻把面巾纸放在叶婉秋跟前。他在心里说着：婉秋，哭吧，我知道你很难过，都哭出来吧。

叶婉秋痛痛快快地哭了一场。近日来积压的情绪随着泪水的洗礼，竟排解了一些。叶婉秋觉得一直堵着的胸口，似乎通畅了些。她突然想起来三年前，她也是和另一个男人面对面坐着，自己也是大哭了一场。只不过那个男人是尹怀生的父亲，而自己是因为尹怀生去向不明而哭泣。那时，她全身心地陷入爱情里，完全没有想过会有今天。

“想想那时的自己，虽然愚蠢，但其实是幸福的呢！”叶婉秋自嘲地动了动嘴角。

她看向韩湘云，问：“湘云，你说我是不是很失败？”

韩湘云心疼地冲她笑笑：“你不失败，你努力了，经历了，不失败。”

“努力了什么？经历了什么？都是一场空！”叶婉秋冷笑了一声，眼神飘往窗外，望着那影影绰绰的树影。

韩湘云沉默不语，静静地陪着她，看着她。

他们就这样不知时间地坐着，直到老板催促，他们才意识到茶室到了打烊时间。

两人沿着来时的路往回走，看着她那楚楚可怜的样子，好几次，韩湘云想要搂住叶婉秋的肩，又觉得自己好似是乘人之危，只好作罢。

到了出租屋楼下，韩湘云伸出手来抚抚叶婉秋的头发，怜爱地说：“你头发剪短了也好看！”

叶婉秋没有躲闪，只是心中有些不安。她面对韩湘云，说：“湘云，谢谢你！你来上海不是来开会的吧？”

说完，她转身走向楼道深处。韩湘云目送着她的背影，内心却悸动不已。

往后几日，韩湘云陪着叶婉秋，去了她想去的各个地方。叶婉秋虽在上海待过几年，去过的地方却寥寥无几。在韩湘云的陪伴下，她才知道上海有那么多美妙的地方，怪不得被称作“大上海”。他们去了文化气息浓郁的多伦路，参观了鲁迅故居，也在文艺气息十足的淮海路上寻找张爱玲的故居，在人民广场上喂了鸽子。

一天，他们就这样漫无目的地沿着街道走了整整一天，站在天桥上看桥下的车水马龙，看华灯初上时城市的繁华，看街上形形色色的人们。他们谈论学生时代的梦想、爱情还有轶事，却发现他们共同的回忆都或多或少与尹怀生有关。每当触及他的时候，韩湘云都小心翼翼地避开。他不忍看到叶婉秋伤心的样子。

当灯光将城市的夜点亮的时候，天桥上的流浪歌手唱起了歌。那一刻，韩湘云和叶婉秋静静地靠在天桥栏杆上。韩湘云多么希望时间就此凝固，最爱的人与他近在咫尺，所有的悲伤和担忧都被抛在脑后，融化在歌声里。风吹得韩湘云微醺。直到多年后想起，他仍觉得这是他最幸福的日子。

可是，他们一直没有再进一步。韩湘云知道叶婉秋心里还装着尹怀生。如果上一段爱情带给她深深的伤痕，她需要时间帮助她沉淀过往，而不是带着伤痕，急忙投入另一个怀抱。毕竟，能修复她内心创伤的，只有她自己。

对于尹怀生和叶婉秋的分开，韩湘云内心很复杂。一方面，他恨尹怀生的背叛，恨他一手破坏了他们三人精心维护的局面，更恨他伤了叶婉秋的心；另一方面，从私心上来说，他又有点儿暗喜。多年深藏的感情，此时似乎有了重见天日的机会。他来上海之前，并没有意识到自己的暗喜，只是在与叶婉秋共处这几日后，他的私心开始悄悄膨胀起来。

只是，这样的私心并没有令他感到困扰。他早已习惯了等待，他对叶婉秋的爱，就像那深秋的树一样，饱满又沉静，并深深扎根在土地上。在一起还是不在一起，对于他来说，似乎已经不是那么重要。不管她走到哪里，他的爱都扎根在心里。看着她开心的样子，他便已经知足。

转眼韩湘云来上海已快一个星期了。按照学校规定，如果没有特殊原因的话，最多只能请一个星期假，否则将形成教育事故，上报给教育局处理。再说韩湘云这次是与校长吵了一架出来的，也没办理什么请假手续，本来就是犯严重错误了。他知道回去会面对什么，可如果叶婉秋的状态不让他放心的话，哪怕是受到处分，他也决定留下去。

这天，叶婉秋突然提议去看海。这几天以来，都是韩湘云拉着她出门，这是她第一次主动提出游玩。韩湘云心中一喜，见到她这几日面色渐渐变好，韩湘云心中也荡漾着喜悦。他立即答应下来，说：“我这辈子见过的最大的河也就是湘江，还没看过海呢！我也想看看海到底是什么样子！”

巴士载着他们向海边驶去。一路颠簸了几个小时，当繁华的市区景色被低矮的平房取代的时候，他们闻到了海的味道。

这是上海的最南边，当它还是一个小渔村的时候，上海市的先民都在此打鱼为生。

他们迎着海风，慢慢走到了海滩。这是一片退了潮的滩涂，露出沼泽地一般的灰黑色泥沙。泥沙表面是明显的浪潮冲刷过的水流纹理。许多人穿着雨鞋，弓着腰，在滩涂上挖掘着什么，身旁摆着一个小桶。放眼望去，滩涂的一边有白色的风车，映衬着远方的灰蒙蒙的大海，与深蓝色的天空交接，给人一种海天倒置的错觉。此时，从滩涂的深处竟缓缓走来一匹马，似行走在大地上那般安逸。叶婉秋和韩湘云望着这般景色，一时竟失了神，仿若看到了达利的超现实主义作品，却又被一种别样的美感触动。

叶婉秋指着那些弯腰劳作的人问道："湘云，他们在干什么？"

韩湘云过去跟他们寒暄一阵，跑过来笑着说："他们是在挖螃蟹呢！"韩湘云手上竟也拎了一只小桶，桶里放着两把铲子，他晃晃桶，说："走吧，我们也去挖几只螃蟹！"

叶婉秋有点儿吃惊，随即露出了久违的笑容，说："好啊！"韩湘云见她高兴，内心也甜蜜不已。

他们便拿着铲子在滩涂上寻起螃蟹来。不细细观察这滩涂，还不知道这上面有那么多供螃蟹藏身的小洞。刚开始，他们不得要领，对准小洞挖，可那横行之物却机灵得不得了，每次都逃之夭夭。有一次，叶婉秋好不容易挖出一只小沙蟹，眼看着就要逮住它，却让它钻到另一个洞里了，叶婉秋不死心，扑上去想抓住它，却滑了一跤，差点儿摔倒，被韩湘云拦腰抱住，羞得她一脸绯红。

慢慢地，两人悟出了点儿要领，在小洞旁斜着挖下去，阻断沙蟹的逃跑通道，它只能灰溜溜地从洞口出来，成为"瓮中之蟹"。两人就这样配合着，一个铲，一个抓，一会儿工夫，桶里面便挤满了小小的螃蟹。每抓住一只螃蟹，叶婉秋都欣喜不已，看着她展露的笑脸，韩湘云也喜在心里。

渐渐地，黄昏来临，滩涂上的人慢慢散了，余晖洒在滩涂上，那布满滩涂的浅水坑如鱼鳞一般闪烁着银光。远处的大海送来越来越浓的咸腥味和沁人心脾的海风。远处有人喊："小心涨潮！"

韩湘云对叶婉秋说："婉秋，我们快走吧，涨潮就麻烦了！"

可叶婉秋似乎还沉浸在这景致里，久久不愿挪动双腿。她看着远处的海，喃喃地说："湘云，安徒生童话里的海的女儿为了爱情，让自己化为泡沫，消失在大海里。你说，爱情到底有什么意义，值得人如此牺牲吗？"

韩湘云心中一酸，停下了脚步，他看着夕阳下叶婉秋的侧脸，陷入了沉思。过了良久，他开口说："你看这海，有潮起，也有潮落。爱情，就如这潮水一样，来了，也会走。来的时候汹涌澎湃，退去的时候，毫无声息。我们不知道潮水什么时候来，什么时候走，但我们能在爱情来的时候好好感受，在爱情走的时候，相信它下次还会来。就像那些小沙蟹一样，只是安静地待在洞里，等待下一场潮汐到来。生命中，我们难以把握的东西太多了，能拥有的东西又太少了。很多时候，我们难以两全。有多少人，虽安然过一生，却没有感受过潮汐来临时的澎湃。人生苦短，如果能让自己好好爱一回，那这一辈子也算没白过，是吗？"

韩湘云一口气吐出这段话，自己仿佛也释然了许多，与其说这是对叶婉秋说的，不如说是在安慰自己。而旁边的叶婉秋已经泪流满面。韩湘云抬起手，帮她擦拭掉眼泪，终于忍不住拥她入怀。韩湘云的眼中也噙满了泪水，这是他梦寐以求了多少年的场景，在这个感觉不那么真实的海滩上，终于上演了。

也许是夕阳给了他勇气，他捧起叶婉秋的脸，轻轻吻了下她的额头，沿着面颊试图要吻下去的时候，突然被叶婉秋推开了。她慌乱地说："湘云，我们快走吧，快涨潮了。"

韩湘云这才意识到自己的失态。抬眼望去，叶婉秋已跌跌撞撞地跑出去一段距离。望着她的背影，他叹了一口气。

第七十一章　不辞而别

那晚，韩湘云做了一夜混乱的梦。他和叶婉秋站在那片黑色的滩涂上，潮水突然来袭，他拉起叶婉秋的手拼命奔跑。气喘吁吁跑上岸，却突然发现刚才拉着叶婉秋的手中却攥着一团海草。

他顿时慌了神，往海上望去，只见叶婉秋被潮水裹挟着，在浪头里变成了一个黑点。韩湘云箭一般地冲到海边，一个猛子扎进去，顿时被咆哮的海浪吞噬。海浪如怒吼的兽，一个巨大的浪头袭来，瞬间将他吞没。

在黑暗的海水中，他拼命挣扎，可力量却在迅速抽离，渐渐地，他透支了最后一点儿力气，如破布一般，任由水流将他来回撕扯。当意识越来越微弱的时候，突然有一股巨大的力量将他托起，恍惚中，远处有一艘小船正疾驰而去。

船上一女子朝他回头一笑，那是无数次在梦里见到的笑容，那么真切，那么摄人心魄。他激动地叫出声："婉秋！"痴痴地伸手去抓，可无论他如何高声呼喊，身体却怎么也动弹不得，船上那女子却如海市蜃楼一般，带着那神秘的笑，越行越远。

韩湘云大汗淋漓地从梦中醒来，枕头已被汗水濡湿。刺眼的阳光从窗帘缝隙射向他的眼睑，晃得他睁不开眼，眼角有泪水滚落，梦里的情绪过浓，他仍余悸未消。好不容易让眼睛适应了光线，他瞟向墙上的挂钟，表针直指九点。

"糟了！"他一骨碌从床上爬起来，匆忙收拾整理一番便往叶婉秋的住处跑去。

到了叶婉秋住处，他叩响了那扇木门，想着如何向她解释自己的迟到。

许久，门开了，可是开门的人却不是叶婉秋。见到韩湘云，叶婉秋的同学问："你是韩湘云吧，婉秋走了。她留给你一封信。"说着，将一个白色的信封放在韩湘云的手上，便合上了门，留下了错愕不已的韩湘云。他突然惊醒，猛然敲门。门开了，他一把推开挡在门口的女孩，嘴里说着对不起，冲进叶婉秋的房间，却发现她的东西已经被收拾一空。

“她昨晚就走了，让我把这封信给你。”女孩淡淡地说。“她说她要去哪儿了吗？”韩湘云几乎要喊出来，对于叶婉秋的不告而别，他又气又急。

“她没有告诉我，只是说南方有个大学联系她，让她去任教。”女孩答。

韩湘云的脑海里浮现出昨晚梦中的画面：叶婉秋坐着小船，越飘越远。他的眼神暗淡下来，脸上现出一抹无奈的颓唐：“她就这样走了，甚至都不告诉我一声。”

他点点头，嘴紧抿着，眼神飘忽，嘴里喃喃着：“昨晚就走了，我知道了，谢谢你！”

走出那间屋子，他急忙打开手中的信封，拿出信纸读起来。叶婉秋娟秀的字迹立刻跃入韩湘云的眼帘。

湘云：

你看到这封信的时候，我已经在开往南方的列车上了。请原谅我的不辞而别。我这几天一直在思考我要不要离开，直到前两天南方这所大学联系我，我才坚定了要离开的决心。这所大学是我导师介绍的，他们答应让我过去，也算是给了我一个安身立命的所在。

湘云，我知道你是为我而来，这么多年，我深知你对我的情感。你就如温暖的阳光一样，在我无助的时候照耀着我，我怕我会越来越享受于你给我的温暖而难以离开。可是，我却始终无法将你对我的情感当作理所当然，你给我的越多，我越有一种愧疚感，我不知道怎样回报你。

这几天来，我想了很多，也释怀了很多，谢谢你的陪伴。虽然在你面前，表达谢意都显得那么俗套、那么苍白。

我知道你希望我能安然地享受你对我的好，可是湘云，现在的我，是一个身心已经千疮百孔的人，我需要时间，还有一个安静的地方，让自己慢慢理顺过去的一切。好好地放下，才能好好地开始，是吗？所以，我想一个人，去一个遥远的地方，远远地离开这个让我又爱又恨的地方。

请原谅我现在无法接受你的爱，我还无法完全放下。我害怕再多留几天，我会沉溺在你对我的好当中，我不想在这个不恰当的时间开始，而留给我们彼此伤害。所以，我走了。你会骂我是逃兵吧？我承认。

湘云，无论我走到哪里，都会将你对我的感情珍藏在心里。在我绝望的时候，我知道，还有一束阳光，时时关照着我。

湘云，照顾好自己，我会好好生活，不要担心我。

叶婉秋

读完信，韩湘云眼里噙满了泪，手颤抖着。他双腿麻木地向前走着，眼泪在眼眶里越积越多，顺着面颊恣意流淌。太阳烤晒着他，他的心如干涸的水源，焦灼得冒着烟。一种前所未有的挫败感笼罩着他，让他窒息。这种挫败感变成了无名的愤怒，尹怀生的脸突然出现在脑海里，这让韩湘云咬紧了牙。

夏末秋初的知了已少了那盛夏时如日中天的元气，可还在顽强地聒噪着。路上的人来来去去，脚步匆匆。没有人注意这个失魂落魄、悲愤交加，如游魂般飘荡在街上的人。

第七十二章　探病

尹怀生很久没有这样好好地休息过了。在医院洁白的病床上，他昏睡了一天一夜，尽管噩梦频频，他还是彻彻底底地睡了个饱觉。在这期间，病房里来来去去的人，病房外无孔不入的流言，还有干部换届前的看不见的硝烟，都与他无关，只有梦境中那反复出现的面容，让泪水浸湿了他的双眼。

尹父坐在床边，静静地看着自己的儿子，忧虑重重。自从尹怀生背叛刘灵芝的流言传到耳里后，他内心便开始翻江倒海。他要强了一辈子，也清高了一辈子，当自己以儿子为荣时，儿子却毫不留情地当着众人的面给了自己老脸狠狠一巴掌。他觉得脊背上前所未有地沉，几天时间，便佝偻了一些，那深深的羞耻感让他抬不起头来。

那近在眼前的美好蓝图瞬间变得支离破碎。他内心深处一直有着隐隐的担忧，随着叶婉秋的突然到来，这颗定时炸弹还是爆炸了，将人炸得人仰马翻，措手不及。

这一切都让他对尹怀生恼怒不已，可见到儿子那魂不守舍的样子，他又心疼不已，只好将气憋回肚子里。

他知道那些闲着没事儿干、喜欢搬弄是非的人已经让县政府炸开了锅，李书记对尹怀生火冒三丈又失望至极。正当尹父苦思冥想如何向李书记赔礼道歉时，却接到了医院的电话，心急火燎赶过去，便见到了鼻青脸肿昏迷中的儿子。他只觉得心一阵绞疼，若不是旁边护士及时给他一片药，恐怕儿子醒来后再也见不到他。

连日的忧愁焦虑让尹父心力交瘁，待天色将明，他终于趴在床沿，沉沉睡去。

当尹怀生被清晨的阳光唤醒时，他从冗长的梦里跌落，发觉自己被坚实的东西托住。许久才发现自己躺在一张陌生的床上，空气里有消毒水的味道。眼皮如铅一般沉，费了好些力才勉强睁开，又被阳光刺得流出眼泪。他试着抬抬胳膊，仍觉得酸痛难忍。那日沅水边的画面重新浮现在脑海，他才意识到自己又回到了痛苦的现实。

眼前模模糊糊地出现一个人的轮廓，他头枕着床沿，安详地睡着。那熟悉的身影和气息几乎让尹怀生脱口而出："爸！"但在叫出声前，他被一道银白色的光所击中，立马噤了声。那是阳光照到父亲头发上，又反射到他眼里的光。

这些天来，他一味沉浸在自己的痛苦中，却没有注意到父亲竟多了这么些白发。他抚过父亲的头，热泪盈眶。

尹父醒了，猛然抬起头，双眼正好撞上尹怀生凝视着他的双眼，他又惊又喜："怀生，你醒啦？"

尹怀生点头，嘴角向上抽动，艰难地挤出一个微笑，问："爸，我睡了多久？"

尹父握着儿子的手，说："一天一夜。医生说你多处软组织受伤，加上轻微的脑震荡，其他没什么大碍，休养观察几日就行了。"

说着，尹父盛了一碗鱼汤，用汤勺小心舀起，放在嘴边吹吹，送到尹怀生嘴边，说："趁热喝了吧！"

尹怀生喝完，连声赞叹："这鱼汤好喝，不是你熬的吧？"

尹父说："你知道爸爸没有这手艺。这两天，刘灵芝来看了你好几回，给你送了鱼汤，还嘱咐我不要叫醒你。"他叹了口气："我们对不住她，这姑娘还这么大度，怀生，不管你们俩怎么样，你出院后都要去给人家好好道个歉，给她一个交代，别让人家老这样牵挂着。"

尹怀生沉默不语，心中却涌起一阵异样的滋味。他望向父亲，喉头轻轻抖动着，声音有点儿哽咽："爸，对不起，让你操心了。"

尹父眼睛一酸，已红了眼眶。他拍拍尹怀生的手，避开他的目光，说："你好了，爸爸辛苦也值了！"

内疚和心疼在尹怀生的胸口激烈涌动着，眼泪从眼角滑落，他闭上了双眼。

此时，一个身影静静矗立在病房门口，象牙瓷般的脸庞在手里鲜花的映衬下，显得更加娇艳。她微眯着双眼，眼里似蒙了一团雾，让人欲凑近看个清楚。她穿着与尹怀生"相亲"时的那条玫红色的裙子，暖暖的阳光包裹着她，围绕着那曼妙的身姿，勾勒出暖意盎然的光弧。苍白的病房在她散发出的光辉的照耀下，顷刻间鲜活起来。

尹父先发现了她，脱口而出："小刘，你来啦！"脸上是掩盖不住的喜悦。

刘灵芝清脆的声音穿透病房，也穿透了这两个沉浸在感伤中的男人的心："尹伯伯，怀生醒啦！"

尹怀生转过头，正好与刘灵芝的那双水波荡漾的眸子相遇，什么东西从她的眸子里飞出来，击中了他。

他眼前出现了一幅对比鲜明的画面，一边是银白，一边是玫红，强烈地撞击着他的视网膜。

他垂下眼睑，心中什么东西松动了，他任凭刘灵芝坐在他的床沿，手放在他的额头上。

他回应着她的嘘寒问暖，心想：命运既然如此安排，我除了接受，再无别的选择。

第七十三章　唐·吉诃德

韩湘云回到沅水的第一天，沅水一中召开了全体教职工大会。顾本安宣读了对韩湘云的处分决定：

> 韩湘云老师未经请假，擅自离开学校岗位一周，严重影响学校教学秩序，构成严重教学事故。经校委会研究决定，扣韩湘云当月工资。暂停韩湘云教学工作，调后勤部门工作，留待考察。希望全体教师引以为戒，严格遵守学校纪律，注意师德修养。

一宣读完，视线齐刷刷地投注在韩湘云身上，会场里的窃窃私语声逐渐汇聚成嘈杂的喧哗声。

顾本安一次次地清嗓子，喧哗声仍不减。他只好用力拍了几下桌子，底下的声音才渐渐消退。

韩湘云一直低埋着头，他早已预料到了自己要被处分，也许是比这更重的处分，如被开除。在去上海之前，他就做好了接受最坏结果的准备。

也许，他内心深处早已有了离开沉水，出去闯闯的想法，波澜不惊的生活早已让他心生厌倦。

可是，这个结果却让他略略吃惊。韩湘云知道顾本安的脾气，得罪了他绝对是没有好果子吃的。韩湘云当时正是抱着破釜沉舟的决心，才敢如此不顾一切。

学校非但没将韩湘云开除，还把他调到了后勤部门——有些人甚至将之视为好差事，不仅落得清闲，甚至可以逮着机会捞点儿外快。

会场的骚动仍在继续，四周的教师都暗自观察着韩湘云的反应。韩湘云只是一脸木讷地坐着，仿佛这处分与自己毫无关系。他只是觉得时间无比漫长，屁股有点儿发麻，身体因过度绷直而有些僵硬，而体内如一口快干涸的井，在烈日灼烧下冒着缕缕白雾，让他闷热难耐。

会议终于结束，韩湘云如蒙大赦，匆忙逃离会场。可他的步伐被身后一个明亮的女声止住了："韩湘云，等等！"

他回头一看，只见徐璐正朝他挥手。虽然同在一个学校，但因为在不同年级，平时偶尔遇见也没空详谈，只是礼貌性地打打招呼，寒暄几句。可是，两人之间仍被一条看不见的纽带所维系着，一言一笑都充满了默契。

徐璐快步朝韩湘云走来，问："湘云，你现在有空吗？一起走走？"

韩湘云本无心与任何人交谈，只想快点儿回到那只属于自己的空间，让自己好好静静。可面对徐璐，他却无法拒绝，于是便点点头。徐璐莞尔一笑。

几年下来，徐璐又清瘦了些，显得她的个子更加高挑，而她的五官变得越发轮廓鲜明了，尤其是那双欧洲人似的眼睛，更深地镶嵌在眼眶里，透出深邃而温和的光。岁月以及作为母亲和教师的日夜操劳，并没有在她脸上留下太多痕迹，只是悄悄地进驻到她的气质里，原来的爽朗英气仍在，却多了一份温柔和沉稳。虽然脸上已看不出高宁去世所带给她的伤痛，但上学时的那种青春和鲜活却已然不再，随着爱情一道被埋葬了吧。

韩湘云每次见到她都暗自佩服，又忍不住心疼。她静静地对韩湘云微笑着，那双眸子深深地凝望着他，让韩湘云不由得转移视线，将头微微低下。这目光里仿若有股一眼将人洞穿的力量，让人难以直视。

“徐璐在批评学生的时候，不用说教，用目光就能让他们乖乖顺从了。难怪她的教学成绩每次都名列前茅呢。”韩湘云暗自想。

徐璐转身与韩湘云并肩而立，像对待好哥们一般拍了拍他的肩膀，说：“我们走吧！”

两人不顾周围人的目光，若穿越无人之境一般，径直向前走去。

他们来到学校的小堤旁，这本是古城墙经过学校的一段，爬上小堤，便到了城墙上，可以望见墙外的景色。他们沿着台阶拾级而上，很快便到了铺满青砖的堤顶，整齐的青砖路与城墙相接，绵延数十米。学校在上面修葺了几处景观，与堤坡上的灌木丛掩映在一起，别有一番风味。

他们就沿着这青砖路慢慢走着。彼此静默无语，没有客套地寒暄，也不觉得尴尬。徐璐突然打破沉默：“湘云，你是不是去找婉秋了？”

韩湘云停住了脚步，诧异地看着徐璐。

“我一直都知道你们三人的事。只是没想到会是这样的结果。”徐璐叹了一口气，“感情的事情，谁也无法预料。环境变了，人心可能也就变了。”她的眼里多了一层雾气。

“婉秋肯定被伤透了心。她为这场感情付出了太多，但是时间会磨平一切。湘云，你也不要太担心婉秋，她是个外表柔和、内心坚韧的姑娘，过段时间，她会慢慢平复的。”徐璐继续说。

韩湘云点点头，心中的情绪又开始翻腾。他想到了那日在海边，叶婉秋那伤感和迷茫的眼神。

“她昨日给我打了电话，说了很长时间。她说她一切都好，还反复叮嘱我跟你谈谈，让你放下心。她非常担心你。”徐璐轻轻说着。

韩湘云的眼中有泪光闪过，他喉头滚动了一下，声音有些发颤：“她打电话来了？从什么地方打过来的？”

“广州。但是具体位置我不知道，她始终不肯告诉我。你还想去找她吗？”徐璐的声音变得有些严肃。

韩湘云紧绷着脸，眼角轻轻抽动着，说：“你就是想跟我说这些？不管发生什么，我都不希望她受伤害。”

“我知道你对她的感情，甚至比我原来想象中的还更深。那你自己呢？被学校开除都无所谓？”徐璐抬高了声音。

韩湘云看向徐璐，那炯炯的眸子盯得他眼睛发胀，可他仍目不斜视地说：“我自己愿意的。”

徐璐有些急了：“湘云，你太任性了。你不觉得这次的处分有些轻吗？”

韩湘云听后诧异地看着她。

“湘云，你知道你私自跑掉后，顾本安发了多大的火吗？第二天就跑到教育局要调公函，说你三天之内不回来的话就要开除你公职。后来为什么没有这样做？是因为有人给你求情了！”徐璐严肃地说。

“谁？”韩湘云更加茫然。

“尹怀生！”徐璐一字一顿地说出这个名字。

韩湘云如触电一般，僵立在那里。突然，他如梦初醒一般，大声说：“谁让他给我求情的，我宁愿不要！我马上去找顾本安！”

徐璐真生气了，厉声说道：“韩湘云，你以为你是谁？想干什么就干什么？你以为你这样做，是婉秋希望的吗？你为她付出一切，她就能心安吗？你一无所有的时候，配拥有爱情吗？你别忘了尹怀生和叶婉秋是怎样走到今天的！”

徐璐的每一句话都像锤子一般砸在他的心里。韩湘云止住脚步，心中那股劲儿刹那间泄掉了。徐璐的话回旋在他耳边：“韩湘云，你以为你是谁？”

他原以为自己是勇士，其实只不过是向风车开战的唐·吉诃德，在其他人眼里，滑稽得如一个笑话。我是谁？不过是一个让人施舍的小丑罢了。想到尹怀生给他求情，他像被剥光了衣服一般，感到深深的羞辱。心中憋着一股气，他将拳头重重砸在潮湿的布满青苔的城墙上。然后像一只泄了气的皮球，靠在城墙上，一脸颓唐。

徐璐心中不忍，安慰他道：“湘云，事情已经发生了，很多东西是我们难以控制的。每个人有每个人的命运，很多事都不像我们期待的那样。每个人命运中该受的苦，也只能自己去承受。既然命运难以掌握，我们也别太为难自己，好吗？”

徐璐的话中透着些许沧桑，这些话，如果是从书上读来，他总觉得是安慰人的鸡汤，只是一笑而过。可是经由徐璐之口说出来，却具有了沉甸甸的分量。这是历经伤痛所沉淀下来的最真实的感悟。

顿时，韩湘云对她肃然起敬，又觉得她真是十足不易。他心中一动，对着徐璐说：“我明白了。徐璐，你也要好好过，照顾好自己，别太辛苦了！”

徐璐淡淡笑了，目光与他交汇了一下，仿若被他话语中的真诚打动，深深点点头，说：“湘云，我知道。时间不早了，我还要接孩子，先走了！”

看着徐璐的背影，韩湘云有些莫名感动。在徐璐的身上，他看见了伤痛和生命中的坚忍带给她的力量。希望婉秋也能像徐璐一样，勇敢地走出来。他想。

想到远方的那个人，韩湘云的眼里饱含热泪。夕阳将这古老的城砖镀上了一层鎏金，城墙外的护城河静静流淌着，仿若将他的心也带到了遥远的南方。

第七十四章　世事无常

六年后

南方的这个城市，每到二三月，都会开满木棉花。高大挺直的树干上，一朵朵红艳的花怒放着，没有绿叶的掩映，开得是那样热烈大方，赤裸裸地展示着自己的美和生命力，仿佛一夜之间为这座城市披上了一层大红色的喜裘。

这些木棉树深深地扎根在这座城市的土壤里，日复一日、年复一年地吸收着这片土地的养分，它们庞大的根系遍布整座城，错综复杂地交织盘绕。于是，它们与这座城便血肉相融在一起——连灵魂也长成了相同的样子。

得益于地理位置和改革开放政策，这座城市到处呈现出一派欣欣向荣的繁荣之色，成了全国各地人才争先涌入的掘金地。而在这些林立的高楼之间，却氤氲着浓浓的市井气。一条条小街上包罗了人间万象。

这里是舌尖的天堂。弥漫着鱼腥味和腐败菜叶子味的菜市场里，人们与操着带浓郁粤语味普通话的商贩们讨价还价。这里有全国最发达的餐馆体系，如遍布舌尖的味蕾一般，将触角伸进这座城市的每一个角落。大大小小的餐馆里，每天都挤满了形形色色的食客，美食刺激着他们的味蕾，释放出的化学物质进入大脑和全身的血液，让他们疲惫的神经得到深度的放松。在饕餮美食之际，食客们彼此之间也不忘热闹地寒暄，于是，这里又多了一层浓浓的人情味。

叶婉秋独自行走在木棉树林立的林荫道上，随手捡起一朵掉落在路边的红色花朵。与长在树上的娇艳不同，单个的花朵样子着实普通，甚至因为过了盛放的时刻而显得蔫蔫的。叶婉秋用指甲轻轻一掐，红色的汁水便渗出来，染红了指甲盖。

她停在了一棵木棉树下，微微垂着头，似乎陷入了心事之中。

转眼，她来到这座城市已经有六年的时间了。六年，不长不短，可对于她来说，仿佛过了一生。六年前，她逃亡一般地来到这个陌生的地方，像一只受惊的鸟儿慌不择路地扎入乱林。

可她所面临的最大挑战不是危机四伏的外界环境，而是冲突不断的内心。自从与尹怀生分手之后，她觉得自己就如同被蛀空的树一般，苦苦在风中支撑着，生命力却在迅速流失。

心被挖了一个硕大的口子，痛到极点便是麻木。多少天，她都如行尸走肉一般，心中没有痛，也没有爱，空空荡荡，仿佛一缕微风就能让它飘散得无影无踪。

她不忍回忆过去的一切，那一点一滴，欢笑也好，眼泪也罢，都成了刺入她伤痕累累的心的利器。所以，她选择了遗忘。唯有让自己逃得远远的，远离过去的一切人和事，她才能给自己的心灵一点儿苟延残喘的机会。

为了忘掉那一切，她努力让自己融入这嘈杂的城市，虽然刚开始时她并不喜欢这里的物欲横流。不知是这座城市太过包容，还是她适应力强，她慢慢也融入了这座城市的一吸一呼中。她习惯了在喝早茶时被人称作“靓女”，习惯了潮湿温热的环境，习惯了挤公交时听到人们用粤语和夹杂着各地口音的普通话谈论股票和期货。

时间长了，她发现自己竟然被这座城市同化了。她也能说几句蹩脚的广东话，自己学着煲点儿靓汤，能熟稔地穿行于大街小巷，穿着也越来越贴近这个城市的气质。

她还是那么的清秀，又带了些成熟女人的风韵，坐在早茶店里，难免成为一道亮丽的风景线。只有她自己知道，她只是将她的心，隐藏在这一片喧嚣繁杂的大背景中，以至于她自己也听不到自己的心了。

偶尔午夜梦回的时候，她梦到自己躺在医院冰冷的床上，如一只待解剖的动物，任由那些戴着白色口罩的人将手上那尖锐的利器伸进她的身体，那种刮骨剜肉的痛让她永远难忘。

惨白的灯光照射着她，身体和心一同被撕裂，她痛得晕了过去。婴儿响亮又凄厉的哭声让她从昏迷中惊醒，她看到下体流出一团血肉模糊的东西，残缺的身体蠕动着，哭声就从它那里而来。她吓坏了，拖着流着血的身体从病床上滚下来，向外爬着，哭声绵延不绝地在耳边回响，那一瞬，她觉得世界漆黑一片，什么都不存在，只剩下那绝望的哭泣和鲜红的血色。

醒来时，她满脸都是眼泪，身体还在抽搐不停。她就这样独自抱着自己，祈祷漫漫长夜过去，让天明驱散那挥之不去的可怕回忆。

不管她怎样努力去遗忘，六年前的那一幕还是会时不时以梦魇的形式出现在她的梦境里。那个未成形的孩子还没有睁眼见到这个世界，就被人当作医疗垃圾丢弃。她永远也忘不了那血肉模糊的一团。也许他，是她与那个人的爱情的唯一见证了。可是，他与他们的爱情一样，注定被杀死，被扔进无尽的深渊。她拖着虚弱的身体逃也似的跑出了医院，在医院门口，她剧烈地呕吐，好似把身体掏空。她觉得自己手上沾满了鲜血，是自己杀死了那个孩子。

可是，是那个人先杀死了他们的爱情。无论她多么不想记起他，他的脸还是会从该死的梦中跳出来，凉凉的感觉从心底渗出，在湿热的天气里，让她后背涔涔发冷。那是恨，爱到极致而生出的恨。

那时候，她刚来到广州。她只是想与过去的一切做个了断，即便是面对韩湘云的温情脉脉，她也只能选择逃离。若不是韩湘云给了她一束亮光，恐怕她熬不过那段最黑暗的日子。从医院回去，独自躺在广州大学教师宿舍狭小的床上时，她连呼吸都觉得困难。当她觉得万念俱灰时，耳边响起了那日与韩湘云一起看海时的海浪声，还有他对她说过的话。

这些点滴温暖，竟支撑着她熬过那些痛苦的漫漫长夜。幸好，学校待她不薄，竟同意了她这个初入职的教师病假休养一个月的申请。她还结识了一个好朋友。这个姑娘叫朱梓琳，是广州本地人，与叶婉秋同时入职。她每天从家里给叶婉秋端来煲好的靓汤，见她心情低落，有一天不知从哪里带来几颗莲子，让她养在水缸里，这样也好解解闷。

在朱梓琳的陪伴下，叶婉秋的身体渐渐恢复了，脸上又有了红晕。有一天醒来时，她突然发现莲子发了芽，那生命的萌动竟让她有些感动。说来奇怪，随着莲叶的生长，她的生命力似乎也在慢慢恢复。一个月后，她逼迫自己回到工作岗位，工作的繁忙能够让她暂时忘却痛苦。

至于过去的人和事，她学着将它们埋葬，包括在她最艰难的时候温暖过她的韩湘云，她要切断与过去的一切联系。

为了让自己尽快忘记，她甚至答应了朱梓琳给她介绍的男朋友的追求，一位从部队退役的军官。这个叫姜鹏的人后来成了她的丈夫。在她来到广州后木棉花开第二次的时候，他们领了结婚证。她也与丈夫和公婆住在了一起。她恪守一个妻子的职责，可是姜鹏总说，她的眼神是空的，没有爱的炽热。

她努力让自己爱上姜鹏——这个踏实俊朗的男人。当她觉得自己依恋起他时，一个严峻的现实摆在了他们面前：结婚两年多了，他们还没有孩子。姜鹏是一个很传统的广东男人，他从小就在宗族观念浓郁的文化氛围里长大，传宗接代的观念在他脑子里根深蒂固。婆婆也急了，总不停在他们俩耳边唠叨。唠叨得多了，姜鹏渐渐失去了耐心，有时候说起这件事，语气中也有了责怪的意思。

叶婉秋偷偷去医院检查，得到的结果是她第一次怀孕流产时医生处理不当，再加上自己的体质问题，导致子宫壁过薄，激素分泌紊乱，很难再怀孕，即使怀孕，也很有可能保不住。这个结果无疑是个晴天霹雳。当她好不容易以为自己可以开始新的生活时，上天又和她开了一个这么大的玩笑。可能这是杀死自己第一个孩子的报应吧，她苦涩地想。

知道这个结果后，她苦思了几天，还是决定告诉丈夫。当她把离婚协议书摊开给姜鹏看时，她看到了姜鹏眼里的惊诧。她一言不发地把检查报告交给姜鹏，看着他的脸变成铁青色，晦暗得不忍让人再看一眼。他在阳台上抽完了一包烟，回来后在协议书上签了字。

那晚，他拼命地抱住叶婉秋，要吻她，被她使劲儿推开了。他们就这样来回拉扯着，最后叶婉秋抱着枕头跑到了另一个房间，将门关得死死的。靠着门，她的眼泪汹涌地涌出来。那晚，他们俩都哭了一整夜，哭泣这难熬的夜和这该死的命运。

几天后，他们去民政局办理了离婚手续。在民政局门口，姜鹏拥抱了叶婉秋，在她耳边说："照顾好自己。"两人的眼泪都流下来。然后，两人朝着不同方向走去。叶婉秋拒绝坐他的车，只是目送着他钻进车里，慢慢启动引擎，驶出她的视线。叶婉秋觉得他看她的最后一眼，除了心疼，还有一丝轻松。

姜鹏是一个好人，他值得拥有一个儿女成群的和谐家庭。而我，注定孤独漂泊，就这样相忘于江湖，两不相欠吧！自己的心，早在几年前就死了，何必自欺欺人呢？叶婉秋想着，胳膊交叉在胸前，抱紧了自己。

过去的一幕幕浮现在眼前，木棉树的花兀自红艳着，春风却有点儿冷冽，叶婉秋裹紧了大衣，向学校教工宿舍走去。经过传达室的时候，门卫交给她一封信。她拆开一看，惊呆了——这是一封大红喜帖，上面写着：徐璐、余典将于 1999 年 5 月 1 日喜结连理，欢迎您参加婚礼。

她这才想起，距离毕业都快十年了。徐璐和高宁这对神仙眷侣已经阴阳两隔七年了。世事真是变幻无常，让人徒生感叹。

这时，在千里之外的沅水，一场大火将天空映得通红，众人眼里春风得意的尹怀生，做梦也没想到自己遇到了一个大麻烦。

第七十五章　烟火

那夜，刘灵芝哄睡了孩子，回到房间，见尹怀生站在阳台上，背对着她，房间里烟味弥漫，她皱起眉头。平日她最恨尹怀生抽烟，自从有了孩子后，他便很少在她们娘俩前抽烟了。

见尹怀生默不作声，知道他必定想着心事，便一声不吭地拿着外套走过去，披在尹怀生的肩膀上，嗔怪着："外面冷，别抽了，快回屋吧！"

尹怀生掐灭了烟头，回头看了看刘灵芝。刘灵芝的脸一半隐没在漆黑的夜色里，一半如昏暗的漆石，散发着羊脂般的光泽。

在尹怀生眼里，这个现在被他称作妻子，被孩子称为妈妈的女人是一个矛盾的存在。她身上带着海妖塞壬的魅惑，不然不会让他背叛了最刻骨铭心的爱情，让他在无数个黑夜里陷入悔恨的泥沼，还让他失去了挚友，让他如一叶孤舟，漂浮在华丽的海域中，可心却坠入海底，万劫不复。

有时候，他面对她，心底会泛起丝丝恨意。可是他却从来都无法拒绝她，她身上那若有若无的母性气息让他沦陷，他便一边享受着这种沦陷感，一边忍受着每次与她亲热之后的歉疚感。

他将叶婉秋和韩湘云这两个名字深深地埋藏在心底，如同把过去的自己和时光埋藏起来一样。为了将过去更好地遗忘，他将更多的热情投入到工作中。

工作确实给他带来了存在感。婚后，他仕途上顺风顺水，不出两年便成为县城里最年轻的局长。他大刀阔斧地改革，重用了一些人，也得罪了一些人。那股初生牛犊不怕虎的劲儿和雷厉风行的魄力，让县城一些有头有脸的人也忌惮他几分。这几年，他大胆招商引资，硬是让县城里那几个苟延残喘的厂子如老树开花，重新焕发了生机。

他已经有好几个晚上都没好好睡觉了。接连不断的应酬，酒桌上的把酒言欢和言不由衷让他心力交瘁，每次酒醒后忍着头疼去上班时，他都觉得自己只剩下了一具躯壳。

这天晚上，他推掉了应酬，想早点儿回家休息。出大门时，门房叫住了他："尹局长，刚来的信。"尹怀生抬眼看了看那张堆着谄媚的笑脸，淡淡地点了点头，说："谢谢！以后直接给小周。"

他瞟了一眼信封，那上面娟秀的字迹是那么眼熟，让他的心微微一颤。他拆开信，雪白的信封下露出卡片鲜红的一角，如白雪上的血迹。他将卡片抽出来，只见大红色上是烫金的字：结婚请柬。打开请柬，几行工整的小字映入眼帘：徐璐、余典将于 1999 年 5 月 1 日喜结连理，欢迎您参加婚礼。"

尹怀生眼前出现了那个叫徐璐的女子。大学时的她，永远朝气蓬勃，如午后的艳阳一般灿烂。他一直都很欣赏徐璐敢爱敢恨的性格，甚至忌妒她对待爱情飞蛾扑火般的奋不顾身。

那白衣飘飘的年代记录着两对神仙眷侣，可转眼却偷换了流年。那曾经的爱和美好永远留在了过去的时光里。他一直对高宁的英年早逝心痛不已，可徐璐的坚守让他相信徐璐和高宁的爱，并没有因为高宁生命的消逝而消散，而是以另外一种形式延续了下来。

徐璐的坚守让尹怀生又一次相信了爱情。从某种意义上来说，她成了一根隐秘的线，维持着与过去时光的联系。这让尹怀生感到一丝慰藉，让他觉得过去的人和事不至于面目全非。

可是这张烫金的大红喜帖却如一把利剪，咔嚓一声把这根脆弱的线剪断，让他彻底被物是人非的感觉击中，甚至有那么一丝绝望。

徐璐都要结婚了，还有什么是不能改变的？那个常与徐璐手挽手的如春光一般的女子倏然浮现在眼前。他很久都不曾想起她，她被他放置到了记忆的最深处、心灵的禁区，她就是他的阿喀琉斯之踵，是他最深的伤，最脆弱的地方。可这张大红喜帖却让她的面庞浮现在他的脑海里，挥之不去。

在春日明媚的阳光里，尹怀生被这抹红刺中了，他只觉得头昏目眩，如霜打的茄子般失去了所有的精气神。

回到家他倒头就睡，从混乱的梦中醒来，他头痛欲裂，便走到阳台上吸烟，想让初春的晚风平复他波涛汹涌的心绪。

刘灵芝见他看着自己，眼神里的一些东西竟那么熟悉，她想到了几年前，在那个宾馆里他看着自己时的眼神。她轻轻颤抖了一下，他的这种眼神让她有一种罪恶感，让她很不舒服。她避开他的眼睛，说："我先回屋了，太冷了！"

突然，尹怀生拉住了她，抱住她，埋头找到她的唇，粗暴地吻起来。他恨她，也爱她，她摧毁了过去的自己，他也想要摧毁她。这种冲动竟化作了汹涌的情欲，刘灵芝喘息起来，脸上泛着红光，尹怀生横抱起她，扔到了床上。那一夜的厮缠，如狂风暴雨般激烈。当刘灵芝长长的指甲嵌进尹怀生的皮肤时，两个人如衰败的叶子一样，耗尽了最后的精力。

这时，尖锐的电话铃声划破了寂静的夜。第一遍铃响完后，又响起第二遍。尹怀生很不情愿地爬起来，披上衣服去客厅接。听完几句话，尹怀生如被电击般挂掉话筒，箭步冲到卧室，几下穿上衣服，抓起包便往门外冲。刘灵芝从未见到尹怀生如此慌乱的样子，心陡然沉了下去，急切问着："怀生，怎么了？"

尹怀生铁青着脸，声音有些颤抖："着火了！你待在家，看好孩子！"便跌跌撞撞地出了门。

第七十六章 梦幻泡影

这个初春的夜空被这场大火映得通红。笨重的消防车亮着红灯，在狭窄的街道上喧嚣而过。人们被消防车凄厉的鸣叫声惊醒，有些人从温热的被窝钻出来，看着远处的火光瑟瑟发抖。

当尹怀生赶到失火现场时，火还在烧着，滚滚浓烟弥漫在空气中，如群魔起舞。厂房在红通通的火光中坍塌，留下一堆烧焦的残骸，在夜色的笼罩下，如修罗道场。

一道道警戒线将人们隔离在外，高压水枪向着大火喷射出水柱，电子厂负责人和各部门领导都陆续赶到了现场。看尹怀生来了，厂长侯建军如见了救星，赶忙迎上去，声音里满是慌张："尹局，您说该怎么办？"

尹怀生铁青着脸，牙关咬得紧紧的，脸上肌肉微微颤抖。面对六神无主的侯建军，他恨不得一拳打上去。

"这是怎么搞的？有人员伤亡吗？"尹怀生没抬眼看他，语气里满是焦急和恼怒。

"目前还没发现人员伤亡，事故原因还在调查。可惜了这片新厂房了。"侯建军小心翼翼地说，随即叹了一口气。

"可惜？你还知道可惜！你们一个个都是干什么的？！好好的厂房怎么就失火了！如果有人员伤亡，你们都吃不了兜着走！"尹怀生怒极，指着侯建军骂道，"机器也烧了？"说到机器这两字，尹怀生的声音有些发抖。

侯建军低垂着头，默不作声。看到被烧成灰烬的厂房，他的心也在滴血。这两年来的心血，还有他们千辛万苦从外地花重金采购的设备，就这样随着这场突如其来的大火灰飞烟灭。他知道，这次事故非同小可，好不容易拉来的投资，还没开始投产便泡了汤，这窟窿不知猴年马月才补得上。这对于资金本就薄弱的县财政来说，真是雪上加霜。

尹怀生说得对，不仅是他，包括尹怀生自己，都摊上了大麻烦，恐怕真是要吃不了兜着走了。

沅水电子厂是沅水最近几年大力发展的项目。尹怀生上任县招商局局长以来，花了大力气将几个半死不活的老厂进行全面改造，去病纳新，又对外引资，终于让它们重换新颜，如老树开花一般，迎来了第二个春天。

这被烧的便是投了重金，即将投入使用的新厂房。前几天，尹怀生还来这儿检查过，那簇新的设备、亮堂的厂房在他眼里熠熠发光。满脸春光的侯建军陪着他参观完厂房，给他介绍着这些设备是如何的先进，能给工厂带来多少产值。仿佛这些花了重金买来的机器一旦运转起来，便能生产出源源不断的黄金，带动整个厂，甚至整个沅水县，大步向前。他们的眼前似乎出现了一幅美好图景：沅水一跃成为全省强县，而他们则被奉为功臣。

当尹怀生接到电话时，心中那辉煌的仕途大厦如被人抽去基石，开始摇摇欲坠。

天知道他在这厂房上投注了多少心血，倾注了多少希望。这是他上任局长以来的“三把火”中烧得最旺的一把了。他为厂子拉到了一笔不小的投资，又申请到了政府的拨款，改造了旧厂房，还引进了最先进的设备，为此他赔了多少笑脸，多少次在饭桌上喝得胃里火烧火燎，还因大刀阔斧地推进改制而得罪了一批人。

眼看着这些努力即将为他的仕途添上一把熊熊火焰，可没想到，这火却先把他苦心搭建的厂子给烧了，说不定还会烧上自己的身！

“一切有为法，如梦幻泡影，如露亦如电，应作如是观。”

尹怀生的脑海里，竟突然浮现出《金刚经》里的这句话。

坦荡仕途的筹码没了，更让他忧虑的是这场大火的原因。厂房的施工和线路改造全是尹怀生的一个亲戚承包的。准确地说，是刘灵芝的表哥，名叫郑永华。当时，刘灵芝日日在他耳边吹枕边风，让他想办法把这个工程给郑永华。又一再向他保证郑永华的资质有多么过硬。

尹怀生拗不过刘灵芝，便和郑永华吃了顿饭。郑永华用县城最好的酒和菜招待了他们夫妻俩，一张三寸不烂之舌将自己走南闯北的经历描述得绘声绘色。同时，又的确捧出了一堆资质。

郑永华顺利地拿到了工程。他自然是欢天喜地，立马就给尹怀生送上了一笔不小的礼金，只是很快就被他退回去了。至于刘灵芝得了什么好处，尹怀生也没有过问，只知道那段日子，刘灵芝心情格外好，连亲热的时候也温存了许多。

有的时候，他感到有些不安，隐隐觉得郑永华这人不可靠，有些后悔自己那么草率地答应将工程给郑永华。但是他马上就安慰自己，毕竟郑永华也是承包过多个工程的人，也有相关的资质，不算什么违规。刘灵芝说的也有道理："肥水不流外人田嘛！"

可是，这场突发的火灾瞬间引爆了他埋藏在心底的担忧和疑虑，尹怀生想："这场火灾会不会与厂房施工有关。"

这样一想，在冷冽的初春夜晚，他的前胸后背冒出一层冷汗。

第七十七章　雪中送炭

事故发生后，县委敦促有关部门对这起火灾事故展开了调查，不久后事故原因便水落石出了：设备在试运行的时候，突然断电。维修工人在抢修时，发现电气线路由于过负荷发生了严重短路。在电焊导线时，喷出的火花引燃了附近裸露的导线，从而引发了火灾。幸而没有发生人员伤亡。

这个解释让尹怀生疑虑丛生：为什么新修的厂房会突然断电？线路怎么会过负荷？引燃导线后火势为何蔓延如此之快？

他想叫郑永华立即过来向他解释，可给他打了无数次电话，那头都是嘟嘟嘟的忙音。火灾发生后，郑永华就如人间蒸发一般消失了。据说新任县委书记发了很大的火，连开了好几次会，责令各部门严查到底。

那个肇事的维修工人已经被拘捕了，侯建军也被警方传讯多次。郑永华还是杳无音信。出事后，尹怀生整天如坐针毡，仿若一只待宰的老鼠。他越来越清醒地意识到，自己一定难逃干系，只是上头还没追究罢了。

两个星期后，逃到外地的郑永华还是被人发现了踪迹。在沅水县公安局的讯问下，他交代了自己为了利益最大化而使用了不合规范的导线和建筑材料，因导线负载量达不到机器运行的要求而发生短路，因未使用合格的防火材料导致火势迅速蔓延。

不管怎样，郑永华的偷工减料直接造成了严重的损失，他被拘捕了。他痛哭流涕，破口大骂道："怎的烧着了呢？导线短路怎会烧得这么严重？那缺德的电焊工，我 × 他十八代祖宗！"

郑永华的交代直接牵连到了尹怀生，他成了纪委的常客。自从尹怀生被调查，刘灵芝如失了魂一般，顶着一双肿胀如桃子般的眼，上上下下帮尹怀生托人打听，甚至将已退居二线、安度晚年的李书平也请出山来，哀求他联系一切能帮得上忙的人，帮尹怀生渡过这一难关。

可尹怀生的心却越来越平静，他静静地看着刘灵芝做着这一切，知道这一切都是命。刘灵芝是心怀愧疚的吧，所以他从未责怪她，只是每天回到家后，将自己锁在房间里，不发一言。

多少个难熬的日子之后，县委就这次严重火灾事故召开了一次大会，在警示所有人的同时，也公布了对这次事故责任人的处罚决定。"尹怀生由于监管不力，滥用职权予人好处，由于未发现收受贿赂等违纪行为，故按降职处理，免去县招商局局长职务，调到沅南乡政府任办事员。"

此处罚决定在县里炸开了锅，有幸灾乐祸的，更多是为尹怀生唏嘘的，感叹如此有才干的一个人，风华正茂时却从高台跌下，沅水的政坛上少了一颗璀璨之星。这下跌得够惨，不知猴年马月才能翻身。

也有很多嚼舌头的，骂刘灵芝是个妖精，红颜祸水，迷了尹怀生的心窍，还害得他断送了前程。

最想不开的是刘灵芝，她觉得人们说得对——自己是罪魁祸首，断了丈夫的前程，也葬送了这个家庭的光鲜未来。人情的淡漠让她内心冰冷，那些在尹怀生在位时跟她互称姐妹的女人现在见了她如见了瘟神，唯恐避之而不及。

尹怀生对她也是冷冰冰的，他甚至都不愿意看她一眼。她的世界也随着那坍塌的厂房一起解体了，现实将她的骄傲和对生活的美好希冀摔得片甲不留。

她终于承受不了内心的巨大煎熬，病倒了。往日如花般的面颊晦暗了下去，身体日益消瘦。唯有如此，她的内疚才会少一些。

得知处罚结果后，尹怀生反而平静了，他早已料到了这样的结果，甚至是比它更为糟糕的结果。该发生的都会发生，该过去的也会过去。在命运面前，他就如一个囚犯，最终还得束手就擒。

他不是不想责怪刘灵芝。可见到妻子真卧病在床的时候，他内心却涌起一阵恐惧感，他想到了当自己还是一个小男孩的时候，母亲躺在医院洁白的病床上，却永远发不出声音了。尹怀生永远记住了那片白，那是透彻心扉的冷。

“不，我不能失去她！”一个声音从内心冒出来。当这样想的时候，他发现婚后，其实他很少真正关心刘灵芝。他一直陷在过去的感情牢笼里没出来。其实，从某种意义上来说，刘灵芝难道不是他想要仕途升迁的棋子吗？甚至，他一直认为刘灵芝破坏了他和叶婉秋的爱情，将他与刘灵芝结婚这件事当成了对于刘灵芝的恩赐。

“长期以来，她都是肩负着这种愧疚感生活的。我竟然视若无睹，我确实亏欠她太多了。”尹怀生感叹道。

他感觉自己第一次真正认识了妻子，认识到她作为一个女人的不易。可笑的是，是在他如此落魄之时。想通了这些，尹怀生对刘灵芝格外温柔起来，每日给她熬汤，陪她说话。刘灵芝也感到了尹怀生的变化，内心感慨不已，她不停向他忏悔着，那些汹涌的眼泪洗刷着她焦虑不安的心。在尹怀生的爱中，她的病竟好了一大半。两个人竟体会到了一种相依为命的亲密感。

在刘灵芝的病快好之时，尹怀生接到了一个电话，这个电话让他对自己的前途的希望之火重新燃烧起来。这个电话对于他来说，无异于雪中送炭。

第七十八章　希望火苗

连日来的变故让尹怀生体会到了世态炎凉。树倒猢狲散，往日的热闹骤然冷却，连家里的电话也哑了声，如一尊冷冷的冰雕，蜷缩在角落，几天下来便和这个门可罗雀的家一样蒙了尘，只有墙上的钟时刻不停地转动着，仿若在提示着周遭世界的运转如常。那秒针的嘀嗒作响衬托着家的寂静，每一声都震动着耳膜嗡嗡作响。

尹怀生听得烦躁，正准备将钟取下来，卸掉它的发条，让它也归于寂静的时候，电话响了。电话铃声仿佛比往日更响，如一把利剑刺破了这沉闷的空气，让空气震颤起来，扬起浮灰。卧室里传来刘灵芝的咳嗽声。尹怀生的心也被这突兀的电话铃声揪了起来，他想起一个月前的夜晚，就是这该死的铃声打断了他与刘灵芝的缠绵，还让他得知了非常糟糕的消息。这段日子下来，他已失去了往日的意气风发和踌躇满志，依旧年轻的脸上蒙上了一层彷徨的沧桑。

最近他总是做着同一个梦，在梦里他从高速行驶的列车上被甩下来，跌落在一个黑乎乎的沼泽里，不停往下陷，他大声呼救，试图抓住什么，可身边黑压压的人没一个伸出手来拉他。眼看泥泞要将他吞没时，在沼泽里突然钻出一条大蛇，冲着众人吐着鲜红的信子，蛇嘴里咸湿的腥味阵阵钻入尹怀生的鼻子里，让他无法呼吸。他感觉大蛇将他卷起，放在蛇背上。他被送出了沼泽，这时的天地突然变成了猩红色，他呼喊着，可是却喊不出声来。每次他都是在这时满头大汗地醒来，身边是沉睡的刘灵芝。他有时觉得刘灵芝就像一条美女蛇，诱惑着让他堕落，可是他却在这种堕落中难以自拔，不知不觉被她俘虏。这是宿命吧，也许他就注定与刘灵芝缠绕一生，在如此落魄之时，也就只有刘灵芝陪伴着他，将他托起，一起面对这苍凉的世界。

刘灵芝的咳嗽声伴随着电话铃声传入尹怀生的耳里。他突然有了勇气，接起了电话。电话那头不是别人，是之前尹怀生担任工商办新大楼招标工程负责人时投标胜出者——鑫盛建工的总经理周茂德。

周茂德一直对尹怀生感恩在心。那个时候，尹怀生力排众议，本着公平公正的原则，让资质过硬但背景薄弱的鑫盛建工从一堆竞争对手中脱颖而出，赢得了工程投标。

那次意外的投标成功让当时还是公司分部门负责人的周茂德得到了鑫盛建工董事长的青睐，将他迅速提拔到总经理的位置上。

周茂德一直都不甘心在别人手下打工，虽是总经理，但由于鑫盛建工的命脉被董事长及其家族成员牢牢把握，周茂德一直觉得自己是公司的局外人，空有总经理的头衔。

他逐渐萌发出自己创业单干的想法，尹怀生出事倒台引爆了他的这个想法。他和尹怀生虽接触不多，但颇有些惺惺相惜之感。他觉得尹怀生是一个有魄力、有眼界和行动力强的不可多得的人才，最重要的是，与他一样，都有颗不甘平庸的心。再说尹怀生虽然这次失势，但毕竟在官场摸爬滚打这些年，根系已生成。比起没有任何背景的自己，尹怀生还是资源丰富得多。

如果能让尹怀生答应与自己一起创业，那便是个极好的机会。他相信，凭借他们两人的才能和资源，不出几年，便能在这片土地上打造出一片天地。

思虑再三，周茂德给尹怀生打去电话，说明自己的用意。尹怀生听后，心底竟有了久违的温暖感，在这个众人漠视自己的时刻，周茂德仿佛为自己重新开启了一扇窗，让他瞥见了一个新的世界。他甚至对周茂德鼓动他辞职创业的想法产生共鸣，其实身在官场，他一直以来都有被束缚之感，尤其是最近失势，他更是对官场心生厌倦。一想到自己即将被“发配”到乡下做个办事员，事事都得看人脸色，他便有种“凤凰沦落鸡窝”之感，觉得没有了希望和尊严。

辞职创业，何尝不是自己咸鱼翻身的机会？纵使有失败的风险，但总比做一只在温水里被煮死的青蛙要强。那一刻，希望的火苗在尹怀生心中燃起，他甚至想立马答应周茂德。但他还是没有明确表态，只是简单说了句“谢谢你，我再考虑考虑”便挂断了电话。

第七十九章　念念不忘

和尹怀生的水深火热不同的是，韩湘云最近有种微醺的感觉。

他不是不知道尹怀生的事，在这个庸常沉闷的小镇上，新闻有着超乎寻常的传播力，尹怀生倒台的事如那天的火势一般，熊熊蔓延到大街小巷的各个角落，也传到韩湘云的耳里。

韩湘云先是一惊，担心起尹怀生的现状，想着要不要去看望一下失势的尹怀生。这一念头在脑中闪烁了一下，又如风中的残烛瞬间熄灭了。自从前几年为了叶婉秋，韩湘云将尹怀生暴揍了一顿之后，他们俩便断了来往，互相没了交集。虽然时不时地，他们之间的种种往事还是会浮现在心头，让他不免怅然，但随即，韩湘云便开始嗤笑自己的儿女情长："尹怀生现在是沅水的一颗明星，你算什么？是一个讲台也没站稳的教书匠，在学校里领份薪水维持生计的一介草民罢了。我们俩本就是两个世界的人，注定走不同的路。"

几年前，当韩湘云差点儿被学校开除，又意外地被留下来做了一名后勤人员的时候，徐璐告诉他是尹怀生在关键时候帮了他。那一刻，韩湘云百感交集，尹怀生的说情让他感到内疚和无力。他更加痛恨自己的无能，品尝到了一种"嗟来之食"的屈辱，可是他还是接受了这带着羞辱的馈赠。他只有带着祝福看着叶婉秋的离去，然后低下头，拖着沉重的肉身，苟活于这尘世。

他放弃了考研。看到叶婉秋的心碎，他也心灰意冷。现实将他从瑰丽的梦想云端打落到尘土里，他只得将理想和爱情埋葬，将灵魂蜷缩起来，像他的父老乡亲们一样，弓身过起安稳的日子。

他考了会计资格证，在中学当了会计。他一直觉得一技之长才是明哲保身之本，既然教师做不成，还是学个本事好。他日复一日地与账本上的数字打交道，常拨弄算盘的手也生了茧子。他的生活也过得如长年累月不变的报表般按部就班。人们对他的称呼也从"韩老师"变成了"韩会计"。

他换了一种身份重新融入这所学校，波澜不惊的生活让他还发了一点儿福，人们早忘了他当初顶撞校长、不辞而别的事。连往日那被他搞得大发雷霆的校长也退休了，来领退休工资的时候，也是笑眯眯地如其他同事一般叫着他“韩会计”。

这样的生活看起来也没什么不好。一切都好像变了，一切都好像没有变。只是他往日心爱的数学书籍被他锁进了柜子的底层，不知积了多少灰。

不知从哪一天开始，大概在他成为“韩会计”后，学校的教师突然为他的终身大事急了起来，他也突然意识到自己快三十岁了。在这个小城里，快三十岁还没结婚是一件羞耻的事。他们开始给他物色对象。像他这样憨厚老实，又有学历的年轻人在县城里也不算多。

开始时他总是找理由拒绝，但理由找多了，总引起人们这样那样的怀疑。竟然有人不知道从哪儿扒出来这样的闲话：“韩湘云和尹怀生原来好得可以穿一条裤子，他们俩搞不好有过不正当关系。”

当这闲话传得越来越像模像样的时候，韩湘云觉得不能再这样下去了，他不能忍受别人将他和尹怀生绑在一起，这不仅是对他们俩的羞辱，更是对他一直珍藏在心的旧时光的亵渎。他决定不再躲了，在别人再次给他介绍对象的时候，他答应见一见。

这一见却开启了他和那个叫孙姝雅的姑娘的缘分。这个白净秀气的姑娘与叶婉秋有些神似，让韩湘云第一眼见她的时候竟愣了一愣。她笑起来的时候也有一对甜甜的酒窝，说话不像很多湘北人粗声大气，而是带着斯斯文文的温柔语调。

韩湘云对她颇有好感，而孙姝雅对他也颇为有意。后来他们俩真正好起来之后，韩湘云问她为什么会喜欢他时，孙姝雅说：“因为我觉得你身上有一种跟镇上大多数人都不一样的气质。那是一种——”孙姝雅歪头想想，突然粲然一笑，“不俗气！”韩湘云愣了一下，心中有股暖流淌过，他一直认为自己被生活的庸常所同化了，可孙姝雅却发现了他刻板面具之下涌动的暗流。他轻轻拥她入怀，闻着她散发着淡香的秀发。孙姝雅问他：

“你咋个喜欢我的？”

韩湘云的脑中闪现出叶婉秋的身影，他笑容凝固，眼角垂落下来。他不忍告诉她，她是叶婉秋的影子。过了许久，他轻叹一口气，幽幽地说：“不告诉你。”

韩湘云不想与孙姝雅走得太近，但他不否认被孙姝雅吸引，所以，他拒绝不了孙姝雅的好意和邀请。但他无法再与她走近一步。他心中一直铭刻着叶婉秋的身影，他一直有一种隐隐的期盼：叶婉秋会来到自己身边。

这种期盼在他与孙姝雅介于朋友与恋人之间的关系持续近一年后破灭了，他从徐璐那里得知了叶婉秋结婚的消息。

那天晚上，他像一个孤魂野鬼般沿着沅水河畔跑着，直到汗水如瀑般浸湿了他全身，直到他用尽了全身力气，两眼发黑地倒在沅水河畔。他在第二天早上被早起出船的渔民发现，开始人们以为是一具死于非命的尸体，被惊吓得半死。直到胆大的一人探到了他的鼻息，大伙儿才将他叫醒。一脸呆痴的韩湘云被热心的渔民带进渔船，喝了温热的茶水，才逐渐恢复知觉。在停泊在雾气弥漫的沅水河的一艘渔船里，传出了韩湘云撕心裂肺般的痛哭声。泪水淹没了整个面部之后，他知道，多年的执着是该放下了，但是，心却痛到不能呼吸。

那次之后，他大病了一场。是孙姝雅每日陪伴着他，给他送上她亲手烧的饭，让他找到了一种踏实感。病好后，他便与孙姝雅好了。一切似乎都尘埃落定，可韩湘云心里，却总是有一种不安。尹怀生和叶婉秋已深深印刻在了他的生命里，当他努力要与过去划清界限的时候，过去却更加如影随形。尤其是最近听闻尹怀生出事后，尹怀生和叶婉秋频繁地出现在他的梦里。他们三人纠缠太深，不是说忘就能忘的。

听说湘南师大邀请1990届毕业生回校参加毕业十周年纪念活动。韩湘云心中某个角落苏醒了过来，近日来他的心都跳个不停。

他心中有一个隐秘的盼望：再见叶婉秋。

抱着这个盼望，他向学校请了几天假，在纪念活动当日回到了母校——湘南师大。

一切都似乎没什么改变，校园里仍漫步着白发苍苍的教授和青春飞扬的学子——一如当年的他们。一女生巧笑嫣然地向他走来，那一刹那，他竟差点儿喊出叶婉秋的名字。当那女生视他为空气般从他旁边经过时，他才猛然意识到自己的失态——他竟忘了十年已逝，他们早已不是过去的他们，叶婉秋也早已不是过去的叶婉秋。

他一边嘲笑着自己，一边徜徉在校道上，追忆过去的时光。不经意间，他走到了一栋灰白建筑旁，梧桐树叶飘落，地上撒满金黄。他仿佛又看见了若干年前，他背着叶婉秋穿过这片金黄的情景，甜蜜的感觉激荡全身。在这里，他的心门被轰然撞开，那个初次踏入的倩影便永远驻留在此。也是在这里，种下了他与叶婉秋和尹怀生爱恨纠缠的种子。只是，那个时候的他们，都做着瑰丽的美梦，生活的苦难和命运的作弄看似与他们无关，他们只顾品尝青春和爱情的美好。

韩湘云长久驻足，可是当年的他和她已不在，只有梧桐叶，年复一年地在这个季节不断飘落。

天色渐渐暗下来，那个灰白色的小楼隐入夜色，秋风起，树叶被卷起，一片叶子落入他的后颈，给他一丝微凉的触感。

往事不可追，秋风笑我痴。韩湘云从后颈拿下那片树叶，捏在手上，迈开步子顺着校道向前走去。

快走到校门的时候，一个清脆的声音从背后响起："湘云！"

这个声音好熟悉，仿佛一杯甘美的酒注入韩湘云的心田。他下意识地回头望望，可除了梧桐的阴影，他什么也没看见。他摇摇头，以为自己是幻听了。

可那个声音又继续注入他的双耳，比刚才更响亮："湘云！"韩湘云驻足，后颈上起了鸡皮疙瘩。

"湘云！"等这声音响起第三遍时，他再次转过身去。

转身的一刹那，他以为自己再次进入了幻梦。可是，眼前，偏偏真实地站立着那个驻扎在心底多年的人，让他为之痴狂、为之痛苦的人——叶婉秋。

她还是如此美，可这种美已然是退去青涩，写下岁月流年的美，更像一杯酿造多年的酒，散发着迷人的醇香。

她的头发如海藻般披落在肩头，神情里有些俏皮，眉眼间又有些淡淡的忧郁，她见到韩湘云，显然满是欣喜。见到她，韩湘云一直悬着的心安然落下，他感到无比知足。

“这么多年，我还是忘不了她。我承认，她是我的宿命。”

韩湘云看着叶婉秋，对她露出一个温柔的微笑。

第八十章　十年

芳华已逝，转瞬流年。七年前的一个闪念，他们便相隔天涯。

多年不见，眉眼间的感觉还是如此熟悉，彼此的眼神便能传递心照不宣的默契，但眼角的细纹还是暴露了岁月的印刻，以及生活烙印出的陌生气息。

韩湘云记得叶婉秋以前从不喝酒，但是今天她却主动点了红酒。推杯换盏中，韩湘云看着叶婉秋酒红色的头发与杯中红酒相互交映在一起，看着她渐渐红润起来的面庞，他周身的毛孔仿佛都苏醒过来，迎合着这令人迷醉的酒香。他的眼神也渐渐迷离起来，世界仿佛只剩下这片暧昧的酒红色，淹没了生活中所有的烦琐喧嚣和不堪重负。

多年的酸涩苦甜都蕴含在这酒里，任何语言都显得苍白无力。刚开始时，韩湘云看到叶婉秋娴熟地将一杯杯酒一饮而下时还有些踌躇，但几杯下来，他也被感染了，他很久没这样尽兴过了，况且是在自己最爱的女人面前。就让自己在这酒红色中迷失吧，韩湘云对自己说。其实，在多年前，他就已经在她面前迷失了。

眼看着一瓶红酒见了底，韩湘云阻止了叶婉秋：“婉秋，差不多了，喝多了对身体不好！”

叶婉秋面颊绯红，眯着眼紧紧盯着韩湘云。韩湘云躲过她的眼神，埋头将杯中剩下的酒一饮而尽。他觉得全身的血管里有无数虫子在爬，大脑嗡嗡作响。今晚的叶婉秋仿若有吸人心魄的魔力，让他彻底乱了心智。他怕再多看她几眼，便会失去理智做出什么冲动的事情来。

直觉告诉他，叶婉秋变了。她的眼神里藏着不一样的东西，有多么诱人，就有多么危险。往日那个纯情少女已然不再，面前坐着的，是一个散发着成熟魅力的女人，带着些许幽怨。这样的她，让他迷醉又心疼。

他知道她还在看着他。他抬起眼望向叶婉秋的双眸，那双往日俏皮如小鹿般的眼里多了一些他读不懂的复杂韵味，他的心突然抽紧，疼了一下。叶婉秋看着韩湘云的眼，吐出了三个字：“对不起！”

没等她接着往下说，韩湘云连忙问道：“这些年，你过得还好吗？”他怕叶婉秋继续说下去，他更会乱了分寸。

叶婉秋嘴角浮起微笑，仿若油画中的女人。她点点头，又摇摇头。

韩湘云静静等着。心却如潮涌一般，一浪盖过一浪。叶婉秋又点了一瓶酒，自顾自喝起来，这下，韩湘云没有阻拦。

他看着她一杯杯喝着，当她喝到满脸绯红的时候，他夺过了她手中的酒杯，一饮而尽。“婉秋，你受委屈了！”他含泪说。

叶婉秋的泪水如泉涌般倾泻下来。

一直以来，她都将眼泪打回肚里，将自己的心包裹上一层坚硬的盔甲，独自一人在陌生的城市里打拼。她假装自己过得很好，甚至她真的以为自己将过去的一切都遗忘了。

可是当收到毕业十周年庆的邀请函时，她尘封已久的心突然疯狂跳动起来。那几夜，尹怀生和韩湘云交替出现在她的梦里，她甚至梦见韩湘云化作骑士，与尹怀生展开了搏斗。韩湘云用他那把闪着金光的剑，挑下了尹怀生的面具，一剑刺穿了尹怀生的心脏。尹怀生倒在了黑色的血里。叶婉秋惊呼着冲上去，伏在尹怀生的尸首上，悲痛欲绝。

多年前的一个寒冷的冬夜，在湘南师大的礼堂里，在新年钟声即将敲响前，尹怀生和叶婉秋化身罗密欧与朱丽叶，在舞台上演着如此相似的场景。那场演出，拉开了他们三人多年来的爱恨纠葛。那时的他们，如初生牛犊一般，对未来、对爱情充满着憧憬，却对未来的坎坷一无所知，只知道兴致勃勃地迎接着每一个未知，只知道尽情地享受生命中每一个美好的赐予。那是他们的芳华，永远值得追忆的回不去的年华。

那个梦纠缠着叶婉秋，也让她最终决定不再逃避，回到母校再次面对自己的过往。还有，她一直觉得欠韩湘云一个道歉。在她最艰难的时期，韩湘云给了她温暖和光。不管叶婉秋走到哪里，他都如此笃定地在那里，如一座灯塔，当她迷失方向的时候，她都可以去寻找他的光。她深深想念起他，这么多年不见，他还在等着她吗？叶婉秋摇头，她突然觉得自己太自私了。可是见韩湘云的愿望越来越强烈，她毫不犹豫地买了北上的火车票，回到了熟悉又陌生的湘南师大。

看着失控哭泣的叶婉秋，韩湘云心如刀割，上前扶住她，轻声说："婉秋，我带你回去休息。"于是，他俯下身来，将微醉的叶婉秋放在自己背上，背着她走了出去。韩湘云身上温暖的男子气息传入叶婉秋的鼻腔，让她感到分外安心。

叶婉秋将头轻放在韩湘云的肩头，心想：不知为何，在他面前，自己的盔甲便荡然无存，脆弱都展露无遗。叶婉秋觉得头沉沉的，她想就这样在韩湘云的背上睡去，就如同幼时在父亲的肩头上一样。

韩湘云背着叶婉秋，百感交集。他希望这段路一直延续下去，这样他就可以一直享受着这欣喜与伤感调制而成的醉人的香甜，永远不醒来。

到了酒店，韩湘云把叶婉秋放下，为她盖好被子。正当他要离开时，叶婉秋拉住了韩湘云的手，那一刻，韩湘云如触电一般，全身僵直了。叶婉秋的声音传入耳里："湘云，别走！"

这几个字点燃了韩湘云体内沉睡已久的火山，他不顾一切地转过身来，抱住了叶婉秋，吻上了她的酒香弥漫的芳唇。他只听到体内炸裂的声音，那是多年来积攒的爱恋与酒精作用的声音。这能量是多么可怕，甚至淹没了所有现实的理智，纵然底下是地狱、是烈焰，而他便是那只飞蛾。

多年前，他已将灵魂交给了她。他疯狂地吻着她，狠狠地抱着她，仿佛要把自己的心烙印在她的心里，要把自己的灵魂注入她的身体里。他没有想到自己对她的爱有那么强烈，即使在这个吻后，他会死去，也在所不惜。

叶婉秋也深情地回应着他。有那么一刻，她想到韩湘云也许已有了家室。一个愧疚的冷战却被韩湘云炽热的爱很快融化了。她干脆将大脑放空：今晚，我们的世界只有彼此，我应该如此回报他。

于是，他们更紧密地缠绕在了一起。有那么一刻，孙姝雅的脸闪现在他面前，他突然犹疑了。叶婉秋给了他一个鼓励的眼神，用更热烈的吻让他们紧紧结合在了一起。

暴风骤雨过后，韩湘云抱着叶婉秋哭得不能自已。叶婉秋默默流着泪，只有他们才知道泪水里蕴藏着什么。他们任凭泪水一遍遍洗刷着内心，慰藉着彼此的孤独。

激情和眼泪让他们睡意全无。叶婉秋拥着韩湘云，一遍遍吻着他，一遍遍说着对不起，又被韩湘云吻了回去。就这样哭着吻着，两人的心完全为对方敞开了。在韩湘云的反复追问下，叶婉秋对他说起这几年来的遭遇。韩湘云听着，心疼不已。尤其听到她堕胎那段经历，心如被锯刀一刀刀划开一样，对尹怀生的恨从刀口处渗出，让他全身的骨骼阵阵发凉。他没想到她受了如此多的伤害，尹怀生便是那个刽子手。

那一刻，他恨不得去手刃了那个将怀里的女人伤得体无完肤的刽子手。今晚，在酒精的刺激和迷醉下，他对叶婉秋十多年的爱恋终于迸发出来。同时，也引爆了积压在心中的对尹怀生的恨。对叶婉秋的爱有多浓，对尹怀生的怨恨就有多强烈。

他含着泪，爱怜地抱着叶婉秋，如同抱着一个柔弱又脆弱的孩子。叶婉秋将头深深埋在韩湘云的臂弯里。借着酒劲儿，将这些年的经历倾诉一空之后，她感到前所未有的畅快。可是，又有一些不安，甚至有一些罪恶感。她隐隐意识到韩湘云情绪的变化，以及这些情绪背后所隐藏的危险。

她不知道自己为什么要说这些，是多年的积压？是韩湘云给她的安全感？是该死的酒，还是……她迷惑了。她觉得对韩湘云不公平。

在酒精的作用下，她觉得大脑越来越沉，身体却宛如躺在云朵上，乱麻一般的思绪突然散开，她终于抵挡不住睡意的侵袭，沉沉地睡着了。

韩湘云听着酣睡的叶婉秋均匀的呼吸声，如听着世间最美妙的音符。这一夜，仿佛比他过去的一生还漫长。他品尝了爱情的美酒，从此，便踏上了漫漫的不归路。

黑夜里，他的大脑无比清醒，这十多年来，他们三人所经历的种种如电影画面一般在眼前放映着。在黎明快到来的时候，一个念头在他心中越来越清晰：叶婉秋受过多少伤，我就让尹怀生付出多少代价！

东方露出一片鱼肚白的时候，他怀着这个信念，终于睡着了。

那几天是他这辈子最幸福的日子。他与叶婉秋如同一对真正的幸福眷侣，一起走过了他们青春年华时走过的路。他们走遍了校园的各个角落，在湘江边漫步，携手爬上层林尽染的岳麓山，重游了岳麓寺。十年的光阴改变了众人，却改变不了这座历经千百年沧桑的古寺。他们站在湛蓝的苍穹下，聆听古寺的钟声和诵经声，看着香火袅袅升起。大殿里的佛仍以那千百年不变的安然神情俯视着众生。尘世的悲欢离合随着时光几经流转，如香案上永远堆积的香灰一般。

叶婉秋跪在蒲团上，双手合十，虔诚许愿。轻风将香案上的烟灰吹起，有些许进入了她的鼻腔，她轻轻咳嗽了几声。韩湘云站在一旁，静静看着这一切，感慨万千。

大殿顶上的莲花灯仍随风摇曳着，只是十年前他们所挂上的灯不知现在何处。韩湘云觉得大殿的角落里，一位苍老的僧人也静静看着他。不知他是否是十年前让我们挂灯祈福的那一位僧人？如果是，不知他是否还对十年前的那四位年轻人有印象？

抱着试探的态度，他走向了那位僧人，合十施礼后，他问道："师父，请问这莲花灯是多久一换？"

僧人抬起他那苍老又清澈的眼，盯着韩湘云的脸看了稍许，慢慢答道："施主，灯是否换不重要，重要的是心有没有变。"说完，他低下头继续抄经，再也不作声。

老僧人的话如钟一般敲击着韩湘云的心。他看到叶婉秋在人群里寻觅他，想起十年前他在莲花灯上许下的愿："愿所爱之人永远幸福，我愿一直守护她。"

想到这里，他带着笃定的笑意，走向了她。

第八十一章　约定

美梦如美酒。当韩湘云还沉浸在梦的香醇里时，时间转瞬而逝，离别的时刻比酒醒的时刻来得更早。

韩湘云拥着叶婉秋，看着她的双眼，认真地说："婉秋，我回家处理好事情就去找你。"

叶婉秋的眼里有层薄雾，她感觉这句话好像有点儿似曾相识。经历了这么多事情之后，她对爱情已经没有了太多期待。对于韩湘云，她内心深处一直都感觉亏欠于他。

在她最绝望的时候，韩湘云用爱托起了她。她一直都想报答他。可是，她不想与韩湘云重蹈与尹怀生的覆辙。所以，她并不奢求与韩湘云长相厮守。如果这一挥手告别是永远，那就让这几天的甜蜜时光成为点亮人生的一道亮光，在往后的孤寂岁月里想起，还能时不时温暖内心。

虽然韩湘云没说，但从他的眼神里，叶婉秋知道还有一个女人在等待着他。她轻抚着韩湘云的面庞，这个面貌普通的男子在时光的打磨下，脸庞的棱角凸显出来，竟多了许多魅力。嘴唇和下巴让新冒出的胡楂涂上薄薄的青色，深深的眼眶里，一双不大的眼睛蕴含着深情，如阳光般温暖，能融化一切寒冰。

叶婉秋不知不觉也在这温暖里融化了。这是她生命早期就渴望的温暖，就如父亲用胡楂扎她脸时的温暖一样，可是都是短暂如昙花一现。

她内心一阵伤感，那么久，她都因为自己纠缠的情感而忽视了韩湘云对她的深情，或者是故意视而不见。

她心动，怜爱地抱住韩湘云的脖子，踮起脚，吻了上去。韩湘云愣了一下，随即深情地回吻着，用尽全力抱紧她，似乎要将她揉进自己的身体里。

不知吻了多久，直到两人的脸都被泪水濡湿，直到韩湘云泣不成声。终于，韩湘云松开了叶婉秋，背过身去，将头靠在火车站站台的柱子上，肩头不停抽动着。多年来压抑的情感以泪水的形式倾泻出来。他不知道哭什么，也许是青春，也许是爱情，也许是命运，也许……

泪水也沿着叶婉秋的面庞静静落下，她轻轻抚着韩湘云的肩膀，感受着他汹涌的情绪。这时，再多的语言都是累赘，只要陪伴着自己的情绪就好。

火车的鸣笛声从远处传来，是不得不离开的时候了。

叶婉秋在韩湘云耳畔轻柔地说："湘云，我要走了。你多保重！"

韩湘云突地转过身来，拥紧了叶婉秋，似乎永远也不想放开，说："婉秋，别走！"

叶婉秋轻轻将他推开，朝他露出一个宠溺的微笑，笃定地说："我们还会相见的！"

说完，向他手里塞了一个东西，便挣脱他的怀抱，向火车方向奔跑而去，迅即被人群淹没了。

韩湘云慌忙挤进人群，可发现叶婉秋就像一条矫捷的鱼一样，很快便没了踪影。正当他四处寻找叶婉秋的身影时，他隐隐听到有人喊他的名字，抬眼一看，叶婉秋从车窗里探出头来，笑靥如花，朝他挥着手。眼前的这个女子不知有何魔力，哭泣时如西湖上的蒙蒙细雨，笑起来又明媚如六月灿阳。这一幕多么像他们初见时的模样：叶婉秋手捧一本书，笑盈盈地向他走来，一直一直走进他的心里，深深地扎根，从未离开。

叶婉秋的笑将韩湘云的伤感瞬间冲散，暖意重新充盈在他心头。看着她的笑容，他便能无条件地快乐起来。

他的脸上浮起笑意，抬起胳膊向叶婉秋挥手道别，他突然明白：她从未远离，她一直在自己心里。她的快乐，便是自己最大的快乐。

韩湘云一直目送着慢慢前行的火车，直到它消失在天际，他才放下已僵的胳膊，抬起腿往回走去。突然，他意识到手里还捏着叶婉秋给他的东西。他伸开手掌，只见那是一个玲珑的小包。打开小包，韩湘云的心怦然一动，只见里面躺着一枚小巧的发夹，在夕阳下闪着神秘的酒红色的光。

韩湘云太熟悉这枚发夹了：这是他第一次见叶婉秋时，叶婉秋戴的发夹。那时，他不知道默默看着叶婉秋的背影多少次，直到那个美丽的身影深深地印在他的心中，包括那枚发夹。

他终于可以近距离地欣赏这枚发夹了。酒红色的水晶周围还点缀着几颗珍珠，因为岁月的打磨泛上了一层淡黄色。但这并不影响这枚发夹的精致优雅。相反，它散发着岁月的气味，仿若一位从岁月穿越而来的美人，却不曾沾染上时光的灰尘。他将发夹放在嘴边亲吻了一下，又放在鼻下深深吸了一口气。这带着叶婉秋芬芳的发夹竟能给他带来青春的悸动，他爱怜地将它放在自己口袋的最深层。

小包里，还有一封信。他展开读起来：

湘云，这几天我非常幸福，谢谢你对我的爱。它让我陶醉，让我沉溺，让我不想离开。可是，我又感到不安，我觉得我好像是个偷心贼，打破了你的平静生活。

湘云，我那么自私地索取了你的爱，真不是个好女人，你说呢？在你心中，我还是那个十年前清纯的我吧？可是，我已经不是了。

我是不是很不可爱了？可是，我还是无法抑制地想见你，我想亲口对你说声抱歉。七年前的不辞而别，是我不得已而为之的，我不想我们彼此都受到伤害。

还有，我想对你说，再见到你的那一刻，我突然确认了我是爱你的，只是我一直不敢承认。你的爱拯救了我，托起了黑暗中的我，所以，我也想回馈你的爱，请原谅我的任性。

可能这不是好的方式。这样的任性会带来什么，我不知道。

湘云，我不希望你因为我而背弃别人，让她受到我受过的伤害。我自己会照顾好自己，你不要担心我。

如果你一定要来找我，我会等你。我们做个小小的约定吧：如果你决定来跟我在一起，请你一个月后将发夹寄给我。如果你没有寄来发夹，那我也知道你的决定了，我会自己重新寻找幸福。这一个月，希望你一定一定要认真考虑。

湘云，如果你做出后一种选择，请一定一定不要自责，很多时候，我们抵抗不了命运。

湘云，祝你幸福！

爱你的叶婉秋

韩湘云拿着信，抬起泪水朦胧的双眼，喃喃地说："等我，婉秋！"

第八十二章　意外

韩湘云感觉自己是带着一种使命感回到沅水的。

在回去的汽车上，他暗下决心：回去就跟孙姝雅做个了断，办好辞职手续，南下广州。至于尹怀生，韩湘云抽了一口冷气：君子报仇，十年不晚。他毁了自己最爱的人的一生，必须为自己的错误付出代价！

可是当他回家见到孙姝雅时，却觉得难以将"分手"二字说出口了。她的眉眼、神情和气息都那么像叶婉秋，让他觉得如果将这两个字说出来的话，自己将良心有愧，可是不说，他又会愧对爱情。

看着韩湘云欲言又止的样子，孙姝雅敏锐地察觉到了什么。她什么也不问，只是默默地做好晚饭。当韩湘云吃完饭准备说什么的时候，她又打断了他，为他去烧洗脚水。

终于忙完躺下，韩湘云感到一条柔软的手臂拦腰抱住了他。他身上一颤，下意识地要把孙姝雅的手臂移开。可是，孙姝雅却更紧地抱住了他。韩湘云闭上眼，叹了口气，心想：我何德何能，得到这么好的两个女子的爱。今晚就算了吧，等明天，我再好好对姝雅说。

正当这样想的时候，孙姝雅的声音传入耳畔："湘云，你今天累了吧？刚才见你一直板着脸，都不敢问你什么。"

韩湘云说："嗯，明天再说吧，坐了七八个小时的车。"

孙姝雅调皮地挠挠他，微抬起身子，说："湘云，我有个好消息要告诉你。你转过来！"

"姝雅，我困了，明天再说吧！"韩湘云嘟囔着。

孙姝雅突然坐起身来，用劲儿扳着韩湘云的身子，等他转过身来，她将韩湘云的一只手拿起，放在自己的肚子上，轻轻地说："湘云，我们有宝宝了。"

韩湘云一惊，突然坐起，面对孙姝雅问道："真的？"

孙姝雅被他吓了一跳，拍了他一下，说："你吓死我了，有必要那么激动吗？你不相信去看医院报告？"

韩湘云如被雷电击中。在得知孙姝雅怀孕的那一瞬间，他是惊喜的，可是，这惊喜迅即被狂暴的黑色海浪淹没。他隐约又看到了命运那狰狞的面孔。他刚品尝到爱情的美酒，就要被这命运浪潮裹挟走。

"不，我不要做这命运的奴隶！"一个声音咆哮着。

韩湘云仿佛突然醒来，推开孙姝雅，连连摆头说："姝雅，这孩子，我们不能要！"

孙姝雅听到此话，怔住了。她难以置信地看着韩湘云，突然感觉曾经熟悉的爱人是如此陌生。她语气有些颤抖："为什么？"

韩湘云抬起头来，眼神重新变得柔和起来，他知道自己马上要说出来的话会如一把利剑，刺伤孙姝雅的心，甚至刺伤他们俩还是一个胚胎的孩子的心。可是，他却不得不说。

他用极尽柔和的语气，对孙姝雅说："姝雅，对不起。我知道你很想要这个孩子，可是，我们不能要。我……”

孙姝雅的眼眶红了，她帮助韩湘云说出了后面的几个字：“爱上别人了？”

见韩湘云默不作声，悲愤和绝望涌上孙姝雅的心头，她抬起手，朝韩湘云的脸甩了一巴掌。

韩湘云觉得脸仿佛被火钳烫了一下，热辣辣的，心中如火般灼烧的愧疚感却在一定程度上消减了一些。他的眼中闪现出一丝决绝的光。

孙姝雅似乎明白了点儿什么，她平静了下来，对韩湘云说：“湘云，我明白了。你是不是去找过她？”

韩湘云惊极，看向孙姝雅的双眼：“你知道她？”

孙姝雅笑了笑：“我早就知道她了。我知道，你心里一直割舍不下她。跟你结婚前我就听说了，可是，我一直认为你会慢慢忘记她。但是，我没想到你对她的感情还是那么深。她去见过你吧？”

“在你去长沙之前，我就有这种担心的，”孙姝雅叹了口气，接着说，“可是，我选择相信你。一件事情未了，总会念念不忘。”

韩湘云的喉头抽动，脸上微微变色。

孙姝雅的语气突然坚定起来：“如果你非得要从她和我之间做出一个选择的话，也不是不可以。但如果你执意要选择她的话，我会将孩子打掉。我不会让孩子生下来就没有父亲！湘云，我们好不容易有了这个孩子，这也是你的骨肉啊，难道你真的愿意看到他还未出世就变成一摊血肉吗？”

韩湘云听到孙姝雅的话震惊不已，他低估了孙姝雅的镇定和勇气。以孙姝雅的性格，她是能做出这样的事情的。想到那无邪的生命将会化作一摊血的时候，他心头紧缩，想起了叶婉秋的那个未来得及出世的小生命。

如果我负了孙姝雅，导致我们的孩子被杀死，那我与尹怀生有何区别？想到此，韩湘云只觉得心被一双巨大的黑手紧紧揪着。自己如置身寒冷的冰窟，白天的热血瞬间冷却。在这个秋风初起的秋夜，他感到了彻骨的寒。在命运之海上，他乘坐的小舟被粗暴的海浪猛烈撕扯着。一个声音在脑中回旋着：“命运为何开如此玩笑？”

听着孙姝雅的啜泣声，他心乱如麻。索性，他走到了阳台上，望着远处若隐若现的灯光，怅然若失。

那一夜，韩湘云和孙姝雅都彻夜未眠。睡着的人怀揣希望，醒着的人备受煎熬。

那段时间，韩湘云和孙姝雅都各怀心事。韩湘云感觉整个灵魂都处于抽离的状态。叶婉秋的脸和血肉模糊的孩子交替出现在他脑海中，让他寝食难安。

他想：如果自私地选择了爱情，抛弃孙姝雅和她肚里的小生命，自己会不会在后半生的漫漫长夜里，都饱受灵魂煎熬之苦？自己一直以一个正义的骑士自居，可以为了爱人披荆斩棘，可是，如果自己为了爱人而误伤了生命当中的另一个女人，甚至以爱情的名义谋杀了一个与自己血脉相连的小生命，自己一辈子都不会原谅自己。

可想到叶婉秋那流露着期盼和哀愁的双眼，他又心如刀绞。他忍受了那么多年的想念和离别，在爱情唾手可得的时候，又要亲手放弃，让自己的生命一点一点地枯萎，他又觉得不甘心。

当他的心被两种力量左右撕扯的时候，孙姝雅出事了。

韩湘云扔下手头的账簿，向医院奔去。一路上，他觉得心不断下沉，仿佛底下有一个黑洞，要把他一块儿吸走。

赶到医院，他看到孙姝雅苍白的脸时，第一句话就是：“孩子呢？”

孙姝雅将脸别过去，眼里含着泪。

韩湘云疯一般地跑出病室，拉住走廊上经过的一位护士，问：“我的孩子没事吧？”

护士被他扭曲的神情吓了一跳，白了他一眼，说：“你是312病室的家属？你等着，我去叫医生来，你问他！”

韩湘云等不及，跟在护士后面，走进了医生办公室。见到医生就问：“大夫，我孩子没事吧？”

医生上下打量着韩湘云，问：“你是小孙什么人？”

韩湘云答：“我是她……丈夫。”

医生皱眉说：“你也太大意了！你爱人怀着孕你还不好好照顾她。一个孕妇从楼上摔下来，差点儿胎儿就保不住了！”

“那胎儿保住了？”韩湘云仿佛重见希望。

医生表情更严肃了：“你一直都在问孩子，你就不关心你爱人怎样？”

韩湘云如梦初醒，想到躺在病床上孤独无依的孙姝雅，一阵愧疚涌上心头。

这时，他才问道：“我爱人……她怎么样？”

医生意味深长地朝他瞥了一眼说：“低血糖、脉搏血压不稳、腿骨轻度骨折，再加上跌下来时动了胎气，还需在医院观察几天。最近你老婆需要加强营养，她血糖过低容易引起头晕摔跤。女人孕期营养和心情很重要，男人凡事让着点儿，再大的事，等孩子生下来再说。别让女人动气，要真是造成流产，对女性身体的伤害是极大的！”

韩湘云想起孙姝雅最近有些茶饭不思，再加上情绪郁结，可是自己只是陷于自己内心的煎熬中，却忽视了她。她这一跤将韩湘云也跌醒了，他突然意识到自己是多么自私，多么不负责任。

怀着这种内疚感，他走进了病房，挨着孙姝雅坐下。他将手抚上孙姝雅苍白的面庞，擦拭着她眼角的泪，说：“姝雅，对不起！”

孙姝雅的泪越流越多，濡湿了韩湘云的手。韩湘云也不禁动情，他忽然意识到眼前的这个女人，在他的心中其实不知不觉也占据了重要的位置，可是他却一直将她当作叶婉秋的替身，这对于她来说，是多么的不公平。

韩湘云俯下身，对着孙姝雅的耳朵说：“姝雅，我给你买好吃的来，你等着我。”

孙姝雅伸出一只手，紧紧拉住韩湘云的手，始终不肯放开。韩湘云心中五味杂陈。

这一刻，他心中一直紧绷着的一根弦松动了。如果命运非得要开这样的玩笑，芦苇一般的人，虽有违拗命运之志，可终究是蚍蜉撼树，只得眼睁睁地看着命运的洪流将自己卷走。

韩湘云叹了一口气，眼角一滴泪滑落。而孙姝雅的脸上，浮现出一丝不易察觉的微笑，她知道，这双握住自己的手，不会那么容易松开了。

长久没有安心睡觉的她，轻轻合上了双眼，她终于可以睡个酣畅淋漓的觉了。

第八十三章　心愿莲花

一个月后，叶婉秋收到了从沅水寄过来的一个包裹。她急忙拆开包裹，打开里面的盒子，里面是一盏莲花灯。叶婉秋一眼就认出来了，这是岳麓寺大殿上挂着的莲花灯。她轻轻拎起，莲花灯随着微风左右摇曳，飘来一缕淡淡的香火味。灯座底部，挂着一张纸条，上面写着：愿所爱之人永远幸福，我愿一生守护她。韩湘云。

她急忙将盒子倒立抖搂着，没有发夹掉落，却飘出一张薄薄的信纸，上面写着：

亲爱的婉秋：

这一个月是我人生中最漫长的一个月。我经历了爱情与良心的挣扎和拷问。最终，我还是败给了良心。

当孙姝雅告诉我她怀孕了的时候，我如遭到晴天霹雳。我不知道命运为什么会在关键时刻开一个如此巨大的玩笑。

她摔了一跤，差点没保住胎儿。我没有想到我会那么惊慌。我一直以为在命运面前，我会是个勇士，我会为了爱情奋不顾身。可是，那一刻，我突然感觉我也有软肋，也会变得懦弱。

婉秋，你一定对我很失望吧？我也对我自己很失望。我不是什么勇士，我只是命运面前的一只蝼蚁。

认识你是我平生最大的幸运，是你让我品尝到了爱情的滋味，苦与乐，都是如此刻骨铭心，让我觉得人生没有白过。

我愿意为了你牺牲自己的一切，唯独不能眼睁睁地看着胎儿化为一摊血肉，如果因为我的私心而断送孩子的性命，我会一辈子良心不安。我想这也不是你愿意看到的。

也许命运就是这样安排，注定我得不到你。但是，我永远会爱着你，如同爱自己的生命一样。

你还记得十年前，我们五人去岳麓寺祈福吗？上个月我们俩重游岳麓寺的时候，我又遇到了十年前让我们挂莲花灯祈福的那位僧人。他对我说的一句话我会永远铭记：莲花灯有没有换不重要，重要的是心有没有变。

我永远记得十年前我在莲花灯上写下的字：愿所爱之人永远幸福，我愿一生守护她。

我爱的人，对于我来说，你便是我心中圣殿的佛，我愿意做你案前的一株灯芯，永远守护你。

这句话现在说来是不是有些矫情？确实，我没有资格表达对你的爱。婉秋，你可以责怪我，不原谅我，但衷心地希望，你能走出过去的阴影，尽情地拥抱明天。你值得拥有更好的爱情。

你的那枚发夹我会永远珍藏。生活哪怕再黑暗，它都会是一抹永恒的暖色。莲花灯是我从岳麓寺请回来的，听僧人说可保平安。

谢谢你，婉秋。保重！

永远爱你的韩湘云

合上信纸，叶婉秋长叹了一口气。这是她早就料到的结局，可能也是她希望的结局。岁月更迭，流年如梦。他们早已不是那些织梦的少年，生活已不知不觉在他们肩头压上了太多太多，他们必须负重前行。

叶婉秋想：韩湘云其实需要一个儿女绕膝的安稳生活，而我却给不了他。如果让他放弃一切来找我，我会一辈子良心不安，在愧疚中生活，对于我们来说，也未必就是一种幸福。对于我来说，爱情早就是可有可无的事物，得是我幸，不得也能自足。这样也许是最好的安排。相濡以沫，不如相忘于江湖。那就让我们待在各自的水域里，遥望着怀念。

这样想着，她释怀了不少。其实她早已将爱情看淡，唯独对当年与她同请莲花灯的那个人，还是难以忘怀，每当想起，心的某处还是会隐隐作痛。他在她生命中打下了太深的烙印，是她生命中始终迈不过去的坎。

当年她写在莲花灯上的字重新浮现在眼前：

"但愿人长久，千里共婵娟。愿与他长相守。叶婉秋"。

"人已变，心怎会不变？"叶婉秋脸上露出一丝不易察觉的苦笑，爱怜地摩挲着莲花灯，又陷入静静的追忆中。

一年后

尹怀生坐在宽大的办公桌后，桌上堆着厚厚的一摞文件。忙碌了一上午，他觉得很疲倦，于是靠在椅背上闭目养神起来。

从政府部门辞职与周茂德共同创办了茂生房地产公司之后，他就没睡过一个好好的午觉。

每天忙着与各种各样的人应酬，奔走在各个施工工地考察，有时候甚至要在工地上待十天半月，与工人同吃同住。出差是家常便饭，他感觉都很久没和家人好好过个周末了。

经常应酬到半夜一两点，晕晕乎乎回到家，妻子和孩子都已经睡得酣甜。他只能吻吻睡梦中的她们。然后悄悄地洗澡，生怕身上的酒味熏醒了他们。

他经常会觉得自己成了一部赚钱的机器，完全失去了生活的感觉。可是，既然走上了这条路，他只有义无反顾地向前闯，没有任何回头路。他已经失败了一次，不允许自己失败第二次。

周茂德没有看错人，尹怀生确实是一个不可多得的合伙人。他踏实，肯吃苦，重要的是，他很能拓展人脉。干房地产这行，人脉就是生命线。他为公司以低价购得了几块好地，又拉来了不少贷款。这对于初创的公司来说，是得以维系生命的乳汁。一年后，茂生房地产公司在沅水及附近县市站稳了脚跟，如初生的毛竹一般，蓬勃地发展着。

公司发展势头良好也刺激了尹怀生的野心和斗志，他甚至萌发了三年后茂生房地产在湖南省全面开花的想法。这样想来，他每天不管多么疲累都能量满满，如一头公牛，拉着茂生房地产公司不断往前冲。

不过他确实太累了，一会儿就睡着了。睡梦里出现了一座寺庙，门匾上写着岳麓寺。满眼的莲花灯在眼前飘来飘去，他欲抓，莲花灯却如调皮的鱼儿一般，从他手边迅速溜走。正当他焦躁不已之时，一盏莲花灯突然停留在他眼前不动了。他轻松抓住它，一张纸条飘落在他手上，上面写着："愿与叶婉秋相爱一生，愿我们幸福安宁。尹怀生"。

一个女子的脸出现在莲花灯上，一颦一笑都是那么摄人心魄。"婉秋！"尹怀生出声叫道。

就在这时，女子的脸从莲花灯上隐去，莲花灯从他手中飘出，成千上万的莲花灯将他团团围住，一个苍老的声音说："尹怀生，你的心念还在吗？"

尹怀生被这些莲花灯和不停重复的声音弄得头昏脑涨，觉得天旋地转，想喊却喊不出来。

这时，他感觉耳边有一人在叫他："尹总！"这个声音终于将他从那个可怕的梦中拉出，他喘着粗气醒来，只见眼前站着他的助理小周。

小周看着尹怀生头上涔涔冷汗，担心地问："尹总，您没事吧？"

尹怀生说："没事，刚做了个梦。你怎么没敲门就进来了？"

小周一脸歉意："对不起，尹总。我看您没关门，就进来了。前台有个人找您，说是您的故人，非得要见您一面，说是有急事。所以我就很冒昧来叫您。看您怕是做了噩梦，就叫醒了您。"

"故人？"尹怀生狐疑地抬起眉毛，说："那让他进来吧。"

稍许，一个男人出现在尹怀生的办公室门口。还是健康的小麦色皮肤，只是面庞多了一份成熟和稳重，似乎比过去更有气质，更帅了。

尹怀生听到自己的心扑腾了一下，激动地叫出声来："湘云！"

第八十四章　挚友

虽都在沅水，但韩湘云和尹怀生这对昔日好友已经有七年没有见面了。

自从那日在沅水边，韩湘云与尹怀生为了他们共同所爱的女人激烈搏斗之后，挚友便成了陌路。两人如两条互不相交的铁轨，各自沿着不同方向往前延伸，越行越远。

只有在无数寂静的夜里，当世间喧嚣都归于沉寂时，他们的梦中会出现彼此的身影，还有那些他们青春时光的片影。那印在回忆里的爱与恨是如此刻骨铭心，使得他们的一生注定要缠绕在一起。他们两人，就如彼此的影子，也如彼此的阴影，虽装作视而不见，但始终存在，挥之不去。

尹怀生的心里，始终对叶婉秋深有愧疚，这种愧疚时常让他在长夜中惊醒，不曾随着时间的流逝和境遇的改变而消退。他甚至将这种愧疚投射到了韩湘云身上。这么多年，他很少有真正的朋友，更别提像韩湘云这样的知心好友了。当有心事想要倾诉时，他只得跟刘灵芝说说，但有些话是无法跟她说的。这个时候，他只能点一支烟，将心事付诸烟雾。

随着年龄的增长，尤其是近年来遇到了诸多变故，他常常想念起与韩湘云无话不说的日子。有时候，他甚至有种冲动去找韩湘云，但巨大的愧疚感拖住了他，想到韩湘云对自己怒目而视的表情，仿佛一位伸张正义的骑士，他就不寒而栗。

“我与湘云，怕是此生就这样形同陌路了吧！”尹怀生常发出这样的感叹。

他从未想过韩湘云会主动来找他，当看到韩湘云出现在他办公室门口时，他先是惊讶，然后是欢喜，接着又充满疑虑：他来找我做什么？

尹怀生请韩湘云在他用于招待客人的八仙桌旁坐下，又让小周给他沏了一杯茶。自己也沏了一杯茶，坐在韩湘云的对面。

“湘云，这是清明节新采的龙井，你尝尝。”尹怀生先打破了宁静。

韩湘云抿了一小口茶，叹道：“好茶！”

两人喝了一小会儿茶，仿佛又回到了过去的时光。所有的思绪仿若都氤氲在了这茶水里，两人沉醉在茶的幽香里，谁也不愿意打破这难得的宁静祥和。

少顷，尹怀生还是开口了：“湘云，好久不见，你最近如何？还在一中吧？”

韩湘云笑笑，答：“在一中混口饭吃，就勉强吃饱个肚子。我没什么大的志向，不像你那么敢闯敢为。”

尹怀生微微一笑，说：“湘云，你又笑话我了！我还不是形势所逼？看着光鲜，其中的苦有得受。哪件事情考虑不周全，公司就有可能面临危机。看看我这头发，是不是都白了几根？”

韩湘云这才细细端详起尹怀生，果然有几根银丝在阳光的照耀下闪着晶莹的光。他笑时，眼角出现了鱼尾纹。眉宇之间多了几分沧桑，那若隐若现的川字纹便是最好的见证。

韩湘云内心不禁唏嘘：“我们的青春都已不再了。你我，还有婉秋都要慢慢变老。我们，再也回不到过去了。”想到这儿，他的脸上露出一点儿伤感之色。

尹怀生似乎洞悉了韩湘云的心事，他本想问问他叶婉秋近况如何，可话到嘴边又吞了回去。

尹怀生抿了几口茶，问：“你成家了吧？”

韩湘云笑笑说：“嗯，孩子刚满三个月。”

“是吗？”尹怀生面露喜色，“改天我去看看孩子，作为叔叔得表示一下。”

两人寒暄着，说着近些年的遭遇和各自的生活，似乎完全消除了原来的隔阂，重归于好。但是，他们都感觉到彼此之间还是隔了点儿什么，有一种让彼此感到陌生的客套。至于“叶婉秋”这三个字，他们都默契地闭口不提。

寒暄片刻，尹怀生忍不住问道：“湘云，你今天怎么想到来找我了？”

韩湘云沉默了一会儿，诚恳地答道：“怀生，那我就开诚布公吧。这个想法我已经考虑了一段时间了。我其实很早就想离开学校了。那是个温水煮青蛙的环境，饿不死也撑不着。待着也还算舒适，可是总觉得缺了点什么。久而久之，我怕我真会被煮死。我很想出来看看，不想一直做个井底之蛙。尤其是有了孩子之后，我更想出来闯一闯。离开沅水不太现实，去其他单位没有信得过的熟人，也不太好调动。于是，我便想到了你。”

喝了口茶，韩湘云接着说：“我看到你们公司招聘财务经理的信息，正好我在一中做了好几年的财务，对这块还算了解。所以，我便来找你了。以前的事，还请你原谅我，那时太冲动。我一直想来找你，可是一直拉不下面子。最近我想通了，人生短暂，得一知己难，谁没有年轻不懂事的时候。怀生，如果你觉得我合适的话，我就来跟你并肩战斗，如果你认为还有更合适的人选，也没有关系。我还是把你当朋友！”

听完韩湘云的这番话，尹怀生的心情有些复杂。他感觉这些话不像是他以前所认识的韩湘云说的，难道岁月悄悄磨平了韩湘云的棱角？他有些怅然，又是喜悦的，起码，他重新获得了韩湘云的友谊。他甚至有种冲动，想上前拥抱一下老友。

尹怀生深深地理解韩湘云，现在的韩湘云已不再是当年那个洒脱的单身汉，而是一个肩负着家庭责任的男人。男人一旦有了妻儿，便不再能只为自己而活。尹怀生想到自己，也不是如此吗？

再说，以韩湘云与他多年的情谊，与老友并肩作战要远远比与一个陌生人共事好，何况是财务经理这么重要的职位。最重要的是，尹怀生一直都觉得自己亏欠了韩湘云，想到过去他为自己所做的一切，他仍然动容不已。既然韩湘云能放下架子找上门来，他岂有不答应的道理？

想到这些，看着韩湘云依旧清澈的双眼，尹怀生点点头说：“湘云，我答应你，我很欢迎你来。但是，在你来之前，我希望你能考虑清楚，毕竟，公家的饭碗辞掉了，以后就难得走回头路了，我就是个前车之鉴！”

韩湘云笑着说：“怀生，我都想好了。既然我要走这条路，就没有给自己留后路。”

听到这句话，尹怀生仿佛又看到了过去的韩湘云，他骨子里那股面对困难从不屈从的倔强还在。尹怀生一阵感动，走上前拍拍好友的肩膀，两人的手重新紧紧地握在了一起。

在这时，身在广州的叶婉秋也接到了一个电话，听筒里传来熟悉的声音：“婉秋，你好！猜猜我是谁？”

叶婉秋的声音里流露出难以掩盖的惊喜：“徐璐，你终于想到给我打电话啦？”

徐璐又俏皮地问：“猜猜我在哪里？”

叶婉秋同样俏皮地回答：“难不成你在广州？”

听筒里传来徐璐愉悦的声音：“不愧是我的好闺蜜，一下就猜到啦！我就在你们校门口，快出来！”

叶婉秋一惊，听筒差点儿掉下来，迅即胸口被喜悦充满，她连声答道：“我马上来，等我。”

挂掉电话，她急匆匆向校门口赶去。校道上的木棉树花团锦簇，红色的花朵争相怒放，仿若一片艳丽的红霞。

叶婉秋此时的心情也如红霞一般灿烂，她在这片炫目的红色天空下小跑向前，去迎接多年未见的挚友。

第八十五章　初心

在广州大学的门口，在盛开得如火如荼的木棉花树下，两个好友紧紧拥抱在一起。

叶婉秋嗔怪着徐璐：“你来也不跟我说一声！”

“不是想给你一个惊喜吗？”徐璐笑着说。

“不是惊喜，是惊吓！”叶婉秋嬉笑着骂道。

虽多年未见，但两人那种亲密默契的感觉未变，时间的阻隔在她们中间是不存在的。

徐璐提出要逛逛校园，叶婉秋便带着她走遍校园的各个角落。她们仿佛又回到了那个如鲜花般盛开的年龄，手挽着手走在校道上，与那些三五成群的女大学生没有区别，反倒比一般的女生多了一些成熟的风韵，却也不减青春的纯情，引得一众男生纷纷驻足。

她们边走边聊各自的近况。徐璐听叶婉秋提起自己离婚独自一人时，心疼不已，不禁问道："你还忘不了他？没想到他对你伤害那么深。"

见叶婉秋低头不语，徐璐心知说错了话，也跟着沉默了下来。

两人逛得累了，坐在校园假山池旁的亭子里小憩时，徐璐不禁感叹道："婉秋，时间过得真快，转眼我们就毕业十年了。还记得当年我替你修理何修年的事吗？他那死猪不怕开水烫的样子，想想就来气，最后他还是怕了我，每次看见我都躲起来绕道走。"

叶婉秋扑哧一笑，她又想起徐璐那副巾帼女将般的神采。与一般的文弱女生不同，徐璐身上带有天生的英气。上学时，叶婉秋经常打趣徐璐，问她前世是不是杨门女将之一。

听到徐璐提起何修年，叶婉秋叹了一口气。要是从前，她听到这个名字就会起身鸡皮疙瘩，可如今听起来，她竟觉得有那么一丝温暖。

徐璐接着说："何修年这人看着猥琐，可挺能钻营。毕业后，他当了几年中学语文老师便下海了，正好赶上好时机，靠炒股票期货捞到了第一桶金。后来做房地产生意，现在成了个腰缠万贯的富豪了。前不久湘南大学十周年校庆，他还给学校捐了好几十万，校长专门宴请他，设立了什么修年奖学金，搞得他还成了个红人呢！"

叶婉秋听到"修年奖学金"，想到何修年那让人感觉肉麻的笑和满脸的青春痘，心中有一丝怪异的感觉，嗔怪着徐璐："你老跟我提他干吗？他飞黄腾达跟我有什么关系？"

徐璐不依不饶："他前不久还给我打了个电话，询问你的现状，问你有没有结婚。我骗他说很久没有联系上你了。看来他还对你痴心不改呢！"

叶婉秋语塞，被一个总是被自己排斥的人喜欢了这么多年，她竟觉得有些感动，但无论如何，她也不可能接受何修年的爱。

她反问徐璐："你能不能别跟我说何修年了？你知道我现在根本就不想谈恋爱，更不用说跟何修年了。说说你的事，问你为什么来广州，你总是找话躲闪过去，现在，你能正面回答我了吗？"

笑容从徐璐脸上退去。她低头不语，似在沉思，又似在平复情绪。片刻，她抬起头来，目不转睛地注视着叶婉秋，说："我也离婚了，上个月。所以来投奔你了。"说完，她笑了笑，那笑容里有岁月的沉淀，有面对苦难的从容，还有经历过风雨的疲惫。

叶婉秋吃了一惊，发现徐璐的身上仿若具备了一种力量，如竹子一般不受风雨摧折的力量。

她无比心疼好友，问："璐，是余典对你不好？"

徐璐淡淡笑道："不完全是，主要是我的问题。结婚快两年，他一直想跟我有个孩子。但是看着恩赐一点点长大，我不想让他那么快就拥有一个跟他同母异父的弟弟或妹妹。他正是需要爱和关心的时候，但是如果我跟余典有了孩子。恩赐将不可避免地受到冷落。"

徐璐接着说："当初我与余典结婚，很大一部分原因是恩赐想要个爸爸。他看到幼儿园里别的孩子有爸爸，回来就哭着问我。问多了，我也觉得一个男孩子身边得有个为他树立榜样的男人，于是便接受了余典的追求。可是，慢慢地，我发现这种比较自私的想法是错的。余典毕竟不是他的亲生爸爸。他要求有自己的孩子是合理的。但是，最近几年，我做不到。虽然余典答应了我等几年再要孩子，可是我发现他越来越没有耐心。"

徐璐讲到这儿，声音有点儿哽咽："有一天，他出去应酬，喝醉了回来，看到我抱着恩赐，指着高宁的遗像对他说这是你在天国的爸爸时。余典爆发了，上来便夺过高宁的遗像砸得粉碎。我惊呆了，上前跟他扭打在一起。恩赐在一旁大哭。"

徐璐的眼泪掉下来，叶婉秋也陪着她静静流泪："那一次之后，我便彻底死了心。被砸碎的遗像可以重新换个框，可是我的心却永远缝补不起来。他可以伤害我，但不可以侵犯高宁的遗像，更不可以伤害恩赐幼小的心。"

徐璐擦擦泪，说："那一次大吵之后，我就想明白了，人要坚守初心。既然我当初便认定跟高宁相守一辈子，那我便应该做到。恩赐只有高宁这么一个爸爸，他永远都姓高。想明白后，我坚决提出了离婚。余典做过挽留，但看我这么坚决，便答应了离婚。"

叶婉秋的心震撼不已，她抓紧了好友的手，问："那你怎么到广州来了？"

徐璐说："我一直想出来看看。离婚女人带着孩子在小城里总是被人议论的，也当是出来散散心。既然要过新的生活，那我便得真正重新开始。我辞了职，来这边找工作。我想广州这么大个城市，不至于容不下我吧！再说现在改革开放势头良好，机会总比十年前多！"徐璐的语气透着决绝。

叶婉秋不禁为之动容：徐璐还是那样的敢想敢做，有梦就去追。比我有勇气多了！

想到徐璐所说的"初心"，她内心颤动了一下：我的初心还在吗？

这样想着，叶婉秋对徐璐满心欣赏，但她还有些疑惑："你来这儿，恩赐怎么办？"

徐璐叹了口气说："我把恩赐暂时给我爸妈带着。等我稳定下来，我就把恩赐也带过来。"她的眼神充满了对未来的憧憬。

叶婉秋不忍心打击她，只是紧紧地抓住她的手，彼此传递着力量。叶婉秋意味深长地说："璐，那我俩又要并肩战斗了。有你在，我便不再孤单了。"

徐璐莞尔一笑，说："你可不能跟我过一辈子，我还要把我亲爱的婉秋嫁出去呢！"她挠挠叶婉秋的鼻子，又说："别多愁善感啦，带姐姐我吃饭去吧，快饿死啦！"

叶婉秋这才发现傍晚已降临，一群群的学生向食堂门口走去。她也露出笑容，说："我带你吃大餐去！"

"好啊，这才像回事嘛！这里好冷，我们快走吧！"徐璐恢复了她的大大咧咧。

两人又手挽着手向校门外走去，春风掀动裙摆，但两人的脚步，多了一份力量。

第八十六章　风生水起

三年后

徐璐站在广州最高的写字楼三十三层的有着硕大落地窗的办公室里，看着脚下的车水马龙、人来人往。她环顾着这间洒满阳光的办公室，这是独属于她的空间。她可以在午后明媚的阳光中，让自己的身体陷在那张宽大的皮椅上，闭上眼睛，静静感受着阳光在眼皮上跳跃的温热，舒服地打个盹。

三年前，她做梦也没想过她能独自拥有这样宽敞的办公室，能坐在广州最大的外贸公司副经理的皮椅上，安然地睡个午觉。

那时的徐璐，只期望有一个自己能立足的地方，能在人群中站稳脚跟，不至于被汹涌的人浪挤走。她不想再回到那个给她留下无限的爱和痛的沅水了。在那个时间流逝悄无声息的地方，她已经消磨掉了自己的青春，她已经待得够久了。她迫切地希望到外面的世界呼吸一些新鲜空气，这样，她也许能重新找到些生命的活力。

但是独自一人在大城市打拼的艰辛远远超过了她的想象。她做过家教，却被培训机构骗了大半个月的薪资。刚来的时候，她和叶婉秋挤一张小床。可时间久了，她深感不便，不顾叶婉秋的强烈挽留，强行搬到了一间由民居杂物间改成的出租屋。房间不透光，在广州的雨季，又阴暗又潮湿。床上的被褥几乎没有干过，经常有蟑螂爬到上床来，与她共寝。不久，她全身长满了又红又痒的疹子。在炎热的夏天，她穿着长衣长裤，只是怕用人公司怀疑自己有传染病。

几个月来，她都是在叶婉秋学校的食堂蹭饭的。叶婉秋看不过去，婉转地建议她回去。可徐璐只默默咽着饭，她就着饭把委屈也咽进肚里。她默默发誓：今年年底前我一定要找到一份像样的工作，否则我就卷铺盖回家，再也不出来！

叶婉秋也托人打听，给徐璐介绍工作。她听说一个朋友的熟人在一家外贸公司工作，便介绍徐璐去了那家外贸公司。那家公司规模不大，以做外包为主。总经理倒是对徐璐的直爽大气较为欣赏，将她留了下来。

从此，徐璐的脚步便越来越快，渐渐停不下来。她不知多少次在如沙丁鱼罐头一般拥挤的公交车上挤得汗流浃背，一次一次地联络工厂，寻找客户，推销产品。吃闭门羹是常有的事。记得一次她与一位同事为了攻下一位客户，在公司门口等了整整一天。下班时，助理对他们说："别等了，老板开车走了。"

"那他怎么没看到我们？"徐璐惊诧道。

助理笑笑："老板那么多事，哪有那么多工夫接待你们这些搞贸易推销的？"

徐璐顿觉自己尊严被践踏，生气地问道："那你们也应该跟我们说一声，不能让我们白白等在这里啊？"

助理笑了笑，从她身边走过，说："做外贸要掌握技巧，不是光死缠烂打就有用的。"

徐璐似乎领略了助理话中的内容。第二天，她和同事经多方打听，历经周折给那家公司老板家里送了一箱鸡蛋，里面放着一千元的红包。这些钱可是她一个月的工资，胜败在此一举。如果拿下这一单，她一年的房租便有着落了。

将鸡蛋放在老板家门口，她拉着同事如贼一般逃到楼道口，看着老板家人将鸡蛋拿进去，她才放心下楼。到了楼下，她才发现自己的衣服都已被汗水涔湿。

可是过了几天，她所在公司的经理将她叫进办公室，将那一千元红包甩在她面前，将她狠狠训斥了一番。徐璐低头听着，眼泪在眼眶里打转，可是她一直紧咬着嘴唇，不让眼泪掉下来。

最后的结果是她不仅被罚了当月的奖金，还被经理下了最后通牒：“在半个月内业绩要是达不到五万元，就卷铺盖走人。”

这对于徐璐来说，无疑是委婉的驱逐令。在那个时代，对于一个新手外贸员来说，半个月内达到五万业绩实在是不太可能的事，至少她来了快一个月，业绩还没达到两万元。

这反而激发了她的斗志。为了省运送费，她一个柔弱女子，硬是将他们公司生产的满满一桶油漆提到了客户公司。这一举动感动了公司客户经理，将她带到了老板面前。老板是一位四十岁左右的中年外国男人，满脸络腮胡子，有双深邃明亮的眼睛，气质还算儒雅。

徐璐流利的英语给老板留下了深刻的印象，同意考虑她公司的油漆。从此以后，徐璐成了这家公司的常客，她坚韧不拔的精神和清晰细致的讲解进一步打动了老板。而在谈业务的时候，她发现老板很喜欢绘画，尤其喜欢凡·高。徐璐特地捡起许久未碰的画笔，临摹了一幅凡·高的《星月夜》送给了老板。

这个叫 Scott 的男人对徐璐流露出难掩的倾慕之色。与她接触得越多，他越发觉得徐璐的身上有种将东方女人的柔美和骨子里的侠女风范糅合在一起的特殊气质，这让她多了一份神秘感，让他想进一步了解她。可是不知道为什么，他又觉得徐璐身上有一个看不见的气场，将所有试图走近她的人拒于千里之外。

Scott 虽欣赏徐璐，但他首先是个商人，必须追求利益最大化。在报价时，徐璐的报价输给了竞争对手。当徐璐万念俱灰之际，Scott 给她打来电话，告诉她，他已向他的一个老熟人推荐了她的产品。只要她的报价稍调低一点儿，便能达成交易。

徐璐似溺水之人抓住了一根救命稻草，想尽办法申请到了更低价。果然，她很快和 Scott 朋友所在的公司达成了交易，拿下了她做外贸以来最大的一单：十万美元。

当徐璐将合同拿给经理时，经理的眼神里写满了惊奇和赞叹。公司特意给徐璐办了庆功宴，徐璐知道，这庆功宴上的酒里包含了她多少汗水和泪水。她终于可以让紧绷的神经稍稍松弛下来，至少，她可以找个稍微像样一点儿的出租屋了。也许，在不久以后，还可以把儿子接来吧。她有些沉醉了，想到儿子，她的心就会变得非常柔软。

从那以后，徐璐的事业便如坐上了火箭一般，以不可阻挡的势头冲上云霄。她很快在外贸界树立起了名声，再加上 Scott 的资源，她月月都是公司的销售冠军。一年后，她被现在这家外贸公司挖了过来，坐上了副经理的职位。

那个叫 Scott 的男人常常有意无意地联系徐璐，但只要是稍微亲密的场合，都会被徐璐巧妙地回避掉。徐璐了解到 Scott 与她一样，都是独自带着儿子生活。Scott 离婚后，便带着儿子远渡重洋，来到中国定居。

她承认对 Scott 也不是一点儿不动心。Scott 是一个温暖的男人，性格温和，品位也还算高雅。最重要的是，他总能在她最需要的时候给她支持，在这个陌生的城市，有这样的朋友，总是一件可遇不可求的事情。但是，徐璐一直坚守着她的心愿，这辈子，她是不会再开始一份新的缘分了。

当她觉得 Scott 越来越频繁地主动约她时，她觉得不得不对他说清楚了。她主动约他出来，对他诚恳地述说了自己与高宁的爱情经历，高宁的去世，还有自己与余典短暂的婚姻。

徐璐平静的述说让这个粗犷的西方男人红了眼眶。他被徐璐对爱的坚守和面对苦难的坚强深深打动。如果不是徐璐真实地坐在他的面前，他从未敢相信世间还有像她一般怀有这样坚贞之心的女人。

他觉得自己对她的倾慕与她和高宁的爱比起来，是那么不值一提。他慢慢地说："璐，你真是了不起！只要你过得快乐，我永远尊重你的选择。如果你需要我的话，我会随时赶到。"

两个漂泊在异乡的人在彼此的眼神中找到了温暖，与身旁的纸醉金迷相比，这是多么的难能可贵。

在徐璐在广州成功闯出一片天时，千里之外的尹怀生也将公司做得风生水起。这几年，茂生房地产公司经过势如破竹般的发展，早已将势力范围拓展到了沅水之外的县市，占领了湘北房地产的大部分份额。现在又在开疆拓土，试图在省会长沙占领一席之地。他野心勃勃，意欲将触角延伸到湖南的每个角落，然后向全国发展。

尹怀生占领全省市场的雄心眼看就要实现了。如果能在省会长沙站住脚，开拓出一片天地，那就意味着茂生房地产公司抓住了全省房地产市场的命脉，再往湘南发展便是再容易不过的事了。

这次他就面临着这样的好机会。茂生房地产公司正在长沙竞拍一块地。这块地位于开发新城，与湘江风光带毗邻，未来升值潜力巨大。面对这块市区不可多得的宝地，众多房地产商云集在土拍会上，如一群饿狼，紧盯着眼前的一块肥肉，随时准备进行一场厮杀。

尹怀生知道，赢得这块地，对于茂生房地产公司的发展是至关重要的。有的时候，如果没有抢占先机，很容易就被别家占领了高位，再想挤进来会更加困难。趁着房地产发展初期，不赶快占据地盘，那以后小公司想出头将难上加难。如果不趁这几年的势头迅速发展起来，那茂生房地产公司的命运便是被兼并。

商场如战场，不是你死，就是我活。想到这儿，尹怀生的眼里射出红光，如狼眼一般。

在拍卖会上，他孤注一掷，将竞拍价节节抬高。最终，角斗场上就剩下了他和长沙本地的一家公司。他们四目相对，争相将竞拍价抬高。尹怀生觉得那个眼神好熟悉，突然，他认出对方是他大学的同窗，曾与他有过一段纠葛的何修年。他不禁身上一颤。

他们俩似赌气一般，将价格抬到了一个前所未有的高度。尹怀生咬咬牙，再次举牌加价。他想，如果何修年再举牌的话，他怕是要放弃了，这是他能承受的最高价。再加价的话，怕是无法向银行贷到那么多款，资金链有可能会断掉。

沉寂片刻，何修年举起了牌。尹怀生心中紧绷的弦断了，他做好了认输的准备。这时，坐在尹怀生身边的韩湘云坚定地说："再往上提。贷款的事，我来搞定！"

他的语气里有无法言说的决绝，死死地盯着尹怀生。在拍卖师叫到三正准备一锤定音时，尹怀生仿佛用尽全身力气，举起了牌子。

拍卖师数到三，将手中的槌子重重锤了下去，随后，铜钟般的声音响起：“恭喜茂生公司赢得 G71 地块。”

场上一片欢呼。可是尹怀生如在梦中一般，不是韩湘云的最后提醒，他是没胆量叫出这么高的价的。

可是，韩湘云怎么突然这么有底气呢？他有什么办法获取高额贷款？尹怀生满心疑惑地看向身边喜形于色的韩湘云：“不知他会给我什么答案。”

第八十七章　铤而走险

在庆功宴上，尹怀生有点儿心不在焉。按理说拍得这块土地应该让他欣喜若狂，但内心里，他还是有些发虚。他反复咀嚼着韩湘云的那句话：“再往上提。贷款的事，我来搞定！”

他隐隐感觉不安，甚至有些不太好的预感。看到韩湘云那谈笑风生、运筹帷幄的表情，似乎完全沉浸在胜利的喜悦中，一点儿也看不出有丝毫忧虑。

他仿若一个胜利的功臣，举杯向在座的每一位敬酒，喜悦之情溢于言表。他将酒杯高高举起，主动与尹怀生碰杯。尹怀生也尽量热情地回应他。尹怀生找不到不高兴的理由，但是，他总感到有那么一丝不安，这种不安让他的笑容都变得有些僵硬了。

觥筹交错中，尹怀生有些恍惚：韩湘云好像变了。韩湘云好像能完全让自己沉浸在世俗的快乐中。他觉得韩湘云对于前途和金钱的追求，甚至胜于自己。三年前，他们重归于好，从形同陌路突然成为并肩作战的战友。不可否认，韩湘云确实是一位好战友，他全身心地投入茂生房地产公司的发展当中，甚至为了茂生房地产公司考了注册会计师，将公司的账目打理得有条不紊。尹怀生也格外厚待他，一年前让他加入了公司的董事团队，参与公司重大谈判和决策。他在谈判席上强硬的作风也是尹怀生没有想到的，不久前还帮助公司巧妙化解了一起经济纠纷。

可是，尹怀生总觉得自己与韩湘云之间失去了一些什么，他们更像是战友而不像过去的挚友。他们对同窗生活只字不提，更是小心翼翼地避开关于各自的感情生活和家人等话题。对于“叶婉秋”这三个字，更是讳莫如深。这是他们俩共同的禁区，仿若一旦提起，就会引爆什么，打破他们俩好不容易重建起来的和平。

有时候，尹怀生觉得韩湘云向自己投来一束若有所思的目光，那里面有一些熟悉的东西。一个人的时候，尹怀生会咀嚼那束目光里到底蕴含了什么。有一天尹怀生突然醒悟，那目光有点儿像多年前韩湘云约自己去沅水河边搏斗时看自己的眼神。他不禁打了一个冷战，但随即，他告诉自己是自己多想了：事情已经过去了那么多年，韩湘云和自己都是有妻有子的中年男人了，那些往事早已被时光尘封。是自己老了，多愁善感了吧。尹怀生自嘲，最近他照镜子时，发现两鬓又钻出了几根白发。

“多情应笑我，早生华发。人生如梦，一樽还酹江月。”他想起了学生时代最爱的苏轼的词，他想起已经很久没碰他挚爱的文学了。文学于他，正如青春的爱于他一样，都成了可望而不可即的事物，一如那蓝田日暖，良玉生烟。

这是我真正想要的生活吗？这个问题偶尔会在尹怀生的脑海里冒出来。

但是这个问题很快便被无穷无尽的工作和生活琐事给掩盖了。他慢慢接受了这种生活，甚至陶醉于快马加鞭奋力向前奔驰的快感。

不是他变了，其实我们俩都变了。尹怀生想。过去的誓言都已成云烟，人生终将留下一些遗憾。不知道她过得怎么样？尹怀生想起她，心口会隐隐作痛，他一直觉得自己愧对于她，愧对自己的真心。每到这时，他就会点起一支烟，这些年来，他越来越离不开烟了。

庆功宴持续到深夜十点，酒足饭饱之后，大家都回到了酒店。尹怀生敲响了韩湘云房间的门。韩湘云开门，见是尹怀生，便让他进门来谈，又将门合紧。

尹怀生坐下第一句话就问："今天拍卖会上，你怎么对贷款那么有底气？你知道我们拍下来的这块地已经远远超出了周边地块的价格。而我们公司前不久刚买了几块地，资金相当紧张。土地抵押贷款只能贷土地价值的百分之七十。剩下的百分之三十我们怎么拿出来？如果按照最终举牌的价格来算，我们还有不小的资金缺口！"

韩湘云静静看着尹怀生，反问道："怀生，你不是特别想要这块地吗？你不是说拿到这块地是开拓湘南市场的关键吗？"

尹怀生答："对，我是很想要这块地，但是也得考虑公司的实情。你正面告诉我，你怎么搞定贷款？不要说你要跟何修年赌气！"

听到"何修年"这个名字，往事一幕幕浮现在心头。韩湘云有些动容，看到尹怀生也神情微变。他清清嗓，平静了下情绪，说："你等等，我拿个东西给你。"

尹怀生狐疑地看着他，点燃了一根烟。

稍许，韩湘云拿了一摞文件出来，交给尹怀生。

"这是什么？"尹怀生问。

"你看看就知道了。"韩湘云答。

尹怀生细细翻看着。突然，他脸色一变，将那摞文件摔在地上，指着韩湘云厉声说："你竟敢编造财务报表！你脑子进水啦？"

韩湘云默默将地上的文件捡起，平静地说："怀生你别生气。我在来之前，就做好了高价拍地的准备。如果我们公司这次不拿下这块地，以后就很难有机会了。你知道抢占市场先机是多么重要！我们努力了这几年，不就是想让茂生公司走向全省市场吗？再说我们已经将这块地拍下了，如果现在反悔退回去也可以。只不过我们要付高额违约金，更重要的是，我们会失去诚信。这个名声传出去，以后谁还会和我们合作？"

见尹怀生不作声，韩湘云接着说："怀生，我知道你难以接受做假账这件事。但问题迫在眉睫，我们是逼不得已。几百万元的财务缺口，只能从银行贷款，我只好出此下策。我们现在是骑虎难下了，你要是接受的话，就在这些报表上签字，我下个月就能将款项贷到。放心，我将报表做得天衣无缝，只要没有人说出去，这件事情天知地知你知我知，烂在我俩肚子里就行了。”

尹怀生的脸青一阵白一阵，烟头在昏暗的灯光下忽明忽暗。尹怀生抬眼紧紧地盯了韩湘云一阵，看着他镇定的表情，尹怀生觉得对现在的韩湘云十分陌生。

尹怀生陷入了沉思：韩湘云说得一点没错。我们现在是骑虎难下。几百万元的缺口不是能随便借来的。公司今年已经向银行贷了不少款，按常规流程能贷到的款是非常有限的。近年来，公司持续扩张业务，与公司合作的股东不停在追讨红利，从他们手上能筹集到的资金也相当有限。怪就怪我低估了土拍的火热程度，何修年竟敢把地价叫得如此之高，而自己一时冲动举了牌子。我说韩湘云是跟何修年赌气，对于我来说又何尝不是如此呢，按理说我不会这么冲动的。

想到这里，尹怀生掐灭烟头，问韩湘云：“只有这一个办法了吗？”

韩湘云点点头，沉默片刻，说：“我们就这一个机会了，如果你信得过我的话，就在这上面签字。你考虑清楚再告诉我。”

尹怀生紧紧盯着韩湘云的脸，他还是一如既往地平静，看不出任何内心波澜。

不知过了多久，尹怀生叹了口气，对韩湘云说：“给我吧！”

韩湘云将文件递上，看着尹怀生在上面签上了自己的名字。

尹怀生签完字，似乎用尽了最后一丝力气。他将笔和文件摔在桌上，站起身来，指着韩湘云说：“看在你我是兄弟的分上，我相信你！把这件事情嚼烂了吞进肚子里，传出去是要坐牢的！”

说完，他大踏步地向房门口走去，听到重重的关门声，韩湘云瘫坐在沙发上。喃喃地说：“婉秋，为了你做任何事，我都不后悔！”

第八十八章　惩罚

一个月后，韩湘云顺利地从银行贷到了一笔可观的贷款，足够堵上茂生房地产公司财务上的窟窿了。

从编制经济合同，申请贷款到发放贷款等一系列流程，韩湘云果然做得滴水不漏，不知底细的人，根本看不出一丁儿点破绽。那编制的虚假报表，就如同融化的雪一样，流入那堆数据中，浑然一体，不露一丝痕迹。

尹怀生还是心中忐忑，甚至有些后悔在那些报表上面签字。这件事情一旦暴露出去，他和韩湘云都会吃不了兜着走。

他私下向韩湘云表达过这种忧虑。韩湘云每次都淡定地回答："半年后，当项目资金到位，可以周转起来的时候，就立马还款。我会将财务报表毁掉重新做，到时候，这件事情就真跟没发生过一样了。"

尹怀生叹气，既然事已至此，那就等到半年以后吧。现在他们确实是没有回头路可走了。资金一到位，那刚拍下的土地项目便轰轰烈烈地启动了。公司将这个项目提到了决定公司前途的战略高度，投入了大量的人力物力。尹怀生仿佛坐上了一列高速行驶的列车，跳下来会粉身碎骨，便只能跟着急速向前了。

"半年后，等资金周转过来，公司便前途可期了。"尹怀生想到不久的将来，茂生房地产公司成为省龙头企业，在这片土地上遍地开花时，便欣慰不已，也释怀了不少。

美好的设想总是如那镜花水月、海市蜃楼，刹那间便消散无影。又过了一个月，尹怀生办完公事回到公司时，发现自己的办公室里站着几位警察。他们对尹怀生出示了证件和拘留证，义正词严地说："尹怀生，你涉嫌经济犯罪，请你跟我们走一趟。"

尹怀生的心骤然下沉，一个声音在心底冒出："完了！"

他没有一句异议，跟着警察往外走去。周围投来的一束束目光灼烧着他的脸。他突然转身，对着那群人大喊："韩湘云！你给我出来！"助理小周跑出来，一脸焦虑不安，说：“尹总，韩湘云今天没有来。”

尹怀生的心彻底跌入了冰窟，他丧失了最后一丝力气，垂着手向警车走去。他觉得脚下的大地在他眼里迅速开裂，踩在破碎的希望上，他的心也成了碎片。

此时的韩湘云正坐在冰冷的拘留室里，可是内心却是前所未有地平静。他卧薪尝胆了三年，终于等来了这一天。这几年，他就如一只蛰伏在尹怀生身边的蝎子，随时寻找机会暗中攻击。当他慢慢摸清了茂生房地产公司的运作机制，取得了尹怀生和公司其他高层的信任之后，尹怀生便成了一只瓮中之鳖，想拿住他的机会遍地都是，只不过要付出一些代价。这代价便是自己也被牵连其中。

韩湘云早就预料到了这样的结果。本来，他与尹怀生就是同舟共济的人，命运早就将他们紧紧捆绑在了一起。他们因为共同的爱好和相似的性情而惺惺相惜，又因为爱上了同一个女人而爱恨交织，成为彼此生命中最特别的存在。

早在三年前，韩湘云就打定主意走这条路，从此踏上不归路。他将莲花灯寄给叶婉秋时，就暗自下定了决心：婉秋，那个人有负于你，毁了你的幸福，我一定让他付出他该付出的代价！你有多痛苦，他就应该品尝到同样的痛苦！

于是，韩湘云化身哈姆雷特，为了自己心爱的女人，不惜压抑仇恨，表面上与尹怀生握手言和，潜伏于他的身边。时间一长，他似乎真将自己当成了尹怀生手下的得力干将，随着事业的蒸蒸日上，有时候他也不是没有陶醉其中，似乎忘记了自己的初衷。

可是，每当他独自一人摩挲着叶婉秋留给他的那枚酒红色发夹，回想起那醉酒的夜晚，叶婉秋向他哭诉她多年来刻骨的痛时，尤其想到叶婉秋因为尹怀生的过错而丧失了生育能力，便心如刀割，内心深处对尹怀生的恨又一丝丝地冒出来。

同时，他一直懊悔于自己的懦弱：在叶婉秋需要自己的时候，自己却因为不想失去孩子选择了退缩。后来，当他看着妻子孙姝雅时，看着三岁的儿子被妻子抱着娇嗔地撒娇时，他会有点儿恍惚，妻子变成了叶婉秋的模样。

想到叶婉秋还是孑然一人，独自在外漂泊时，他更是心痛不已。他感叹命运为何如此不公，让如此好的女人承受那么多的痛苦！享受着这天伦之乐、锦衣玉食，他更是深感良心不安。生活越是安逸，他便越是煎熬。他觉得自己生活在假象里，就如现在与尹怀生的关系一般，将自己的爱恨情仇都掩藏在厚厚的面具之下。

这样的生活过得越久，韩湘云便越是厌倦，越是痛苦。而韩湘云认为这一切痛苦，都来源于尹怀生，不是他乱了心智，受权钱和美色诱惑，他们也不会走到如今这个局面！

这种种情结在韩湘云心中缠绕、发酵，蓬勃生长，最后化作一股强烈的力量，这股力量拥有可怕的摧毁力，想要毁掉现有的一切虚无假象，让那真实赤裸裸地显露出来。

韩湘云放心不下三岁的儿子，他是无辜的。可是，他已经无力考虑那么多，他无法在这虚无的幸福里生活下去了，他必须面对真实的内心。于是，在去公安局自首的头一天夜晚，他特意很早回家，为儿子和妻子准备了一顿丰盛的晚餐，还为儿子买了一堆玩具。当儿子和妻子睡熟以后，他悄悄坐起来，深情地看着儿子的小脸，爱怜地握住他的小手。儿子似乎有感应一般，紧紧地握住他的手，仿佛不想让他离开。眼泪忍不住从韩湘云眼中滑落，他在心底一遍一遍地说："孩子，对不起，对不起……原谅爸爸……"

第二天出门之前，韩湘云深深地亲吻了儿子和妻子。在孙姝雅疑惑的眼光中，他拿起事先准备好的文件夹，坚定地走出了家门，径直走向公安局。

他去公安局不仅是为了自首，更重要的是举报尹怀生。在向民警陈述完一切之后，他长长地舒了一口气，心里说道："怀生，但愿我们三人的恩怨，从此一笔勾销。"

他们的案件引起了巨大的轰动，人们都震惊于前途如此光明的茂生房地产公司竟能做出做假账骗贷款的事情，而更让人们不解的是，这事竟然是公司的财务经理主动举报的，世界上还有主动自投罗网的傻人?

案件很快被公诉上了法庭。在法庭上，与家属的激动形成鲜明对比的是，韩湘云显得异常平静。旁听席上，刘灵芝忍不住对韩湘云破口大骂，被陪审员强行带走。而孙姝雅还深深陷在对丈夫的不解中，她还是不敢相信她自认为的幸福就这样破碎了。

法官当庭做出了宣判：

一、被告人韩湘云犯骗取贷款罪，判处有期徒刑二年零六个月，并处罚金人民币五万元。

二、被告人尹怀生犯骗取贷款罪，判处有期徒刑二年，并处罚金人民币四万元。

听到宣判结果后，孙姝雅终于从恍惚当中清醒下来，崩溃大哭："湘云，你是为了什么呀！"

韩湘云看向妻子，不禁有些动容，但是他强忍住了眼泪。他握紧了拳头："既然是自己的选择，就没有什么好后悔的。"

尹怀生一直沉浸在震惊和不解中，他不明白自己一直视为兄弟的韩湘云为何会做出这样的举动，不仅落井下石，还顺带把他自己也拖下了水。这段被拘留的日子，他一直都过得浑浑噩噩，这是他第二次从人生的高峰跌落下来，除了比第一次跌得更惨之外，更重要的是，他是被自己心心相通的挚友亲手推下去的。

尹怀生一遍遍地思考着韩湘云的动机。他们两人这些年来的恩怨纠葛又重新在他脑海里上演。他想到了十年前他负了叶婉秋之后，韩湘云约他去沅水河边，将他狠揍了一顿，从此他们形同陌路。他想到了三年前，韩湘云突然来找他要求加入茂生房地产公司，主动说与他握手言和。他还想到了韩湘云那有时流露出来的奇怪眼神，仿佛他拼命工作的背后，还隐藏着什么东西。

难道，还是因为叶婉秋？尹怀生身上一冷，除了这个原因，他再也找不出其他的理由了。他知道韩湘云也深深爱着叶婉秋，但他没有想到的是，韩湘云对叶婉秋的爱超过了他的想象，经历了这么多年，不仅没有消退，反而化作了如此可怕的力量。

在拘留室的孤独时光里，尹怀生想到了很多很多，也渐渐地清醒了许多。这些年来，他也经常想念着叶婉秋，他同样对叶婉秋怀着深深的内疚，但是，他一直强烈地压抑自己不去想她。因此，他拼命地投入工作，他以为时间可以抹平一切，可以洗刷自己犯过的所有过错，但是，他错了。

在法官宣读审判结果之后，他们二人被带着离开法庭。尹怀生突然回头，朝韩湘云大声喊道："为什么？"

韩湘云似乎要把这么多年的郁结都喊出来，大声回应道："因为她！她被你剥夺了做母亲的资格，你知道吗？"

这几个字如响雷一般，一声声在尹怀生的耳膜上炸裂，震颤着他的心。他什么都明白了，眼泪抑制不住地流出来。

"对不起，婉秋。这一切都是宿命。我愿意接受这样的惩罚。"尹怀生默默地说。

第八十九章　爱在叶落风起时

两年后

狱中的生活枯燥乏味，如同上好发条的闹钟一样，准点起床、吃饭、劳动、休息。一切都在那几十平方米的空间里完成。即使是每天半个小时的活动也是挤在那小小的天井里，抬眼看那被铁丝网罩住的一方天空。

韩湘云和尹怀生被关在不同的监区里，难得见一面。两年只见过寥寥几面，只是略瞥一眼对方，来不及说话便得离开。通过两人短暂的眼神交流，尹怀生觉得韩湘云看向他的眼神多了一些温和。他原谅我了吗？尹怀生想。

这两年里，尹怀生已经充分适应了监狱生活。在这幽闭的空间里，他却觉得自己紧绷了多年的神经慢慢放松下来。他终于不用整日操心公司里那些大大小小的事了，也不用担心自己会从疾驰的列车上被甩下来。他已经跌到谷底了，那往日精心构筑的华丽高台已坍塌。再也没有什么让他担忧的了。

虽然经常被落寞和孤寂包裹，但是尹怀生开始慢慢地学会与自己的内心待在一起。监狱封闭的环境反而给了他充足的时间来追忆过去的十几年间在自己身上所发生的事情。他终于可以把脚步放慢，再放慢，如一头老牛一般，细细反刍那些在时光里发酵的爱恨纠葛。

监狱里周而复始般的规律生活让他躁动的心慢慢平静下来。他如一个修行中的僧人一般，在日复一日的枯燥常规中，让内心渐渐沉淀。他那与世无争的神情让他成为监狱里的一个异类，让他的身上生出一种不容侵犯的气场，让其他犯人对他生出一种敬畏之心。

他知道，自己是在赎罪。为那丢失的真心，为那内心的纠结和躁动，为对所爱之人造成的巨大伤害，而赎罪。

他渐渐萌生出将自己这十几年所走过的路，所经历的爱恨情仇写成一本小说的想法。他想要通过记录来梳理自己那些纠缠的情结，来触及自己那丢失已久的真心。

他追忆着与韩湘云初识，然后同时爱上叶婉秋，与叶婉秋坠入爱河又分隔千里的故事。他回想着在官场和商场上的起起伏伏，与刘灵芝的情欲纠缠。他还缅怀起学生时代他们五人一起在岳麓寺祈福的时光，那个时候，两对恋人都沉浸在幸福的喜悦中，可是流年却让他们或生死相隔，或相隔天涯。

这些往事从他的笔端倾泻而出，写到动情时，他忍不住默默流泪，尤其是写到与叶婉秋分开的那一段，他再也写不下去，情绪汹涌而出。他丢下笔，冲到水房里用冷水冲刷他夺眶而出的眼泪。

他将多年沉积的情绪借助纸笔倾诉出来。写着写着，这些凌乱的情感似乎慢慢整合了起来，他逐渐能面对自己内心那些被刻意掩盖的阴影。他似乎变成了一个自编自导的导演，看着自己在自己的笔下演绎着世间悲欢。他仿佛从那个剪不断理还乱的当事人角色当中挣脱出来，变成了一个冷静的旁观者，看着自己如何在真心与欲望当中被撕扯，看自己如何因为害怕和自责而选择逃避，看自己如何被欲望拖着往前狂奔。

慢慢地，他越来越能清晰地面对过去的一切，面对韩湘云的落井下石，面对人生的大起大落，面对自己对叶婉秋深深的愧疚。

他终于明白：这么多年，原来自己一直最不能原谅的是自己。所以逼迫自己做很多很多的事情，像一个陀螺一般地向前运转。这样便可以让自己的内疚少一点儿，让自己以为人生真正打开了一个新的篇章。

在小说快完结的时候，那个奇怪的梦又出现了：他的眼前出现了许多许多的莲花灯。其中一盏上出现了叶婉秋的脸，灯上还挂着一句话“愿与叶婉秋相爱一生，愿我们幸福安宁。尹怀生”。

叶婉秋的脸又开始变得狰狞起来，但是尹怀生却能平静地看着她了。

他对叶婉秋说出了内心的声音：“婉秋，对不起。我希望你能原谅我，也原谅自己。我曾经因为种种原因忘记了我的初心，但是世事在变，初心一直在那儿，只要我们去面对它。我爱你，真心希望你幸福。”

他看到叶婉秋的脸渐渐不再那么狰狞，逐渐变得柔和起来。她笑了，一如他们初见的时候。

他们再次相视而笑，尹怀生的心安然无比。

从这个梦醒来，尹怀生开始写最后一章。他突然明白，自己走的许许多多的路，都是在将他带到一个终点：自己的真心。无论走多么远，它都在那里，当我们回归真心时，那些痛苦、仇恨和悲痛都将消散。

这么多年，他们所反反复复追寻的，不都是自己的真心吗？只不过，自己的本心却容易被屏障。他、韩湘云、叶婉秋，还有徐璐经历了不同的人生路，但最终的目的都是抵达真心。在离出狱还有大半年的时候，他完成了自己的书稿。他的小说迅速在监狱里流传开来，感动了众多跟他一样失去自由的犯人。后来，书稿传到了监狱长那里，他爱不释手，帮助尹怀生将它寄往了一家出版社。

这时，尹怀生收到了刘灵芝寄来的离婚协议书，他平静地签了字。他深知她作为一个女人所承受的巨大压力，还有独自拉扯一个孩子的辛苦。他想：她需要的是一个安稳的家，一个可以为她遮风挡雨的男人，而我却总是让她失望。她是一个迷人的女人，和我过这种动荡不安的生活确实是难为了她。给她自由，也许是我最后能为她做的。

半年后，小说成功出版，并很快成了畅销书。小说被重印多次又很快脱销。许多人从尹怀生笔下的故事中看到了自己的青春、爱情和人生。

众多书商与他约稿，几家出版社还邀请他去做主编，其中一家，就在广州。他从未想过出狱后会有这样美好的生活。他深深地感激着生活和命运，这一切，也许都是命运的安排。

与尹怀生一样，韩湘云这两年也与纸笔相伴。他让家人为自己寄来数学专业书籍，开始日夜与那些数字相伴。他仿佛又找到了学生年代那与数学符号为伴的巨大愉悦感。他如同一个作曲家，数学公式就是音符，谱写出听不见的动人乐曲。

他沉浸在自己编织的美妙乐曲里，觉得时光转瞬而逝。他在监狱待满两年的时候，求证了一个难倒了数学界的公式。他欣喜若狂，试探着把他的思路写成论文，寄到了一家在学术界颇具影响力的杂志社。在两个月后，他竟然收到了编辑的回信，告诉他论文成果是一个巨大突破，下个月就会刊发。

他的论文刊发后，在数学界引起了不小的轰动，人们纷纷猜测这位青年才俊是何方神圣。当得知作者是一位阶下囚的时候，众人哗然。

韩湘云甚至收到了湘南大学一位德高望重的数学系教授的来信，说愿意破格录取他为自己的研究生，硕博连读。

他不敢相信这是真的，心中的幸福感喷薄而出，如流淌不断的清泉，注入了他的全身。他一直孜孜以求的梦想，搁置了这么多年，竟然在自己身陷囹圄的时候见到了实现的亮光。这让他深感命运之荒谬。

两年牢狱生活也给了他一个重新认识孙姝雅的机会。只要有机会，孙姝雅就会带着孩子去看他，给他送来换洗衣物，为他账户上存钱，让他改善伙食。狱友们都眼红得要命，艳羡韩湘云有如此不离不弃又贤惠的好媳妇。

韩湘云重新审视起自己的内心：很长时间以来，我痴迷于叶婉秋。连孙姝雅，也被我当成了叶婉秋的影子。为了我心中的那份爱，我牺牲了很多，也获得了爱的喜悦和安宁。但却忽视了我身边另一个重要的女人的感受。其实，我是自私的。就连最终没有选择去找叶婉秋跟她在一起，也是出于自私。我一直认为自己很高尚，可以为爱牺牲一切。但这种牺牲有时是建立在伤害别人的基础上的，说到底，还是为了自己。

我对叶婉秋本无贪念，只希望她能幸福。但我却不知不觉生出了许多占有心而为之痛苦，并且忽略了爱我的人的幸福。我是时候回馈和给予了，就让该来的来，该去的去。珍惜眼前人，做好当下事。

韩湘云跟孙姝雅约定，在出狱后，为她补办一次婚礼。

一个月前，叶婉秋与Scott订婚了。在徐璐拒绝Scott之后，一次偶然的机会，Scott将自己的孩子暂时寄托给徐璐照看，而徐璐因为工作繁忙，让叶婉秋替她照看Scott的孩子。结果这孩子就喜欢上了叶婉秋，缠着父亲带他找叶婉秋阿姨。

常来常往中，Scott爱上了叶婉秋。他觉得她更具有一位东方女性的温婉优雅，也带着一份暖暖的母性光辉。而他一直想要给孩子找个妈妈，难得孩子那么喜欢叶婉秋。他觉得命运让他在异国他乡遇上了他的爱人。于是，他对叶婉秋展开了疯狂的追求。

在徐璐的周旋下，叶婉秋觉得自己确实需要一个男人的呵护和关怀，再说她并不讨厌Scott，他温文尔雅，博学多才，又谈吐幽默。最重要的是，他并不要求她生孩子。

她慢慢接受了他，并和他商量好在下一个春天，广州城内开满木棉花的时候成婚。婚后，Scott会带她远赴重洋，去到他的故乡——澳大利亚生活。她将在那个阳光充沛的地方度过余生，远离让她又爱又恨的故土。

在她认为终将尘埃落定的时候，她突然想独自一人逛逛书店。

刚到书店门口，她便被那巨大的宣传海报所吸引，上面写着：新锐作家尹怀生力作：《爱在叶落风起时》——所有的爱与恨，都将回归本心。

她的心脏开始不受控制地剧烈跳动起来。她的手颤抖着拿起一本翻开。

她一页一页地向下翻看，这一个个铅字变成了往日那些尘封的画面，鲜活地跳跃在她面前。她仿佛又看到了那个为爱不顾一切，又被爱伤害得体无完肤的自己。

她惊诧于韩湘云竟然为了她，不惜用沦为阶下囚的代价让尹怀生也身陷囹圄。这个结果太残酷，她没想到自己竟无形当中做了帮凶。

她的胸口剧烈起伏着，这些文字又打开了她心中压抑的情感，让她在人来人往的书店里，哭得如一个泪人。

她用一个下午看完了整整一本书，仿佛重新经历了一遍人生。翻到最后一页的时候，后记里的一行字让她再也控制不住地崩溃大哭：“谨以此书献给我青春年华的爱人——我会永远记得莲花灯上的誓言。”

她一直以为他忘记了他们的心愿和誓言，然而，他竟然还记得。原来，这么多年来，她最切肤爱着的，还是他——尹怀生。这么多年来，她接受不了自己神圣的爱情被亵渎，因此，她杀死了他们的爱情结晶，也背负了一身的病痛，失去了做母亲的权利。她对他由爱生恨，因为得不到，所以她靠恨来维系他们的联系。

她以为自己已经放下，其实她只是一直抓着她对他的爱不放，她想要的其实只是他的一个温暖的拥抱，还有他的一句对不起。可是，她却用不原谅，自我惩罚了这么多年。

在眼泪中，叶婉秋明白了一切，她原谅了尹怀生，也看清楚了自己的内心。

这时，她包里的电话响起，来电显示是Scott。她掐掉，然后给他发了一条短信：对不起，我要出一趟远门。订婚戒指我让徐璐转交给你。谢谢你对我的爱，祝你幸福。发完，她关掉了手机。

第二天，叶婉秋坐在了到沅水的列车上，手上拿着那本《爱在叶落风起时》。她看着远方的铁轨，突然觉得内心前所未有地放松和自由。

列车轰隆隆地向前奔驰，两条铁轨从不同方向延伸而来，逐渐交会在一起。

在铁轨的那头，叶婉秋知道，有一个人，在等待着她。

“又到了叶落风起时。”她喃喃地说。

（全书完）